方铭 阮显忠 编著

中国现代散文选析

时代出版传媒股份有限公司
安徽教育出版社

图书在版编目（CIP）数据

中国现代散文选析 / 方铭，阮显忠编著．—合肥：安徽教育出版社，2018.9
ISBN 978-7-5336-7455-7

Ⅰ.①中… Ⅱ.①方…②阮… Ⅲ.①散文集－中国－现代 Ⅳ.①I266

中国版本图书馆 CIP 数据核字（2018）第 199367 号

中国现代散文选析
ZHONGGUO XIANDAI SANWEN XUANXI

出 版 人：费世平
责任编辑：钱 江 江 舟 徐 鹏
装帧设计：阮 娟
责任印制：陈善军

出版发行：安徽教育出版社
地　　址：合肥市经开区繁华大道西路 398 号　邮编：230601
网　　址：http://www.ahep.com.cn
营销电话：(0551)63683012,63683013
排　　版：安徽时代华印出版服务有限责任公司
印　　刷：安徽新华印刷股份有限公司

开　　本：720 mm×960 mm　1/16
印　　张：26.75
字　　数：343 千字
版　　次：2018 年 9 月第 1 版　2022 年 10 月第 3 次印刷
定　　价：68.00 元

（如发现印装质量问题，影响阅读，请与本社营销部联系调换）

现代散文选析

冰心先生为本书初版题签

目　录

论现代散文的发展（代序）……………………方　铭　/1

论"费厄泼赖"应该缓行……………………鲁　迅　/1
秋夜……………………………………………鲁　迅　/13
藤野先生………………………………………鲁　迅　/17
乌篷船…………………………………………周作人　/28
白马湖之冬……………………………………夏丏尊　/32
我的母亲………………………………………胡　适　/35
银杏……………………………………………郭沫若　/41
梅园新村之行…………………………………郭沫若　/46
春底林野………………………………………许地山　/50
落花生…………………………………………许地山　/53
藕与莼菜………………………………………叶圣陶　/56
五月卅一日急雨中……………………………叶圣陶　/60
论玩物不能丧志………………………………林语堂　/65
叩门……………………………………………茅　盾　/69
雷雨前…………………………………………茅　盾　/73
白杨礼赞………………………………………茅　盾　/77
一个人在途上…………………………………郁达夫　/82
钓台的春昼……………………………………郁达夫　/90
我所知道的康桥………………………………徐志摩　/99
烈风雷雨………………………………………王统照　/111
琅琊山游记……………………………………方令孺　/114

学画回忆	丰子恺	/130
温州的踪迹	朱自清	/138
背影	朱自清	/148
荷塘月色	朱自清	/152
秃的梧桐	苏雪林	/157
红海上的一幕	孙福熙	/160
海燕	郑振铎	/163
"儿时"	瞿秋白	/169
想北平	老舍	/173
快阁的紫藤花	徐蔚南	/178
笑	冰心	/183
往事(节选)	冰心	/187
寄小读者·通讯七	冰心	/193
桨声灯影里的秦淮河	俞平伯	/199
包身工	夏衍	/207
菱荡	废名	/223
鸭窠围的夜	沈从文	/230
听潮的故事	鲁彦	/238
西湖的雪景 ——献给许多不能与我共幽赏的朋友	钟敬文	/248
记梁任公先生的一次演讲	梁实秋	/256
海上的日出	巴金	/261
废园外	巴金	/266
田保霖 ——靖边县新城区五乡民办合作社主任	丁玲	/269
忆平乐	冯至	/277
救火夫	梁遇春	/282
马	吴伯箫	/293

山之子	李广田	/298
夏虫之什	缪崇群	/307
泰山风光(节选)	吴组缃	/318
鹰之歌	丽 尼	/336
囚绿记	陆 蠡	/340
桐庐行	柯 灵	/345
回忆鲁迅先生	萧 红	/349
独语	何其芳	/383
一九三六年春在太原	宋之的	/388

新版后记 …………………………………… 398

论现代散文的发展(代序)

方　铭

中国是一个富有散文传统的国家,散文和诗歌一向被看作是文学的正宗。"五四"以后的现代散文更得到了辉煌的发展,成为现代文学中收获最为丰硕的一个部门。特别是"萌芽于'文学革命'以至'思想革命'"的杂文,业经鲁迅所提倡,更加放射出夺目的光辉,尽了它战斗的责任。为着总结现代散文在建设新文学中的成就和经验,本文试图将"五四"以来现代散文的发展勾勒出一个轮廓,同时提出一些问题,和关心新文学运动以及散文发展问题的同志共同探讨。

一

20世纪30年代,鲁迅和提倡"幽默"与"闲适"的"论语派"林语堂等人展开一场论战,斗争是围绕着写什么样的散文小品和怎样写文小品这些问题而展开的。1933年8月27日鲁迅写了《小品文的危机》一文。这篇文章的重要意义在于,它不仅指出了我国散文从晋朝的清言到明末小品文的发展线索,而且肯定了"五四"以来现代散文的战斗作用和艺术成就,指出了散文创作的前途。他说:到五四运动的时候,才又来了一个展开,散文小品的成功,几乎在小说戏曲和诗歌之上。这之中,自然含着挣扎和战斗,但因为常常取法于英国的随笔(Essay),所以也带一点幽默和雍容,写法也有漂亮和缜密的,这是为了对于旧文学的示威,在表示旧文学之自以为特长者,白话文学也并非做不到。以后的路，本来明明是更分明的挣扎和战斗，因为这原是萌芽于"文学革命"以至"思想革命"的。

散文小品的成功在小说、戏曲和诗歌之上，在当时不只表现在数量上：几乎每一个作家都动手写散文，各种综合性的杂志经常登载散文，而且像《新青年》、《新潮》以及《民国日报副刊》、《晨报副刊》等新起的报刊，都以显著的地位和较多的篇幅登载散文，纯文艺的杂志也少不了登载短论和杂感，后来还出现了像《语丝》这样专登议论文字的刊物；而且，更明显的表现还在于当时的散文创作，紧密地配合了新文化运动，发扬了彻底地、不妥协地反帝反封建的战斗精神，成为"五四"时代最激越、最响亮的号角。

散文大体上可分为议论性的和叙事抒情性的两大类。现代散文的发端应当从议论性散文的创作算起。属于议论性散文的首先要提到鲁迅所写的杂感。辛亥革命和五四运动之后，虽然社会起了质的变化，但由于封建制度绵延长久，古老的东西堆积太多，要清除它，非得花大力气不可；同时，也必须要借大家的力，从各个方面对顽固的旧堡垒进行攻击。短小精悍的杂感应时而生，这种文体便捷、犀利，于社会斗争和思想启蒙最为相宜。所以，鲁迅在《两地书·三二》中说："此种猛烈的攻击，只宜用散文，如'杂感'之类。"这种杂感后来统称为杂文。鲁迅最早的杂文见于1918年《新青年》的《随感录》，以后鲁迅又在《晨报副刊》、《京报副刊》、《国民新报》、《语丝》、《莽原》、《猛进》等多种报刊上开辟阵地，不断倡导。从"五四"时期开始，到1936年10月逝世为止，鲁迅共写了近七百篇杂文，分别收入十六个集子。这些杂文不仅记录了"时代的眉目"，可以当作中国现代的历史来读，而且"论时事不留面子，贬锢弊常取类型"，锻炼出独特的艺术特色——形象思维与逻辑思维紧密结合、诗与政论因素交融一体，把议论性散文的思想水平与艺术水平提升到一个辉煌的高度。早期的民主主义者陈独秀的《偶像破坏论》、吴虞的《吃人与礼教》等都产生了很大影响。而革命先驱李大钊的预言"试看将来的环球,必是赤旗的世界"①,更是茫茫夜空中的一线光明。他的政论文章,像《青春》、《今》、《新的！旧的！》等,都写得思想与文采并重,即使寥寥数语的杂感,也能做到冷静的分析与热烈的抒情结合。关于李大钊的写作成就,当时《言治》杂志主编郁嶷曾指出他"发为感慨悲歌之篇",使"览者感发兴起,颂声交至",起到"箴贬聩蒙,鼓舞群伦"的作用。这些评论正确总结了李大钊在现代散文发展史上的贡献。

"五四"时期文坛打了几次大仗,发挥议论性散文战斗作用的作家还应当提到钱玄同和刘半农。钱玄同,鲁迅把他归入"在寂寞里奔驰的勇士"之列。钱玄同在《新青年》上发表得最多的文章是用通信方式写的,除了侧重于语言文字改革的方面,他还写了许多篇"随感录",如《斥顽固的国粹派》、《斥复古国粹派的谬论》、《斥士大夫为封建统治帮凶》、《民国人民要一律平等》、《奉劝世人要虚心学习西方一切科学、哲学、文学、政治、道德》、《谈作文应表达真义,不要只求摹拟古人》等。他的文章最大的特点是明白晓畅,鲁迅称赞其文"既颇汪洋,而少含蓄,使读者览之了然,无所疑惑,故于表白意见,反为相宜,效力也复很大"②。刘半农的文章结集在《半农杂文》、《半农杂文二集》里,从这当中,可以清楚地看到他在"五四"时期的战斗身影。他的反对尊孔,反对文言,反迷信,反旧戏,以及提倡方言文学、改进国文教学的建议,至今读来仍虎虎有生气。鲁迅肯定他在"五四"时期的战斗,说:"古之青年,心目中有了刘半农三个字,原因并不在他擅长音韵学,或是常做打油诗,是在他跳出鸳蝴派,骂倒王敬轩,为一个'文学革命'阵中的战斗者。"③他的散文有自己的风格:生动泼辣,酣畅淋漓,嬉笑怒骂,皆成文章。在《半农杂文·自序》里他曾说:所以

---

① 李大钊:《布尔什维主义的胜利》。
② 鲁迅:《两地书·一二》。
③ 鲁迅:《花边文学·趋时和复古》。

看我的文章,也就同我对面谈天一样:我谈天时喜欢信口直说,全无掩饰,我文章中也是如此;我谈天时喜欢开玩笑,我文章中也是如此;我谈天时往往要动感情,甚而要动过度的感情,我文章中也是如此。

也许他的文章思想深度不够,但那旺盛的战斗意气掩盖了这方面的不足。

"五四"时期议论性散文的繁荣为现代散文的发展开拓了道路。文化革命先驱和战士们的实绩启示我们:文章总是和时代呼应的,而这种针对现实、"当头一击"的文字,也要讲求说理的周密、知识的丰富、形象的表现,更要紧的,要有作者明确的是非和爱憎的感情贯注其中,才能起到以理服人、以情感人的作用。鲁迅是杂文这种文体的伟大的开创者,不仅为现代散文增添了光辉,而且为整个现代文学史树起了巍峨壮丽的丰碑。

二

"五四"以后,叙事抒情的散文以创新的面目为现代散文的发展奠定了基础。从传统说,这类散文在中国古典文学中本是主流和精华;现在一变而用白话写作,写出来的文章立即风靡全国,不胫而走,这本身就起了建设新文学和向旧文学示威的作用。不是么,"五四"以后,在一派反对文言、提倡白话的声浪中,那个妄图螳臂当车的封建卫道者林纾就跳出来攻击:若尽废古书,行用土语为文字,则都下引车卖浆之徒所操之语,按之皆有文法……凡京津之稗贩,均可用为教授矣!"①照他看来,白话文,根本不能登上高尚的文学之台。复古守旧派的进攻就给了新文学工作者一个任务:除了据理驳斥以外,更重要的是"拿出货色来",必须写出漂亮缜密的现代散文,来显示"文学革命"的实绩。正如鲁迅所说,"在表示旧文学之自以为特长者,白

---

① 林纾:《致蔡鹤卿太史书》。

话文学也并非做不到。

在这方面做出显著成绩的,仍然要首推鲁迅。除了杂文之外,鲁迅写的叙事抒情散文在新文学最初十年间结集成书的有《野草》和《朝花夕拾》。抒情成分极浓的《野草》大多写于1924—1925年间(卷末有两篇作于1926年)。《野草》反映了鲁迅在这一时期的探索和战斗的历程,其中既有彷徨求索的苦闷的心情,更有顽强不屈的战斗意志。他诅咒北洋军阀,他们的反动统治是将要"失掉的好地狱",讴歌人民革命斗争是"地火在地下运行,奔突"。在现代散文史上,《野草》可以说是开了中国散文诗之先河。《朝花夕拾》成书于1926年,这十篇"从记忆中抄出来"的散文,生动形象地反映了鲁迅少年时代的生活,强烈的倾向性渗透在字里行间。例如在《阿长与〈山海经〉》里,写了多嘴而拘于旧礼的保姆阿长,但她却有一颗醇厚、仁慈的心灵;在《范爱农》里勾勒了老友范爱农寡合于世的狷介性格,而满怀愤激地斥责旧社会的凉薄无情;在《二十四孝图》里,对"以不情为伦纪,诬蔑了古人,教坏了后人"的拙劣的封建伦理说教,投以辛辣的讽刺;在《无常》里对于"鬼而人,理而情,可怖而可爱"的无常,则表现出浓郁的兴趣。至于眷恋百草园的童年欢乐,钦服藤野先生的不倦教诲,都回荡着一种纯真的、亲切的感情。熔叙事、议论、抒情于一炉,《朝花夕拾》成了现代散文中典范的作品,至今读来,我们还感受到不尽的思想教益和艺术魅力。

"是这般的:满蕴着温柔,微带着忧愁,欲语又停留。"(冰心:《诗的女神》)女作家冰心就是以她这种独创的"冰心体"散文走进中国现代散文领域的。1921年1月,冰心发表了她的成名之作《笑》。这篇散文,虽只是捕捉了生活中一刹那间的印象,但由于向读者传达了近似抒情诗和风景画的美感,便倾动一时,影响深远。后来写的《梦》、《往事》、《寄小读者》等,大都以母爱、儿童爱、自然爱为主要内容,写的是"花的生活,水的生活,云的生活"。冰心将故国之思和对童年生活的眷恋,用一种温柔、惆怅的笔触写来,颇能引起读者的共鸣。大多数人喜爱冰心的散文,我认为这与当时军阀混战、社会污浊有关。人们在厌倦和憎恶现实的情绪下,一下子展读了冰心清丽隽永的散文,感受到母爱的深沉、童心的纯真和自然的秀美,思想和灵魂得到净化,未始不是对美好的向往、与丑恶的决断。冰心的散文境界不够阔大,但从艺术上说,她的散文文字清丽、情思蕴藉,特别是在散文语言的运用上,既发挥白话文流利晓畅的特点,又吸收文言文凝练含蓄的长处,这就形成了她特有的风格,前人用"意在言外,文必己出,哀而不伤,动中法度"十六字来概括,是非常中肯的。

　　有意识对现代散文的发展作革新和创造的当推朱自清。在散文的写作实践和理论研究方面,朱自清都做出了很大的贡献。他是文学研究会的早期重要成员,是主张文学"为人生"的现实主义作家,所以他竭力提倡"写实的文学",更要求深入观察生活,体验现实。在《山野掇拾》(1925年)中,他谈到观察和写作,"于一言一动之微,一沙一石之细,都不轻轻放过"。他对中国文学史有充分的学养,认为"我们的白话散文"从长篇议论发展到小品文杂文的时代,需要发挥其社会功能,更主张联系"历史的背景"和"外国的影响"来进行革新创造。他正是用白话美文的"漂亮的缜密"实践自己的革新主张的。《桨声灯影里的秦淮河》、《荷塘月色》、《背影》、《儿女》等是脍炙人口的散文名篇。这些作品虽少战斗意气,但写景抒情真切动人。特别是他善用白描的手法写出细致入微的感受,有一种娓娓动人的风采。朱自清在《背影》的序文中说:"……中国文学向来大抵以散文学为正宗,散文的发达,正是顺势。而小品散文的体制,旧的散文学里也尽有,只精神面目,颇不相同罢了。"这几句话,一方面指出了现代散文与古代散文之间的继承和发展的关系,同时也说明作者认识到现代散文应当要有时代的新精神。事实上,朱自清有相当多的散文直面人生,现实性和思想性都很强。如《温州的踪迹》中的《生命的价格——七毛钱》以及《航船的文明》、《执政府大屠杀记》等,对旧社会分明的阶级界线及统治者的暴虐凶残,都予以强烈的抗议和抨击。20世纪30年代以后,朱自清写了《欧游杂记》、《伦敦杂记》等散文,认真观察、细致描绘的作风一以贯之,而在散文创作的口语化方面更做了重大的努力和试验。与朱自清齐名的另一位文学研究会的重要作家叶绍钧说:现在大学里如果开现代本国文学的课程,或者有人编现代本国文学史,论到文体的完美,文字的全写口语,朱先生该是首先被提及的。①

其实,叶绍钧的散文也是够资格入选教材的。他的散文的特点是在描述现实人生和自然景物时,以细致谨严、修整朴实的文字做周到的交代和层层的推论。所以郁达夫称赞他风格谨严,思想每把握得住现实,所以他所写的,不问是小说,是散文,都令人有脚踏实地,造次不苟的感触。……我以为一般的高中学生,要取作散文的模范,当以叶绍钧氏的作品最为适当②。

"五卅"惨案后,叶绍钧就写出了《五月卅一日急雨中》,与郑振铎的《街血洗去后》并称为反映"五卅"事件的力作,是"五四"以来最优秀的散文之一。叙事抒情散文创作尤以文学研究会的成员取得的成绩最大,不少人创作了名篇佳品。例如郑振铎的《海燕》,描写细腻生动;王统照的《烈风雷雨》,迸发出炽烈的感情;许地山的《落花生》,富有人生哲理。其他如俞平伯散文的清新婉曲,梁遇春的潇洒自如,钟敬文的平远清隽,夏丏尊的朴实谨严,丰子恺的飘逸灵动,都对繁荣和发展现代散文创作,起了极大的作用。

创造社成员的成就主要在诗歌和小说方面,然而他们的"表现自我"、"写出个性",抒情气氛极浓的散文创作在现代散文发展史上也是独树一帜的。最有代表性的作家是郁达夫。他充分认识到新旧散

---

① 叶绍钧:《朱佩弦先生》。
② 郁达夫:《中国新文学大系散文二集·导言》。

文的区别，把突破封建主义樊篱、追求个性解放看作是开拓现代散文新道路的重要标志。他在《新文学大系散文二集·导言》里指出旧散文作家无可摆脱的局限与弱点，说："有些人虽则想破壳而出，但因为麻烦不过，终于只能同蜗牛一样，把触角向外面一探就缩了进去。有些人简直连破壳的想头都不敢有，更不必说探头出来的勇气了。这一层硬壳上的三大厚柱，叫作尊君，卫道，与孝亲。"接着他指出现代散文发展的特点："自从五四运动起后，破坏的工作就开始了。……现代的散文之最大特征，是每一个作家的每一篇散文里所表现的个性，比从前的任何散文都来得强。……我们只消把现代作家的散文集一翻，则这作家的世系、性格、嗜好、思想、信仰，以及生活习惯等等，无不活泼泼地显现在我们的眼前。"在中国民主革命时期，个性解放的主张有反封建的进步意义，而这一点在提倡浪漫主义的创造社作家中表现得更强烈鲜明。郁达夫在现代散文作家中地位很突出，他的散文数量相当多。他的《鸡肋集》《奇零集》《敝帚集》等书中所收的散文，都是他愤激时的叫喊，哀痛时的歌哭，沉闷时的泣诉；思想和盘托出，感情直截了当，篇篇都呈现作家率直、诚挚的内心世界。虽然他抒写的是一己感触，多有伤感的情绪，但因从时代和社会中生发，所以很能感染同一境遇中的广大读者。他后期写的大量小品、随笔，无论是议论时事（如《断残集》）还是寄情山水（如《屐痕处处》），都不忘伤时痛世，时露愤激之音。特别是在散文中他常常插入自写的旧诗，补充文中没有说尽的意思，进一步抒发情愫，诗与文相辅相成，这成为他的散文的一种独特手法。此外，他还提倡并实践日记体和书简体的文章，也丰富了现代散文的体裁和内容。创造社的主将郭沫若的"火山爆发式的感情"，大多包容在他的诗篇里，他的散文也写得才气纵横，笔调明朗。前期散文大都收在《水平线下》《山中杂记》《橄榄》等集中。《小品六章》之一的《路畔的蔷薇》最初在《晨报副刊》上发表时，作者曾写了一篇短序，说："我在日本时生活虽是赤贫,但时有牧歌的情绪袭来,慰我孤寂的心地。我这几章小品便是随时随地把这样的情绪记录下来的东西。"笔调是清新、流畅的,但是"牧歌的情绪"并不能掩饰他对旧社会的愤懑与憎恨。1923年8月写的《月蚀》,已经强烈表达了对帝国主义压迫的不满。1927年3月底写的《请看今日之蒋介石》,在蒋介石"四一二"大屠杀之前,就预先剥下了这个反革命刽子手的面具,见出作家的政治敏感,也显示了其勇气和力量。"自传体"和"回忆录"是郭沫若散文创作的主要部分,勾勒大时代的风云变幻真实生动,记叙个人的经历委婉亲切,有些已成为珍贵的历史记录。特别是他对周恩来同志的观察和描写细致入微,如《洪波曲》写周恩来同志"思考事物的周密有如水银泻地,处理问题的敏捷如电火行空,而他一切都以献身的精神应付,就好像永不疲劳",又在《南京印象》写道:"轩昂的眉宇,炯炯的目光,清朗的谈吐,仍然是那样的有神。对于任何的艰难困苦都不会避易的精神,放射着令人镇定,也令人乐观的毅力。"这些文字传神地写出周恩来同志的风貌和人格,今天读来,我们还要钦服作者的观察力,感谢郭沫若留下这些宝贵的人物剪影。

三

20世纪30年代以及抗战期间,阶级斗争和民族矛盾的激烈交织,使得这时期的散文发展具有两个特色:一是短兵相接的匕首投枪式的杂文更加兴旺发达;二是写实成分增强,并且出现了报告文学这种新的文体。

鲁迅进入晚年,战斗的精神愈益旺盛。由于掌握了马列主义的辩证法,他的杂文就达到了异常辉煌而又合乎科学的高度。1935年,鲁迅曾在《且介亭杂文二集·后记》中说:我从在《新青年》上写'随感录'起,到写这集子里的最末一篇止,共历十八年,单是杂感,约有八十万字。后九年中的所写，比前九年多两倍，而这后九年中，近三年所写的字数，等于前六年。

可见鲁迅为了战斗付出了多么巨大的劳动。其杂文不仅数量大，而且包含的内容深广。鲁迅杂文是现代议论性散文中高度的政治内容与完美的艺术形式统一的精品。它的战斗威力正如当时党中央和苏维埃政府为鲁迅逝世所发出的电报中指出的，"他的笔是对于帝国主义、内奸卖国贼、军阀官僚、土豪劣绅、法西斯蒂，以及一切无耻之徒的大炮和照妖镜"。

经过鲁迅的倡导和培育，杂文写作队伍壮大了。曾经和鲁迅并肩战斗的瞿秋白，早在1920—1922年旅苏期间，就写过《俄乡纪程》和《赤都心史》两部散文集，这是作者"心弦上乐谱的纪录"，在当时使从黑暗中企求光明的中国人民的心颇激动了一番。20世纪30年代最初几年，瞿秋白写了相当多的杂文，深湛的马列主义理论修养和对革命斗争的远见卓识，再加上明白晓畅的文笔，使他的杂文赢得了鲁迅的赞赏。其杂文在战斗的年代发挥了战斗威力自不待言，而艺术上的风华秀发、格致高远，更是大家所公认的。除了鲁迅、瞿秋白外，利用杂文进行战斗的作家，还有郭沫若、茅盾、郁达夫、阿英（钱杏邨）、邹韬奋等，还有更多的后起之秀如徐懋庸、唐弢、柯灵、周木斋、秦牧、聂绀弩等，都出了杂文集子，鲁迅还热情地为有些集子作序。"九一八事变"之后，杂文这种议论性的散文风起云涌，一时间期刊、作家林立，以至于有人把1933年和1934年分别称为"小品文年"和"杂感年"。

鉴于西欧报告文学这种文体的流行，"左联"在开展工农通讯员运动时加以提倡，报告文学这一新兴的文学样式迅速发展起来。1932年，上海"一·二八"淞沪抗战爆发，广大作家根据观察和调查，把斗争的实况及时报道，这就有了《上海事变与报告文学》的结集。1936年茅盾主编的《中国的一日》，比其他报告文学集的作者更多、题材更广,八十万字的巨著描写了"丑恶与圣洁,光明与黑暗"①交织着的现实生活,其编纂的规模是以前中国现代文学中少有的。

被称为报告文学典范之作的是夏衍的《包身工》和宋之的的《一九三六年春在太原》。《包身工》以富有感情的笔触,报道了上海日本纱厂"包身工"的非人生活,强有力地揭露了帝国主义剥削、残害工人的令人发指的罪行。整个作品描述逼真、感情强烈,令人读后留下永不磨灭的印象。《一九三六年春在太原》以深刻的讽刺和新颖的格式而引人注目。全篇用新闻剪辑的手法,既真实可信,又主题集中,有力地抨击了反动统治,有着很强的艺术效果。抗日战争爆发之后,"报告文学差不多成为一个非常流行的运动"(周扬语),其中较突出的作品有刘白羽的《逃出北平》、沙汀的《到华北前线去》、黄钢的《开麦拉之前的汪精卫》、碧野的《滹沱河夜战》、何其芳的《日本人的悲剧》等。报告文学既是对事实的报道,又以文学手法表现,这样就将文学和新闻嫁接,尤以迅速反映现实为能事,这既丰富了现代散文的品种,又发挥了战斗的效能。

杂文偏于说理,是文艺性的批评;报告文学重在纪事,是文学性的报道。这两种文体在这时期得到发展,自有时代的原因。但它们有一个共同点,就是现实成分的增强,这个因素也影响了叙事抒情性散文的发展。这方面的代表作家应当提到茅盾。郁达夫就看重茅盾写作的这一特点,称赞说:"中国若要社会进步,若要使文章和现实生活发生关系,则像茅盾那样的散文作家,多一个好一个,否则清谈误国,辞章极盛,国势未免要趋于衰颓。"②茅盾的散文结集的很多,如《宿莽》(1931年)、《茅盾散文集》(1933年)、《话匣子》(1939年)、《印象·感想·回忆》、《见闻杂记》(1943年)、《时间的纪录》、《归途拾零》(1944年)、《生活之一页》(1946年)、《脱险杂记》(1948年)等,单

---

① 茅盾:《中国的一日·关于编辑的经过》。
② 郁达夫:《中国新文学大系散文二集·导言》。

从内容看,就可见作者反映现实生活面之广阔,在中国现代散文作家中,茅盾可以当之无愧地被称作中国社会生活的文学素描家。

茅盾早期的散文是"诗一样的小小人生的剪片",但也"回荡起伏着怅惘的滋味";20世纪30年代则更加开拓了题材,反映了更多的世态和人民大众的苦难生活;40年代散文的代表作《白杨礼赞》、《风景谈》等篇,已经成为现代散文史上的名作。《白杨礼赞》写的是西北高原一种普通的树,礼赞的是党领导下的在北方敌后坚持抗战的英雄人民。作者在这里以浓郁的情思、敏锐的洞察力,发掘了客观事物的内涵,在平凡中揭示出不平凡,创造了比现实生活更高、更完美的艺术境界和独具生命的形象。《风景谈》的描叙更加开阔,整篇文章充满着新生活的情趣和诗情画意。作者尽力发掘"新的人物,新的世界"的内在的美,表现了他对解放区的倾心和挚爱的浓烈情怀。就语言的艺术来说,文章言简意深、劲健有力,而又绰约多姿、生动洒脱,表现出大作家的功力和修养。

不间断地从事散文写作,为中国现代散文的繁荣和发展做出贡献的还有巴金、冯至、吴伯箫、萧红、李广田、何其芳、陆蠡、丽尼等。巴金写作散文,常是澎湃的热情随着流畅的文字滔滔而下,颇能使广大青年读者的心激动一番。冯至一反委婉深情的诗风,他的散文以平实朴素见长。吴伯箫的散文内涵深厚、情思绵邈。萧红以刚健轻快的风格,跳动跌宕的文字,写她特有的不平常的经历,突出了北方女性的坚强个性。她的长篇散文《回忆鲁迅先生》,是表现鲁迅日常生活的传神之作。李广田、何其芳、陆蠡、丽尼一向注意文字的精雕细刻,在20世纪30年代他们也开始向现实人生挺进,从文字的形式美转向对内容的深度与广度的开拓。而何其芳从他有名的追求形式美的《画梦录》到《刻意集》以及《星火集》的转变,可以看出作者从抗战后方到延安解放区后,思想和文字都经历了一番改造,这种变化使他以另外一种散文家的姿态呈现在读者面前。

解放战争时期,现代散文创作完全进入崭新的阶段,描述的是新的世界和新的人物,抒发的也是新的思想和新的感情。写解放战争从胜利走向新的胜利的著名散文有华山的《英雄的十月》、韩希梁的《飞兵在沂蒙山上》、刘白羽的《环行东北》、周立波的《冀察晋印象记》等,而丁玲的《陕北风光》则赞美"陕北的风光是无尽的,而且是无限好",字里行间洋溢着陕北农民在党领导下翻身劳动的欢愉之情,其中《田保霖》一篇发表后,毛主席曾写信予以鼓励。其他像周而复的《白求恩大夫》、沙汀的《记贺龙》等都凸现了人物的风采。这些作品多是战斗环境中的产物,文字不着意雕琢,不追求艺术形式的美,但由朴见真,显示的不单是生活的真实,也是历史的真实,是富有艺术性的历史文献。

四

"五四"时期开始的,如鲁迅所说的"仗着挣扎和战斗"的现代散文从"筚路蓝缕"走到"康庄大道",这一段发展史实,可以总结出许多经验。究竟有哪些问题值得我们注意和研究呢?我以为至少有这三方面给我们以启示。

第一,战斗是现代散文的生命。现代散文是在不断战斗中得以发展的。如本文开头所提到的,鲁迅通过分析散文小品这一文体在中国文学史上的发展情况,说明它的生存和发展必须"仗着挣扎和战斗"。既然现代散文萌芽于文学革命与思想革命,从内容上说,它要抨击旧事物,促使新事物诞生,反映深刻的思想和时代的精神;从形式上说,它要坚决扫荡一切陈词滥调、藻饰雕琢等束缚思想自由表达的文字桎梏,所以每前进一步必然要经过披荆斩棘的艰苦斗争。这个战斗是双重的。它既要和阻碍新文化、新文学运动的主要敌人——封建统治者、卫道者们抗争,又要和分化出来的资产阶级右翼分子论辩。特别严重的情况是,正面的敌人溃退之后,他们就企图在革新阵营内部寻找代理人。1925年,鲁迅写的著名的《论"费厄泼赖"应该缓行》一文,就是针对同一"语丝派"中的周作人、林语堂等人的。这场原则争论表明新文学阵线中有的人开始有退婴思想,导致后来思想立场的分歧。周作人很早就提倡写现代散文,把它推崇为"现代文学发达的极致"①,并且在1921年5月的《晨报副刊》上撰写《美文》一篇,指出:"在现代的国语文学里,还不曾见有这类文章,治新文学的人为什么不去试试呢?"其推波助澜之功不可不提,但他要人写的是"近于明朝人"的散文小品,他自己一写再写,屡谈不厌的即是苦茶古玩、神鬼性灵、草木虫鱼之类的题材,他后来甚至写《三礼赞》这样的文章,礼赞起妓女、哑巴、醉鬼来。他特别反对散文要针对现实、面向人生,一再声言"文学即是不革命,能革命就不必需要文学"②,并且宣告"至于时事,到现在决不谈了"③。后来的《论语》、《人间世》提倡"性灵""闲适",正是这种主张和倾向的发展。所以,以鲁迅为首的进步散文家和这种企图将散文小品变成文学上的"小摆设"的人展开了毫不留情的斗争。鲁迅指出,生存的小品文,必须是匕首、是投枪,能和读者一同杀出一条生存的血路,并且预言,它以后的路,明明是更分明的挣扎和战斗。

在散文的写法和风格上作家们也有分歧和斗争。以林语堂为首的一派看到这种文体有它自由、洒脱的一面,便援古证今,大肆鼓吹幽默和闲适。盲目崇外的一些作家跟着附和,从创作实践方面卖力气,写出一些过分欧化的散文,标榜这是继承了英国笔记散文"幽默雍容"的一面。这类散文一时间从理论到创作鼓噪而起,颇能迷惑和影响一些读者。现代散文的出现,即以风格而论,与传统散文不同,

---

① 周作人:《永日集》。
② 周作人:《永日集》。
③ 周作人:《雨天的书》。

鲁迅已经指出了它有"幽默和雍容"的特点,这种"幽默和雍容"适当有一点,可以使文章不板滞,不平实,但过分强调,一味追求,甚至以此抹杀自己散文的民族特点,反对时代精神和战斗风格,这就会堕入恶趣。所以鲁迅说,"幽默既非国产,中国人也不是长于幽默的人民,而现在又实在是难以幽默的时候"①,并严正批判像《论语》、《人间世》那样成天标榜幽默和闲适,其企图就是麻痹人民的革命斗志,或则"将屠夫的凶残,使大家化为一笑"②,或则"将粗犷的人心,磨得渐渐的平滑"③。

现代散文日益走向大众化,资产阶级便又故作高蹈地进行攻击和讥刺。梁实秋为一代表。他曾在《新月》上发表议论说:"近来写散文的人,不知是过分的要求自然,抑过分的忽略艺术,常常的沦于粗陋之一途。无论写的是什么样的题目,类皆出之以嘻笑怒骂:引车卖浆之流的语气,和村妇骂街的口吻,都成为散文的正则。像这样恣肆的文字,里面有的是感情,但是文调,没有!"梁实秋在这里不过重复了封建卫道者林纾的谬论,本没有多少道理可言,所以郁达夫只提出几个反问,就驳得他体无完肤,理屈词穷了:"难道写散文的时候,一定要穿上大礼服,戴上高帽子,套着白皮手套,去翻出文选锦字上的字面来写不成?扫烟囱的黑脸小孩,既可以写入散文,则引车卖浆之流,何尝不也是人?人家既然可以用了火烧猪猡的话来笑骂我们中国人之愚笨,那我们回骂他一声直脚鬼子,也不算为过,况且梁先生所赞成的'高超的郎占诺斯'(The Sublime Longinus)在他那篇不朽的'崇高美论'(On the Sublime:Translated by A. O. Prickard)里,对于论敌的该雪留斯(Caecilius)也是毫不客气地在那里肆行反驳的,嘻笑怒骂,又何尝不可以成文章?"④

---

① 鲁迅:《伪自由书·从讽刺到幽默》。
② 鲁迅:《南腔北调集·"论语一年"》。
③ 鲁迅:《南腔北调集·小品文的危机》。
④ 郁达夫:《中国新文学大系散文二集·导言》。

20世纪30年代,阶级斗争愈加激化,散文小品更是发挥了战斗作用,这也就更引起敌人的仇恨,他们唆使一些御用文人极力贬低这种文体的作用和地位,并且胡说由于散文的开展与繁荣,妨碍了伟大作品的产生。他们攻击的矛头首先指向鲁迅。对于官民的明明暗暗的、软软硬硬的围剿,鲁迅毫不动摇和退缩,声称:"要做这样的东西的时候,恐怕也还是要做这样的东西。"①他在《做"杂文"也不易》、《徐懋庸作〈打杂集〉序》、《杂谈小品文》、《〈且介亭杂文〉序言》里,对敌人的进攻进行了有力的反击,维护了革命文学的尊严。现代散文就是这样随着革命前进的步伐而向前发展的,并且以它的深刻的思想内容和完美的艺术形式,战胜了旧传统、旧形式,日见其斑斓和兴旺。现代散文从战斗中打开一条通路,它本身的发展还启示我们:要写好散文,首先要提高思想认识。一篇文章最重要的是立意,不管是议论,还是叙事、抒情,它总有两个重要的因素:有所感而写,有所为而发。没有思想光泽,文章的旨意不高,即便辞章讲究,铺陈文采,那只是纸扎的花、泥塑的人,缺乏真的色香,没有活的灵魂,不要说这不会给大众以思想教益,审美意义也无从谈起了!只有战斗的、前进的文学作品,才是永开不败的花朵。

第二,现代散文的发展是和艺术水平的提高以及风格的多样化分不开的。散文是一种文学体裁,它就必须遵循文学艺术的规律去创作。即以战斗性极强的杂文来说,鲁迅从来没有忽略它艺术上的要求,一再强调它要"移人情",能给人"愉快和休息"。因此,好的散文要"释愤抒情",讲究"画境和形象"的创造。翻开现代散文诸多名家的作品来看,无论是议论性的或是叙事抒情的,从谋篇布局到选词用句,都经过覃思精虑的过程,付出过呕心沥血的劳动。鲁迅从来是临文不苟的,他说:"我向来就没有格外用力或格外偷懒的作品。"郁达夫强调要讲求散文的"心"和散文的"体"。朱自清提出要"精雕细

---

① 鲁迅:《华盖集·题记》。

琢","剥开来细细地看"。茅盾告诉我们,他写短短的速写或随笔,"每次都是一身大汗"。这些散文大家的作品都极清楚地说明了,凡经受得住时间考验的作品,都经过了思想上和艺术上的千锤百炼。我们若要摘取艺术王冠上的明珠,同样得花气力攀登思想和艺术的高峰。

现代散文取得成绩也与风格的多样化有关。早在1927年7月,朱自清在《〈背影〉序》一文中就看到这个潮头:"但就散文论散文,这三四年的发展确是绚烂极了:有种种的样式,种种的流派,表现着,批评着,解释着人生的各面,迁流曼衍,日新月异:有中国名士风,有外国绅士风,有隐士,有叛徒,在思想上是如此。或描写,或讽刺,或委曲,或缜密,或劲健,或绮丽,或洗练,或流动,或含蓄,在表现上是如此。"艺术风格事实上是创作个性的体现。如果每一个散文作者根据自己的生活体察,从自己认识世界的观点出发,挖掘生活和事物的底蕴,用他自己的独特手段和特殊方法,把生活再现在纸上,将情思蕴藉其中,无疑地这是艺术的再现,这样的作品必然给人以真切、新鲜的感觉,而它具有的审美意义也就非同一般。所以连写散文一向以朴素谨严著称的叶绍钧在《读者的话》中也说:"我要求你们的工作完全表现你们自己,不仅是一种主张,一个意思要是你们自己的,便是细到像游丝的一缕情怀,低到像落叶的一声叹息,也要让我认得出是你们的,而不是旁的人的。"的确如此,现代散文的一大进展也表现在:作家的个性十分鲜明,许多作品里都有一个活泼泼的作者本人在。他们的思想、他们的感情和个性,都那么坦白率直地跃然于纸上,读他们的文章,真气扑面而来,有如敞怀共话,有如促膝对谈。"五四"以来,凡是取得成就的作家,差不多都是以"个人笔调"展现在现代文学史上的。茅盾曾经这样认为,"在所有'五四'时期的作家中,只有冰心女士最属于她自己","她把自己反映得再清楚也没有"(《冰心论》)。朱自清写作散文,努力以求的也是"虽只一言一动之微,却包蕴着全个的性格,最要紧的,包蕴着与众不同的趣味"(《"海阔天空"与"古今中外"》)。自然,有思想性的散文创作又总是和时代和人民革命的需要相呼应。风格离不开时代和社会斗争的培植和孕育,进步的作品是植根在现实的土壤之中的。

有的大作家,也不为一种风格所囿。例如鲁迅的杂文锐利精悍,而《野草》则沉郁顿挫,《朝花夕拾》则流美通畅,无论是议论、叙事、写景、抒情,都做到有美皆备,无善不臻。这种百炼钢化绕指柔的写作本领,我们一时做不到,但可以永远向他学习。总之,在艺术实践中,只有不满足于一般化反映现实,才有可能对无限丰富的生活做独具一格的发现和艺术创造。如果说,在民主革命时期,众多的散文作家创造了丰富多彩的艺术风格,那么在今天壮丽的社会主义建设时代,写出姹紫嫣红、精金美玉的好作品来,更应该是我们责无旁贷的使命了。

第三,现代散文也是在批判继承中外古今优秀文学传统中得到提高和发展的。一种文学形式,它从来不会孤独地存在,更不会毫无依傍地自生自长,它总有所承传,有所借鉴,才能壮实地前进。毛泽东同志曾经指出:"我们必须继承一切优秀的文学艺术遗产,批判地吸收其中一切有益的东西,作为我们从此时此地的人民生活中的文学艺术原料创造作品时候的借鉴,有这个借鉴和没有这个借鉴是不同的,这里有文野之分,粗细之分,高低之分,快慢之分,所以我们决不可拒绝继承和借鉴古人和外国人,哪怕是封建阶级和资产阶级的东西。"(《在延安文艺座谈会上的讲话》)现代散文的产生,从思想到形式,对旧文学当然是一次革命。但是尽管"五四"以后散文都是用现代汉语写的,更注重了口语化,但在写作时无论是谋篇布局,还是形象选择、表现手法等方面,仍然有向古典散文学习借鉴的地方。许多散文名家,如鲁迅、朱自清、冰心、郁达夫等,古典文学的修养很高,他们化古为新,表现在文章中不着痕迹,不落窠臼,更见精彩。如果仔细研究,还是可以揣摩到一些渊源关系。例如鲁迅的文章风格就与阮籍、嵇康的文章相近;朱自清的《绿》、《白水漈》等篇,和柳宗元的山水小品相仿佛；冰心的散文语言，熔铸了大量文言词汇；而郁达夫的散文常写进古典诗词，成了他文章的有机组成部分。这都说明新旧散文虽有本质上的区别，但中间没有截然的分界。还要指出的是，古典散文中不乏民主性的精华和战斗的传统，在思想内容方面也给现代散文以滋养。鲁迅曾就此理出一条脉络。他指出：晋朝的清言，早和它的朝代一同消歇了。唐末诗风衰落，而小品放了光辉。但罗隐的《谗书》，几乎全都是抗争和愤激之谈；皮日休和陆龟蒙自以为隐士，别人也称之为隐士，而看他们在《皮子文薮》和《笠泽丛书》中的小品文，并没有忘记天下，正是一塌糊涂的泥塘里的光彩和锋芒。明末的小品虽然比较的颓放，却并非全是吟风弄月，其中有不平，有讽刺，有攻击，有破坏。①

鲁迅的文章，战斗意气是那样昂扬奋发，涉及的知识是那样的广博渊深，就很好地表明他是最善于继承和发展文学传统，做到目光四射，取精用宏的。

鲁迅又说现代散文"常常取法于英国的随笔（Essay），所以也带一点幽默和雍容"。现代散文中有一些小品和英国的随笔很相近。历史的原因是自从中国向西方学习以来，语言的媒介，往往从学习英语开始，最初的读本内容又多是短篇的散文随笔，像爱默生、兰姆、欧文、霍桑以及后来的高尔斯华绥、吉辛、斯蒂文森等的散文随笔，都拥有不少读者。这些读物中个性解放、思想自由的观点，也与"五四"以来的新思潮合拍。鲁迅还勤奋地翻译介绍了日本人的思想小品，如《出了象牙之塔》、《思想·山水·人物》等，也沟通了外国散文与中国散文的关系。从外国作品的学习中丰富自己的诗才学殖，是提高自身的一条途径。还有，中国现代汉语固然优点很多，但也有表达不够周密的地方，也需要吸取外国语法的长处，从而更加丰富和精密。例如刘半农借鉴外国文法，在汉字中除"他"外，创造"她"、"牠"（后来变

---

① 鲁迅：《南腔北调集·小品文的危机》。

为"它"),就曾得到鲁迅的赞扬。至于鲁迅翻译波特莱尔等的散文诗,也丰富了中国现代散文的体裁,继《野草》这第一部中国的散文诗之后,20世纪30年代,这种样式就大为流行了,这是外国文学影响中国现代散文的一个实例。虽然,一国文学受世界文学的影响是一种普遍的规律,但影响离不开时代和阶级的制约,借鉴也不能代替独立的创造。鲁迅提出的"拿来主义"是有原则立场的。

人民对文学提出了更高的要求,研究现代散文的发展正是为着建设和推进社会主义文学。根深才能叶茂,源远必然流长。在继往开来的新时代中,文艺百花园中散文这朵奇葩将要开放得更加鲜艳美丽!

论"费厄泼赖"①应该缓行

鲁 迅

一 解 题

《语丝》②五七期上语堂③先生曾经讲起"费厄泼赖"（Fair play），以为此种精神在中国最不易得，我们只好努力鼓励；又谓不"打落水狗"，即足以补充"费厄泼赖"的意义。我不懂英文，因此也不明这字的函义究竟怎样，如果不"打落水狗"也即这种精神之一体，则我却很想有所议论。但题目上不直书"打落水狗"者，乃为回避触目起见，即并不一定要在头上强装"义角"④之意。总而言之，不过说是"落水狗"未始不可打，或者简直应该打而已。

二 论"落水狗"有三种，大都在可打之列

今之论者，常将"打死老虎"与"打落水狗"相提并论，以为都近于

---

① "费厄泼赖"：英语 Fair play 的音译，原为体育运动的竞赛和其他竞技所用的术语，意思是光明正大地公平比赛，不要用不正当的手段。所谓"费厄"，就是对对手要宽大，不要穷追猛打；所谓"泼赖"，就是凡事以游戏态度对待，不要过分认真。后来英国资产阶级鼓吹将这种精神用于政治党派间的斗争和社会生活中，并认为这是资产阶级绅士应有的"绅士作风"。其实，鼓吹"费厄泼赖"，其目的在于麻痹人民群众的斗争的意志。
② 《语丝》：1924 年 11 月创刊于北京的一种周刊，内容注重社会批评和思想评论。鲁迅是该刊的重要撰稿人和支持者之一，并在 1928 年的上半年担任过该刊的编辑。
③ 语堂：即林语堂(1894－1976)，福建龙溪人，一度与鲁迅有交往，20 世纪 20 年代曾参加"语丝社"。
④ 义角：假角。陈西滢(陈源)在 1925 年 12 月《现代评论》的《闲话》中攻击鲁迅说，"魔鬼是人人厌恶的。然而因为要取好于众人，不惜……在鬼头上装上义角"。意思是说，鲁迅的文章为读者所欢迎，是因为鲁迅为了讨好读者而装成战斗者的缘故。这是对鲁迅的恶毒攻击。这里鲁迅顺便予以反击。

卑怯。我以为"打死老虎"者,装怯作勇,颇含滑稽,虽然不免有卑怯之嫌,却怯得令人可爱。至于"打落水狗",则并不如此简单,当看狗之怎样,以及如何落水而定。考落水原因,大概可有三种:(1)狗自己失足落水者,(2)别人打落者,(3)亲自打落者。倘遇前二种,便即附和去打,自然过于无聊,或者竟近于卑怯,但若与狗奋战,亲手打其落水,则虽用竹竿又在水中从而痛打之,似乎也非已甚,不得与前二者同论。

听说刚勇的拳师,决不再打那已经倒地的敌手,这实足使我们奉为楷模。但我以为尚须附加一事,即敌手也须是刚勇的斗士,一败之后,或自愧自悔而不再来,或尚须堂皇地来相报复,那当然都无不可。而于狗,却不能引此为例,与对等的敌手齐观,因为无论它怎样狂嗥,其实并不解什么"道义";况且狗是能浮水的,一定仍要爬到岸上,倘不注意,它先就耸身一摇,将水点洒得人们一身一脸,于是夹着尾巴逃走了。但后来性情还是如此。老实人将它的落水认作受洗①,以为必已忏悔,不再出而咬人,实在是大错而特错的事。

总之,倘是咬人之狗,我觉得都在可打之列,无论它在岸上或在水中。

三　论叭儿狗尤非打落水里,又从而打之不可

叭儿狗一名哈吧狗,南方却称为西洋狗了,但是,听说倒是中国的特产,在万国赛狗会里常常得到金奖牌,《大不列颠百科全书》②的狗照相上,就很有几匹是咱们中国的叭儿狗。这也是一种国光。但是,狗和猫不是仇敌么?它却虽然是狗,又很像猫,折中,公允,调和,

---

① 受洗:宗教仪式。凡入基督教的人,由牧师将水洒在他的头上或身上,以此表示洗掉罪过,叫受洗。

② 《大不列颠百科全书》:又称《大英百科全书》,是一种包含各种学科知识的辞典。

平正之状可掬①，悠悠然摆出别个无不偏激，惟独自己得了"中庸之道"②似的脸来。因此也就为阔人，太监，太太，小姐们所钟爱，种子绵绵不绝。它的事业，只是以伶俐的皮毛获得贵人豢养，或者中外的娘儿们上街的时候，脖子上拴了细链子跟在脚后跟。

这些就应该先行打它落水，又从而打之；如果它自坠入水，其实也不妨又从而打之，但若是自己过于要好，自然不打亦可，然而也不必为之叹息。叭儿狗如可宽容，别的狗也大可不必打了，因为它们虽然非常势利，但究竟还有些像狼，带着野性，不至于如此骑墙。

以上是顺便说及的话，似乎和本题没有大关系。

四 论不"打落水狗"是误人子弟的

总之，落水狗的是否该打，第一是在看它爬上岸了之后的态度。

狗性总不大会改变的，假使一万年之后，或者也许要和现在不同，但我现在要说的是现在。如果以为落水之后，十分可怜，则害人的动物，可怜者正多，便是霍乱病菌，虽然生殖得快，那性格却何等地老实。然而医生是决不肯放过它的。

现在的官僚和土绅士或洋绅士，只要不合自意的，便说是赤化，是共产；民国元年以前稍不同，先是说康党，后是说革党③，甚至于到官里去告密，一面固然在保全自己的尊荣，但也未始没有那时所谓"以人血染红顶子"④之意。可是革命终于起来了，一群臭架子的绅

---

① 可掬：可以用手捧取。这里是说叭儿狗（喻走狗文人）所显示出来的"不偏不倚"的神情十分显明，好像可以用手触摸到。

② "中庸之道"：指采取不偏不倚的态度，这是孔孟宣扬的折中调和思想。

③ 康党、革党：康党，指参与康有为等要求清政府"变法维新"的人士。革党，指孙中山领导的反清的革命党。

④ 清朝官吏用不同质料和颜色的帽顶子来区分官阶的高低，最高的一品大官是用红宝石做帽顶子。清末的官僚和绅士常用告密和捕杀革命党人作为升官的手段，所以当时有"以人血染红顶子"的说法。

士们,便立刻皇皇然若丧家之狗,将小辫子盘在头顶上①。革命党也一派新气,——绅士们先前所深恶痛绝的新气,"文明"得可以;说是"咸与维新"②了,我们是不打落水狗的,听凭它们爬上来罢。于是它们爬上来了,伏到民国二年下半年,二次革命③的时候,就突出来帮着袁世凯咬死了许多革命人,中国又一天一天沉入黑暗里,一直到现在,遗老④不必说,连遗少也还是那么多。这就因为先烈的好心,对于鬼蜮⑤的慈悲,使它们繁殖起来,而此后的明白青年,为反抗黑暗计,也就要花费更多更多的气力和生命。

　　秋瑾女士⑥,就是死于告密的,革命后暂时称为"女侠",现在是不大听见有人提起了。革命一起,她的故乡就到了一个都督⑦,——等于现在之所谓督军,——也是她的同志:王金发⑧。他捉住了杀害她的谋主⑨,调集了告密的案卷,要为她报仇。然而终于将那谋主释放了,据说是因为已经成了民国,大家不应该再修旧怨罢。但等到第二次革命失败后,王金发却被袁世凯的走狗枪决了,与有力的是他所

---

　　① 清朝统治时期,迫令汉人也和满人一样,剃发留辫。辛亥革命后,有些人怕清朝复辟,不敢剪辫,把辫子盘在头顶上;一批留恋和效忠清朝皇帝的绅士遗老,不肯剪辫,也将辫子盘在头顶上,伪装"革命"。这里指的是后者。

　　② "咸与维新":出自《书经》"旧染污俗,咸与维新",即一切都要革新。这里指辛亥革命刚推翻清朝时,"一群臭架子的绅士们"投机革命的现象。

　　③ 二次革命:指1913年7月孙中山领导国民党军队的讨袁战争。因相对"辛亥革命"而言,故称"二次革命"。

　　④ 封建时代称前朝的旧臣为"遗老",这里指在清朝做过官,仍然留恋清朝、梦想复辟的老朽。下文的"遗少"是用来讽刺那些虽然年轻,但思想同"遗老"差不多的人。

　　⑤ 鬼蜮:出自《诗经·小雅》"为鬼为蜮"。蜮是古代传说中一种含沙射人的动物。这里比喻搞阴谋诡计的坏人。

　　⑥ 秋瑾女士(1875—1907),字竞雄,别号鉴湖女侠,浙江绍兴人。早年曾留学日本,为反清革命团体"光复会"主要人物之一。因进行革命活动,1907年7月15日被捕,17日即就义于绍兴城内轩亭口。

　　⑦ 都督:民国初年掌握一个地区军政大权的官员。

　　⑧ 王金发:清末革命党人。辛亥革命后曾任浙江绍兴军政分府都督。后被袁世凯的走狗浙江都督朱瑞杀害。

　　⑨ 谋主:策划阴谋的主要人物,杀害秋瑾的谋主,指章介眉。辛亥革命后,王金发曾将他逮捕,他靠捐献田产获释。二次革命后,袁世凯的总统府令浙江行政公署归还他以前捐献的田产,不久王金发被杀害,他也是参与谋划的主要人物之一。

释放的杀过秋瑾的谋主。

这人现在也已"寿终正寝"①了,但在那里继续跋扈出没着的也还是这一流人,所以秋瑾的故乡也还是那样的故乡,年复一年,丝毫没有长进。从这一点看起来,生长在可为中国模范的名城里的杨荫榆女士和陈西滢先生②,真是洪福齐天。

五　论塌台人物不当与"落水狗"相提并论

"犯而不校"③是恕道,"以眼还眼以牙还牙"④是直道。中国最多的却是枉道:不打落水狗,反被狗咬了。但是,这其实是老实人自己讨苦吃。

俗话说:"忠厚是无用的别名",也许太刻薄一点罢,但仔细想来,却也觉得并非唆人作恶之谈,乃是归纳了许多苦楚的经历之后的警句。譬如不打落水狗说,其成因大概有二:一是无力打;二是比例错。前者且勿论;后者的大错就又有二:一是误将塌台人物和落水狗齐观,二是不辨塌台人物又有好有坏,于是视同一律,结果反成为纵恶。即以现在而论,因为政局的不安定,真是此起彼伏如转轮,坏人靠着冰山,恣行无忌,一旦失足,忽而乞怜,而曾经亲见,或亲受其噬啮的老实人,乃忽以"落水狗"视之,不但不打,甚至于还有哀矜之意,自以为公理已伸,侠义这时正在我这里。殊不知它何尝真是落水,巢窟是早已造好的了,食料是早经储足的了,并且都在租界里,虽然有时似乎受伤,其实并不,至多不过是假装跛脚,聊以引起人们的恻隐之心,

---

① "寿终正寝":旧时用以表示人平安地老死在家里的说法。
② 杨荫榆:1924年任北京女师大校长,反对革命,压迫学生。她和陈西滢都是江苏无锡人。陈西滢在1925年8月《现代评论》上发表的《闲话》中,曾说"无锡是中国的模范县",鲁迅所说的"模范的名城"即指此。
③ "犯而不校":语出《论语·泰伯》篇。校,计较;犯而不校,意即别人触犯了你,你不必计较。
④ "以眼还眼以牙还牙":语出《旧约·申命记》,鲁迅借用来说明对敌斗争必须针锋相对。

可以从容避匿罢了。他日复来,仍旧先咬老实人开手,"投石下井",无所不为,寻起原因来,一部分就正因老实人不"打落水狗"之故。所以,要是说得苛刻一点,也就是自家掘坑自家埋,怨天尤人,全是错误的。

六　论现在还不能一味"费厄"

仁人们或者要问:那么,我们竟不要"费厄泼赖"么?我可以立刻回答:当然是要的,然而尚早。这就是"请君入瓮"①法。虽然仁人们未必肯用,但我还可以言之成理。土绅士或洋绅士们不是常常说,中国自有特别国情,外国的平等自由等等,不能适用么?我以为这"费厄泼赖"也是其一。否则,他对你不"费厄",你却对他去"费厄",结果总是自己吃亏,不但要"费厄"而不可得,并且连要不"费厄"而亦不可得。所以要"费厄",最好是首先看清对手,倘是些不配承受"费厄"的,大可以老实不客气;待到它也"费厄"了,然后再与它讲"费厄"不迟。

这似乎很有主张二重道德之嫌,但是也出于不得已,因为倘不如此,中国将不能有较好的路。中国现在有许多二重道德,主与奴,男与女,都有不同的道德,还没有划一。要是对"落水狗"和"落水人"独独一视同仁,实在未免太偏,太早,正如绅士们之所谓自由平等并非不好,在中国却微嫌太早一样。所以倘有人要普遍施行"费厄泼赖"精神,我以为至少须俟所谓"落水狗"者带有人气之后。但现在自然也非绝不可行,就是,有如上文所说:要看清对手。而且还要有等差,即"费厄"必视对手之如何而施,无论其怎样落水,为人也则帮之,为

---

① "请君入瓮":据《资治通鉴》第二百○四卷记,唐朝时,有人向武则天控告酷吏周兴,武则天叫另一个酷吏来俊臣审问他。来问周:"犯人多不认罪,有什么好法子?"周说:"这很容易,拿一口大瓮来,四周烧起木炭,叫犯人入瓮,他就什么罪都会承认的。"于是来俊臣按周兴的办法布置,然后对周说:"有人向皇上告发了你,请君入瓮!"周兴只好服罪。

论"费厄泼赖"应该缓行　鲁　迅

狗也则不管之,为坏狗也则打之。一言以蔽之:"党同伐异"①而已矣。

满心"婆理"②而满口"公理"的绅士们的名言暂且置之不论不议之列,即使真心人所大叫的公理,在现今的中国,也还不能救助好人,甚至于反而保护坏人。因为当坏人得志,虐待好人的时候,即使有人大叫公理,他决不听从,叫喊仅止于叫喊,好人仍然受苦。然而偶有一时,好人或稍稍蹶起,则坏人本该落水了,可是,真心的公理论者又"勿报复"呀,"仁恕"呀,"勿以恶抗恶"呀……的大嚷起来。这一次却发生实效,并非空嚷了:好人正以为然,而坏人于是得救。但他得救之后,无非以为占了便宜,何尝改悔;并且因为是早已营就三窟③,又善于钻谋的,所以不多时,也就依然声势赫奕④,作恶又如先前一样。这时候,公理论者自然又要大叫,但这回他却不听你了。

但是,"疾恶太严","操之过急",汉的清流⑤和明的东林⑥,却正以这一点倾败,论者也常常这样责备他们。殊不知那一面,何尝不"疾善如仇"呢?人们却不说一句话。假使此后光明和黑暗还不能作彻底的战斗,老实人误将纵恶当作宽容,一味姑息下去,则现在似的

---

① "党同伐异":语出《后汉书·党锢列传序》。指立场、意见相同的人结合在一起,攻击立场、意见不同的人。陈西滢曾攻击鲁迅是"党同伐异",鲁迅在这里也就用这句话来加以反击,一方面揭穿陈西滢等人的假面;一方面坚持正义立场,明确表示革命与反革命之间不可能、也不应该妥协。

② "婆理":对"公理"而言。陈西滢等在女师大风潮中,曾组织过所谓"教育界公理维持会",打着"公理"的旗号支持反动女校长杨荫榆镇压进步学生。杨荫榆在镇压学生中以封建家庭的婆婆自居,自认有理,所以鲁迅讽刺她的理是"婆理"。

③ 营就三窟:营,建造;就,完成,成功。成语"狡兔三窟"的意思是,狡猾的兔子为了保全自己,常常替自己准备了几个洞。这里是指那些反革命塌台人物早已为自己准备了种种退路。

④ 赫奕:显明盛大的样子。声势赫奕,声势盛大的意思。

⑤ 汉的清流:清流,旧时指在社会上有一定声望,不肯与权贵同流合污的士大夫。汉的清流,指东汉末年太学生郭泰、贾彪和大臣李膺、陈蕃等人。当时他们联合起来批评朝政,揭露宦官的罪恶,因此遭诬陷,被朝廷捕杀,史称"党锢之祸"。

⑥ 明的东林:指明朝末年的东林党,主要人物有顾宪成、高攀龙等。他们在东林书院以"讲学"为名议论朝政,主张改良,附和者众。东林党后被宦官魏忠贤捕杀,被害者数百人。

混沌状态,是可以无穷无尽的。

七 论"即以其人之道还治其人之身"①

中国人或信中医或信西医,现在较大的城市中往往并有两种医,使他们各得其所。我以为这确是极好的事。倘能推而广之,怨声一定还要少得多,或者天下竟可以臻于郅治②。例如民国的通礼是鞠躬,但若有人以为不对的,就独使他磕头,民国的法律是没有笞刑③的,倘有人以为肉刑好,则这人犯罪时就特别打屁股。碗筷饭菜,是为今人而设的,有愿为燧人氏④以前之民者,就请他吃生肉;再造几千间茅屋,将在大宅子里仰慕尧舜⑤的高士都拉出来,给住在那里面;反对物质文明的,自然更应该不使他衔冤坐汽车。这样一办,真所谓"求仁得仁又何怨"⑥,我们的耳根也就可以清净许多罢。

但可惜大家总不肯这样办,偏要以己律人,所以天下就多事。"费厄泼赖"尤其有流弊,甚至于可以变成弱点,反给恶势力占便宜。例如刘百昭⑦殴曳女师大学生,《现代评论》⑧上连屁也不放,一到女师大恢复,陈西滢鼓动女大学生占据校舍时,却道"要是她们不肯走

---

① "即以其人之道还治其人之身":这是宋朝朱熹在给《中庸》第十三章所作注释中的话。这里鲁迅站在革命人民立场,用这句话作为武器,反击复古派、"费厄泼赖"的鼓吹者以及一切反动派,其意思是就用反动派所鼓吹的道理或办法对付他们自己,也就是"请君入瓮"的意思。

② 臻于郅治:臻(zhēn),达到;郅(zhì至),极;臻于郅治,达到(把国家)治理得极好的地步。

③ 笞(chī)刑:旧时刑罚的一种,即打板子。

④ 燧人氏:我国古代传说中发明钻木取火,教人吃熟食的人。

⑤ 尧舜:唐尧和虞舜,传说中的古代帝王。

⑥ "求仁得仁又何怨":语出《论语·述而》。鲁迅在这里只是将它作为一个习语借用,其意思是想得到什么就得到什么,又有什么可怨的呢!

⑦ 刘百昭:1925年北洋军阀段祺瑞执政府教育部专门教育司司长。刘在1925年为镇压女师大学生运动,雇用男女流氓殴打学生,并将学生强拖出校。

⑧ 《现代评论》:周刊,1924年12月在北京创刊,1927年7月移至上海出版,1928年底停刊。主要撰稿人有胡适、陈西滢、徐志摩、唐有壬等。

便怎样呢？你们总不好意思用强力把她们的东西搬走了吧？"殴而且拉,而且搬,是有刘百昭的先例的,何以这一回独独"不好意思"？这就因为给他嗅到了女师大这一面有些"费厄"气味之故。但这"费厄"却又变成弱点,反而给人利用了来替章士钊的"遗泽"保镖①。

八 结 末

或者要疑我上文所言,会激起新旧,或什么两派之争,使恶感更深,或相持更烈罢。但我敢断言,反改革者对于改革者的毒害,向来就并未放松过,手段的厉害也已经无以复加了。只有改革者却还在睡梦里,总是吃亏,因而中国也总是没有改革,自此以后,是应该改换些态度和方法的。

一九二五年十二月二十九日
(选自《鲁迅全集》,人民文学出版社1958年版)

【分析】

鲁迅(1881—1936),浙江绍兴人。原名周树人,字豫才。出身于没落的士大夫家庭,年轻时受过诗书经传的教育,爱好民间艺术和绘画,对中国文学和历史有精深的研究。1898年离家到南京上学,接受了科学知识和进化论思想。1902年考取官费留学日本,由学医改从文艺,企图以此改变国民精神。1909年回国后,在杭州、绍兴任教。1911年辛亥革命爆发,应国民政府教育总长蔡元培邀请,在教育部任部员、佥事等职,并在北京大学、北京女子师范大学等校兼课。1918年和李大钊等一起参加《新青年》杂志的活动,陆续发表小说、论文和杂感。在这一时期,开始接触马列主义。1926年,因支持学

---

① 镖(biāo):同"镖"。保镖,旧社会官僚、富商雇佣会武术的人来保护自身和财物的安全。遗泽,即遗留下来的好东西。"章士钊的'遗泽'"指当时教育总长章士钊对女学生的蒙蔽行为。

生的爱国运动,受北洋政府通缉,于同年8月南下任厦门大学文科教授。1927年1月抵广州,任中山大学文科主任兼教务主任。蒋介石叛变革命后,鲁迅愤而辞去中山大学一切职务,开始改变"进化论"思想。1927年10月到达上海。此后,他一直站在革命文学战线一边,在反文化"围剿"中与反动势力作短兵相接的鏖战。1936年10月19日病逝于上海。他奋斗一生,是中国文化革命的主将,是伟大的文学家、思想家、革命家。

杂文"萌芽于'文学革命'以至'思想革命'"(鲁迅:《南腔北调集·小品文的危机》),是"五四"新文化运动中新兴的文体。这种文体是诗与政论的结合。鲁迅把抨击锢弊、议论时事的杂文归为散文体裁中的重要一类。他曾说:"此种猛烈的攻击,只宜用散文,如'杂感'之类。"(《两地书·三二》)。杂文这种文体一经鲁迅使用,就成为中国现代散文发展的极致,大大开拓和发展了议论性散文的前进道路。

《论"费厄泼赖"应该缓行》是鲁迅前期写作的一篇光辉的杂文。它提出了著名的"痛打落水狗"的战斗主张。鲁迅自己很重视这篇文章。在《写在〈坟〉后面》一文里,他特地向人们推荐这一篇,认为"可供参考",并说:"这里虽然不是我的血所写,却是见了我的同辈和比我年幼的青年们的血而写的。"

《论"费厄泼赖"应该缓行》写于阶级斗争尖锐复杂的1925年底。当时在中国共产党领导下,全国工农革命运动风起云涌,各地反帝反封建的斗争如火如荼,南方的国民革命军正准备北伐,民主革命的高潮即将到来。帝国主义及其走狗北洋军阀政府面临着覆灭的命运。这一时期发生在北京的"女师大风潮",是直接震撼封建军阀统治的大事。在革命形势的推动下,镇压学生运动的北洋军阀政府的教育总长章士钊被迫下台,女师大的校长杨荫榆亦去职,代表反动势力的人物一时纷纷"落水"。

为了调和人民大众和帝国主义及其走狗北洋军阀政府的矛盾,

论"费厄泼赖"应该缓行　鲁迅

胡适、陈西滢、周作人、林语堂等都装出"正人君子"的姿态,竟然公开提倡"费厄泼赖"精神,鼓吹"中庸之道",主张"不打落水狗"。鲁迅敏锐地洞察出这个论调的反动实质,为了回击"中庸之道"的攻势,批判"不打落水狗"的妥协论调,激发群众的革命斗志,在1925年12月,他写下了这篇闪耀着韧性的彻底革命精神的著名文章。

这篇文章首先总结了辛亥革命失败的血的教训,用铁一般的事实,有力地论证了"痛打落水狗"的必要性。鲁迅曾目睹辛亥革命前清朝统治者对于徐锡麟、秋瑾等革命者的血腥屠杀。当时革命者王金发在辛亥革命胜利后,主张对敌人"不修旧怨",要讲慈悲,要讲宽容,竟然释放了杀害革命烈士的谋主,结果,在这一谋主的参与策划下,王金发反被杀害了。就此鲁迅认定一切反动派的反革命本性都是很难改变的,革命和反革命向来是势不两立的,所以他告诫革命者,对敌人决不能讲"费厄泼赖",也决不能讲"宽容",更不应"以己律人",而只能"以其人之道还治其人之身",与之斗争到底,直至取得最后胜利。

其次,这篇文章彻底批判了封建主义和资产阶级所鼓吹的"中庸之道"、改良主义和自由主义。鲁迅剖析这些形形色色"不打落水狗"的主张,认为并非20世纪20年代某些人的首创,它是在漫长的封建社会中形成的一种极为反动的社会思潮。在文章中,鲁迅追溯汉末、明末的"党争"以及清末"康党"和"革党",指出在长期封建社会中,鼓吹"中庸之道"者是怎样去麻痹进步力量和人民群众的斗志的,造成了多少人头落地的悲剧;进而说明到了20世纪20年代,买办资产阶级文人又怎样拿"公理"、"正义"来和老的"中庸之道"合流,继续毒害人民。在这里鲁迅一针见血地指出:在女师大事件的发生发展过程中,洋绅士和土绅士结合在一起,鼓吹"费厄泼赖"精神,其险恶用心,正是为了掩护当时的"塌台人物"——反动的封建军阀势力——安全退却。

《论"费厄泼赖"应该缓行》一文说理透辟,论证严密。文章的中心思想十分明确,各节都围绕中心论点展开论证,第一节提出中心论点,最后一节做出结论,中间六节从正面与反面,从历史教训到现实斗争,从理论到事实加以论证,环环紧扣,层层深入,极为有力地论证了"费厄泼赖"之不可行和不该行。

杂文是文艺性的议论散文,除了贯穿辩证的理论思维外,特别要有富于情感和想象的审美思维。这一根本特点决定了鲁迅杂文在艺术地掌握世界的方式上,不同于一般说理的文章。议论的形象化,议论的情意化,就大大增强了文章的文学性和可读性。鲁迅在《论"费厄泼赖"应该缓行》一文中,将说理和形象结合在一起,并且表达了强烈的爱憎感情。他用他那支又泼辣、又幽默、又锋利的笔,画出了"落水狗"、"叭儿狗"和"塌台人物"的嘴脸,给了敌人致命的一击,使其原形毕露,无法逃遁。例如,鲁迅提炼了买办资产阶级文人的"神情"和"精髓",喻之以"叭儿狗"这个名词,并且画出了他们的肖像:"狗和猫不是仇敌么?它却虽然是狗,又很像猫,折中、公允,调和,平正之状可掬,悠悠然摆出别个无不偏激,惟独自己得了'中庸之道'似的脸来。"这里,鲁迅用了塑造"社会相"的形象的手法,勾画出令人永远难以忘却的图画,激发读者去深刻思考。

通读这篇文章可以看到,鲁迅善于把历史与现实融合起来进行综合性思考,不仅以高度的艺术概括力捕捉住社会相的神髓并加以直观和形象的表现,而且文章从头至尾,灌注了真切地关注社会、热心地促进社会改革的伟大感情,融入了一个正直的革命战士分明的爱憎和深广的忧愤。这实在是一篇血写的文章。

秋　夜

鲁　迅

　　在我的后园,可以看见墙外有两株树,一株是枣树,还有一株也是枣树。

　　这上面的夜的天空,奇怪而高,我生平没有见过这样的奇怪而高的天空,他高到仿佛要离开人间而去,使人们仰面不再看见,然而现在却非常之蓝,闪闪地䀹着几十个星的眼,冷眼。他的口角上现出微笑,似乎自以为大有深意,而将繁霜洒在我的园里的野花草上。

　　我不知道那些花草真叫什么名字,人们叫他们什么名字。我记得有一种开过极细小的粉红花,现在还开着,但是更极细小了。她在冷的夜气中,瑟缩地做梦,梦见春的到来,梦见秋的到来,梦见瘦的诗人将眼泪擦在她最末的花瓣上,告诉她秋虽然来,冬虽然来,而此后接着还是春,蝴蝶乱飞,蜜蜂都唱起春词①来了。她于是一笑,虽然颜色冻得红惨惨地,仍然瑟缩着。

　　枣树,他们简直落尽了叶子。先前,还有一两个孩子来打他们别人打剩的枣子,现在一个也不剩了,连叶子也落尽了。他知道小粉红花的梦,秋后要有春;他也知道落叶的梦,春后还是秋。他简直落尽叶子,单剩干子,然而脱了当初满树是果实和叶子时候的弧形,欠伸②得很舒服。但是有几枝还低亚③着,护定他从打枣的竿梢所得的皮伤,但是最直最长的几枝,却已默默地铁似的直刺着奇怪而高的天空,使天空闪闪地鬼䀹眼,直刺着天空中圆满的月亮,使月亮窘得发白。

---

①　春词:春天的歌。
②　欠伸:打呵欠,伸懒腰。
③　低亚:低压。"亚"通"压"。

鬼䀹眼的天空越加非常之蓝,不安了,仿佛想离去人间,避开枣树,只将月亮剩下。然而月亮也暗暗地躲到东边去了。而一无所有的干子,却仍然默默地铁似的直刺着奇怪而高的天空,一意要制他的死命,不管他各式各样地䀹着许多蛊惑的眼睛。

哇的一声,夜游的恶鸟飞过了。

我忽而听到夜半的笑声,吃吃地,似乎不愿意惊动睡着的人,然而四围的空中都应和着笑。夜半,没有别的人,我即刻听出这声音就在我嘴里,我也即刻被这笑声所驱逐,回进自己的房。灯火的带子也即刻被我旋高了。

后窗的玻璃上丁丁地响,还有许多小飞虫乱撞。不多时,几个进来了,许是从窗纸的破孔进来的。他们一进来,又在玻璃的灯罩上撞得丁丁地响,一个从上面撞进去了,他于是遇到火,而且我以为这火是真的。两三个却休息在灯的纸罩上喘气。那罩是昨晚新换的罩,雪白的纸,折出波浪纹的叠痕,一角还画出一枝猩红色的栀子。

猩红的栀子开花时,枣树又要做小粉红花的梦,青葱地弯成弧形了……。我又听到夜半的笑声,我赶紧砍断我的心绪,看那老在白纸罩上的小青虫,头大后小,向日葵子似的,只有半粒小麦那么大,遍身的颜色苍翠得可爱,可怜。

我打一个呵欠,点起一支纸烟,喷出烟来,对着灯默默地敬奠这些苍翠精致的英雄们。

一九二四年九月十五日

(选自 1924 年 12 月 1 日《语丝》第 3 期)

【分析】

1924 年,鲁迅住在北洋军阀的统治中心北京。当时的北京,反动势力猖獗,社会极其黑暗,帝国主义和封建军阀相互勾结,肆无忌惮地镇压革命和进步的力量。其间,鲁迅亲眼看见他所信赖的青年,有革命的,也有不革命的和反革命的,新文化阵营发生了尖锐的分化,"有的高升,有的隐退,有的前进"(《南腔北调集·〈自选集〉自序》)。作者面对残酷的现实,感到孤独和彷徨。但是,作为一个彻底的民主主义革命者,尽管思想处于矛盾、彷徨和苦闷之中,他仍顽强地同敌人进行英勇的斗争。《秋夜》就生动地体现了作者憎恨黑暗、追求光明、勇猛进击的革命精神。

《秋夜》实际上由两个部分组成,前一个部分写秋夜室外的景物,用象征的手法揭露反动派的黑暗统治和丑恶的社会现实,塑造了被残害的小粉红花和倔强的枣树的形象,表现了作者不畏强暴的反抗精神。作品的后半部分,写秋夜室内的景物,用隐喻的手法颂扬了追求光明的小青虫,表现了作者积极的战斗精神。

"在我的后园,可以看见墙外有两株树,一株是枣树,还有一株也是枣树。"文章起笔就不平凡,运用分说法,一下子就勾勒出枣树的孤独与倔强。接着,作者借秋夜天空"奇怪而高"、"仿佛要离开人间而去"、"冷眼"、"口角上现出微笑"等,暗示反动派的阴险、奸诈和冷酷。它暴虐地统治人民,还"将繁霜洒在"野花草上。遭受繁霜摧残的开小的粉红花的野花草,对现状不满,向往美好的未来,然而它又是那样地脆弱,那样地缺乏斗争性,只是从对未来美好的幻想中寻求些微安慰——"梦见春的到来"。作者同情野花的遭遇,又对他们的懦弱表示不满。枣树就不一样了,他虽然也遭到繁霜的侵袭,"简直落尽了叶子",但是他"默默地铁似的直刺着奇怪而高的天空,使天空闪闪地鬼眽眼",连象征统治者帮凶的"月亮"也"窘得发白"。作者笔下的枣树是坚毅顽强的革命战士,他的勇敢的进击精神,使天空"不安了,仿佛想离去人间,避开枣树,只将月亮剩下"。枣树还识破了统治者的狡诈,用"一无所有的干子"直刺天空,"一意要制他的死命"。作者歌颂了枣树的韧战精神,也流露出自我的激昂情绪。作者看到这一景象,不由得吃吃地笑了。这笑声,是对反动统治者的蔑视和嘲笑,是为枣树韧战的胜利而发出的欢笑。作者带着战斗的激情回到自己的房里。文章接着就着力描写小青虫为追求光明而奋勇前进的情状：他们撞得窗玻璃丁丁地响、撞得玻璃灯罩丁丁地响,他们从窗纸的破孔进入室内,他们奔向灯火,奔向光明。有的从灯罩上撞进去了,"于是遇到火",有的停在"灯的纸罩上喘气"。作者用小青虫来隐喻"五四"以来为追求真理直至英勇献身的进步青年,他怜爱和赞赏那些为革命做出牺牲的青年。他觉得那些停在煤油灯纸罩上喘气的小青虫"可爱、可怜",对那些不幸献身的小青虫表示"默默地敬奠",表达了十分沉痛的心情。

  《秋夜》是一篇寓意深邃的散文,然而在写法上却富有浪漫主义的色彩。作者通过虚实结合的艺术手法,将现实幻想化。高而且蓝的夜空,落尽叶子的枣树,繁霜下的野花草,扑向灯火的小青虫,夜游的恶鸟,以及吃吃的笑声,等等,都是实实在在的景物,天空口角上的冷笑,月亮发窘,小粉红花做梦,枣树要制天空的死命等,是作者想象中的虚景。实和虚和谐地交织在一起,形成一种独特的意境,这独特的意境正是作者在当时社会黑暗重压下的特定心境的诗化。在描写过程中,作者能准确地抓住被描写的自然景物的特征,赋予它们不同类型的人的性格,使各种景物的形象、动态反映它所象征的那类人的本质特征,借以抒发强烈的爱憎感情,并深化了文章的主题。

藤野先生

鲁　迅

　　东京也无非是这样。上野①的樱花烂熳②的时节,望去确也像绯红的轻云,但花下也缺不了成群结队的"清国留学生"的速成班,头顶上盘着大辫子,顶得学生制帽的顶上高高耸起,形成一座富士山。也有解散辫子,盘得平的,除下帽来,油光可鉴③,宛如小姑娘的发髻一般,还要将脖子扭几扭。实在标致④极了。

　　中国留学生会馆⑤的门房里有几本书买,有时还值得去一转;倘在上午,里面的几间洋房里倒也还可以坐坐的。但到傍晚,有一间的地板便常不免要咚咚咚地响得震天,兼以满房烟尘斗乱⑥;问问精通时事的人,答道,"那是在学跳舞"。

　　到别的地方去看看,如何呢?

　　我就往仙台的医学专门学校去。从东京出发,不久便到一处驿站⑦,写道:日暮里。不知怎地,我到现在还记得这名目。其次却只记得水户了,这是明的遗民朱舜水⑧先生客死⑨的地方。仙台是一个市镇,并不大,冬天冷得厉害,还没有中国的学生。

---

① 上野:日本东京的一个公园,以樱花著名。
② 烂熳:通常写作"烂漫"。
③ 油光可鉴:这里是说头发上擦油,梳得很光亮,仿佛可当镜子照。鉴,原意是镜子,这里作动词用。
④ 标致:漂亮。这里是反语,用来讽刺。
⑤ 会馆:旧时设立在外地或外国的给同乡人活动或居住的场所。
⑥ 斗乱:飞腾杂乱。斗同"抖"。
⑦ 驿站:古时传递政府文书的人中途停宿、换马的地方。在日本,车站也称为驿站。
⑧ 明的遗民朱舜水:朱之瑜(1600—1682),号舜水,浙江省余姚县人,明清之际的思想家。明亡后曾进行反清复明活动,事败后长住日本讲学。他因忠于明朝,不投降清朝,所以说他是"明的遗民"。
⑨ 客死:死在他乡异国。

大概是物以希为贵罢。北京的白菜运往浙江,使用红头绳系住菜根,倒挂在水果店头,尊为"胶菜";福建野生着的芦荟,一到北京就请进温室,且美其名曰"龙舌兰"。我到仙台也颇受了这样的优待,不但学校不收学费,几个职员还为我的食宿操心。我先是住在监狱旁边一个客店里的,初冬已经颇冷,蚊子却还多,后来用被盖了全身,用衣服包了头脸,只留两个鼻孔出气。在这呼吸不息的地方,蚊子竟无从插嘴,居然睡安稳了。饭食也不坏。但一位先生却以为这客店也包办囚人的饭食,我住在那里不相宜,几次三番,几次三番地说。我虽然觉得客店兼办囚人的饭食和我不相干,然而好意难却,也只得别寻相宜的住处了。于是搬到别一家,离监狱也很远,可惜每天总要喝难以下咽的芋梗汤。

从此就看见许多陌生的先生,听到许多新鲜的讲义。解剖学是两个教授分任的。最初是骨学。其时进来的是一个黑瘦的先生,八字须,戴着眼镜,挟着一叠大大小小的书。一将书放在讲台上,便用了缓慢而很有顿挫①的声调,向学生介绍自己道:——

"我就是叫作藤野严九郎的……。"

后面有几个人笑起来了。他接着便讲述解剖学在日本发达的历史,那些大大小小的书,便是从最初到现今关于这一门学问的著作,起初有几本是线装的,还有翻刻中国译本的,他们的翻译和研究新的医学,并不比中国早。

那坐在后面发笑的是上学年不及格的留级学生,在校已经一年,掌故②颇为熟悉的了。他们便给新生讲演每个教授的历史。这藤野先生,据说是穿衣服太模胡了,有时竟会忘记带领结;冬天是一件旧外套,寒颤颤的,有一回上火车去,致使管车的疑心他是扒手,叫车里的客人大家小心些。

他们的话大概是真的,我就亲见他有一次上讲堂没有带领结。

---

① 顿挫:和下文的"抑扬"、"抑扬顿挫",都是形容声音高低转折,和谐悦耳。
② 掌故:关于历史人物、制度沿革的传说或故事。这里指学校里发生过的一些事情。

过了一星期,大约是星期六,他使助手来叫我了。到得研究室,见他坐在人骨和许多单独的头骨中间,——他其时正在研究着头骨,后来有一篇论文在本校的杂志上发表出来。

"我的讲义,你能抄下来么?"他问。

"可以抄一点。"

"拿来我看!"

我交出所抄的讲义去,他收下了,第二三天便还我,并且说,此后每一星期要送给他看一回。我拿下来打开看时,很吃了一惊,同时也感到一种不安和感激。原来我的讲义已经从头到末,都用红笔添改过了,不但增加了许多脱漏的地方,连文法的错误,也都一一订正。这样一直继续到教完了他所担任的功课:骨学、血管学、神经学。

可惜我那时太不用功,有时也很任性。还记得有一回藤野先生将我叫到他的研究室里去,翻出我那讲义上的一个图来,是下臂的血管,指着,向我和蔼的说道:——

"你看,你将这条血管移了一点位置了。——自然,这样一移,的确比较的好看些,然而解剖图不是美术,实物是那么样的,我们没法改换它。现在我给你改好了,以后你要全照着黑板上那样的画。"

但是我还不服气,口头答应着,心里却想道:——

"图还是我画的不错;至于实在的情形,我心里自然记得的。"

学年试验完毕之后,我便到东京玩了一夏天,秋初再回学校,成绩早已发表了,同学一百余人之中,我在中间,不过是没有落第①。这回藤野先生所担任的功课,是解剖实习和局部解剖学。

解剖实习了大概一星期,他又叫我去了,很高兴地,仍用了极有抑扬的声调对我说道:——

"我因为听说中国人是很敬重鬼的,所以很担心,怕你不肯解剖尸体。现在总算放心了,没有这回事。"

---

① 落第:科举时代没考取举人、进士等,叫落第。这里指考试不及格。

但他也偶有使我很为难的时候。他听说中国的女人是裹脚的，但不知道详细，所以要问我怎么裹法，足骨变成怎样的畸形①，还叹息道，"总要看一看才知道。究竟是怎么一回事呢？"

有一天，本级的学生会干事到我寓里来了，要借我的讲义看。我检出来交给他们，却只翻检了一通，并没有带走。但他们一走，邮差就送到一封很厚的信，拆开看时，第一句是：——

"你改悔罢！"

这是《新约》②上的句子罢，但经托尔斯泰新近引用过的。其时正值日俄战争，托老先生便写了一封给俄国和日本的皇帝的信，开首便是这一句。日本报纸上很斥责他的不逊，爱国青年③也愤然，然而暗地里却早受了他的影响了。其次的话，大略是说上年解剖学试验的题目，是藤野先生讲义上做了记号，我预先知道的，所以能有这样的成绩。末尾是匿名。

我这才回忆到前几天的一件事。因为要开同级会，干事便在黑板上写广告，末一句是"请全数到会勿漏为要"，而且在"漏"字旁边加了一个圈。我当时虽然觉到圈得可笑，但是毫不介意，这回才悟出那字也在讥刺我了，犹言我得了教员漏泄出来的题目。

我便将这事告知了藤野先生；有几个和我熟识的同学也很不平，一同去诘责干事托辞检查的无礼，并且要求他们将检查的结果，发表出来。终于这流言消灭了，干事却又竭力运动，要收回那一封匿名信去。结末是我便将这托尔斯泰式的信退还了他们。

中国是弱国，所以中国人当然是低能儿，分数在六十分以上，便不是自己的能力了：也无怪他们疑惑。但我接着便有参观枪毙中国人的命运④了。第二年添教霉菌学，细菌的形状是全用电影来显示

---

① 畸(jī)形：不正常的形状。
② 《新约》：基督教圣经《新约全书》的简称，是记载耶稣及其门徒言行的一本书。
③ 爱国青年：指当时一些受军国主义思想影响而妄自尊大、盲目忠君、思想狭隘的日本青年。称他们为"爱国青年"，有讽刺的意思。
④ 命运：这个词这样用，表示沉痛的感情。

藤野先生 鲁迅

的,一段落已完而还没有到下课的时候,便影①几片时事的片子,自然都是日本战胜俄国的情形。但偏有中国人夹在里边:给俄国人做侦探,被日本军捕获,要枪毙了,围着看的也是一群中国人;在讲堂里的还有一个我。

"万岁!"他们都拍掌欢呼起来。

这种欢呼,是每看一片都有的,但在我,这一声却特别听得刺耳。此后回到中国来,我看见那些闲看枪毙犯人的人们,他们也何尝不酒醉似的喝彩,——呜呼,无法可想!但在那时那地,我的意见却变化了。

到第二学年的终结,我便去寻藤野先生,告诉他我将不学医学,并且离开这仙台。他的脸色仿佛有些悲哀,似乎想说话,但竟没有说。

"我想去学生物学,先生教给我的学问,也还有用的。"其实我并没有决意要学生物学,因为看得他有些凄然,便说了一个慰安他的谎话。

"为医学而教的解剖学之类,怕于生物学也没有什么大帮助。"他叹息说。

将走的前几天,他叫我到他家里去,交给我一张照相,后面写着两个字道:"惜别",还说希望将我的也送他。但我这时适值没有照相了;他便叮嘱我将来照了寄给他,并且时时通信告诉他此后的状况。

我离开仙台之后,就多年没有照过相,又因为状况也无聊,说起来无非使他失望,便连信也怕敢写了。经过的年月一多,话更无从说起,所以虽然有时想写信,却又难以下笔,这样的一直到现在,竟没有寄过一封信和一张照片。从他那一面看起来,是一去之后,杳②无消息了。

---

① 影:这里是动词,放映。
② 杳(yǎo):远得看不见踪影。

21

但不知怎地,我总还时时记起他,在我所认为我师的之中,他是最使我感激,给我鼓励的一个。有时我常常想:他的对于我的热心的希望,不倦的教诲,小而言之,是为中国,就是希望中国有新的医学;大而言之,是为学术,就是希望新的医学传到中国去。他的性格,在我的眼里和心里是伟大的,虽然他的姓名并不为许多人所知道。

他所改正的讲义,我曾经订成三厚本,收藏着的,将作为永久的纪念。不幸七年前迁居的时候,中途毁坏了一口书箱,失去半箱书,恰巧这讲义也遗失在内了。责成运送局去找寻,寂无回信。只有他的照相至今还挂在我北京寓居的东墙上,书桌对面。每当夜间疲倦,正想偷懒时,仰面在灯光中瞥见他黑瘦的面貌,似乎正要说出抑扬顿挫的话来,便使我忽又良心发现,而且增加勇气了。于是点上一枝烟,再继续写些为"正人君子"①之流所深恶痛疾的文字。

一九二六年十月十二日

(选自《鲁迅全集》,人民文学出版社1958年版)

【分析】

《藤野先生》是鲁迅1926年10月12日在厦门大学写的一篇散文,后来收入他的记叙散文《朝花夕拾》集中。在这部散文集中,鲁迅通过回忆,成功地描绘了有艺术光彩的人物形象,为中国现代散文提供了重要的艺术创作经验。《藤野先生》是回忆留日期间的生活,鲁迅以深切怀念之情,热烈赞颂藤野先生辛勤治学、诲人不倦的精神及其严谨踏实的作风,特别是他与中国人民的诚挚的友谊,同时也表现了强烈的爱国主义思想以及同反动腐朽势力进行斗争的战斗精神。

《藤野先生》写于1926年,这时正值第一次国内革命进入高潮,也是鲁迅世界观发生伟大飞跃的前夜。这年秋天,在反动军阀的迫害下,鲁迅离开北京,来到厦门。鲁迅后来在一封信中曾说:"我来厦

---

① "正人君子":反语,讽刺那些勾结军阀官僚而自命为"正人君子"的文人。

门,虽然是为了暂避军阀官僚,'正人君子'的迫害,然而小半也在休息几时,使有些准备。"这里说的"休息"和"准备",是指回顾自己走过的人生道路,总结和解剖自己的思想,准备迎接新的战斗。这篇《藤野先生》虽是他"从记忆中抄出来的",但有着深刻的意义。

　　文章一开头就写因目睹东京"清国留学生"的醉生梦死,便想"到别的地方去看看"。鲁迅到日本留学的本意是寻求救国救民真理,但是"东京也无非是这样……","清国留学生"中到处弥漫着腐朽颓丧的气氛,白天,油头粉面的"清国留学生"成群结队地在绯红的樱花下游玩,晚上在留学生会馆咚咚地学跳舞。作者在描写中表露出不可抑制的失望与不满,便决定"到别的地方去"。

　　文章接着写去仙台医学专门学校。这是本文的主体,着重写藤野先生对自己的关怀、教育,以及作者放弃学医的思想变化的原因。这部分在写藤野先生之前,叙述了从东京去仙台的途中所见以及在仙台医专所受的优待。这当然不是游离于主题之外的笔墨。鲁迅突出写了水户,"这是明的遗民朱舜水先生客死的地方",表达了作者对朱舜水终生抗清、"自誓非中国恢复不归"的精神的敬仰,以及渴望推翻清朝腐朽统治,改革中华的意愿。作者写初到仙台时职员们对他的殷勤款待,表明了尽管日本帝国主义疯狂侵略中国,但日本人民对中国人民是友好的。

　　作者有救国救民的大志,而日本人民对中国人民的情谊通过"我"和藤野先生的关系"焊接"在一起,这就很自然地过渡到下文,着重描写藤野先生的形象和精神面貌。首先,以白描的手法,描写了藤野"黑瘦"的外形、"缓慢而很有顿挫"的声调,上课时挟着"一叠大大小小的书",表现了他在教学上的认真和勤奋。然后,通过"留级学生"的介绍,写藤野先生的日常生活,如"忘记带领结"、"管车的疑心他是扒手"等细节,表现了他生活俭朴、潜心学问的风貌。接着作者从"批讲义"、"改解剖图"、"教解剖尸体"等几个典型事例,以细致的笔触充分表现了藤野先生对好学的中国留学生的亲切的关怀和不倦的教诲。再接着写作者遭受侮辱,决定放弃学医,前去告别藤野先生。在这一节里,鲁迅把个人受辱和祖国的衰弱连在一起写,既沉痛又愤激。日本军队砍杀中国人的影片中,"围着看的也是一群中国人",这对鲁迅的刺激很深,成了他思想转变的重要契机。这里可参看鲁迅在1922年写的《〈呐喊〉·自序》:"从那一回以后,我便觉得医学并非一件紧要事,凡是愚弱的国民,即使体格如何健全,如何茁壮,也只能做毫无意义的示众的材料和看客,病死多少是不必以为不幸的。所以我们的第一要著,是在改变他们的精神,而善于改变精神的是,我那时以为当然要推文艺,于是想提倡文艺运动了。"分别时,藤野先生依依惜别的深情洋溢在文章的字里行间,这里既表现了藤野先生对鲁迅的深情厚谊,又写出了鲁迅对藤野先生的尊敬和爱戴。这一部分写的和前面写的"清国留学生"的浑浑噩噩、醉生梦死,形成了鲜明的对比,其含蕴的思想内容是异常深刻的。

　　文章最后"从离开仙台之后"到结尾,写出了鲁迅对藤野先生的深深怀念以及藤野先生给鲁迅的激励和鞭策。鲁迅回国后,之所以没有和藤野先生通信并寄照片,是"因为状况也无聊,说起来无非使他失望,便连信也怕敢写了"。这里透露了作者对辛亥革命后中国依然是半殖民地半封建社会的现状的失望和不满,作者也觉得无法报答藤野先生对自己、对中国人民的关心和期望,含蓄的笔调更增加了文章思想的深度,接着写对藤野先生的敬仰和怀念:我"时时记起他,在我所认为我师的之中,他是最使我感激,给我鼓励的一个"。在对藤野先生的评价后,鲁迅更进一步揭示藤野先生的思想境界,"他的对于我的热心的希望,不倦的教诲","是为中国","希望中国有新的医学";"是为学术","希望新的医学传到中国去"。正因为藤野先生对鲁迅的关心乃是对中国人民的关心,所以鲁迅怀着深深的敬意赞颂"他的性格,在我的眼里和心里是伟大的"。这样,藤野先生就成了鼓舞鲁迅战斗的勇气和力量的源泉。写到这里,鲁迅对藤野先生的怀念和评价在字面上结束了,作者自己的思想感情的演进也达到了最高点,同时也留下不尽的余味,启示读者要学习藤野先生的高尚品格,记住中日两国人民之间的友谊。

《藤野先生》是一篇以写人为主的记叙性散文,除了夹叙夹议、娓娓而谈的平实风格和描摹人物形象的白描手法外,我们觉得这篇文章在写法上还有一些特色值得我们学习。

一是对比映衬的手法。日本军国主义欺侮凌辱中国人民对比仙台职员、藤野先生对鲁迅的热情关怀和教育,写出了广大日本人民对中国人民的友好;鲁迅在藤野先生的感召下刻苦学习取得良好成绩与追求阔气、贪图享受的"清国留学生"形成鲜明的对照。鲁迅通过这些方面的对比映衬,以及自己遭受日本个别学生的诬陷侮辱,看日本电影受到的刺激,层层深入地写出他爱国思想的演进,读来使人深受感动,深受教育。每一个真正的中国人都会因鲁迅深沉而热烈的叙述激起这样强烈的愿望:祖国啊,你快快强大起来吧! 这种对比映衬手法的运用,除了加深感情、突出形象外,更重要的还在于围绕中心内容从多方面深化具体人和具体事的内在意义,使观点和思想倾向更加鲜明、集中。

二是放得开,收得拢。散文要求"形散神不散"。《藤野先生》看似内容散漫,人物行踪遍及东京、仙台、北京,校内校外,国内国外,但是一条内在的红线——"我以我血荐轩辕"的爱国主义精神始终贯串首尾。譬如作者写自己对"东京"的失望和厌倦,写对朱舜水的怀念,写"清国留学生"的醉生梦死,写自己的学习取得良好成绩,写离开东京的感受,写离开仙台的决心,都是以爱国主义为思想基础的。这一条感情红线是始终紧扣着读者的心的。鲁迅当年谈到《朝花夕拾》初稿时,曾向读者指出:"要锻炼着撒开手,只要抓紧辔头,就不必怕放野马,过于拘谨,要防止走上小摆设的道路。"这里说的"抓紧辔头",就是抓紧中心、围绕主题来开拓文章的思路。

三是用语的凝练深刻。总的来说,鲁迅的文章是他伟大的爱与憎的情感、热烈与冷静的个性的产物。《藤野先生》也浸润着他这种伟大的个性光泽。但是,这篇文章更多的是呈现着热烈的抒情与深沉的思索。《藤野先生》虽也时时闪烁着讽刺的锋芒,但多在平静的叙述中夹着趣语和诙谐,读来意味更加隽永。例如文章开头这一段:

东京也无非是这样。上野的樱花烂熳的时节,望去确也像绯红的轻云,但花下也缺不了成群结队的"清国留学生"的速成班,头顶上盘着大辫子,顶得学生制帽的顶上高高耸起,形成一座富士山。也有解散辫子,盘得平的,除下帽来,油光可鉴,宛如小姑娘的发髻一般,还要将脖子扭几扭。实在标致极了。

在幽默中微露讽刺,于诙谐中深寓悲痛,这段开头谁读过都不会忘记。用语凝练和深刻,凸现了人物的神情和内在思想感情。如藤野先生恳切地帮助鲁迅学习,发现鲁迅讲义上画的解剖图"血管移了一点位置"时,藤野先生就指出:"你看,你将这条血管移了一点位置了。——自然,这样一移,的确比较的好看些,然而解剖图不是美术,实物是那么样的,我们没法改换它。现在我给你改好了,以后你要全照着黑板上那样的画。"这里既写出了藤野先生的一丝不苟,也写出了他的循循善诱,用语是何等的严谨、亲切、传神。鲁迅第一次打开藤野先生改过的笔记时,"很吃了一惊,同时也感到一种不安和感激"。"吃惊"的是,在日本帝国主义大举侵略中国的时候,在祖国积贫积弱,自己身在异邦备受歧视的环境里,竟得到这样一位毫无民族偏见的老师的真挚关怀和悉心帮助;"不安"的是,自己在学业上竟这样的粗心大意,以至在"我"一个人身上,花费了藤野先生许多心血和宝贵的时间;"感激"的是,先生如此关怀自己,为的是希望自己学有成就,裨益国家,这正是对中国和中国人民的最大尊重和最大期望。这短短的一句话,包含了多少内在含义啊!再看最后的结尾:

每当夜间疲倦,正想偷懒时,仰面在灯光中瞥见他黑瘦的面貌,似乎正要说出抑扬顿挫的话来,便使我忽又良心发现,而且增加勇气了。于是点上一枝烟,再继续写些为"正人君子"之流所深恶痛疾的文字。

这段文字不仅与文中对藤野先生外貌和神态的描写相呼应,更重要的是,最后一句把对藤野先生的怀念同与所谓"正人君子"实为社会恶势力的人物的斗争联系起来,说明了写作此文的现实意义,文章的思想光芒进一步放射了出来。

乌 篷 船

周作人

子荣君：

　　接到手书，知道你要到我的故乡去，叫我给你一点什么指导。老实说，我的故乡，真正觉得可怀恋的地方，并不是那里；但是因为在那里生长，住过十多年，究竟知道一点情形，所以写这一封信告诉你。

　　我所要告诉你的，并不是那里的风土人情，那是写不尽的，但是你到那里一看也就会明白的，不必啰唆地多讲。我要说的是一种很有趣的东西，这便是船。你在家乡平常总坐人力车，电车，或是汽车，但在我的故乡那里这些都没有，除了在城内或山上是用轿子以外，普通代步都是用船。船有两种，普通坐的都是"乌篷船"，白篷的大抵作航船用，坐夜航船到西陵去也有特别的风趣，但是你总不便坐，所以我也就可以不说了。乌篷船大的为"四明瓦"(Symenngoa)，小的为脚划船(划读如 uoa)亦称小船。但是最适用的还是在这中间的"三道"，亦即三明瓦。篷是半圆形的，用竹片编成，中夹竹箬，上涂黑油；在两扇"定篷"之间放着一扇遮阳，也是半圆的，木作格子，嵌着一片片的小鱼鳞，径约一寸，颇有点透明，略似玻璃而坚韧耐用，这就称为明瓦。三明瓦者，谓其中舱有两道，后舱有一道明瓦也。船尾用橹，大抵两支，船首有竹篙，用以定船。船头着眉目，状如老虎，但似在微笑，颇滑稽而不可怕，唯白篷船则无之。三道船篷之高大约可以使你直立，舱宽可以放下一顶方桌，四个人坐着打麻将，——这个恐怕你也已学会了罢？小船则真是一叶扁舟，你坐在船底席上，篷顶离你的头有两三寸，你的两手可以搁在左右的舷上，还把手都露出在外边。在这种船里仿佛是在水面上坐，靠近田岸去时泥土便和你的眼鼻接近，而且遇着风浪，或是坐得少不小心，就会船底朝天，发生危险，但是也颇有趣味,是水乡的一种特色。不过你总可以不必去坐,最好还是坐那三道船罢。

你如坐船出去,可是不能像坐电车的那样性急,立刻盼望走到。倘若出城,走三四十里路(我们那里的里程是很短,一里才及英里三分之一),来回总要预备一天。你坐在船上,应该是游山的态度,看看四周物色,随处可见的山,岸旁的乌桕,河边的红蓼和白苹,渔舍,各式各样的桥,困倦的时候睡在舱中拿出随笔来看,或者冲一碗清茶喝喝。偏门外的鉴湖一带,贺家池,壶觞左近,我都是喜欢的,或者往娄公埠骑驴去游兰亭(但我劝你还是步行,骑驴或者于你不很相宜),到得暮色苍然的时候进城上都挂着薜荔的东门来,倒是颇有趣味的事。倘若路上不平静,你往杭州去时可于下午开船,黄昏时候的景色正最好看,只可惜这一带地方的名字我都忘记了。夜间睡在舱中,听水声橹声,来往船只的招呼声,以及乡间的犬吠鸡鸣,也都很有意思。雇一只船到乡下去看庙戏,可以了解中国旧戏的真趣味,而且在船上行动自如,要看就看,要睡就睡,要喝酒就喝酒,我觉得也可以算是理想的行乐法。只可惜讲维新以来这些演剧与迎会都已禁止,中产阶级的低能人别在"布业会馆"等处建起"海式"的戏场来,请大家买票看上海的猫儿戏。这些地方你千万不要去。——你到我那故乡,恐怕没有一个人认得,我又因为在教书不能陪你去玩,坐夜船,谈闲天,实在抱歉而且惆怅。川岛君夫妇现在俪山下,本来可以给你介绍,但是你到那里的时候他们恐怕已经离开故乡了。初寒,善自珍重,不尽。

十五年一月十八日夜,于北京。

(选自《泽泻集》,北新书局1927年版)

【分析】

周作人(1885—1967),浙江绍兴人。1906年赴日留学,1917年至北平,先后担任北京大学等校教授,并从事新文学创作。"五四"时期,他倡导"人的文学"、"平民文学",是和鲁迅齐名的新文化战线的一员骁将。后来思想日趋消沉。1937年日本占领北平时,曾任伪华北政务委员会教育总署督办等职。中华人民共和国成立后,从事文史研究和翻译工作。他的散文集有《自己的园地》(1923)、《雨天的书》(1925)、《泽泻集》(1927)、《谈龙集》(1927)、《谈虎集》(1928)、《永日集》(1929)、《知堂文集》(1933)等,并著《中国新文学的源流》、《鲁迅的家乡》、《鲁迅小说中的人物》等。

周作人以平和冲淡之笔,写文史知识与生活情趣,开了中国现代散文创作的一个重要流派,影响较大。《乌篷船》是周作人叙事抒情散文的代表作。他用书信体形式介绍家乡的乌篷船。对于这种具有绍兴特色的船只,作者作了详尽、具体的描叙。这样介绍,实有导游性质,娓娓道来,教人倍感亲切。

周作人写散文,讲究"知识和趣味的二重统一",如《乌篷船》这篇散文中写"三明瓦"的形制:

> 篷是半圆形的,用竹片编成,中夹竹箬,上涂黑油;在两扇"定篷"之间放着一扇遮阳,也是半圆的,木作格子,嵌着一片片的小鱼鳞,径约一寸,颇有点透明,略似玻璃而坚韧耐用,这就称为明瓦。三明瓦者,谓其中舱有两道,后舱有一道明瓦也。船尾用橹,大抵两支,船首有竹篙,用以定船。船头着眉目,状如老虎,但似在微笑,颇滑稽而不可怕,唯白篷船则无之。

作者自己仿佛是个老船夫,观察得如此仔细,对于生活没有感情、没有兴趣,是不会写得这样头头是道、兴味盎然的。平实的介绍中文情腴润,娓娓的叙谈里透出无限的韵味。

介绍罢乌篷船,作者又替乘者着想,叫他不要性急,应抱着游山的态度,"看看四周物色,随处可见的山,岸旁的乌桕,河边的红蓼和白苹,渔舍,各式各样的桥,困倦的时候睡在舱中拿出随笔来看,或者冲一碗清茶喝喝"。他是多么为朋友着想啊!这种亲切的谈话风,读来教人觉得情感真挚而又意味深长。接下去他又替朋友作设身处地的种种推测，真可谓关怀备至。读到底，我们才慢慢咀嚼出作者蕴藏着的乡愁，恍然悟出他所以不厌其详、津津乐道地叙写故乡的风物，实在是因为爱得深沉，念得真切。其实，周作人在这里只是诉说乡愁，"子荣"本是他自己的笔名，这封信并非真的写给友人的。

艺术的小品散文原有华丽与简朴两种类型。华丽有华丽的优点，但简朴自有它隽永含蓄之处。希腊批评家戴奥尼索斯批评柏拉图的文调说："当他用浅显简单的辞句的时候，他的文调是很令人欢喜的，因为他的文调可以处处看出光明透亮，好像是晶莹的泉水一般，并且特别确切深妙。他只用平常的字，务求明白，不喜欢勉强粉饰的装点。"《乌篷船》在这方面的特点是比较明显的。

白马湖之冬

夏丏尊

　　在我过去四十余年的生涯中,冬的情味尝得最深刻的要算十年前初移居白马湖的时候了。十年以来,白马湖已成了一个小村落,当我移居的时候,还是一片荒野。春晖中学的新建筑巍然矗立于湖的那一面,湖的这一面的山脚下是小小的几间新平屋,住着我和刘君心如两家。此外两三里内没有人烟。一家人于阴历十一月下旬从热闹的杭州移居于这荒凉的山野,宛如投身于极带中。

　　那里的风,差不多日日有的,呼呼作响,好像虎吼,屋宇虽系新建,构造却极粗率,风从门窗隙缝中来,分外尖削。把门缝窗隙厚厚地用纸糊了,橡缝中却仍有透入,风刮的厉害的时候,天未夜就把大门关上,全家吃毕夜饭即睡入被窝里,静听寒风的怒号,湖水的澎湃。靠山的小后轩,算是我的书斋,在全屋子中是风最少的一间,我常把头上的罗宋帽拉得低低地在洋灯下工作至深夜。松涛如吼,霜月当窗,饥鼠吱吱在承尘上奔窜,我于这种时候,深感到萧瑟的诗趣,常独自拨划着炉灰,不肯就睡。把自己拟诸山水画中的人物,作种种幽邈的遐想。

　　现在白马湖到处都是树木了,当时尚一株树木都未种,月亮与太阳都是整个儿的。从上山起直要照到下山为止。在太阳好的时候,只要不刮风,那真和暖得不像冬天。一家人都坐在庭间曝日,甚至于吃午饭也在屋外,像夏天的晚饭一样。日光晒到那里,就把椅凳移到那里,忽然寒风来了,只好逃难似地各自带了椅凳逃入室中,急急把门关上。在平常的日子,风来大概在下午快要傍晚的时候,半夜即息。至于大风寒,那是整日夜狂吼,要二三日才止的。最严寒的几天,泥地看去惨白如水门汀,山色冻得发紫而黯,湖波泛深蓝色。

下雪原是我所不憎厌的,下雪的日子,室内分外明亮,晚上差不多不用燃灯,远山积雪,足供半个月的观看,举头即可从窗中望见。可是究竟是南方,每冬下雪不过一二次,我在那里所日常领略的冬的情味,几乎都从风来。白马湖的所以多风,可以说是有着地理上的原因的,那里环湖原都是山,而北首却有一个半里阔的空隙,好似故意张了袋口欢迎风来的样子。白马湖的山水,和普通的风景地相差不远,唯有风却与别的地方不同。风的多和大,凡是到过那里的人都知道。风在冬季的感觉中,自古占着重要的因素,而白马湖的风尤其特别。

现在,一家僦居上海多日了,偶然于夜深人静时听到风声的时候,大家就要提起白马湖来,说"白马湖不知今夜又刮得怎样厉害哩!"

(选自《平屋杂文》,开明书店1947年版)

【分析】

夏丏尊(1886—1946),浙江上虞人。现代散文家、教育家,少年时曾从塾师读经书,15岁考中秀才,后留学日本。1907年起先后在浙江两级师范学堂、浙江第一师范学校、湖南第一师范学校、春晖中学、立达学园、暨南大学、南屏女子中学等学校从事教育工作。他一面教书,一面写作。后离开学校出任开明书店编辑所所长,主持出版了大量中外名著,发行了《一般》、《中学生》、《新女性》、《新少年》、《月报》等刊物。他学识渊博,译著有《文艺论ABC》,尤其是《爱的教育》,深受读者的欢迎,社会影响很大。他与叶圣陶合著的《文心》,把有关语文的知识和青年的日常生活融成一片,是当时中学国文课的必读补充读物。他的著作还有《文章作法》、《平屋杂文》。夏丏尊是一位朴质恬淡的知识分子,文如其人,他的散文没有惊人的思想和华美的文采,然而在貌似平淡朴素的文字当中,却蕴含着浓郁的情思和深邃的遐想,经得起咀嚼。

《白马湖之冬》是一篇寓情于景的回忆性散文,选自《平屋杂文》。

作者帮助朋友们开办了春晖中学,并应邀在该校任教。春晖中学建在上虞县白马湖边上,作者也就在湖的另一边自行设计建筑了四间背山面水的瓦屋,取平常、平凡、平易的意思,把这几间瓦屋叫作"平屋"。他在春晖中学教了几年书,住了几年"平屋",过了几个冬天。本篇就是记叙在白马湖"平屋"过冬所体会到的冬的情味。

文章一开头就扣题,指出自己在四十余年的生涯中,冬的情味尝得最深的是在白马湖。白马湖周围荒凉空旷,所以冬日里的风显得格外强劲,作者紧扣这一特点,展开了对白马湖的风的描述,把悠悠情思融入对景物的描写中。

白马湖冬天的风几乎天天有,而且厉害,"呼呼作响,好像虎吼",只得"天未夜就把大门关上",及早吃罢晚饭躲进被窝,"静听寒风的怒号",兼及"湖水的澎湃"。这个"静"字,用得极有深意,流露出作者恬淡而又寂寞的心情。面对此情此景,作家自然地就"深感到萧瑟的诗趣",而要"作种种幽邈的遐想"了。至于那"泥地看去惨白如水门汀,山色冻得发紫而黯,湖波泛深蓝色"的景物描写,反映了一个正直而又远离战斗的知识分子的惆怅和孤独感。

作者还写到了与冬俱至的雪景,但很快又转入到对风的描写,并从地理环境的角度指出白马湖多风的缘由,从而再次强调"白马湖的风尤其特别"。

1925年后,夏丏尊定居上海,"偶然于夜深人静时听到风声的时候",仍要想起白马湖,说起白马湖的风,流露出作者对故乡、对白马湖的眷恋之情。

全文构思缜密、结构严谨,文笔委婉含蓄,但主线清晰。通篇虽无华美的辞藻,却写得情景交融,洋溢着诗一般的韵味,情真意切,感人至深。

我的母亲

胡 适

我小时身体弱,不能跟着野蛮的孩子们一块儿玩。我母亲也不准我和他们乱跑乱跳。小时不曾养成活泼游戏的习惯,无论在什么地方,我总是文绉绉地。所以家乡老辈都说我"像个先生样子",遂叫我做"穈先生"。这个绰号叫出去之后,人都知道三先生的小儿子叫做穈先生了。既有"先生"之名,我不能不装出点"先生"样子,更不能跟着顽童们"野"了。有一天,我在我家八字门口和一班孩子"掷铜钱",一位老辈走过,见了我,笑道:"穈先生也掷铜钱吗?"我听了羞愧的面红耳热,觉得太失了"先生"的身份!

大人们鼓励我装先生样子,我也没有嬉戏的能力和习惯,又因为我确是喜欢看书,故我一生可算是不曾享过儿童游戏的生活。每年秋天,我的庶祖母同我到田里去"监割"(顶好的田,水旱无忧,收成最好,佃户每约田主来监割,打下谷子,两家平分),我总是坐在小树下看小说。十一二岁时,我稍活泼一点,居然和一群同学组织了一个戏剧班,做了一些木刀竹枪,借得了几副假胡须,就在村口田里做戏。我做的往往是诸葛亮、刘备一类的文角儿,只有一次我做史文恭,被花荣一箭从椅子上射倒下去,这算是我最活泼的玩艺儿了。

我在这九年(1895—1904)之中,只学得了读书写字两件事。在文字和思想(看下章)的方面,不能不算是打了一点底子。但别的方面都没有发展的机会。有一次我们村里"当朋"(八都凡五村,称为"五朋",每年一村轮着做太子会,名为"当朋")筹备太子会,有人提议要派我加入前村的昆腔队里学习吹笙或吹笛。族里长辈反对,说我年纪太小,不能跟着太子会走遍五朋。于是我便失掉了这学习音乐的唯一机会。三十年来,我不曾拿过乐器,也全不懂音乐,究竟我有没有一点学音乐的天资,我至今还不知道。至于学图画,更是不可能的事。我常常用竹纸蒙在小说书的石印绘像上,摹画书上的英雄美人。有一天,被先生看见了,挨了一顿大骂,抽屉里的图画都被搜出撕毁了。于是我又失掉了学做画家的机会。

但这九年的生活,除了读书看书之外,究竟给了我一点做人的训练。在这一点上,我的恩师便是我的慈母。

每天天刚亮时,我母亲便把我喊醒,叫我披衣坐起。我从不知道她醒来坐了多久了。她看我清醒了,便对我说昨天我做错了什么事,说错了什么话,要我认错,要我用功读书。有时候她对我说父亲的种种好处,她说:"你总要踏上你老子的脚步。我一生只晓得这一个完全的人,你要学他,不要跌他的股。"(跌股便是丢脸,出丑。)她说到伤心处,往往掉下泪来。到天大明时,她才把我的衣服穿好,催我去上早学。学堂门上的锁匙放在先生家里,我先到学堂门口一望,便跑到先生家里去敲门。先生家里有人把锁匙从门缝里递出来,我拿了跑回去,开了门,坐下念生书。十天之中,总有八九天我是第一个去开学堂门的。等到先生来了,我背了生书,才回家吃早饭。

我母亲管束我最严,她是慈母兼任严父。但她从来不在别人面前骂我一句,打我一下,我做错了事,她只对我一望,我看见了她的严厉眼光,便吓住了。犯的事小,她等到第二天早晨我睡醒时才教训我。犯的事大,她等到晚上人静时,关了房门,先责备我,然后行罚,或罚跪,或拧我的肉。无论怎样重罚,总不许我哭出声音来。她教训儿子不是借此出气叫别人听的。

有一个初秋的傍晚,我吃了晚饭,在门口玩,身上只穿着一件单背心,这时候我母亲的妹子玉英姨母在我家住,她怕我冷了,拿了一件小衫出来叫我穿上。我不肯穿,她说:"穿上吧,凉了。"我随口回答:"娘(凉)什么!老子都不老子呀。"我刚说了这一句,一抬头,看见母亲从家里走出,我赶快把小衫穿上。但她已听见这句轻薄的话了。

晚上人静后,她罚我跪下,重重的责罚了一顿。她说:"你没了老子,是多么得意的事!好用来说嘴!"她气的坐着发抖,也不许我上床去睡。我跪着哭,用手擦眼泪,不知擦进了什么微菌,后来足足害了一年多的眼翳病。医来医去,总医不好。我母亲心里又悔又急,听说眼翳可以用舌头舔去,有一夜她把我叫醒,她真用舌头舔我的病眼。这是我的严师,我的慈母。

我母亲23岁做了寡妇,又是当家的后母。这种生活的痛苦,我的笨笔写不出一万分之一二。家中财政本不宽裕,全靠二哥在上海经营调度。大哥从小便是败子,吸鸦片烟,赌博,钱到手就光,光了便回家打主意,见了香炉便拿出去卖,捞着锡茶壶便拿出去押。我母亲几次邀了本家长辈来,给他定下每月用费的数目。但他总不够用,到处都欠了烟债赌债。每年除夕我家中总有一大群讨债的。每人一盏灯笼,坐在大厅上不肯去。大哥早已避出去了,大厅的两排椅子上满满的都是灯笼和债主。我母亲走进走出,料理年夜饭,谢灶神,压岁钱等事,只当做不曾看见这一群人。到了近半夜,快要"封门"了,我母亲才走后门出去,央一位邻舍本家到我家来,每一家债户开发一点钱。做好做歹的,这一群讨债的才一个一个提着灯笼走出去。一会儿,大哥敲门回来了。我母亲从不骂他一句。并且因为是新年,她脸上从不露出一点怒色。这样的过年,我过了六七次。

大嫂是个最无能而又最不懂事的人,二嫂是个很能干而气量很窄小的人。她们常常闹意见,只因为我母亲的和气榜样,她们还不曾有公然相骂相打的事。她们闹气时,只是不说话,不答话,把脸放下来,叫人难看;二嫂生气时,脸色变青,更是怕人。她们对我母亲闹气时,也是如此。我起初全不懂得这一套,后来也渐渐懂得看人的脸色了。我渐渐明白,世间最可厌恶的事莫如一张生气的脸;世间最下流的事莫如把生气的脸摆给旁人看。这比打骂还难受。

我母亲的气量大,性子好,又因为做了后母后婆,她更事事留心,事事格外容忍。大哥的女儿比我只小一岁,她的饮食衣服总是和我的一样。我和她有小争执,总是我吃亏,母亲总是责备我,要我事事让她。后来大嫂二嫂都生了儿子了,她们生气时便打骂孩子来出气,一面打,一面用尖刻有刺的话骂给别人听。我母亲只装做不听见。有时候,她实在忍不住了,便悄悄走出门去,或到左邻立大嫂家去坐一会,或走后门到后邻度嫂家去闲谈。她从不和两个嫂子吵一句嘴。

每个嫂子一生气,往往十天半个月不歇,天天走进走出,板着脸,咬着嘴,打骂小孩子出气。我母亲只忍耐着,忍到实在不可再忍的一天,她也有她的法子。这一天的天明时,她便不起床,轻轻的哭一场。她不骂一个人,只哭她的丈夫,哭她自己苦命,留不住她丈夫来照管她。她先哭时,声音很低,渐渐哭出声来。我醒了起来劝她,她不肯住。这时候,我总听得见前堂(二嫂住前堂东房)或后堂(大嫂住后堂西房)有一扇房门开了,一个嫂子走出房向厨房走去。不多一会,那位嫂子来敲我们的房门了。我开了房门,她走进来,捧着一碗热茶,送到我母亲床前,劝她止哭,请她喝口热茶。我母亲慢慢停住哭声,伸手接了茶碗,那位嫂子站着劝一会,才退出去。没有一句话提到什么人,也没有一个字提到这十天半个月来的气脸,然而各人心里明白,泡茶进来的嫂子总是那十天半个月来闹气的人。奇怪的很,这一哭之后,至少有一两个月的太平清静日子。

我母亲待人最仁慈,最温和,从来没有一句伤人感情的话。但她有时候也很有刚气,不受一点人格上的侮辱。我家五叔是个无正业的浪人,有一天在烟馆里发牢骚,说我母亲家中有事总请某人帮忙,大概总有什么好处给他。这句话传到了我母亲耳朵里,她气的大哭,请了几位本家来,把五叔喊来,她当面质问他,她给了某人什么好处。直到五叔当众认错赔罪,她才罢休。

我在我母亲的教训之下住了九年,受了她的极大极深的影响。我14岁(其实只有12岁零两三个月)便离开她了,在这广漠的人海里独自混了二十多年,没有一个人管束过我。如果我学得了一丝一毫的好脾气,如果我学得了一点点待人接物的和气,如果我能宽恕人,体谅人,——我都得感谢我的慈母。

十九、十一、廿一夜

(选自1931年1月1日《新月》第三卷第三期
《九年的家乡教育》)

【分析】

　　胡适(1891—1962),字适之,安徽绩溪人。幼年在家上私塾。1904年进上海公学,1910年去美国,先后就读于康奈尔大学、哥伦比亚大学,为实用主义哲学家杜威的学生。1917年回国,任北京大学教授。曾在陈独秀主编的《新青年》编辑部工作。提倡白话文和文学革命,1920年发表白话诗集《尝试集》,对新诗运动有重要影响。1938年出任驻美国大使。1946年任北京大学校长。1949年去美国。1957年任台湾"中央研究院"院长。1962年2月在台湾病故。著作有《中国哲学史大纲》、《白话文学史》(均为上卷)、《胡适文存》,等等。

　　周作人曾经说:"中国散文现有几派,适之仲甫派的文章清新明白,长于说理讲学,好像西瓜之有口皆甜。"(《志摩纪念》)这道出了胡适文章的特点。叙事抒情的散文在胡适的文章中不多见,这篇文章只是平平实实地叙述了"我的母亲"的行状,没有什么惊人的情节,也没有什么可彪炳史册的丰功伟绩,但它给人的印象很深,其原因大概有以下几点。首先是他的朴实的描叙。这种描叙来自作者的切身体会,所以写得真,像第一、二自然段叙述童年无生气的生活,可以使我们认识到封建教育是怎样戕害了儿童爱美、爱动的天性,从而更加重视儿童的培养与教育问题。作者主要的笔墨花在写母亲的严和慈上。母教是中国伟人成长的一个重要条件,如宋代欧阳修母亲以芦荻画地教字及清代蒋士铨写的《鸣机夜课图》等,都说明母亲教诲施之于后辈的长远影响。文中写母亲清晨披衣起坐督促胡适上早学以及深夜责罚的情景,这是具体的,又是独到的,但正如上述,其中有着民族传统性格和文化的投射映现,所以从旧社会而来的读者读着感到印象特别深刻;自然,对于青年读者来说,也有认识意义。这篇文章对研究胡适的性格—思想—行为模式,有着很重要的参考价值,不是吗?胡适在这篇文章的结尾就这样说过:"如果我学得了一丝一毫的好脾气,如果我学得了一点点待人接物的和气,如果我能宽恕人,体谅人——我都得感谢我的慈母。"

其次是行文的明白清楚。胡适提倡写白话文,他自己以身作则,所写的一切文字都是平易畅达的白话。试将这篇文章朗读一遍,通篇没有诘屈聱牙的文字,也没有用典或过多的方言(即使用了一些绩溪土语,他也在括号里诠释明白)。胡适主张写文章第一要人懂,第二要好。这都是从表达效果出发的。像这篇文中后半部叙述的家内矛盾,其中种种复杂情形(有道是"家家有本难念的经"或者说"清官难断家务事"),在胡适笔下,曲折幽深处都叙述得明白晓畅,毫无窒碍。这种"一清如水"的文字表达功力,也不是一般写作者能够做到的。

冲破旧文体、旧语言,建设新文体、新语言,而且是准确的、真诚的、明朗的新文体、新语言,胡适的确起了示范的作用。

银　杏

郭沫若

　　银杏,我思念你,我不知道你为什么又叫公孙树。但一般人叫你是白果,那是容易了解的。

　　我知道,你的特征并不专在乎你有这和杏相仿佛的果实,核皮是纯白如银,核仁是富于营养——这不用说已经就足以为你的特征了。

　　但一般人并不知道你是有花植物中最古的先进,你的花粉和胚珠具有着动物般的性态,你是完全由人力保存了下来的奇珍。

　　自然界中已经是不能有你的存在了,但你依然挺立着,在太空中高唱着人间胜利的凯歌。

　　你这东方的圣者,你这中国人文的有生命的纪念塔,你是只有中国才有呀,一般人似乎也并不知道。

　　我到过日本,日本也有你,但你分明是日本的华侨,你侨居在日本大约已有中国的文化侨居在日本的那样久远了吧。

　　你是真应该称为中国的国树的呀,我是喜欢你,我特别的喜欢你。

　　但也并不是因为你是中国的特产,我才特别的喜欢,是因为你美,你真,你善。

　　你的株干是多么的端直,你的枝条是多么的蓬勃,你那折扇形的叶片是多么的青翠,多么的莹洁,多么的精巧呀!

　　在暑天你为多少的庙宇戴上了巍峨的云冠,你也为多少的劳苦人撑出了清凉的华盖①。

　　梧桐虽有你的端直而没有你的坚牢;

　　白杨虽有你的葱茏而没有你的庄重。

---

　　①　华盖:原指帝王的车盖,此处是指伞。

熏风会媚妩你,群鸟时来为你欢歌;上帝百神——假如是有上帝百神,我相信每当皓月流空,他们会在你脚下来聚会。

秋天到来,蝴蝶已经死了的时候,你的碧叶要翻成金黄,而且又会飞出满园的蝴蝶。

你不是一位巧妙的魔术师吗?但你丝毫也没有令人掩鼻的那种的江湖气息。

当你那解脱了一切,你那槎丫的枝干挺撑在太空中的时候,你对于寒风霜雪毫不避易。

那是多么的嶙峋而又洒脱呀,恐怕自有佛法以来再也不曾产生过像你这样的高僧。

你没有丝毫依阿取容的姿态,但你也并不荒伧;你的美德像音乐一样洋溢八荒①,但你也并不骄傲;你的名讳似乎就是"超然",你超在乎一切的草木之上,你超在乎一切之上,但你并不隐遁。

你的果实不是可以滋养人,你的木质不是坚实的器材,就是你的落叶不也是绝好的引火的燃料吗?

可是我真有点奇怪了:奇怪的是中国人似乎大家都忘记了你,而且忘记得很久远,似乎是从古以来。

我在中国的经典中找不出你的名字,我没有读过中国的诗人咏赞过你的诗,我没有见过中国的画家描写过你的画。

这究竟是怎么一回事呀,你是随中国文化以俱来的亘古的证人,你不也是以为奇怪吗?

银杏,中国人是忘记了你呀,大家虽然都在吃你的白果,都喜欢吃你的白果,但的确是忘记了你呀。

世间上也尽有不辨菽麦的人,但把你忘记得这样普遍,这样久远的例子,从来也不曾有过。

真的啦,陪都不是首善之区吗?但我就很少看见你的影子;为什

---

① 八荒:八方荒远之地。

银　　杏　郭沫若

么遍街都是洋槐，满园都是幽加里树①呢？

我是怎样的思念你呀，银杏！我可希望你不要把中国忘记吧。

这事情是有点危险的，我怕你一不高兴，会从中国的地面上隐遁下去。

在中国的领空中会永远听不着你赞美生命的欢歌。

银杏，我真希望呀，希望中国人单为能更多吃你的白果，总有能更加爱慕你的一天。

一九四二年五月二十三日

（选自《波》，群益出版社1946年版）

【分析】

郭沫若(1892—1978)，四川省乐山县人。原名郭开贞，笔名有郭鼎堂、麦克昂、易坎人等。我国新文学史上杰出的作家、诗人和戏剧家。1914年，他东渡日本学医，后在先进的革命思想和泰戈尔、惠特曼、歌德等人的文学作品的影响下，弃医从文。1921年，"五四"新文化运动时期，他积极从事反帝反封建的革命文化运动，出版了优秀诗集《女神》。这一年，他与成仿吾、郁达夫等发起组织"创造社"，次年五月出版《创造》（季刊）。"创造社"存在了十年左右，是我国现代文学史上有影响的文学团体之一，郭沫若则是该社最有成就的作家。郭沫若不但是杰出的文学家、剧作家、史学家、考古学家、古文字学家，也是一位为人类进步事业奋斗终生的战士。他参加过北伐战争、南昌起义。在抗日战争时期，他受中国共产党的委托，组织和团结国统区的进步文化人士，从事救亡运动。他学识渊博、才华横溢，是继鲁迅之后中国文化战线上又一面光辉旗帜。1978年6月12日，郭沫若病逝于北京。郭沫若的著作极为丰富，他的诗歌、小说、戏剧、散文、杂文、文学评论、自传以及史学和古文字学等方面的学术论著，大

---

① 幽加里树：幽加里，日文借词，即兰油木，桉树。

多已收入《沫若文集》。

《银杏》写于1942年的重庆。当时,作为陪都的重庆,腥风血雨、豺狼当道,国民党反动势力"消极抗日","积极反共",排斥异己,打击进步力量。在这黑暗的日子里,郭沫若运用象征的手法,写了这篇散文,热烈地歌颂了中华民族的传统美德,曲折地抨击了反动派的丑恶行径,表达了作者爱憎分明的革命立场和深厚真挚的爱国情感。

文章从介绍银杏的名称、价值、产地等概况入手,强调了它的特征,指出它是"有花植物中最古的先进","花粉和胚珠具有着动物般的性态","是完全由人力保存了下来的奇珍",表露了作者的民族自豪感。所以他要反复申述:"我是喜欢你,我特别的喜欢你。"接着,作者怀着深切的情意歌颂了银杏的真、善、美的品貌风格。银杏是美的,它的株干"端直",枝条"蓬勃",折扇形的叶片"青翠"、"莹洁"、"精巧",没有一个部分不值得赞美!它不仅外态美,心田也美,在那酷暑炎日下,"为多少的庙宇戴上了巍峨的云冠","为多少的劳苦人撑出了清凉的华盖"。相比之下,银杏胜过了梧桐和白杨。银杏不但有梧桐的端直和白杨的葱茏,而且有梧桐欠缺的坚牢和白杨欠缺的庄重。银杏端直、葱茏、坚牢、庄重,实实在在地美,所以"熏风会媚妩你,群鸟时来为你欢歌",连上帝百神都"会在你脚下来聚会"。银杏不但美,而且真。作者运用拟人化的手法,形象地描绘了银杏的真。他把银杏比作"魔术师":当秋天来临时,蝴蝶消失了,那银杏的变成金黄的叶子,就像满园飞舞的蝴蝶。然而它是那样的实在、那样的真诚,"丝毫也没有令人掩鼻的那种的江湖气息"。作者还把银杏比作解脱了一切的高僧:即使叶子落尽,那光秃秃的枝干还挺撑在空中,"对于寒风霜雪毫不避易"。银杏何止是美和真,它还具有善的品质。它并不粗俗,"没有丝毫依阿取容的姿态";它并不骄傲,它的美德"像音乐一样洋溢八荒"。它超乎"一切的草木之上",但并不隐遁。它把一切都献给了人们:果实可以滋养人的身体,木质可以做器材,连叶子也可以作为引火的燃料。作者用诗一般的语言,生动形象地描摹了银

| 银　　杏　郭沫若

杏的真善美,目的在于歌颂我们伟大的中华民族所具有的真善美的精神品质,歌颂那些遭受反动派的摧残迫害而不避易的革命者及其政党的高尚情操。

奇怪的是中国人几乎忘记了银杏,它在经籍里没有记载,在画图里没有形象,在诗歌里不见有描写,尽管人们吃着白果,可并没有记起它。作者怀着沉重的心情指出,连"首善之区"的陪都不也是很少有银杏吗?栽的却是洋槐和幽加里树。这里,作者狠狠地抨击了国民党反动势力排斥民族精华的反动政策。作者在痛惜、愤慨之余,担心银杏"会从中国的地面上隐遁下去","在中国的领空中会永远听不着你赞美生命的欢歌",从而热切地希望中国人能够爱慕银杏,而且相信"总有能更加爱慕"银杏的一天。银杏的高风亮节给作者以莫大的鼓舞,作者著文歌颂银杏,是殷切地希望中国人能发扬银杏的高尚风格。

《银杏》是一篇咏物抒情的散文,它与同类散文所不同的,在于它的抒情是建立在对银杏作科学的说明和真实的描写的基础上,把自然科学知识和社会生活内容统一在对银杏的评价和赞颂上,因此,更能传达作者的情意,也更能激起读者的共鸣。

梅园新村之行

郭沫若

　　梅园新村也在国府路上,我现在要到那儿去访问。

　　从美术陈列馆走去,折往东走,走不好远便要从国民政府门前经过。国府也是坐北向南的,从门口望进去,相当深被邃,但比起别的机关来,倒反而觉得没有那么宫殿式的外表。门前也有一对石狮子,形体太小,并不威武,虽然有点近代化的写实味,也并不敢恭维为艺术品。能够没有,应该不会是一种缺撼?

　　从国府门前经过再往东走,要跛过一段路,铁路就在国府的墙下,起初觉得似乎有损宁静,但从另一方面想了一下,真的能够这样更和市井生活接近,似乎也好。

　　再横过铁路和一条横街之后,走不好远,同在左侧的街道上一条侧巷,那便是梅园新村的所在处了。

　　梅园新村的名字很好听,大有诗的意味,然而实地的情形却和名称儿全两样。不仅没有梅花的园子,也不自成村落。这是和《百家姓》一样的散文中的散文。街道是崎岖不平,听说特种任务的机关林立,仿佛在空气里面四处都闪耀着狼犬那样的眼睛,眼睛,眼睛。

　　三十号的周公馆,应该是这儿的一座绿洲了。

　　小巧玲珑的一座公馆。这园有些日本风味,听说本是日本人住过的地方。园里在动土木,在右手一边堆积了瓦砖木器材。几位木匠师傅在加紧动工,看这情形,恩来先生显然有久居之意,而且似乎有这样的存心——在这个小天地里面,对于周围的眼睛,示以和平建设的轨范。

　　的确,我进南京城的第一个感觉,便是南京城还是一篇粗杂的草稿。别的什么扬子江水闸钱塘江水闸,那些庞大的惊人的计划暂且

梅园新村之行　郭沫若

不忙说,单为重观瞻起见,似乎这首都的建设是刻不容缓了。然而专爱讲体统的先生们却把所有的兴趣集中在内战的赌博上,而让这篇粗杂的草稿老是不成体统。

客厅也很小巧,没有什么装饰。除掉好些梭发椅之外,正中一个小圆桌,陈着一盆雨花台的文石。这文石的宁静,明朗,坚实,无我,似乎也就象征着主人的精神。西侧的壁炉两旁,北面与食厅相隔的左右腰壁上,都有书架式的壁橱,在前应该是有书籍或小摆设陈列着,现在是空着。有绛色的帷幕掩蔽着食厅。

仅仅两个月不见,恩来先生比起重庆时瘦了。大约因为过于忙碌,没有理发的闲暇吧,稍嫌过长的长发愈见显得他的脸色苍白。他的境遇是最难处的,责任那么重大,事务那么繁剧,环境又那么拂逆。许多事情明明是知其不可为而为,但却丝毫也不愿放松,不能放松,不肯放松。他的工作差不多经常要搞个通夜,只有清早一段时间供他睡眠,有时竟至有终日不睡的时候。他曾经叹惜过,他的生命有三分之一在"无益的谈判"里继续不断地消耗了。谈判也不一定是"无益",他所参预着的谈判每每是关系着民族的生死存亡,只是和他所花费的精力比较起来,成就究竟是显得那么微末。这是一个深刻的民族的悲哀,这样一位才干出类的人才,才没有更积极性的建设工作给他做。

但是,轩昂的眉宇,炯炯的眼光,清朗的谈吐,依然是那样的有神。对于任何的艰难困苦都不会避易的精神,放射着令人镇定,也令人乐观的毅力。我在心坎里,深深地,为人民,祷祝他的健康。

我自己的肠胃有点失调,恩来先生也不大舒服,中饭时被留着同他吃了一餐面食。食后他又匆匆忙忙地外出,有什么约会去了。

借了办事处的一辆吉普车,我们先去拜访了莫德惠先生和青年党的代表们,两处都不在家,我们便回到了中央饭店。

(选自1946年8月15日《萌芽》第1卷第2期《南京印象》)

【分析】

　　抗日战争胜利后,国民党中央政府由陪都重庆迁回南京,周恩来受中共中央的委派,于 1946 年 5 月到了南京,住在被人们称为"周公馆"的梅园新村三十号,继续联合各民主党派,和国民党谈判,争取国内和平民主的实现。当时,以"社会贤达"闻名全国的郭沫若,到周公馆拜访了周恩来,并在访问之后写了《梅园新村之行》这篇散文,真实地记录了周恩来在南京期间跟国民党反动派做斗争的情景,表现了周恩来同志为中华民族的前途和中国人民的解放事业鞠躬尽瘁的革命精神和高尚品质。

　　全文是按访问过程的顺序写的。开篇作者一再提到"国府",并对"国府"的外貌作了颇为详细的介绍,还评价了"国府"门前的一对石狮子。这些叙述并非闲笔,而是含意深刻的曲笔。在这样的"国府"统治下,周公馆自然要在特务机关的监视之中了,"仿佛在空气里面四处都闪耀着狼犬那样的眼睛,眼睛,眼睛"。然而,周公馆却是"一座绿洲",而且还在动土木,有几位木匠师傅正在加紧劳作,"对于周围的眼睛,示以和平建设的轨范"。"绿洲",象征着民族的希望;"和平建设的轨范",表达了对特务的蔑视。这也是作者对"有久居之意"的周恩来的高度赞扬,赞扬他大智大勇、镇定自若,为和平民主而坚持斗争的崇高精神。

　　对比之下,整个南京城就显得格外杂乱无章,像"一篇粗杂的草稿"。究其原因,是那些"专爱讲体统的先生们"不顾国计民生,无视全国人民和平建设的要求,"把所有的兴趣集中在内战的赌博上"了。作者以辛辣的笔调,愤怒地谴责和抨击了国民党右派当权者假和平、真内战的鬼蜮伎俩。

　　文章写到小客厅的装饰布置,用形象的语言赞美了小圆桌上陈列着的一盆雨花台的文石,说它"象征着主人的精神",为正面描写周恩来做了铺垫。接着,就写到了会见的经过。记述是粗线条的,没写人物之间的对话,也没有细腻的刻画,然而作者以饱蘸感情的笔勾勒出周恩来的光辉形象。周恩来同志兢兢业业、励精图治,为革命事业呕心沥血。他"瘦了","稍嫌过长的长发愈见显得他的脸色苍白"。他工作繁忙,"经常要搞个通夜",甚至"终日不睡"。但是,艰难困苦对无产阶级革命家来说,算得了什么呢?周恩来"轩昂的眉宇,炯炯的眼光,清朗的谈吐,依然是那样的有神"。作者对周恩来说的自己的生命的三分之一浪费在"无益的谈判"上,也有同样的感触,但又高度赞赏周恩来在这"无益的谈判"里做出的独特的贡献,然而又对此深表惋惜,惋惜"这样一位才干出类的人才,却没有更积极性的建设工作给他做"。作者曲曲折折、步步深入地道出了对周恩来的赞叹之情。"我在心坎里,深深地为人民,祝祷他的健康",表达了作者对周恩来的关切和良好的祝愿,由衷地抒发了自己的崇敬之情。

作者还用整段文字写了周恩来留吃中饭的情节。所谓"中饭",仅仅是"一餐面食",从一个侧面再现了周恩来简朴的生活。当时,周恩来的身体"也不大舒服",可是食后就匆匆忙忙地外出工作去了,从另一个侧面再次凸现了周恩来为革命忘我工作的高贵品质。

周恩来同志就像雨花台的文石:宁静,明朗,坚实,无我!

春底林野

许地山

春光在万山环抱里,更是泄露得迟。那里底桃花还是开着;漫游的薄云从这峰飞过那峰,有时稍停一会,为的是挡住太阳,教地面底花草在它底荫下避避光焰底威吓。

岩下底荫处和山溪底旁边满长了薇蕨和其它凤尾草。红、黄、蓝、紫的小草花点缀在绿茵上头。

天中底云雀,林中底金莺,都鼓起它们底舌簧。轻风把它们底声音挤成一片,分送给山中各样有耳无耳的生物。桃花听得入神,禁不住落了几点粉泪,一片一片凝在地上,小草花听得大醉,也和着声音底节拍一会倒,一会起,没有镇定的时候。

林下一班孩子正在那里捡桃花底落瓣哪。他们捡着,清儿忽嚷起来,道:"嗄,邕邕来了!"众孩子住了手,都向桃林底尽头盼望。果然邕邕也在那里摘草花。

清儿道:"我们今天可要试试阿桐底本领了。若是他能办得到,我们都把花瓣穿成一串璎珞①围在他身上,封他为大哥如何?"

众人都答应了。

阿桐走到邕邕面前,道:"我们正等着你来呢。"

阿桐底左手盘在邕邕底脖上,一面走一面说:"今天他们要替你办嫁妆,教你做我底妻子。你能做我底妻子么?"

邕邕狠视了阿桐一下,回头用手推开他,不许他底手再搭在自己脖上。孩子们都笑得支持不住了。

众孩子嚷道:"我们见过邕邕用手推人了!阿桐赢了!"

邕邕从来不会拒绝人,阿桐怎能知道一说那话,就能使她动手

---

① 璎珞:贯串珠玉而成的装饰品,多用为颈饰。

呢？是春光底荡漾,把他这种心思泛出来呢？或者,天地之心就是这样呢？

你且看:漫游的薄云还是从这峰飞过那峰。

你且听:云雀和金莺底歌声还布满了空中和林中。在这万山环抱的桃林中,除那班爱闹的孩子以外,万物把春光领略得心眼都迷蒙了。

(选自1922年5月10日《小说月报》第13卷第5号《空山灵雨》)

【分析】

许地山(1893—1941),名赞堃,原籍台湾台南,寄籍福建龙溪(今漳州),出生于台湾。甲午战争后,全家搬回祖国大陆。1917年后在燕京大学学习,参加五四运动,毕业后留校任助教,同郑振铎、茅盾等人发起成立文学研究会,从事创作。发表作品常用笔名"落华生"。后又去英美留学,研究宗教史、印度哲学、梵文及民俗学。1927年任燕京大学教授,后赴香港任教,并从事进步文化活动,1941年8月病逝于香港。著有《空山灵雨》、《缀网劳蛛》、《危巢坠简》等文学作品,有爱国主义和民主主义倾向,但也把宗教思想渗透进去,带有浓厚的宿命论思想。作品的题材在当时独树一帜,既有昂扬的表征,也有消极的意识。

《春底林野》渲染了一派灿烂的春色。

文章前三段从高处到低处,从山岩到林野,把醉人的春色写得有声有色。先是把天上的云写得似乎有情意似的;而云雀、金莺的鸣啭,能使桃花听了落泪,小草听得大醉。"通感"手法的运用,更把春底林野写活了。接下来,作者以无限天真的童心把小儿女们的喧闹嬉戏写得活泼动人。

阿桐在众孩子的怂恿下走上前要邕邕做他的妻子,邕邕狠视了阿桐,回头用手推开了他。

"爸爸从来不会拒绝人,阿桐怎能知道一说那话,就能使她动手呢?"作者提出这个问题,紧接着又问:是因为春光的荡漾?抑或是因为天地之心?那悠然不尽的余味,要读者慢慢咀嚼。读了这样的小品散文,我们看到作者有闲情去观察描写小儿女们春心的跃动,更感到作者有明睿的智慧去宣扬他所奉行的爱的哲学。

沈从文在《论落华生》中曾说:"……显示散文的美与光,色香中不缺少诗,落华生为最本质的使散文发展到一个和谐的境界的作者之一。……这调和,所指的是把基督教的爱欲,佛教的明慧,近代文明与古旧情绪,糅合在一处,毫不牵强地融成一片。作者的风格是由此显示特异而存在的。最散文的诗质是这人的文章。佛的聪明,基督的普遍的爱,透达人情,而于世情不作顽固之拥护与排斥,以佛经阐明爱欲所引起人类心上的一切纠纷,然而在文字中,处处不缺少女人的爱娇姿式,在中国不能不说这是唯一的散文作家了!"又说:"用最工整细致的笔,按着纸,在纸上画出小小的螺纹,在螺纹上我们可以看出有聪明人对人生的注意那种意义,可以比拟作者'情绪古典的'工作的成就。"这些话,都可用来说明许地山散文的特点。

落 花 生

许地山

我们屋后有半亩隙地。母亲说:"让它荒芜着怪可惜,既然你们那么爱吃花生,就辟来做花生园罢。"我们几姊弟和几个小丫头都很喜欢——买种的买种,动土的动土,灌园的灌园;过不了几个月,居然收获了!

妈妈说:"今晚我们可以做一个收获节,也请你们爹爹来尝尝我们底新花生,如何?"我们都答应了。母亲把花生做成好几样的食品,还吩咐这节期要在园里底茅亭举行。

那晚上底天色不大好,可是爹爹也到来,实在很难得! 爹爹说:"你们爱吃花生么?"

我们都争着答应:"爱!"

"谁能把花生底好处说出来?"

姊姊说:"花生底气味很美。"

哥哥说:"花生可以制油。"

我说:"无论何等人都可以用贱价买它来吃,都喜欢吃它。这就是它的好处。"

爹爹说:"花生底用处固然很多,但有一样是很可贵的。这小小的豆不像那好看的苹果、桃子、石榴,把它们底果实悬在枝上,鲜红嫩绿的颜色,令人一望而发生羡慕的心。它只把果子埋在地底,等到成熟,才容人把它挖出来。你们偶然看见一棵花生瑟缩地长在地上,不能立刻辨出它有没有果实,非得等到你接触它才能知道。"

我们都说:"是的。"母亲也点点头。爹爹接下去说:"所以你们要像花生,因为它是有用的,不是伟大、好看的东西。"我说:"那么,人要做有用的人,不要做伟大、体面的人了。"爹爹说:"这是我对于你们的希望。"

我们谈到夜阑才散,所有花生食品虽然没有了,然而父亲底话现在还印在我心版上。

(选自 1922 年 8 月 10 日《小说月报》第 13 卷第 8 号《空山灵雨》)

【分析】

许地山的《落花生》写的是平凡的事情,但因为寓有人生的哲理,读后能给人留下深刻的印象。作者也很喜欢这篇作品,特地取了个笔名"落华生",真是文以人传、人以文传了。

这篇文章基本上写了两部分。第一部分写种植花生的经过。这一部分以写母亲为主,写她带领儿女们把屋后半亩隙地辟为花生园,大家的热情很高,"买种的买种,动土的动土,灌园的灌园",过了几个月,居然收获了。母亲建议定一个晚上为收获节,举行一次品尝花生、庆祝丰收的晚会。第二部分就写在茅亭举行的庆祝会。这一部分以写父亲为主,以父亲提出"谁能把花生的好处说出来"这个问题为引子,叙述了生动的家庭讨论会。孩子们把花生有香味以及可以制油、价钱低廉等主要优点都一一说到了,父亲又就朴质无华这一点作了补充和阐发,他说:"花生底用处固然很多,但有一样是很可贵的。这小小的豆不像那好看的苹果、桃子、石榴,把它们底果实悬在枝上,鲜红嫩绿的颜色,令人一望而发生羡慕的心。它只把果子埋在地底,等到成熟,才容人把它挖出来。"于是他从哲理的高度概括落花生的品格:"它是有用的,不是伟大、好看的东西。"顺着父亲的话,"我"也由此领悟到这一道理:"那么,人要做有用的人,不要做伟大、体面的人了。"这时,父亲肯定了这一认识,说"这是我对于你们的希望"。

在波涛汹涌的人生道路上,我们经历了许多事情,随着时间的流逝,不少事情在记忆里消失淡忘了,唯独那些震撼灵魂、启示真理的事情,哪怕极其平凡细小,也深刻地印在脑子里。这篇文章记述的就是如此,所以作者提到那次的家庭聚会说:"我们谈到夜阑才散,所有花生食品虽然没有了,然而父亲底话现在还印在我心版上。"

这篇散文全文只有六百字,但写得形象鲜明,结构匀称,寓意深刻。

先说父母的形象。母亲带领孩子开辟园地、种植花生,最后提议和安排庆丰收的晚会。尽管"那晚上底天色不大好",父亲也来参加孩子们的聚会,并启发他们认识更深刻的人生真理。父母热爱生活、循循善诱、蔼然可亲,虽没有更多的形象描写,但是民主平等的家庭新风气凸现了出来。小小的篇幅,洋溢着"五四"的时代精神,这是这篇文章具有生命力的根本原因。

其次,这篇文章写了两个场景。第一个场景写种植花生的过程,这是用叙述的方式介绍的,首重写物质上的收获;第二个场景写庆丰收的家庭会,主要写对话,这是写思想上的收获。由行动上升为思想,由过程归结到结果,顺理成章,符合生活和事物的发展逻辑;但前后又有变化,在整齐中寓有波澜。这就构成这篇散文匀称整齐的结构特色。

最后,这篇作品主要是从对平凡事物的描叙中升华出一个深刻的思想的。以花生喻人,非常自然,归结的道理,虽朴实无华,却是做人的真谛。茅盾在《落华生论》中指出:"他在他的每一篇作品里,都试要放进一个他所认为合理的人生观。"正是这种寓意深刻、在作品深处燃烧人生哲理的火焰的散文,既符合文学为人生的宗旨,也体现了反庸俗和反封建的精神。"人要做有用的人",这不正是对人的价值、人的尊严的肯定吗?要知道,这正是"五四"时代"人的觉醒"的呼唤在文学上的最重要的反映。

整篇文章寓深刻于朴素之中,朴素之美既与全文题旨适应,也是文章从绚烂归于平淡的一种努力:追求较高的美学境界。

藕 与 莼 菜

叶圣陶

同朋友们喝酒,嚼着薄片的雪藕,忽然怀念起故乡来了。若在故乡,每当新秋的早晨,门前经过许多乡人,男的紫赤的胳膊和小腿肌肉突起,躯干高大且挺直,使人起健康的感觉,女的往往裹着白地青花的头巾,虽然赤脚却穿短短的夏布裙,躯干固然不及男的那样高,但是别有一种健康的美的风致;他们各挑着一副担子,盛着鲜嫩的玉色的长节的藕。在产藕的池塘里,在城外曲曲弯弯的河边,他们把这些藕一再洗濯,所以这样洁白。仿佛他们以为这是供人品味的珍品,这是清晨的画境里的重要题材,倘若涂满污泥,就把人家欣赏的浑凝之感打破了;这是一件罪过的事,他们不愿意担在身上,故而先把它们洗濯得这样洁白,才挑进城里来。他们要稍稍休息的时候,就把竹扁担横在地上,自己坐在上面,随便拣择担里过嫩的"藕枪"或是较老的"藕朴",大口地嚼着解渴。过路的人就站住了,红衣衫的小姑娘拣一节,白头发的老公公买两支。清淡的甘美的滋味于是普遍于家家户户了。这样情形差不多是平常的日课,直到叶落秋深的时候。

在这里上海,藕这东西几乎是珍品了。大概也是从我们故乡运来的,但是数量不多,自有那些伺候豪华公子硕腹巨贾的帮闲茶房们把大部分抢去了,其余的就要供在较大的水果铺里,位置在金山苹果吕宋香芒之间,专待善价而沽。至于挑着担子在街上叫卖的,也并不是没有,但不是瘦得像乞丐的臂和腿,就是涩得像未熟的柿子,实在无从欣羡。因此,除了仅有的一回,我们今年竟不曾吃过藕。

这仅有的一回不是买来吃的,是邻舍送给我们吃的。他们也不是自己买的,是从故乡来的亲戚带来的。这藕离开它的家乡大约有好些时候了,所以不复呈玉样的颜色,却满被着许多锈斑。削去皮的

| 藕与莼菜　叶圣陶

时候,刀锋过去,很不爽利。切成片送进嘴里嚼着,有些儿甘味,但是没有那种鲜嫩的感觉,而且似乎含了满口的渣,第二片就不想吃了。只有孩子很高兴,他把这许多片嚼完,居然有半点钟工夫不再作别的要求。

想起了藕就联想到莼菜。在故乡的春天,几乎天天都吃莼菜。莼菜本身没有味道,味道全在于好的汤。但是嫩绿的颜色与丰富的诗意,无味之味真是令人心醉。在每条街旁的小河里,石埠头总歇着一两条没篷的船,满舱盛着莼菜,是从太湖里捞来的。取得这样方便,当然能日餐一碗了。

而在这里上海又不然;非上馆子就难以吃到这东西。我们当然不上馆子,偶然有一两回去叨扰朋友们的酒席,恰又不是莼菜上市的时候,所以今年竟不曾吃过。直到最近,伯祥的杭州亲戚来了,送他瓶装的西湖莼菜,他送给我一瓶,我才算尝了新。

向来不恋故乡的我,想到这里,感到故乡可爱极了。我自己也不明白,为什么会起这么深浓的情绪?再一思索,实在很浅显:因为在故乡有所恋,而所恋又只在故乡有,就萦系着不能割舍了。譬如亲密的家人在那里,知心的朋友在那里,怎得不恋恋?怎得不怀念?但是仅仅是为了爱故乡么?不是的,不过在故乡的几个人把我们牵系着罢了。若无所牵系,更何所恋念?像我现在,偶然被藕与莼菜所牵系,所以就怀念起故乡来了。

所恋在哪里,哪里就是我们的故乡了。

(选自《未厌居习作》,开明出版社1992年版)

【分析】

叶圣陶(1894—1988),原名叶绍钧,江苏苏州人。1911年中学毕业后,当过十年小学教员,1921年起,先后在中学和大学任教。1921年1月,他和沈雁冰、郑振铎等十二人发起成立文学研究会,这是新文学发展时期最有影响的社团之一。后来他又主编过《小说月报》,发现和培养了不少作家,有些人后来享有盛名,如巴金、丁玲等。1923年起,他在商务印书馆任编辑八年,1931年改任开明书店编辑,直至1948年。抗日战争期间一度去大学执教。中华人民共和国成立后,历任中央人民政府出版总署副署长、教育部副部长兼人民教育出版社社长等职。

早在1914年,叶圣陶就写过文言小说。他写白话小说,始于1919年,取材多半是知识分子及小市民生活。短篇小说集有《隔膜》、《火灾》、《线下》、《城中》、《未厌集》等。童话有《稻草人》、《古代英雄的石像》。长篇小说有《倪焕之》等。他的散文大多辑入《未厌居习作》,中华人民共和国成立之后,写有《小记十篇》等。他又是著名的语文教育家,现辑有《叶圣陶语文教育论文集》出版。

《藕与莼菜》选自《未厌居习作》,是作者早期的一篇优秀的抒情散文。

作者在异乡吃到雪白的藕片,由此想到故乡的藕,并深深地怀念起故乡来了。文章第一句就开门见山点明了题意,从"嚼着薄片的雪藕"这一极为平常的生活小事而"忽然怀念起故乡来了",貌似突然,实则十分自然。触景生情是人之常情,作者就是这样合情合理、顺理成章地从笔端流出思念故乡的情怀,清冽、纯净,而又令人陶醉。

全文运用了联想和对比的手法,脉络和层次都非常清楚。

藕是最寻常不过的食物,由藕而引发思乡之情,这故乡的藕一定与众不同了。为此,作者必须着力写出故乡的藕的特色来。这特色便是通过对比表现出来的。故乡的藕虽然也极为平常,但是一经对比,特色就出来了。故乡的藕"鲜嫩""洁白""玉色",而且价格便宜,"红衣衫的小姑娘拣一节,白头发的老公公买两支。清淡的甘美的滋味于是普遍于家家户户了"。而在20世纪20年代的大城市,"藕这东西几乎是珍品了",放在水果店里,"位置在金山苹果吕宋香芒之间",不是一般人所常能享受了。至于小贩挑着担子在街上卖的,"不是瘦得像乞丐的臂和腿,就是涩得像未熟的柿子,实在无从欣羡"。

偶尔有从故乡带来的,因为隔了时日,"所以不复呈玉样的颜色",也"没有那种鲜嫩的感觉"了。正因为这样,当作者吃到薄片雪藕的时候,就自然地想起故乡的藕来,从而生发出浓浓的思乡之情。

莼菜是江浙一带的特产,但在故乡又是极普通的食品。在春天里,几乎天天能吃到,"在每条街旁的小河里,石埠头总歇着一两条没篷的船,满舱盛着莼菜,是从太湖里捞来的。取得这样方便,当然能日餐一碗了"。而在大城市上海,就没有那样方便了,除非上馆子去吃,而"我们当然不上馆子",且受季节的限制,即使在餐馆的酒席上,也不一定能吃到,"直到最近,伯祥的杭州亲戚来了,送他瓶装的西湖莼菜,他送给我一瓶,我才算尝了新"。这是作者"想起了藕就联想到莼菜",更增加了对故乡的怀念。

通过联想对比,在文章的结尾部分作者不禁发出了深沉的慨叹:"向来不恋故乡的我,想到这里,感到故乡可爱极了。"接着是一连串的设问句,把文章一层一层向纵深推进。"所恋在哪里,哪里就是我们的故乡了。"最后的结句既富哲理性,又使文章前后呼应,深化了作者怀念故乡的含义。

叶圣陶的散文作品擅长从平凡的生活里发掘出新颖的思想,在表面清淡中充满着真挚的热情,既自然淳朴又蕴藉深厚,《藕与莼菜》也是这样。

五月卅一日急雨中

叶圣陶

从车上跨下,急雨如恶魔的乱箭,立刻湿了我的长衫。满腔的愤怒,头颅似乎戴着紧紧的铁箍。我走,我奋疾地走。路人少极了,店铺里仿佛也很少见人影。哪里去了!哪里去了!怕听昨天那样的排枪声,怕吃昨天那样的急射弹,所以如小鼠如蜗牛般,蜷伏在家里,躲藏在柜台底下么?这有什么用!你蜷伏,你躲藏,枪声会来找你的耳朵,子弹会来找你的肉体,你看有什么用?

猛兽似的张着巨眼的汽车冲驰而过,水泥溅污我的衣服,也溅及我的项颈,我满腔的愤怒。

一口气赶到"老闸捕房"的门前,我想参拜我们的伙伴的血迹,我想用舌头舐尽所有的血迹,咽入肚里。但是,没有了,一点儿没有了!已给仇人的水机冲得光光,已给腐心的人们践得光光,更给恶魔的乱箭似的急雨洗得光光!

不要紧,我想。血总是曾经淌在这地方的,总有渗入这块土的吧。那就行了。这块土是血的土,血是我们的伙伴的血,还不够是一课严重的功课么?血灌溉着,血湿润着,行见血的花开在这里,血的果结在这里。

我注视这块土,全神地注视着,其余什么都不见了,仿佛已把整个儿躯体融化在里头。

抬起眼睛,那边站着两个巡捕:手枪在他们的腰间;泛红的脸肉,深深的纹刻在嘴围,黄的睫毛下闪着绿光,似乎在那里狞笑。

手枪,是你么?似乎在那里狞笑的,是你么?

是的,是的,什么都是,你便怎样!我仿佛看见无量数的手枪点头,听见无量数的狞笑的开口。

我吻着嘴唇咽下去,把看见的听见的一齐咽下去,如同咽一块糙石,一块热铁。我满腔的愤怒。

雨越来越急,风吹着把我的身体卷住,全身湿透了,伞全然不中用。我回身走才来的路,路上有人了。三四个,六七个,显然可见是青布大褂的队伍,虽然中间也有穿洋服的,也有穿各色衫子的断发的女子。他们有的张着伞,大部分却直任狂雨乱淋。

我开始惊异于他们的脸。从来没有看见过,这么严肃的脸,有如昆仑的崟峙,这么郁怒的脸,有如雷电之将作;青年的柔秀的颜色退隐了,换上了壮士的北地人的苍劲。他们的眼睛冒得出焚烧掉一切的火,吻紧的嘴唇里藏着咬得死生物的牙齿,鼻头不怕闻血腥与死人的尸臭,耳朵不怕听大炮与猛兽的咆哮,而皮肤简直是百炼的铁甲。

佩弦①的诗道,"笑将不复在我们唇上!"用以歌咏这许多的脸,正是适合。他们不复笑,永远不复笑!他们有的是严肃与郁怒,永远是严肃与郁怒!

似乎店铺里人脸多起来了,从家里才跑来呢,从柜台底下才探出来呢,我没有工夫想。这些人脸而且露出在店门首了,他们惊讶地望着路上那些严肃的郁怒的脸。

青布大褂的队伍便纷纷投入各家店铺,我也跟着一队跨进一家,记得是布匹庄。我听见他们开口了,差不多掏示整个的心,涌起满腔的血,这样真挚地热烈地讲说着。他们讲及民族的命运,他们讲及群众的力量,他们讲及反抗的必要;他们不惮郑重叮咛的是"咱们一伙儿!"我感动,我心酸,酸得痛快。

店伙的脸比较地严肃了;没有话说,暗暗点头。

我跨出布匹庄,"中国人不会齐心呀!如果齐心,吓,怕什么!"这句带有尖刺的话传来,我回头去看。

是一个三十左右的男子,粗布的短衫露着胸,苍黯的肤色标记他

---

① 佩弦:朱自清的号,他是叶圣陶的至友。

是在露天出卖劳力的,眼睛里放射出英雄的光。

不错呀,我想。露胸的朋友,你喊出这样简要精炼的话来,你伟大!你刚强!你是具有解放的优先权者!我虔敬地向他点头。

但是,恍惚有蓝袍玄褂小髭须的影子在我眼前晃过,玩世地微笑,又仿佛鼻子里发出轻轻的一声"嗤"。接着又晃过一个袖手的,漂亮的嘴脸,漂亮的衣著,在那里低吟,依稀是"可怜无补费精神!"袖手的幻灭了,抖抖地,显现一个瘠瘦的中年人,如鼠的觳觫的眼睛,如兔的颤动的嘴,含在喉际,欲吐又不敢吐的是一声"怕……"

我倒楣,我如受奇辱,看见这样等等的魔影!我愤怒地张大眼睛,什么魔影都没有了,只见满街恶魔的乱箭似的急雨。

微笑的魔影,漂亮的魔影,惶恐的魔影,我咒诅你们:你们灭绝!你们销亡!你们是拦路的荆棘!你们是伙伴的牵累!你们灭绝,你们销亡,永远不存一丝儿痕迹,永远不存一丝儿痕迹于这块土!

有淌在路上的血,有严肃的郁怒的脸,有露胸朋友那样的意思,"咱们一伙儿",有救,一定有救——岂但有救而已!

我满腔的愤怒。再有露胸朋友那样的话在路上吧?我向前走去。

依然是满街恶魔的乱箭似的急雨。

(选自 1925 年 6 月 28 日《文学周报》第 179 期,此文又发表于 1925 年 7 月 10 日《小说月报》第 16 卷第 7 号)

【分析】

坚实的思想内容和平淡质朴的风格,构成叶圣陶散文的重要特点。但在民族矛盾和阶级斗争紧张激烈之际,作家情动于中、发而为文,也会情感激越而不能自已。这篇《五月卅一日急雨中》,就迥异于叶圣陶一贯的文风,呈现出慷慨悲歌的特色。

1925 年 5 月 15 日,上海的日本资本家勾结反动军警枪杀了要求发放工资的工人领袖顾正红,激起了全市人民的愤怒。5月30日,英巡捕竟悍然开枪,镇压示威游行的群众,酿成历史上有名的"五卅"惨案。惨案发生第二天,作者就赶到现场,就目之所见、心之所感写下了这篇愤怒之作。全文以纪实开篇,作者全然不顾"恶魔的乱箭似的急雨",下车奋疾行走,任凭泥水溅污自己的衣服项颈,他蔑视手枪的点头,怒对巡捕的狞笑,更诅咒种种魔影的"蜷伏""惶恐""躲藏"。他"把看见的听见的"一切暴行劣迹,都一齐化作了仇恨咽下去——哪怕"如同咽一切糙石,一块热铁"! 这是在写仇,在写恨。接着写想参拜伙伴们的血迹,用舌头把所有的鲜血舐尽。血已经被雨水冲光了,作者想象"血灌溉着,血湿润着,行见血的花开在这里,血的果结在这里"。虽然昨天的斗争过去了,作者仍然"全神地注视着,其余什么都不见了,仿佛已把整个儿躯体融化在里头"。作者就是这样用极其鲜明的爱憎感情抒写了他在急雨中的感受和心情,表达了他对帝国主义的憎恨和对人民斗争精神的歌颂。一起笔,作者就把恨得刻骨、爱得热烈的感情注入笔中,写在纸上。诵读这篇文章,我们清楚地感受到作者心的跳荡和血的沸腾! 作者无心作文,而文能感人,就在于作者真情的坦露,同时也点燃了读者的心火,因此具有动人心魄的感召力。

其次,这篇文章写得极有气势。尽管帝国主义凌虐残杀了中国人民,但正义不可侮,人心杀不死。中国人民不屈不挠,前赴后继。作者全力描摹了在雨中奔赴现场的人民群众,更注意推出"脸"的特写镜头:

  我开始惊异于他们的脸。从来没有看见过,这么严肃的脸,有如昆仑的崒崄,这么郁怒的脸,有如雷电之将作;青年的柔秀的颜色退隐了,换上了壮士的北地人的苍劲。他们的眼睛冒得出焚烧掉一切的火,吻紧的嘴唇里藏着咬得死生物的牙齿,鼻头不怕闻血腥与死人的尸臭,耳朵不怕听大炮与猛兽的咆哮,而皮肤简直是百炼的铁甲。

佩弦的诗道,"笑将不复在我们唇上!"用以歌咏这许多的脸,正是适合。他们不复笑,永远不复笑!他们有的是严肃与郁怒,永远是严肃与郁怒!

关于脸的描写,作者状严肃,说是"如昆仑的耸峙";绘"郁怒",比作"雷电之将作";传神情,是"壮士的北地人的苍劲"。然后,作者分别对眼、嘴、鼻、耳、皮肤进行了形象的描绘。作者用了雕刻的笔法凸现了群众的神情,但又不是完全坐实的写法,着眼于精神,主要写表情,最后引朱自清的诗,再加上作者的"画外音",读来使人荡气回肠。这种极有气势的笔墨,在这里开发了一片汪洋恣肆的情感海洋,把全文的思想旨意推向高峰。鲁迅在《革命时代的文学》一文中曾指出:"至于富有反抗性,蕴有力量的民族,因为叫苦没有用,他便觉悟起来,由哀音而变为怒吼。怒吼的文学一出现,反抗就快到了,他们已经很愤怒,所以与革命爆发时代接近的文学,每每带有愤怒之音,他要反抗,他要复仇。"(《而已集》)《五月卅一日急雨中》正是伟大的中华民族面对帝国主义强暴的"要反抗,要复仇"的"怒吼的文学"。

最后,这篇散文的语言非常有特点,适应了文章的题旨的需要和情感气势的表现。整篇文章句式短促,"我满腔的愤怒"一句的反复出现,使全文有了紧张急促的旋律;"急雨如恶魔的乱箭"这一句首尾反复,奠定了全篇愤怒反抗的基调。再如作者以"自白""画外音"等穿插其间,这种变客观叙述为主观抒情、化精辟议论为心理活动的手法,都大大调动了读者的感情,又使文章富于立体感,增加了美感效应。文章讲究声调节奏,强化了表情达意的力度,又具有声音之美。"声入心通",也同样拨响了读者的心弦,使我们跟着作者一同呐喊,一同歌唱!

论玩物不能丧志

林语堂

余尝谓玩物丧志,系今世伪道学袭古昔真道学语。今人谓游名山,读古书,写小品,便是玩物丧志。然德人善登名山,法人好读古书,英人亦长小品,而三国人之志并未丧,并不勇于私斗,怯于公愤,如吾同胞。然则国人之志本薄弱可知,丧之不足惜,不丧亦亡能为也。试略再说说。

孔子好歌好和,好鼓瑟,好射,好乐,不删"郑风""陈风",不删"关雎""桑中"诸章,"学而"第一章,即以读书为乐事,《论语》到处不亦乐乎,不亦悦乎。盖孔子洞澈人情,只求中和,不以玩为非,尚不失为健全的人生观。汉儒曲解毛诗,宋儒则变本加厉,以玩为非,陷入道学。民国儒又比宋儒进一步,并游山,读书,小品,亦欲禁止。大约行愈卑者言愈伪,此心理分析所谓"求平"作用(compensation)与麻子特刁钻同一道理,不然则不足保持其心理上之均衡。

"玩"在西洋社会已取得相当地位。西洋男女喜作乐,甚至夫妇携手而行,毫不为耻,只是表示一种较自然的人生观。今我国人效之,似亦不觉得怎样。想倘无西人榜样,真不知当如何叱为有伤风化的一件事。西人踢球,吾人又仿效之,倘无西人榜样为踢球者之护符,不知又当如何遭人反对。今且并幼稚园,亦许幼儿游戏矣。

中国人不大踢球,而独好山水花鸟。山水花鸟,即中国之所谓玩。中国人看见成年人在球场上抢一只球,总以为可笑,踢球之姿势,七颠八倒,亦有伤大雅,君子所不为。惟在初夏晴日,趁夕阳西下,沿堤散步,看柳浪,闻莺声,赏荷花,观池鱼,或观农夫耘草,乃认为成年人之玩。其散步,亦主安闲自在,不似英人所谓 country walk①,在大日中急步数里,回来罩上羊毛衫出汗,始谓之 exercise②。然中国人生活苦闷,得以不至神经变态,全靠此一点游乐雅趣。西人之评中国文化,最称赞奇异者,即在不堪其忧之中,穷人仍然识得安乐,小市民在傍晚持鸟笼在街上谈天,江北车夫在茅屋之外,种一二盆花草。盖中国人无宗教,其所以得性灵之慰安者,专在自然之欣赏。此一半系中国诗文的遗赐,使常人亦识得鸟语花香之趣。今之复兴民族者,只许人踢足球,不许人看花赏鸟,真不知如何说法。工农倘不得踢球之便,又不许看花赏鸟,失了东方人欣赏自然之精神,真不知将如何过日子也。

然古人以玩为非,尚有系统的哲学在焉。理学家以为凡玩足使心性浮动,故如女子必以礼教防范。盖以为小姐游后花园,情根一动,即为祸苗,禁之不使游后花园,亦不失为防微杜渐之计。今日中国风俗已受西方影响而浪漫化,女子可游公园,青年可踢足球,要人可看电影,画家可画裸体,凡有西洋祖宗为护符者,皆不敢讥议。独东方之游玩,必认为玩物丧志,此而言复兴民族,民族岂不殆哉!

在此东西文明接触之时,最用得着健全的批评眼光。小品文只是一种笔调,等于西洋之 familiar essay③,如何能令人丧志,百思不得其解。吾恐国人訾陈眉公冒辟疆之小品,余勇可贾,而訾蒙旦哈兹烈脱之小品,真无此勇气。吾其急急抬出蒙旦哈兹烈脱以为护符乎?

(选自《人间世》第 7 期,1934 年 7 月 5 日)

【分析】

林语堂(1895—1976),福建龙溪人。原名和乐,改名玉堂,又改名语堂。笔名有毛驴、宰予、宰我、岂青、萨天师等。1912 年入上海圣约翰大学,1919 年起先后赴美国、德国研究语言学,获哈佛大学硕

---

① country walk:乡间徒步。
② exercise:锻炼。
③ familiar essay:小品文、随笔。

士、莱比锡大学博士学位。1923年回国后,在北京大学及北京女子师范大学、厦门大学任教。1927年7月在上海专事著述。1932年开始,创办《论语》、《人间世》、《宇宙风》等刊物,提倡"幽默闲适"的"性灵文学",成为"论语派"的主要代表。1936年居留美国,多用英文写作。1966年定居台北,1976年在香港病逝。

林语堂积极提倡小品文写作。他的中文著作有《语堂文存》(1941年,上海)、《无所不谈合集》(1974年,台北)、《语堂文集》(1979年,台北)等,祖国大陆出版有《林语堂选集》(上、下册)、《林语堂文选》(上、下集)等,此外还有《京华烟云》、《苏东坡》等长篇小说与传记等。

林语堂以"两脚踏东西文化,一心评宇宙文章"作为治学之道,并申明"我的最长处是对外国人讲中国文化,而对中国人讲外国文化"。从沟通东西文化、促进中外文化交流的角度来说,他确实做了许多有益的工作。但由于对中国的了解的局限性很大,他在介绍中国时有不少歪曲之处。至于他的散文小品创作,"化板重为轻松,变严肃为幽默",自有他的独特个性与艺术特色。

《论玩物不能丧志》这篇议论性的散文表现了林语堂性灵潇洒的人生观,读他的文章不觉得沉闷艰涩,只感到清风徐徐拂面,精神阵阵爽快。这篇文章的主旨在于说明生活是丰富的,劳作之后要休息,紧张之余需玩乐。——当然这种玩乐须具有高尚的情趣。

作者为了反驳伪道学的极端不近人情的意见,举中外古今人事为例,说得在情在理。

这篇文章原不在专论玩物与丧志的关系,这里牵涉到小品文写作的一段公案。20世纪30年代,林语堂邀集几个合作者,创办了《论语》半月刊,继而创办了《人间世》、《宇宙风》等刊物,形成了名噪一时的"论语派"。

本来,鲁迅很推重林语堂的早期文章,《论语》在开始创办的一两年,在议论中尚有进步的色彩,但随着国民党反动政府文化专制主义的加强,林语堂慑于反动派的压力而向右转,此时他主办的刊物便渐褪去进步色彩而转化为鲁迅所说的"也很无聊"的刊物。

林语堂及其"论语派"的文学主张,总括起来就是六个字:幽默、性灵、闲适。用这种态度对现实,正如有人所分析的,"作者站在冷静超越的旁观者的立场,带着悲天悯人的思想情绪,用庄谐并出、清淡自然的笔调,空泛而笼统地谈论社会和人生"(万平近:《林语堂的文学生涯》)。在血与火斗争的年代,这种散文风格日渐向右发展,无怪鲁迅批评其"非倾于对社会的讽刺,即堕入传统的'说笑话'和'讨便宜'",或者"将屠夫的凶残化为一笑"。

所以,这篇文章最后谈小品文的一段议论就由此而发,在某种程度上他是为向右转化与倒退作辩护。当然,从总体上来看,林语堂的散文和他的写作主张,在丰富中国现代小品文并推动其发展方面也有一定的贡献。这是不能抹杀的。

这篇文章于娓娓而谈中直抒己见,而且文白杂糅、不涉玄虚、情趣相生、挥洒如意,可读性是较强的。

谈人生、谈艺术,林语堂一生著述主要是"对外说中",西方人对他的评价不低。一个美国研究者安德森说:"他一身融汇了东西的智慧。只要将他的著作读上数页,谁也会觉得与高人雅士相接,智者之言,亲切有味。其思想合理中节,谦虚而宽容,开朗而友善,热情而明智。其风度,其气质,古之仁人不能过也。其写作著述,机智而优美,巧慧而闲适,不论涉及人生任何方面,莫不如此。于人生则因林见木,由大识小,辨别重轻,洞悉本末,若寻一词足以形容林氏,只有'学养'一词。若谓文化人中之龙凤,林氏当之无愧也。"(转引自林语堂《八十自叙·译者序》)安德森的评论是不是溢美之词?这恐怕要通读林语堂的全部著作后才能得出结论。

叩　门

茅　盾

答,答,答!

我从梦中跳醒来。

——有谁在叩我的门? 我迷惘地这么想。我侧耳静听。声音是没有了。头上的电灯洒一些淡黄的光在我的惺忪的脸上。纸窗和帐子依然是那么沉静。

我翻了个身,朦胧地又将入梦,突然那声音又将我唤醒。在答,答的小响外,这次我又听得了呼——呼——的巨声。是北风的怒吼罢? 抑是"人"的觉醒? 我不能决定。但是我的血沸腾。我似乎已经飞出了房间,跨在北风的颈上,奔然驱驰于长空!

然而巨声却又模糊了,低微了,消失了;蜕化下来的只是一段寂寞的虚空。

——只因为是虚空,所以才有那样的巨响呢! 我哑然失笑,明白我是受了哄。

我睁大了眼,紧裹在沉思中。许多面孔,错落地在我眼前跳舞;许多人声,嘈杂地在我耳边争讼。蓦地一切都寂灭了,依然是那答,答,答的小声从窗边传来,像有人在叩门。

"是谁呢? 有什么事?"

我不耐烦地呼喊了。但是没有回音。

我捻灭了电灯。窗外是青色的天空闪耀着几点寒星。这样的夜半,该不会有什么人来叩门,我想;而且果真是有什么人呀,那也一定是妄人:这样唤醒了人,却没有回音。

但是打断了我的感想,现在门外是殷殷然有些像雷鸣。自然不是蚊雷。蚊子的确还有,可是都躲在暗角里,早失却了成雷的气势。

我也明知道不是真雷,那在目前也还是太早。我在被窝内翻了个身,把左耳朵贴在枕头上,心里疑惑这殷殷然的声音只是我的耳朵的自鸣。然而忽地,又是——

答,答,答!

这第三次的叩声,在冷空气中扩散开来,格外的响,颇带些凄厉的气氛。我无论如何再耐不住了,我跳起身来,拉开了门往外望。

什么也没有。镰刀形的月亮在门前池中送出冷冷的微光,池畔的一排樱树,裸露在凝冻了的空气中,轻轻地颤着。

什么也没有,只一条黑狗爬在门口,侧着头,像是在那里偷听什么,现在是很害羞似的垂了头,慢慢地挨到檐前的地板下,把嘴巴藏在毛茸茸的颈间,缩做了一堆。

我暂时可怜这灰色的畜生,虽然一个忿忿的怒斥掠过我的脑膜:

是你这工于吠声吠影①的东西,丑人作怪似的惊醒了人,却只给人们一个空虚!

(选自1929年1月10日《小说月报》第20卷第1号)

【分析】

茅盾(1896—1981),浙江桐乡人。原名沈德鸿,字雁冰。父亲是维新派,去世早,母亲担负起教育责任,使茅盾在幼年时受到一定的文化熏陶。1913年考取北京大学预科。1916年毕业后进上海商务印书馆工作,先是从事编译,并写文艺批评文章,后来进行小说创作。1920年11月主编和革新《小说月报》,翌年和朱希祖、周作人、郑振铎、王统照、叶圣陶等十二人发起成立"文学研究会"。他在大革命时参加了实际斗争,革命失败后,隐居在上海。1926年上半年,以茅盾为笔名发表《蚀》三部曲。1930年参加"左联",长篇小说《子夜》以及农村三部曲《春蚕》、《秋收》、《残冬》和中篇小说《林家铺子》等奠定了

---

① 吠声吠影:比喻随声附和。《潜夫论·贤难》:"谚云:'一犬吠形,百犬吠声',世之疾此,固久矣哉。"

他在中国现代文学史上的重要地位。他的散文创作开手很早,作品陆续结集为《茅盾散文集》、《话匣子》、《速写与随笔》、《见闻杂记》、《时间的记录》等。

《叩门》是茅盾早期散文的代表作。此文写于1928年底。这时候,轰轰烈烈的大革命运动遭受了挫折,国内的阶级矛盾并没有得到解决,工农群众不甘心屈服于三座大山的压迫和统治,地下的火在奔突、运行。再从作者的个人遭际来看,茅盾写此文时是在日本东京。为了躲避蒋介石政府的通缉,他虽然有幻灭的悲哀,但未完全失掉生活的信心,更没有屈服于敌人的强大压力,用他自己的话说:"尚受生活执着的支配,想要以我的生命力的余烬从别的方面在这迷乱灰色的人生内发一星微光,于是我就开始创作了。"(《从牯岭到东京》)所以,《叩门》这类作品尽管在我们面前织成一幅幅扑朔迷离的画面,但其中也有作者摸索前进、苦心探求的身影。浓重的暗影,毕竟掩盖不了它的耀眼的批判锋芒!

《叩门》以深夜的主观错觉——三次"叩门"声为线索,分三个层次写出作者的情怀:在寂寞的虚空里,是多么盼望激荡的风雷的到来。

第一次听到叩门声,"我从梦中跳醒来",这正是作者不甘寂寞、尚思奋起的心态的反应。"我似乎已经飞出了房间,跨在北风的颈上,耆然驱驰于长空!"这幻想欲飞的浪漫主义一笔,是过去的回音,又是对未来的期待。作者的心火并没有熄灭呵!然而眼下现实的虚空,使"我"只好睁大眼睛"紧裹在沉思中"。拂之不去的种种景象,正是作者的复杂经验凝练压缩成的难忘的印象。

第二次听到叩门声,作者在疑惑中仍有向往:似乎听到了殷殷然的雷鸣。这雷鸣不是蚊鸣,作者特地作了声明。但若是真雷,那在目前也还是太早。"我"现在是这样判断的。姑不论这个判断是否符合当时星火燎原的革命实际,但作者总是翘首期待真的雷声,这是无疑的事实。

在第三个层次上,作者才把前两层"叩门"声的错觉揭破,怒斥了"在那里偷听什么"的黑狗。作者在这里以巧妙的借喻,揭露了反动派的白色恐怖。其中既寄寓了幻灭的悲哀,也有"不甘寂寞尚思作最后之追求"。我们应当从整体上来理解这篇文章的结尾,不能将作者的情思全都归结为空虚、失望。

《叩门》是一篇散文诗。诗体的散文特别注意对诗的形象和意境的追求。用散文诗写作,对于作者来说,是为了抒写内心的诗情;对于读者来说,通过想象的补充,可以体味深藏在语言背后的作者无尽的情怀。《叩门》具有独创性的艺术构思。作者用一种寓虚于实的表现手法,将三次叩门声分为三个层次,而又统一成一个整体。这个艺术世界似梦似真,迷离恍惚。在凄厉凝重的黑夜里,作者心怀战斗的希冀和憧憬。

《叩门》语言很美,在凝练压缩的文字里包容着深厚的诗情与哲理,散体单行的句式中有着和谐的节奏和韵律。如果说,在20世纪20年代末,鲁迅的散文诗集《野草》是开放在"贫弱的中国文艺园地里的一朵奇花",那么,30年代初,茅盾的散文,则是继鲁迅之后,为中国现代散文诗的园地增添了簇新的佳卉。

雷雨前

茅 盾

清早起来,就走到那座小石桥上。摸一摸桥石,竟像还带点热。昨天整天里没有一丝儿风。晚快边响了一阵子干雷,也没有风,这一夜就闷得比白天还厉害。天快亮的时候,这桥上,还有两三个人躺着,也许就是他们把这些石头又困得热烘烘。

满天里张着个灰色的幔。看不见太阳。然而太阳的势力好像透过了那灰色的幔,直逼着你头顶。

河里连一滴水也没有了,河中心的泥土也裂成乌龟壳似的。田里呢,早就像开了无数的小沟,——有两尺多阔的,你能说不像沟么?那些苍白色的泥土,干硬得就跟水门汀差不多。好像它们过了一夜工夫还不曾把白天吸下去的热气吐完,这时它们那些扁长的嘴巴里似乎有白烟一样的东西往上冒。

站在桥上的人就同浑身的毛孔全都闭住,心口泛淘淘,像要呕出什么来。

这一天上午,天空老张着那灰色的幔,没有一点点漏洞,也没有动一动。也许幔外边有的是风,但我们罩在这幔里的,把鸡毛从桥头抛下去,也没见他飘飘扬扬踱方步。就跟住在抽出了空气的大筒里似的,人张开两臂用力行一次深呼吸,可是吸进来只是热辣辣的一股闷气。

汗呢,只管钻出来,钻出来,可是胶水一样,胶得你浑身不爽快,像结了一层壳。

午后三点钟光景,人像快要干死的鱼,张开了一张嘴,忽然天空那灰色的幔裂了一条缝!不折不扣一条缝!像明晃晃的刀口在这幔上划过。然而划过了,幔又合拢,跟没有划过的时候一样,透不进一丝儿风。一会儿，长空一闪，又是那灰色的幔裂了一次缝。然而中什么用？

像有一只巨人的手拿着明晃晃的大刀在外边想挑破那灰色的幔，像是这巨人已在咆哮发怒，越来越紧了，一闪一闪满天空瞥过那大刀的光亮，隆隆隆，幔外边来了巨人的愤怒的吼声。

猛可地闪光和吼声都没有了，还是一张密不通风的灰色的幔！

空气比以前加倍闷！那幔比以前加倍厚！天加倍黑！

你会猜想这时那幔外边的巨人在揩着汗，歇一口气；你断得定他还要进攻。你焦躁地等着，等着那挑破灰色幔的大刀的一闪电光，那隆隆隆的怒吼声。

可是你等着，等着，却等来了苍蝇。它们从龌龊的地方飞出来，嗡嗡的，绕住你，钉你的涂一层胶似的皮肤。戴红顶子像个大员模样的金苍蝇刚从粪坑里吃饱了来，专拣你的鼻子尖上蹲。

也等来了蚊子。哼哼哼地，像老和尚念经，或者老秀才读古文。苍蝇给你传染病，蚊子却老实要喝你的血呢！

你跳起来拿着蒲扇乱扑，可是赶走了这一边的，那一边又是一大群乘隙进攻。你大声叫喊，它们只回答你个哼哼哼，嗡嗡嗡！

外边树梢头的蝉儿却在那里唱高调："要死哟！要死哟！"

你汗也流尽了，嘴里干得像烧，你手脚也软了，你会觉得世界末日也不会比这再坏！

然而猛可地电光一闪，照得屋角里都雪亮。幔外边的巨人一下子把那灰色的幔扯得粉碎了！轰隆隆，轰隆隆！他胜利地叫着。胡——胡——挡在幔外边整整两天的风开足了超高速度扑来了！蝉儿噤声，苍蝇逃走，蚊子躲起来，人身上像剥落了一层壳那么一爽。霍！霍！霍！巨人的刀光在长空飞舞。轰隆隆，轰隆隆，再急些，再响些罢！

让大雷雨冲洗出个干净清凉的世界！

（选自《速写与随笔》，开明书店1935年版）

【分析】

从《叩门》开始，经过《雷雨前》，到《白杨礼赞》，可以看出茅盾思想发展的轨迹，也可窥见他的散文风格变化的历程。前期作品烙印了"时代的苦闷"，多多少少流露了怅惘低沉的情绪，但作者虽悲观而不失望，始终在迂回中不断前进。到20世纪30年代，作者终于写出企望光明、召唤风雷的散文诗篇，《雷雨前》便是代表，作者在他的《散文速写集》的序里，特地点明"是用象征的手法描写了30年代整个中国的政治与社会矛盾"。他认为《雷雨前》和《白杨礼赞》一样，"也适用于中学教材"。

《雷雨前》把作者诅咒黑暗、期待革命风雷的急迫心情全盘托出，壮怀激烈，跃然纸上！

文章一开始写三伏干旱，天空是"张着那灰色的幔"，透不过一丝儿风。清晨，石头还热烘烘的，龟裂的土地似乎在冒白烟，傍晚的一阵子干雷，也炸不出一点雨来。空气是那么沉闷潮热，使人"浑身的毛孔全都闭住"。这些描写完全是写实，又巧妙地象征当时的社会生活。

人们多么盼望雷雨的到来呵！

像有一只巨人的手拿着明晃晃的大刀在外边想挑破那灰色的幔，像是这巨人已在咆哮发怒，越来越紧了，一闪一闪满天空瞥过那大刀的光亮，隆隆隆，幔外边来了巨人的愤怒的吼声。

这是自然界的斗争，也象征革命的暴风雨快要到来。可是，等着，等着，却等来嗡嗡的苍蝇、哼哼的蚊子，还有那蝉儿的高调。一时之间，似乎是世界的末日将要来临。

光明与黑暗经过了反复的较量，天空中终于电闪雷鸣，暴风雨快要来了：

霍！霍！霍！巨人的刀光在长空飞舞。轰隆隆，轰隆隆，再急些，再响些罢！
　　让大雷雨冲洗出个干净清凉的世界！

　　这是诗的最强音。大雷雨显示了自然界的威力，更传达了人们的喜悦。
　　这篇散文写得极有层次，先是描写干旱的逼人，再写酝酿雷雨时的殊死斗争，最后写风雨雷电的到来，像火山爆发一般，感情到了顶点。其中又刻画了好多意象，如"灰色的幔"象征反动势力，巨人象征革命力量，那嗡嗡的苍蝇、哼哼的蚊子以及高唱着"要死哟！要死哟"的蝉儿，隐喻依附反动势力的各种人物。文章始终充满跳跃性和节奏感，写实与象征，现实与理想，诗情与画意，得到和谐的统一。

白杨礼赞

茅 盾

白杨树实在不是平凡的树,我赞美白杨树!

当汽车在望不到边际的高原上奔驰,扑入你的视野的,是黄绿错综的一条大毡子,黄的,那是土,未开垦的处女地,几十万年前由伟大的自然力所堆积成功的黄土高原的外壳,绿的呢,是人类劳力战胜自然的成果,是麦田,和风吹过,翻起了一轮一轮的绿波,——这时你会真心佩服昔人所造的两个字"麦浪",若不是妙手偶得,便确是经过锤炼的语言的精华;黄与绿主宰着,无边无垠,坦荡如砥①,这时如果不是宛若并肩的远远的连峰提醒了你(这些山峰凭你的肉眼来判断,就知道是在你脚底下的),你会忘记了汽车是在高原上行驶,这时候,你涌起来的感想也许是"雄壮",也许是"伟大",诸如此类的形容词,然而同时你的眼睛也许觉得有点倦怠,你对当前的"雄壮"或"伟大"闭了眼,而另一种味儿在你心头潜滋暗长了——"单调"!可不是,单调,有一点儿。

然而刹那间,要是你猛抬眼看见了前面远远地有一排,——不,或者甚至只是三五枝,一株,傲然耸立,像哨兵似的树木的话,那你的恹恹②欲睡的情绪又将如何?我那时是惊奇地叫了一声的!

那就是白杨树,西北极普通的一种树,然而实在不是平凡的一种树!

那是力争上游的一种树,笔直的干,笔直的枝。它的干呢,通常是丈把高,像是加以人工似的,绝无旁枝;它的所有的丫枝呢,一律是

---

① 坦荡如砥(dǐ):平坦得像磨刀石一样。砥,磨刀石。
② 恹恹(yān):这里是困倦的意思。

向上,而且紧紧靠拢,也像是加过人工似的,成为一束,绝无横斜逸出的①;它的宽大叶子也是片片向上,几乎没有斜生的,更不用说倒垂;它的皮,光滑而有银色的圈晕,微微泛出淡青色。这是虽在北国的风雪的压迫下,却保持着倔强挺立的一种树!哪怕只有碗来粗细吧,它却努力向上发展,高到丈把,二丈,参天耸立,不折不挠,对抗着西北风!

这就是白杨树,西北极普通的一种树,然而决不是平凡的树!

它没有婆娑②的姿态,没有屈曲盘旋的虬枝③,也许你要说它不美丽,——如果美是专指"婆娑"或"横斜逸出"之类而言,那么,白杨树不是树中的美人;但是它却是伟岸④,正直,朴质,严肃,也不缺少温和,更不用提它的坚强不屈与挺拔,它是树中的伟丈夫!当你在积雪初融的高原上走过,看见平坦的大地上傲然挺立这么一株或一排白杨树,难道你就只觉得它只是树?难道你就不想到它的朴质,严肃,坚强不屈,至少也象征了北方的农民大众。难道你竟一点也不联想到,在敌后的广大土地上,到处有坚强不屈,就像这白杨树一样傲然挺立,守卫他们家乡的哨兵?难道你又不更远一点想到这样枝枝叶叶靠紧团结,力求上进的白杨树,宛然象征了今天在华北平原纵横决荡⑤,用血写出新中国历史的那种精神?

白杨不是平凡的树。它在西北极普遍,不被人重视,就跟北方农民相似,它有极强的生命力,磨折不了,压迫不倒,也跟北方农民相似。我赞美白杨树,就因为它不但象征了北方农民,尤其象征了今天我们民族解放斗争中所不可缺的朴质,坚强,以及力求上进的精神。

我要高声赞美白杨树!

(选自《文艺阵地》1941年6卷3期)

---

① 横斜逸出:(树枝)从树干的旁边斜伸出来。
② 婆娑:这里指树木的枝叶随风飘动,像在跳舞一样。
③ 屈曲盘旋的虬(qiú)枝:弯弯曲曲、绕来绕去的像龙一样的枝条。虬,古代传说中的龙。
④ 伟岸:魁伟,高大。
⑤ 纵横决荡:直冲横扫,这里指到处同敌人进行激烈战斗。

【分析】

《白杨礼赞》是茅盾在抗日战争时期写的一篇充满战斗激情的抒情散文,是大家熟知的一篇名作。

在抗日战争时期,毛泽东同志曾经指出:"中国的革命实质上是农民革命,现在的抗日,实质上是农民的抗日。……抗日战争,实质上就农民战争。"(《新民主主义论》)茅盾的《白杨礼赞》就是艺术地说明了这个问题。作者通过对白杨树的赞美,热情洋溢地歌颂了在中国共产党领导下坚持抗战的北方农民,歌颂了他们挺立敌后、不屈不挠、艰苦斗争的革命精神。《白杨礼赞》实际上是通过赞颂白杨,来歌颂党和人民,是党的礼赞,英雄人民的礼赞。

"白杨树实在不是平凡的树,我赞美白杨树!"文章一开头,作者就用这简短有力、调子高亢的两句话,把读者带到一个感情激越的境地,同时奠定了整个文章热烈歌颂的基调。接着作者笔锋一转,从第二段起,用大段文字描绘西北高原的景色,在黄绿交错、坦荡如砥的大自然中,有一望无际的黄土,有迎风翻滚的麦浪,有宛若并肩的远山的连峰,这虽然使人感到雄壮或伟大,但也会感到一点儿单调。这段景色描写并不是闲笔,它主要是介绍白杨树的生长环境,节奏是比较舒缓的。这时,突然有一排或三五株,甚至只有一二株白杨树扑入眼帘,像哨兵似的,傲然地耸立。"那就是白杨树,西北极普通的一种树,然而实在不是平凡的一种树!"作者忽然提到了白杨,用自己的惊奇唤起读者的惊奇,感情突然提起,文章至此又进入高潮,极尽跌宕顿挫、回环往复之能事。接着笔势又趋于缓和,它细致地描绘了白杨树的干、枝、叶、皮,粗细和姿态,又进一步把白杨树的形象鲜明地印在读者脑中,使我们好像随着作者在那黄土、麦田、远山连峰的西北高原上,看到了伟岸、正直、朴质、严肃、坚强、挺拔、温和的白杨树,也会情不自禁地高声赞颂:"它是树中的伟丈夫!"当然,作者不是为写白杨而写白杨的,他是"托物以言志"——正如我们开头提到的,作者是用一种象征的写法,通过对白杨树的赞美,来歌颂党领导下的抗日军民的坚强意志和崇高精神。作者在第六段的最后,用四个"难道"把他写作本篇散文的意图和目的和盘托出。

文章到此,意犹未尽,作者接着在第七段中进一步从正面阐明了白杨树是中华民族精神的体现。最后,作者又拿白杨和楠木做比较,讽喻国民党反动派贱视民众、颠倒黑白的无耻行径,以"但是我要高声赞美白杨树"作结,和文章的开头相呼应,斩钉截铁,大气磅礴地完成了"白杨礼赞"这一主题的写作任务。

《白杨礼赞》立意之高远、形象之鲜明,固属图貌写神之佳篇,在不过千余字的文章里做到结构严谨而又跌宕生姿,语言流畅而又简洁修炼,是不可多得的上乘之作。你看,开头的激越高昂,中间的铺陈直说,最后的高声赞颂,紧凑之中富有变化;再加之景色的变换和感情的起伏,波澜层生,峰峦迭出;中间几处赞美白杨树的句子,承上启下,使全文环环相扣、节节相连,而作品的结束一句与作品开头一节回环照应,更加显出全篇布局之匠心。在遣词造句方面,许多地方都显示了作者精湛的修辞技巧,如"扑入"两字,不仅形似,而且有动态;四个"难道"的叠用,变直陈句为反问句,不独增加了行文的生动性,而且深化了白杨树所体现的意义。文中"那就是白杨树",和"这就是白杨树"一字之差,表现了视觉的远近,这都不是寻常的文字,乃是作者刻意求工、匠心独运,追求文字最充分、最精确的表现能力的结果。

这篇文章象征手法的运用,使主题思想得到更加深刻、生动的体现。例如第五段里,作者指出白杨树"是力争上游的一种树"。我们知道,树木本无什么力争上游的自觉意识,这里作者不过是把树比作人,通过这种拟人化的手法,使读者更容易领悟到这是具有象征意义的写法。作者接着写白杨树的枝丫"一律向上","紧紧靠拢","宽大的叶子也是片片向上,几乎没有斜生的,更不用说倒垂了",这些描写不仅解释上面所说的白杨树"是力争上游的一种树",更重要的是使人了解到"向上"就是进步,"倒垂"就是倒退,从而领会这些描写是密切结合着在抗日问题上"坚持进步,反对倒退"的主题思想的。它并不是一般地使用比喻,单去讲求文章的形象化和生动性。

茅盾曾写过《题白杨图》的诗,对于理解《白杨礼赞》很有帮助,附录如下:

题白杨图

余曾作短文曰《白杨礼赞》,画家某取其意作白杨图,为题俚句。

一九四二年重庆

北方有佳树,挺立如长矛。叶叶皆团结,枝枝争上游。羞与楠枋伍,甘居榆枣俦。丹青标风骨,愿与子同仇。

一个人在途上

郁达夫

在东车站的长廊下,和女人分开以后,自家又剩了孤零丁的一个。频年飘泊惯的两口儿,这一回的离散,倒也算不得什么特别。可是端午节那天,龙儿刚死,到这时候北京城里虽已起了秋风,但是计算起来,去儿子的死期,究竟还只有一百来天。在车座里,稍稍把意识恢复转来的时候,自家就想起了卢骚晚年的作品《孤独散步者的梦想》的头上的几句话:

自家除了己身以外,已经没有弟兄,没有邻人,没有朋友,没有社会了。自家在这世上,像这样的,已经成了一个孤独者了。……

然而当年的卢骚还有弃养在孤儿院内的五个儿子,而我自己哩,连一个抚育到五岁的儿子都还抓不住!

离家的远别,本来也只为想养活妻儿。去年在某大学的被逐,是万料不到的事情。其后兵乱迭起,交通阻绝,当寒冬的十月,会病倒在沪上,也是谁也料想不到的。今年二月,好容易到得南方,静息了一年之半,谁知这刚养得出趣的龙儿,又会遭此凶疾呢?

龙儿的病报,本是在广州得着,匆促北航,到了上海,接连接了几个北京来的电报。换船到天津,已经是旧历的五月初十。到家之夜,一见了门上的白纸条儿,心里已经是跳得慌乱,从苍茫的暮色里赶到哥哥家中,见了衰病的她,因为在大众之前,勉强将感情压住。草草吃了夜饭,上床就寝,把电灯一灭,两人只有紧抱的痛哭,痛哭,痛哭,只是痛哭,气也换不过来,更那里有说一句话的余裕?

受苦的时间,的确脱煞过去得太悠徐,今年的夏季,只是悲叹的连续。晚上上床,两口儿,那敢提一句话?可怜这两个迷散的灵心,在电灯灭黑的黝暗里,所摸走的荒路,每会凑集在一条线上,这路的交叉点里,只有一块小小的墓碑,墓碑上只有"龙儿之墓"的四个红字。

妻儿因为在浙江老家内,不能和母亲同住,不得已,而搬往北京当时我在寄食的哥哥家去,是去年的四月中旬。那时候龙儿正长得肥满可爱,一举一动,处处教人欢喜。到了五月初,从某地回京,觉得哥哥家太狭小,就在什刹海的北岸,租定了一间渺小的住宅。夫妻两个日日和龙儿伴乐,闲时也常在北海的荷花深处,及门前的杨柳阴中带龙儿去走走。这一年的暑假,总算过得最快乐,最闲适。

秋风吹叶落的时候,别了龙儿和女人,再上某地大学去为朋友帮忙,当时他们俩还往西车站去送我来哩!这是去年秋晚的事情,想起来还同昨日的情形一样。

过了一月,某地的学校里发生事情,又回京了一次,在什刹海小住了两星期,本来打算不再出京了,然碍于朋友的面子,又不得不于一天寒风刺骨的黄昏,上西车站去趁车。这时候因为怕龙儿要哭,自己和女人,吃过晚饭,便只说要往哥哥家里去,只许他送我们到门口。记得那一天晚上他一个人和老妈子立在门口,等我们俩去了好远,还"爸爸!爸爸!"的叫了好几声。啊啊,这几声的呼唤,是我在这世上听到的他叫我的最后的声音!

出京之后,到某地住了一宵,就匆促逃往上海。接续便染了病,遇了强盗辈的争夺政权,其后赴南方暂住,一直到今年的五月,才返北京。

想起来,龙儿实在是一个填债的儿子,是当乱离困厄的这几年中间,特来安慰我和他娘的愁闷的使者!

自从他在安庆生落以来,我自己没有一天脱离过苦闷,没有一处安住到五个月以上。我的女人,也和我分担着十字架的重负,只是东西南北的奔波飘泊。然当日夜难安,悲苦得不了的时候,只教他的笑脸一开,女人和我,就可以把一切穷愁,丢在脑后。而今年五月初十待我赶到北京的时候,他的尸体,早已在妙光阁的广谊园地下躺着了。

他的病,说是脑膜炎。自从得病之日起,一直到旧历端午节的午时绝命的时候止,中间经过有一个多月的光景。平时被我们宠坏了的他,听说此番病里,却乖顺得非常。叫他吃药,他就大口的吃,叫他用冰枕,他就很柔顺的躺上。病后还能说话的时候,只问他的娘"爸爸几时回来?""爸爸在上海为我定做的小皮鞋,已经做好了没有?"我的女人,于惑乱之余,每幽幽地问他:"龙!你晓得你这一场病,会不会死的?"他老是很不愿意的回答说:"那儿会死的哩?"据女人含泪的告诉我说,他的谈吐,绝不似一个五岁的小儿。

未病之前一个月的时候,有一天午后他在门口玩耍,看见西面来了一乘马车,马车里坐着一个戴灰白帽子的青年。他远远看见,就急忙丢下了伴侣,跑进屋里去叫他娘出来,说:"爸爸回来了,爸爸回来了!"因为我去年离京时所戴的,是一样的一顶白灰呢帽。他娘跟他出来到门前,马车已经过去了,他就死劲的拉住了他娘,哭喊着说:"爸爸怎么不家来吓?爸爸怎么不家来吓?"他娘说慰了半天,他还尽是哭着,这也是他娘含泪和我说的。现在回想起来,自己实在不该抛弃了他们,一个人在外面流荡,致使他那小小的灵心,常有这望远思亲之痛。

去年六月,搬往什刹海之后,有一次我们在堤上散步,因为他看见了人家的汽车,硬是哭着要坐,被我痛打了一顿。又有一次,也是因为要穿洋服,受了我的毒打。这实在只能怪我做父亲的没有能力,不能做洋服给他穿,雇汽车给他坐。早知他要这样的早死,我就是典当强劫,也应该去弄一点钱来,满足他的无邪的欲望。到现在追想起来,实在觉得对他不起,实在是我太无容人之量了。

我女人说,濒死的前五天,在病院里,他连叫了几夜的爸爸!她问他"叫爸爸干什么?"他又不响了,停一会儿,就又再叫起来。到了旧历五月初三日,他已入了昏迷状态,医师替他抽骨髓,他只会直叫一声"干吗?"喉头的气管,咯咯在抽咽,眼睛只往上吊送,口头流些白沫,然而一口气总不肯断,他娘哭叫几声"龙!龙!"他的眼角上,就会迸流些眼泪出来,后来他娘看他苦得难过,倒对他说:

"龙!你若是没有命的,就好好的去罢!你是不是想等爸爸回来?就是你爸爸回来,也不过是这样的替你医治罢了。龙!你有什么不了的心愿呢?龙!与其这样的抽咽受苦,你还不如,快快的去罢!"

他听了这一段话,眼角上的眼泪,更是涌流得厉害。到了旧历端午节的午时,他竟等不着我的回来,终于断气了。

丧葬之后,女人搬往哥哥家里,暂住了几天。我于五月十日晚上,下车赶到什刹海的寓宅,打门打了半天,没有应声,后来抬头一看,才见了一张告示邮差送信的白纸条。

自从龙儿生病以后,连日连夜看护久已倦了的她,又那里经得起最后的这一个打击?自己当到京之夜,见了她的衰容,见了她的泪眼,又那里能够不痛哭呢?

在哥哥家里小住了两三天,我因为想追求龙儿生前的遗迹,一定要女人和我仍复搬回什刹海的住宅去住它一两个月。

搬回去那天,一进上屋的门,就见了一张被他玩破的今年正月里的花灯。听说这张花灯,是南城大姨妈送他的,因为他自家烧破了一个窟窿,他还哭过好几次来的。

其次,便是上房里砖上的几堆烧纸钱的痕迹!当他下殓时烧给他的。

院子里有一架葡萄,两棵枣树,去年采取葡萄枣子的时候,他站在树下,兜起了大褂,仰头在看树上的我。我摘取一颗,丢入了他的大褂兜里,他的哄笑声,要继续到三五分钟。今年这两棵枣树,结满了青青的枣子,风起的半夜里,老有熟极的枣子辞枝自落。女人和我，睡在床上，有时候且哭且谈，总要到更深人静，方能入睡。在这样的幽幽的谈话中间，最怕听的，就是这滴答的坠枣之声。

到京的第二日，和女人去看他的坟墓。先在一家南纸铺里买了许多冥府的钞票，预备去烧送给他。直到到了妙光阁的广谊园茔地门前，她方从呜咽里清醒过来，说："这是钞票，他一个小孩如何用得呢？"就又回车转来，到琉璃厂去买了些有孔的纸钱。她在坟前哭了一阵，把纸钱钞票烧化的时候，却叫着说：

"龙！这一堆是钞票，你收在那里，待长大了的时候再用，要买什么，你先拿这一堆钱去用罢！"

这一天在他的坟上坐着，我们直到午后七点，太阳平西的时候，才回家来。临走的时候，他娘还哭叫着说：

"龙！龙！你一个人在这里不怕冷静的么？龙！龙！人家若来欺你，你晚上来告诉娘罢！你怎么不想回来了呢？你怎么梦也不来托一个呢？"

箱子里，还有许多散放着的他的小衣服。今年北京的天气，到七月中旬，已经是很冷了。当微凉的早晚，我们俩都想换上几件夹衣，然而因为怕见到他旧时的夹衣袍袜，我们俩却尽是一天一天的捱着，谁也不说出口来，说"要换上件夹衫"。

有一次和女人在那里睡午觉，她骤然从床上坐了起来，鞋也不拖，光着袜子，跑上了上房起坐室里，并且更掀帘跑上外面院子里去。我也莫名其妙跟着她跑到外面的时候，只见她在那里四面找寻什么，找寻不着，呆立了一会，她忽然放声哭了起来，并且抱住了我急急的追问说："你听不听见？你听不听见？"哭完之后，她才告诉我说，在半醒半睡的中间，她听见"娘！娘！"的叫了两声，的确是龙的声音，她很坚定的说："的确是龙回来了。"

北京的朋友亲戚，为安慰我们起见，今年夏天常请我们俩去吃饭听戏，她老不愿意和我同去，因为去年的六月，我们无论上那里去玩，龙儿是常和我们在一处的。

今年的一个暑假,就是这样的,在悲叹和幻梦的中间消逝了。

这一回南方来催我就道的信,过于匆促,出发之前,我觉得还有一件大事情没有做了。

中秋节前新搬了家,为修理房屋,部署杂事,就忙了一个星期。出发之前,又因了种种琐事,不能抽出空来,再上龙儿的墓地里去探望一回。女人上东车站来送我上车的时候,我心里尽酸一阵痛一阵的在回念这一件恨事。有好几次想和她说出来,教她于两三日后再往妙光阁去探望一趟,但见了她的憔悴尽的颜色,和苦忍住的凄楚,又终于一句话也没有讲成。

现在去北京远了,去龙儿更远了,自家只一个人,只是孤零丁的一个人。在这里继续此生中大约是完不了的飘泊。

一九二六年十月五日在上海旅馆内

(选自《创造月刊》第 1 卷第 5 期,见《创造月刊汇刊》第 1 集,上海创造社出版部 1927 年版)

【分析】

郁达夫(1896—1945),浙江富阳人,原名文。自幼就爱好古典文学,十四岁开始写诗发表,1913 年 9 月随长兄至日本学习,开始接触西洋文学,尝试小说创作。1921 年 6 月初创造社成立,他是发起人之一。1922 年结束十年留学生活回国,从事教学、创作与创造社的组织工作,后从事抗日救亡的文化活动。1938 年去新加坡,主编各种刊物和报纸副刊,日本军队侵新后到苏门答腊开酒厂隐蔽。1945 年 9 月 17 日惨遭日本宪兵秘密杀害。1952 年被中央人民政府追认为烈士。他的小说,其中著名的有《沉沦》(1921 年)、《春风沉醉的晚上》(1923 年)、《迟桂花》(1932 年)。郁达夫的散文也戛戛独造,无论是杂文、抒情记事文,还是游记、日记、书信等,洋洋洒洒,蔚为大观,以情感人,多为上乘之作。

郁达夫认为散文应该比小说更带有自叙传色彩,只需把自己的个性表现出来就行,散文要能让读者一看,"则这作家的世系、性格、嗜好、思想、信仰,以及生活习惯等等,无不活泼泼地显现在我们的眼前"(《中国新文学大系·散文二集·导言》)。郁达夫早期的散文和他的小说一样,表现自家在黑暗的中国社会的遭遇和情感,并且以坦率、感伤、酣畅的风格吸引你走进他的生活。

《一个人在途上》写于1926年10月,是那个时期散文的代表作品。

文章是为纪念他夭折的儿子龙儿而写,全篇充溢着父子之间的至情至性。

散文如同向着朋友亲人诉苦或者拉家常一样,从南北奔走到返京悼儿,中间穿插各种回忆。历历落落,作者把心里要说的都毫无掩饰地、不拘形式地倾诉出来,你不由不随着作者的感情、意象、幻觉的流动而和他一道伤心掉泪。行云流水似的笔法也并非毫无节制,文章虽长,实质上有三个主干内容:回忆龙儿生前的情景,申诉愧对孩子的悲情,描写龙儿死前的痛苦。作者觉得自己未尽到做父亲的责任,益增内疚。为了追思龙儿,夫妻俩再搬回什刹海旧居,重温旧情,最动人的段落是以下的描写:

> 院子里有一架葡萄,两棵枣树,去年采取葡萄枣子的时候,他站在树下,兜起了大褂,仰头在看树上的我。我摘取一颗,丢入了他的大褂兜里,他的哄笑声,要继续到三五分钟。今年这两棵枣树,结满了青青的枣子,风起的半夜里,老有熟极的枣子辞枝自落。女人和我,睡在床上,有时候且哭且谈,总要到更深人静,方能入睡。在这样的幽幽的谈话中间,最怕听的,就是这滴答的坠枣之声。

借细节来攫人魂魄,靠气氛来渲染哀痛,比千言万语的狂呼叫喊更有力量。幽幽而说,丧子、恋子、思子之痛更能引起强烈的共鸣。

英国大作家高尔斯华绥说:"风格的最高成就则是同读者发生密切的联系。"本来郁达夫只是诉说自家的事,却使读者走进他的生活,跟他一道流泪哀痛,这正是郁达夫富有独特风格的散文卓然屹立在中国现代散文史上的原因。

钓台的春昼

郁达夫

因为近在咫尺,以为什么时候要去就可以去,我们对于本乡本土的名区胜景,反而往往没有机会去玩,或不容易下一个决心去玩的。正唯其是如此,我对于富春江上的严陵,二十年来,心里虽每在记着,但脚却从没有向这一方面走过。一九三一,岁在辛未,暮春三月,春服未成,而中央党帝,似乎又想玩一个秦始皇所玩过的把戏了,我接到了警告,就仓皇离去了寓居。先在江浙附近的穷乡里,游息了几天,偶而看见了一家扫墓的行舟,乡愁一动,就定下了归计。绕了一个大弯,赶到故乡,却正好还在清明寒食的节前。和家人等去上了几处坟,与许久不曾见过面的亲戚朋友,来往热闹了几天,一种乡居的倦怠,忽儿袭上心来了,于是乎我就决心上钓台访一访严子陵的幽居。

钓台去桐庐县城二十余里,桐庐去富阳县治九十里不足,自富阳溯江而上,坐小火轮三小时可达桐庐,再上则须坐帆船了。

我去的那一天,记得是阴晴欲雨的养花天,并且系坐晚班轮去的,船到桐庐,已经是灯火微明的黄昏时候了,不得已就只得在码头近边的一家旅馆的高楼上借了一宵宿。

桐庐县城,大约有三里路长,三千多烟灶,一二万居民,地在富春江西北岸,从前是皖浙交通的要道,现在杭江铁路一开,似乎没有一二十年前的繁华热闹了。尤其要使旅客感到萧条的,却是桐君山脚下的那一队花船的失去了踪影。说起桐君山,却是桐庐县的一个接近城市的灵山胜地。山虽不高,但因有仙,自然是灵了。以形势来论,这桐君山,也的确是可以产生出许多口音生硬,别具风韵的桐严嫂来的生龙活脉。地处在桐溪东岸,正当桐溪和富春江合流之所,依依一水，西岸便瞰视着桐庐县市的人家烟树。南面对江，便是十里长洲；唐诗人方干的故居，就在这十里桐洲九里花的花田深处。向西越过桐庐县城，更遥遥对着一排高低不定的青峦，这就是富春山的山子山孙了。东北面山下，是一片桑麻沃地，有一条长蛇似的官道，隐而复现，出没盘曲在桃花杨柳洋槐榆树的中间，绕过一支小岭，便是富阳县的境界，大约去程明道的墓地程坟，总也不过一二十里地的间隔。我的去拜谒桐君，瞻仰道观，就在那一天到桐庐的晚上，是淡云微月，正在作雨的时候。

鱼梁渡头，因为夜渡无人，渡船停在东岸的桐君山下。我从旅馆踱了出来，先在离轮埠不远的渡口停立了几分钟。后来向一位来渡口洗夜饭米的年轻少妇，弓身请问了一回，才得到了渡江的秘诀。她说："你只须高喊两三声，船自会来的。"先谢了她教我的好意，然后以两手围成了播音的喇叭，"喂，喂，渡船请摇过来！"地纵声一喊，果然在半江的黑影当中，船身摇动了。渐摇渐近，五分钟后，我在渡口，却终于听出了咿呀柔橹的声音。时间似乎已经入了酉时的下刻，小市里的群动，这时候都已经静息，自从渡口的那位少妇，在微茫的夜色里，藏去了她那张白团团的面影之后，我独立在江边，不知不觉心里头却兀自感到了一种他乡日暮的悲哀。渡船到岸，船头上起了几声微微的水浪清音，又铜东的一响，我早已跳上了船，渡船也已经掉过头来了。坐在黑影沈沈的舱里，我起先只在静听着柔橹划水的声音，然后却在黑影里看出了一星船家在吸着的长烟管头上的烟火，最后因为被沉默压迫不过，我只好开口说话了："船家！你这样的渡我过去，该给你几个船钱？"我问。"随你先生把几个就是。"船家的说话冗慢幽长，似乎已经带着些睡意了，我就向袋里摸出了两角钱来。"这两角钱，就算是我的渡船，请你候我一会，上山去烧一次夜香，我是依旧要渡过江来的。"船家的回答，只是恩恩乌乌，幽幽同牛叫似的一种鼻音，然而从继这鼻音而起的两三声轻快的咳声听来，他却似已经在感到满足了，因为我也知道，乡间的义渡，船钱最多也不过是两三枚铜子而已。

到了桐君山下,在山影和树影交掩着的崎岖道上,我上岸走不上几步,就被一块乱石绊倒,滑跌了一次。船家似乎也动了恻隐之心了,一句话也不发,跑将上来,他却突然交给了我一盒火柴。我于感谢了一番他的盛意之后,重整步武,再摸上山去,先是必须点一枝火柴走三五步路的,但到得半山,路既就了规律,而微云堆里的半规月色,也朦胧地现出一痕银线来了,所以手里还存着的半盒火柴,就被我藏入了袋里。路是从山的西北,盘曲而上,渐走渐高,半山一到,天也开朗了一点,桐庐县市上的灯火,也星星可数了。更纵目向江心望去,富春江两岸的船上和桐溪合流口停泊着的船尾船头,也看得出一点一点的火来。走过半山,桐君观里的晚祷钟鼓,似乎还没有息尽,耳朵里仿佛听见了几丝木鱼钲钹的残声。走上山顶,先在半途遇着了一道道观外围的女墙,这女墙的栅门,却已经掩上了。在栅门外徘徊了一刻,觉得已经到了此门而不进去,终于是不能满足我这一次暗夜冒险的好奇怪僻的。所以细想了几次,还是决心进去,非进去不可,轻轻用手往里面一推,栅门却呀的一声,早已退向了后方开开了,这门原来是虚掩在那里的。进了栅门,踏着为淡月所映照的石砌平路,向东向南的空走了五六十步,居然走到了道观的大门之外,这两扇朱红漆的大门,不消说是紧闭在那里的。到了此地,我却不想再破门进去了,因为这大门是朝南向着大江开的,门外头是一条一丈来宽的石砌步道,步道的一旁是道观的墙,一旁便是山坡,靠山坡的一面,并且还有一道二尺来高的石墙筑在那里,大约是代替栏杆,防人倾跌下山去的用意,石墙之上,铺的是二三尺宽的青石,在这似石栏又似石凳的墙上,尽可以坐卧游息,饱看桐江和对岸的风景,就是在这里坐它一晚,也很可以,我又何必去打开门来,惊起那些老道的噩梦呢?

空旷的天空里,流涨着的只是些灰白的云,云层缺处,原也看得出半角的天,和一点两点的星,但看起来最饶风趣的,却仍是欲藏还露,将见仍无的那半规月影。这时候江面上似乎起了风,云脚的迁移,更来得迅速了,而低头向江心一看,几多散乱着的船里的灯光,也忽明忽灭地变换了一变换位置。

这道观大门外的景色,真神奇极了。我当十几年前,在放浪的游程里,曾向瓜州京口一带,消磨过不少的时日。那时觉得果然名不虚传的,确是甘露寺外的江山,而现在到了桐庐,昏夜上这桐君山来一看,又觉得这江山之秀而且静,风景的整而不散,却非那天下第一江山的北固山所可与比拟的了。真也难怪得严子陵,难怪得戴征士,倘使我若能在这样的地方结屋读书,以养天年,那还要什么的高官厚禄,还要这么的浮名虚誉哩?一个人在这桐君观前的石凳上,看看山,看看水,看看城中的灯火和天上的星云,更做做浩无边际的无聊的幻梦,我竟忘记了时刻,忘记了自身,直等到隔江的击柝声传来,向西一看,忽而觉得城中的灯影微茫地灭了,才跑也似地走下了山来,渡江奔回了客舍。

第二日侵晨,觉得昨天在桐君观前做过的残梦正还没有续完的时候,窗外面忽而传来了一阵吹角的声音。好梦虽被打破,但因这同吹篂篥似的商音哀咽,却很含着些荒凉的古意,并且晓风残月,杨柳岸边,也正好候船待发,上严陵去,所以心里虽怀着了些儿怨恨,但脸上却只现出了一痕微笑,起来梳洗更衣,叫茶房去雇船去。雇好了一只双桨的渔舟,买就了些酒菜鱼米,就在旅馆前面的码头上上了船,轻轻向江心摇出去的时候,东方的云幕中间,已现出了几丝红晕,有八点多钟了,舟师急得厉害,只在埋怨旅馆的茶房,为什么昨晚上不预先告诉,好早一点出发。因为此去就是七里滩头,无风七里,有风七十里,上钓台去玩一趟回来,路程虽则有限,但这几日风雨无常,说不定要走夜路,才回来得了的。

过了桐庐,江心狭窄,浅滩果然多起来了。路上遇着的来往的行舟,数目也是很少,因为早晨吹的角,就是往建德去的快班船的信号,快班船一开,来往于两岸之间的船就不十分多了。两岸全是青青的山,中间是一条清浅的水,有时候过一个沙洲,洲上的桃花菜花,还有许多不晓得名字的白色的花,正在喧闹着春暮,吸引着蜂蝶。我在船头上一口一口的喝着严东关的药酒,指东话西地问着船家,这是什么山?那是什么港?惊叹了半天,称颂了半天,人也觉得倦了,不晓得什么时候,身子却走上了一家水边的酒楼,在和数年不见的几位已经做了党官的朋友高谈阔论。谈论之余,还背诵了一首两三年前曾在同一的情形之下做成的歪诗:

> 不是尊前爱惜身,
> 佯狂难免假成真,
> 曾因酒醉鞭名马,
> 生怕情多累美人。
> 劫数东南天作孽,
> 鸡鸣风雨海扬尘,
> 悲歌痛哭终何补,
> 义士纷纷说帝秦。

直到盛筵将散,我酒也不想再喝,和几位朋友闹得心里各自难堪,连对旁边坐着的两位陪酒的名花都不愿意开口。正在这上下不得的苦闷关头,船家却大声的叫了起来说:

"先生,罗芷过了,钓台就在前面,你醒醒罢,好上山去烧饭吃去。"

擦擦眼睛,整了一整衣服,抬起头来一看,四面的水光山色又忽而变了样子了。清清的一条浅水,比前又窄了几分,四围的山包得格外的紧了,仿佛是前无去路的样子。并且山容峻削,看去觉得格外的瘦格外的高。向天上地下四围看去,只寂寂的看不见一个人类。双桨的摇响,到此似乎也不敢放肆了,钩的一声过后,要好半天才来一个幽幽的回响,静,静,静,身边水上,山下岩头只沉浸着太古的静,死灭的静,山峡里连飞鸟的影子也看不见半只。前面的所谓钓台山上,

| 钓台的春昼　郁达夫

只是两大个石垒,一间歪斜的亭子,许多纵横芜杂的草木。山腰里的那座祠堂,也只露着些废垣残瓦,屋上面连炊烟都没有一丝半缕,像是好久好久没有人住了的样子。并且天气又来得阴森,早晨曾经露一露脸过的太阳,这时候早已深藏在空堆里了,余下来的只是时有时无从侧面吹来的阴飕飕的半箭儿山风。船靠了山脚,跟着前面背着酒菜鱼米的船夫走上严先生祠堂的时候,我心里真有点害怕,怕在这荒山要遇见一个干枯苍老得同丝瓜筋似的严先生的鬼魂。

在祠堂西院的客厅里坐定,和严先生的不知第几代的裔孙谈了几句关于年岁水旱的话后,我的心跳也渐渐儿的镇静下去了。属托了他以煮饭烧菜的杂务,我和船家就从断碎乱石中间爬上了钓台。

东西两石垒,高各有二三百尺,离江面约两里来远,东西台相去,只有一二百步,但其间却夹着一条深谷。立在东台,可以看得出罗芷的人家,回头展望家路,风景似乎散漫一点,而一上谢氏的西台,向西望去,则幽谷里的清景,却绝对的不像是在人间了。我虽则没有到过瑞士,但到了西台,朝西一看,立时就想起了曾在照片上看见过的威廉退儿的祠堂。这四山的幽静,这江水的青蓝,简直同在画片上的珂罗版色彩,一色也没有两样,所不同的,就是在这儿的变化更多一点,周围的环境更芜杂不整齐一点而已,但这却是好处,这正是足以代表东方民族性的颓废荒凉的美。

从钓台下来,回到严先生的祠堂——记得这是洪杨以后严州知府戴槃重建的祠堂——西院里饱啖了一顿酒肉,我觉得有点酩酊微醉了。手拿着以火柴柄制成的牙签,走到东面供着严先生神像的龛前,向四面的破壁上一看,翠墨淋漓,题在那里的,竟多是些俗而不雅的过路高官的手笔。最后到了南面的一块白墙头上,在离屋檐不远的一角高处,却看到了我们的一位新近去世的同乡夏灵峰先生的四句似邵尧夫而又略带感慨的诗句。夏灵峰先生虽则只知崇古,不善处今,但是五十年来,像他那样的顽固自尊的亡清遗老,也的确是没有第二个人。比较起现在的那些官迷财迷的南满尚书和东洋宦婢来,他的经术言行,姑且不必去论它,就是以骨头来称称,我想也要比什么罗三郎郑太郎①辈,重到好几百倍。慕贤的心一动,醺人的臭技自然是难熬了,堆起了几张桌椅,借得了一枝破笔,我也向高墙上在夏灵峰先生的脚后放上了一个陈屁,就是在船舱的梦里,也曾微吟过的那一首歪诗。

　　从墙头上跳将下来,又向龛前天井去走了一圈,觉得酒后的干喉,有点渴痒了,所以就又走回到了西院,静坐着喝了两碗清茶。在这四大无声,只听见我自己的啾啾喝水的舌音冲击到那座破院的败壁上去的寂静中间,同惊雷似地一响,院后的竹园里却忽而飞出了一声闲长而又有节奏似的鸡啼的声来。同时在门外面歇着的船家,也走进了院门,高声的对我说:

　　"先生,我们回去罢,已经是吃点心的时候了,你不听见那只雄鸡在后山啼么?我们回去罢!"

一九三二年八月在上海写
(选自1932年9月16日《论语》第1期)

【分析】

　　20世纪20年代中期以后,郁达夫的散文有了一个转折,从过去的哀伤自怜转向沉潜平淡。这时候,他对散文的概念渐趋明确:"散记清淡易为,并且包括很广,人间天上,草木虫鱼,无不可谈。"因此,他的笔下,题材更加开阔,行文更加自由。除了杂文、读书笔记、文艺随笔之外,有更多的"雪里梅花,不辞清瘦"的山水游记,特别是家乡富春江一带的美好景致,在郁达夫神美的笔下真是曲尽其妙了。

　　但郁达夫不是一个客观冷静的文字记录者,他写散文,正如他自己说的:"总要把热情渗入,不能达到忘情忘我的境地。"(《达夫自选集·序文》)即如这篇《钓台的春昼》,虽然流露了隐逸遁世的思想,但

---

① 罗三郎郑太郎:指罗振玉、郑孝胥。

又掩藏不住他关注时事的激情。乡游途中,他深感"日暮的悲哀",时而愤慨地怒斥"中央党帝"玩弄"秦始皇所玩过的把戏",时而对自己浪迹山水不满,说自己做着"浩无边际的无聊的幻梦",时而又憎恶暗讽罗振玉、郑孝胥等卖国鼠辈。郁达夫善于在他的山水游记中嵌入旧体诗词,这是他散文的特色,这也可以帮助他补充散文里没有说尽的余意、没有抒发的情愫,使文章跌宕多姿,更渲染着一种情韵。像这篇散文在游程中插入一梦,夹叙了两三年所写的一首旧诗。作者又将这首诗题在严子陵祠堂里,戟刺时事,兼披中怀,诗与文成为一个有机而和谐的艺术整体,读者是最喜欢欣赏吟味的。

　　古往今来的山水游记,不胜丰繁,而郁达夫独能别开生面,另走新路。他早期所浸染的外来美学影响逐渐减少,他胸中的苦闷与感伤也不再作直白的宣泄,而从西方浪漫精神转向追求东方古典美学的"神韵雅趣"。《钓台的春昼》"独游孤赏"与"疏野清奇"的意境,或者是他自己常说的躲开丑恶、到山水间去寻找纯洁在他散文里的表现。这是他的散文跟一般模山范水之作不一样的地方。

　　郁达夫的游记还以细致的观察、精微的体味、别具对生活的"吟味力"为特色。像这篇散文,似乎漫无中心,走到哪里写到那里。但实质不然,他处处是以自己的体验,乃至个性、气质去咀嚼漱涤万物,抓住主要景物的主要特征,探索幽微,攫取神态,写出情趣。如写在钓台上的观感:

　　　　我虽则没有到过瑞士,但到了西台,朝西一看,立时就想起了曾在照片上看见过的威廉退儿的祠堂。这四山的幽静,这江水的青蓝,简直如同在画片上的珂罗版色彩,一色也没有两样,所不同的就是在这儿的变化更多一点,周围的环境更芜杂不整齐一点而已,但这却是好处,这正是足以代表东方民族性的颓废荒凉的美。

江山秀而且静,风景整中略散的特征,以及"东方民族性的颓废荒凉的美",都被作者观察、体味、表现出来了。

郁达夫在《清新的小品文字》中提出一个标准:"原来小品文字的所以可爱的地方,就在它的细、清、真的三点。""细",是细密的描写;"清",指清新,是散文的风格所在;"真"是要求描写的真切。郁达夫认为,这三者是紧密相关的:细密的描写,若不加选择,巨细兼收,则谈不上清,既细且清,则又须看描写得是否真切。因此,应该将这三者紧密结合,为散文的叙事和抒情服务,做到"情景兼到""真切灵活""简洁周至",从而获得散文所应具有的美感效应。《钓台的春昼》正应作如是观。

我所知道的康桥

徐志摩

一

我这一生的周折,大都寻得出感情的线索。不论别的,单说求学。我到英国是为要从罗素①。罗素来中国时,我已经在美国。他那不确的死耗传到的时候,我真的出眼泪不够,还做悼诗来了。他没有死,我自然高兴。我摆脱了哥伦比亚大博士衔的引诱,买船票过大西洋,想跟这位二十世纪的福禄泰尔认真念一点书去。谁知一到英国才知道事情变样了:一为他在战时主张和平,二为他离婚,罗素叫康桥给除名了,他原来是 Trinity College 的 Fellow②,这来他的 Fellowship③ 也给取消了。他回英国后就在伦敦住下,夫妻两人卖文章过日子。因此我也不曾遂我从学的始愿。我在伦敦政治经济学院里混了半年,正感着闷想换路走的时候,我认识了狄更生先生。狄更生——Galsworthy Lowes Dickinson——是一个有名的作者,他的《一个中国人通信》(Letters From John Chinaman)与《一个现代聚餐谈话》(A Modern Symposium)两本小册子早得了我的景仰。我第一次会着他是在伦敦国际联盟协会席上,那天林宗孟先生演说,他做主席;第二次是宗孟寓里吃茶,有他。以后我常到他家里去。他看出我的烦闷,劝我到康桥去,他自己是王家学院(King's College)的 Fellow。我就写信去问两个学院,回信都说学额早满了,随后还是狄更

---

① 罗素(1872—1970):英国哲学家。1921 年曾来中国讲学,有相当影响。
② Trinity College 的 Fellow:英语,三清学院的评议会会员。
③ Fellowship:英语,会员的职位。

生先生替我去在他的学院里说好了,给我一个特别生的资格,随意选科听讲。从此黑方巾黑披袍的风光也被我占着了。初起我在离康桥六英里的乡下叫沙士顿地方租了几间小屋住下,同居的有我从前的夫人张幼仪女士与郭虞裳君。每天一早我坐街车(有时自行车)上学,到晚回家。这样的生活过了一个春,但我在康桥还只是个陌生人,谁都不认识,康桥的生活,可以说完全不曾尝着,我知道的只是一个图书馆,几个课室,和三两个吃便宜饭的茶食铺子。狄更生常在伦敦或是大陆上,所以也不常见他。那年的秋季我一个人回到康桥,整整有一学年,那时我才有机会接近真正的康桥生活,同时我也慢慢的"发见"了康桥。我不曾知道过更大的愉快。

二

"单独"是一个耐寻味的现象。我有时想它是任何发见的第一个条件。你要发见你的朋友的"真",你得有与他单独的机会。你要发见你自己的真,你得给你自己一个单独的机会。你要发见一个地方(地方一样有灵性),你也得有单独玩的机会。我们这一辈子,认真说,能认识几个人?能认识几个地方?我们都是太匆忙,太没有单独的机会。说实话,我连我的本乡都没有什么了解。康桥我要算有相当交情的,再次许只有新认识的翡冷翠了。啊,那些清晨,那些黄昏,我一个人发痴似的在康桥!绝对的单独。

但一个人要写他最心爱的对象,不论是人是地,是多么使他为难的一个工作?你怕,你怕描坏了它,你怕说过分了恼了它,你怕说太谨慎了辜负了它。我现在想写康桥,也正是这样的心理,我不曾写,我就知道这回是写不好的——况且又是临时逼出来的事情。但我却不能不写,上期预告已经出去了。我想勉强分两节写,一是我所知道的康桥的天然景色,一是我所知道的康桥的学生生活。我今晚只能极简的写些,等以后有兴会时再补。

三

康桥的灵性全在一条河上：康河，我敢说，是全世界最秀丽的一条水。河的名是葛兰大(Granta)，也有叫康河(River Cam)的，许有上下流的区别，我不甚清楚。河身多的是曲折，上游是有名的拜伦潭——"Byron's Pool"——当年拜伦①常在那里玩的；有一个老村子叫格兰骞斯德，有一个果子园，你可以躺在累累的桃李树荫下吃茶，花果会掉入你的茶杯，小雀子会到你桌上来啄食，那真是别有一番天地。这是上游；下游是从骞斯德顿下去，河面展开，那是春夏间竞舟的场所。上下河分界处有一个坝筑，水流急得很，在星光下听水声，听近村晚钟声，听河畔倦牛刍草声，是我康桥经验中最神秘的一种：大自然的优美，宁静，调谐在这星光与波光的默契中不期然的淹入了你的性灵。

但康河的精华是在它的中权，著名的"Backs"，这两岸是几个最蜚声的学院的建筑。从上面下来是 Pembroke, St. Katharine's, King's, Clare, Trinity, St. John's。② 最令人留连的一节是克莱亚与王家学院的毗连处，克莱亚的秀丽紧邻着王家教堂(King's Chapel)的宏伟。别的地方尽有更美更庄严的建筑，例如巴黎赛因河的罗浮宫一带，威尼斯的利阿尔多大桥的两岸，翡冷翠维基乌大桥的周遭；但康桥的"Backs"自有它的特长，这不容易用一二个状词来概括，它那脱尽尘埃气的一种清澈秀逸的意境可说是超出了画图而化生了音乐的神味。再没有比这一群建筑更调谐更匀称的了！论画，可比的许只有柯罗③(Corot)的田野；论音乐，可比的许只有萧班④(Chopin)

---

① 拜伦(1785—1824)：英国诗人，他的诗歌对欧洲浪漫主义文学有很大影响。
② 均为剑桥大学学院名称。
③ 柯罗(1796—1875)：法国画家。
④ 萧班(1810—1840)：通译肖邦，波兰钢琴家。

的夜曲。就这也不能给你依稀的印象，它给你的美感简直是神灵性的一种。

假如你站在王家学院桥边的那棵大椈树荫下眺望，右侧面，隔着一大方浅草坪，是我们的校友居(Fellows Building)，那年代并不早，但它的妩媚也是不可掩的，它那苍白的石壁上春夏间满缀着艳色的蔷薇在和风中摇颤，更移左是那教堂，森林似的尖阁不可挽的永远直指着天空；更左是克莱亚，啊！那不可信的玲珑的方庭，谁说这不是圣克莱亚(St. Clare)的化身，那一块石上不闪耀着她当年圣洁的精神？在克莱亚后背隐约可辨的是康桥最骄贵最骄纵的三清学院(Trinity)，它那临河的图书楼上坐镇着拜伦神采惊人的雕像。

但这时你的注意早已叫克莱亚的三环洞桥魔术似的摄住。你见过西湖白堤上的西泠断桥不是？（可怜它们早已叫代表近代丑恶精神的汽车公司给踩平了，现在它们跟着苍凉的雷峰永远辞别了人间。）你忘不了那桥上斑驳的苍苔，木栅的古色，与那桥拱下泄露的湖光与山色不是？克莱亚并没有那样体面的衬托，它也不比庐山栖贤寺旁的观音桥，上瞰五老的奇峰，下临深潭与飞瀑；它只是怯怜怜的一座三环洞的小桥，它那桥洞间也只掩映着细纹的波鳞与婆娑的树影，它那桥上栉比的小穿阑与阑节顶上双双的白石球，也只是村姑子头上不夸张的香草与野花一类的装饰；但你凝神的看着，更凝神的看着，你再反省你的心境，看还有一丝屑的俗念沾滞不？只要你审美的本能不曾泯灭时，这是你的机会实现纯粹美感的神奇！

但你还得选你赏鉴的时辰。英国的天时与气候是走极端的。冬天是荒谬的坏，逢着连绵的雾盲天你一定不迟疑的甘愿进地狱本身去试试；春天（英国是几乎没有夏天的）是更荒谬的可爱，尤其是它那四五月间最渐缓最艳丽的黄昏，那才真是寸寸黄金。在康河边上过一个黄昏是一服灵魂的补剂。啊！我那时甜蜜的单独，那时甜蜜的闲暇，一晚又一晚的，只见我出神似的倚在桥阑上向西天凝望：——

看一回凝静的桥影，
　　数一数螺细的波纹：
　　我倚暖了石阑的青苔，
　　青苔凉透了我的心坎；……

还有几句更笨重的怎能仿佛那游丝似轻妙的情景：

　　难忘七月的黄昏，远树凝寂，
　　像墨泼的山形，衬出轻柔暝色，
　　密稠稠，七分鹅黄，三分橘绿，
　　那妙意只可去秋梦边缘捕捉；……

四

　　这河身的两岸都是四季常青最葱翠的草坪。从校友居的楼上望去，对岸草场上，不论早晚，永远有十数匹黄牛与白马，胫蹄没在恣蔓的草丛中，从容的在咬嚼，星星的黄花在风中动荡，应和着它们尾鬃的扫拂。桥的两端有斜倚的垂柳与椈荫护住。水是澈底的清澄，深不足四尺，匀匀的长着长条的水草。这岸边的草坪又是我的爱宠，在清朝，在傍晚，我常去这天然的织锦上坐地，有时读书，有时看水；有时仰卧着看天空的行云，有时反扑着搂抱大地的温软。
　　但河上的风流还不止两岸的秀丽。你得买船去玩。船不止一种：有普通的双桨划船，有轻快的薄皮舟(Canoe)，有最别致的长形撑篙船(Punt)。最末的一种是别处不常有的：约莫有二丈长，三尺宽，你站直在船梢上用长竿撑着走的。这撑是一种技术。我手脚太蠢，始终不曾学会。你初起手尝试时，容易把船身横住在河中，东颠西撞的狼狈。英国人是不轻易开口笑人的,但是小心他们不出声的皱眉!也不知有多少次河中本来优闲的秩序叫我这莽撞的外行给捣乱了。我真的始终不曾学会;每回我不服输跑去租船再试的时候,有一个白胡子的船家往往带讥讽的对我说:"先生,这撑船费劲,天热累人,还是拿个薄皮舟溜溜吧!"我那里肯听话,长篙子一点就把船撑了开去,结果还是把河身一段段的腰斩了去!

你站在桥上去看人家撑,那多不费劲,多美!尤其在礼拜天有几个专家的女郎,穿一身缟素衣服,裙裾在风前悠悠的飘着,戴一顶宽边的薄纱帽,帽影在水草间颤动,你看她们出桥洞时的姿态,撚起一根竟像没分量的长竿,只轻轻的,不经心的往波心里一点,身子微微的一蹲,这船身便波的转出了桥影,翠条鱼似的向前滑了去。她们那敏捷,那闲暇,那轻盈,真是值得歌咏的。

在初夏阳光渐暖时你去买一支小船,划去桥边荫下躺着念你的书或是做你的梦,槐花香在水面上飘浮,鱼群的唼喋声在你的耳边挑逗。或是在初秋的黄昏,近着新月的寒光,望上流僻静处远去。爱热闹的少年们携着他们的女友,在船沿上支着双双的东洋彩纸灯,带着话匣子①,船心里用软垫铺着,也开向无人迹处去享他们的野福——谁不爱听那水底翻的音乐在静定的河上描写梦意与春光!

住惯城市的人不易知道季候的变迁。看见叶子掉知道是秋,看见叶子绿知道是春;天冷了装炉子,天热了拆炉子;脱下棉袍,换上夹袍,脱下夹袍,穿上单袍:不过如此罢了。天上星斗的消息,地下泥土里的消息,空中风吹的消息,都不关我们的事。忙着哪,这样那样事情多着,谁耐烦管星星的移转,花草的消长,风云的变幻?同时我们抱怨我们的生活,苦痛,烦闷,拘束,枯燥,谁肯承认做人是快乐?谁不多少间咒诅人生?

但不满意的生活大都是由于自取的。我是一个生命的信仰者,

---

① 话匣子:留声机。

我信生活决不是我们大多数人仅仅从自身经验推得的那样暗惨。我们的病根是在"忘本"。人是自然的产儿,就比枝头的花与鸟是自然的产儿;但我们不幸是文明人,入世深似一天,离自然远似一天。离开了泥土的花草,离开了水的鱼,能快活吗?能生存吗?从大自然,我们取得我们的生命;从大自然,我们应分取得我们继续的资养。那一株婆娑的大木没有盘错的根柢深入在无尽藏的地里?我们是永远不能独立的。有幸福是永远不离母亲抚育的孩子,有健康是永远接近自然的人们。不必一定与鹿豕游,不必一定回"洞府"去;为医治我们当前生活的枯窘,只要"不完全遗忘自然"一张轻淡的药方,我们的病象就有缓和的希望。在青草里打几个滚,到海水里洗几次浴,到高处去看几次朝霞与晚照——你肩背上的负担就会轻松了去的。

这是极肤浅的道理,当然。但我要没有过过康桥的日子,我就不会有这样的自信。我这一辈子就只那一春,说也可怜,算是不曾虚度。就只那一春,我的生活是自然的,是真愉快的!(虽则碰巧那也是我最感受人生痛苦的时期。)我那时有的是闲暇,有的是自由,有的是绝对单独的机会。说也奇怪,竟像是第一次,我辨认了星月的光明,草的青,花的香,流水的殷勤。我能忘记那初春的睥睨吗?曾经有多少个清晨我独自冒着冷去薄霜铺地的林子里闲步——为听鸟语,为盼朝阳,为寻泥土里渐次苏醒的花草,为体会最微细最神妙的春信。阿,那是新来的画眉在那边凋不尽的青枝上试它的新声!阿,这是第一朵小雪球花挣出了半冻的地面!阿,这不是新来的潮润沾上了寂寞的柳条?

静极了,这朝来水溶溶的大道,只远处牛奶车的铃声,点缀这周遭的沉默。顺着这大道走去,走到尽头,再转入林子里的小径,往烟雾浓密处走去,头顶是交枝的榆荫,透露着漠楞楞的曙色;再往前走去,走尽这林子,当前是平坦的原野,望见了村舍,初青的麦田,更远三两个馒头形的小山掩住了一条通道。天边是雾茫茫的,尖尖的黑影是近村的教寺。听,那晓钟和缓的清音。这一带是此邦中部的平原,地形像是海里的轻波,默沉沉的起伏;山岭是望不见的,有的是常青的草原与沃腴的田壤。登那土阜上望去,康桥只是一带茂林,拥戴着几处娉婷的尖阁。妩媚的康河也望不见踪迹,你只能循着那锦带似的林木想象那一流清浅。村舍与树林是这地盘上的棋子,有村舍处有佳荫,有佳荫处有村舍。这早起是看炊烟的时辰:朝雾渐渐的升起,揭开了这灰苍苍的天幕(最好是微霞后的光景),远近的炊烟,成丝的,成缕的,成卷的,轻快的,迟重的,浓灰的,淡青的,惨白的,在静定的朝气里渐渐的上腾,渐渐的不见,仿佛是朝来人们的祈祷,参差的翳入了天听①。朝阳是难得见的,这初春的天气。但它来时是起早人莫大的愉快。顷刻间这田野添深了颜色,一层轻纱似的金粉糁上了这草,这树,这通道,这庄舍。顷刻间这周遭弥漫了清晨富丽的温柔。顷刻间你的心怀也分润了白天诞生的光荣。

"春"!这胜利的晴空仿佛在你的耳边私语。

"春"!你那快活的灵魂也仿佛在那里回响。

伺候着河上的风光,这春来一天有一天的消息。关心石上的苔痕,关心败草里的花鲜,关心这水流的缓急,关心水草的滋长,关心天上的云霞,关心新来的鸟语。怯怜怜的小雪球是探春信的小使。铃兰与香草是欢喜的初声。窈窕的莲馨,玲珑的石水仙,爱热闹的克罗克斯,耐辛苦的蒲公英与雏菊——这时候春光已是烂缦在人间,更不须殷勤问讯。

瑰丽的春放②。这是你野游的时期。可爱的路政,这里不比中国,哪一处不是坦荡荡的大道?徒步是一个愉快,但骑自转车是一个更大的愉快。在康桥骑车是普遍的技术;妇人,稚子,老翁,一致享受这双轮舞的快乐。(在康桥听说自转车是不怕人偷的,就为人人都自己有车,没人要偷。)任你选一个方向,任你上一条通道,顺着这带草味的和风,放轮远去,保管你这半天的逍遥是你性灵的补剂。——这

---

① 天听:古人认为天有意志和知觉,因称上天的听闻为"天听"。
② 春放:指春天里万物竞相生长的勃发景象。

我所知道的康桥　徐志摩

道上有的是清荫与美草，随地都可以供你休憩。你如爱花，这里多的是锦绣似的草原。你如爱鸟，这里多的是巧啭的鸣禽。你如爱儿童，这乡间到处是可亲的稚子。你如爱人情，这里多的是不嫌远客的乡人，你到处可以"挂单"借宿，有酪浆与嫩薯供你饱餐，有夺目的果鲜恣你尝新。你如爱酒，这乡间每"望"①都为你储有上好的新酿，黑啤如太浓，苹果酒姜酒都是供你解渴润肺的。……带一卷书，走十里路，选一块清静地，看天，听鸟，读书，倦了时，和身在草绵绵处寻梦去——你能想象更适情更适性的消遣吗？

陆放翁有一联诗句："传呼快马迎新月，却上轻舆趁晚凉。"这是做地方官的风流。我在康桥时虽没马骑，没轿子坐，却也有我的风流：我常常在夕阳西晒时骑了车迎着天边扁大的日头直追。日头是追不到的，我没有夸父②的荒诞，但晚景的温存却被我这样偷尝了不少。有三两幅画图似的经验至今还是栩栩的留着。只说看夕阳，我们平常只知道登山或是临海，但实际只须辽阔的天际，平地上的晚霞有时也是一样的神奇。有一次我赶到一个地方，手把着一家村庄的篱笆，隔着一大田的麦浪，看西天的变幻。有一次是正冲着一条宽广的大道，过来一大群羊。放草归来的，偌大的太阳在它们后背放射着万缕的金辉，天上却是乌青青的，只剩这不可逼视的威光中的一条大路，一群生物！我心头顿时感着神异性的压迫，我真的跪下了，对着这冉冉渐翳的金光。再有一次是更不可忘的奇景，那是临着一大片望不到头的草原，满开着艳红的罂粟，在青草里亭亭的像是万盏的金灯，阳光从褐色云里斜着过来，幻成一种异样的紫色，透明似的不可逼视，霎那间在我迷眩了的视觉中，这草田变成了……不说也罢，说来你们也是不信的！

一别二年多了，康桥，谁知我这思乡的隐忧？也不想别的，我只

---

① "望"：指门族，如郡望。"每望"这里指每个家庭。
② 夸父：《山海经·海外北经》上记载的一个神话人物。传说他为了征服太阳，追赶它直到口渴而死。

要那晚钟撼动的黄昏,没遮拦的田野,独自斜倚在软草里,看第一个大星在天边出现!

十五年一月十五日

(选自《巴黎的鳞爪》,新月书店1927年版)

【分析】

徐志摩(1897—1931),浙江海宁人。青年时代留学英美。1921年在英国留学时开始学诗,1922年10月回国,曾任《晨报·副刊》编辑,北大、清华等校教授。1928年创办《诗刊》、《新月》杂志,因此获得了"新月派诗人"称号。他和闻一多一样,是作为新格律诗派诗人蜚声文坛的,他的散文写得也好。主要作品有诗集《志摩的诗》、《翡冷翠的一夜》、《猛虎集》、《云游》,散文集《落叶》、《自剖》、《巴黎的鳞爪》等。

徐志摩把散文当作"只是诗的一种形式"来写(《徐志摩选集·题记》),因此他的散文处处镌刻着志摩诗的痕迹:诗的灵魂和诗的意境,又以"浓得化不开"的感情抒发引人入胜。

以这篇《我所知道的康桥》为例,是画是诗?是自然风光的描摹还是内心情感的流动?你几乎分辨不出来了。作者说:"我敢说的只是——就我个人说,我的眼是康桥教我睁的,我的求知欲是康桥给我发动的,我的自我意识是康桥给我胚胎的。"因此,作者笔下的康桥处处流露着"无限的柔情",物我融洽无间,情景合而为一。

全文共分四节。前两节可作绪言来看,是介绍写作的动因与经过。但作者强调"单独"是"发见一个地方(地方一样有灵性)"的重要条件,他甚至认为"'单独'是一个耐寻味的现象。我有时想它是任何发见的第一个条件。你要发见你的朋友的'真',你得有与他单独的机会"。这几句话不独具有美感经验的价值,而且是和"五四"的时代精神相通的。郁达夫在《中国新文学大系·散文二集·导言》中说:"现代散文之最大特征,是每一个作家的每一篇散文里所表现的个性,比以前的任何散文都来得强。"尽管是写康桥的风光之美,而这美都打上徐志摩"单独"的真性情,故而焕发出一种独特的情采与光华。

三、四两节是具体对康桥景色的描绘。康桥处处都烙上徐志摩的感受、徐志摩的柔情。他写当地的气候是:

> 冬天是荒谬的坏,逢着连绵的雾盲天你一定不迟疑的甘愿进地狱本身去试试;春天(英国是几乎没有夏天的)是更荒谬的可爱,尤其是它那四五月间最渐缓最艳丽的黄昏,那才真是寸寸黄金。在康河的边上过一个黄昏是一服灵魂的补剂。

他写在早上散步:

> 曾经有多少个清晨我独自冒着冷去薄霜铺地的林子里闲步——为听鸟语,为盼朝阳,为寻泥土里渐次苏醒的花草,为体会最微细最神妙的春信。呵,那是新来的画眉在那边啭不尽的青枝上试它的新声!呵,这是第一朵小雪球花挣出了半冻的地面!

他写去野外踏青:"带一卷书,走十里路,选一块清静地,看天,听鸟,读书,倦了时,和身在草绵绵处寻梦去——你能想象更适情更适性的消遣吗?"他写康河与岸边:

> 水是澈底的清澄,深不足四尺,匀匀的长着长条的水草。这岸边的草坪又是我的爱宠,在清朝,在傍晚,我常去这天然的织锦上坐地,有时读书,有时看水,有时仰卧着看天空的行云,有时反扑着搂抱大地的温软。

……这些地方有点儿"自然拜物教"的偏颇,但把情感渗透于自然风光之中,却是徐志摩"诗人兼情才"的一大特色。

徐志摩在1936年出版的《轮盘小说集》的《自序》中说:"除了天赋的限度是事实无可勉强,我敢说我确是有心愿想把文章当文章写的一个人。"写散文,一如写诗一样,徐志摩很讲究锤字炼句,追求节奏、韵律和形式的完美。在语言上,《我所知道的康桥》不仅词采华丽,新奇生动,而且色彩绚烂,富有音乐性。

> 朝阳是难得见的,这初春的天气。但它来时是起早人莫大的愉快。顷刻间这田野添深了颜色,一层轻纱似的金粉糁上了这草,这树,这通道,这庄舍。顷刻间这周遭弥漫了清晨富丽的温柔。顷刻间你的心怀也分润了白天诞生的光荣。
>
> "春"!这胜利的晴空仿佛在你的耳边私语。
>
> "春"!你那快活的灵魂也仿佛在那里回响。
>
> 伺候着河上的风光,这春来一天有一天的消息。关心石上的苔痕,关心败草里的花鲜,关心这水流的缓急,关心水草的滋长,关心天上的云霞,关心新来的鸟语。怯怜怜的小雪球是探春信的小使。铃兰与香草是欢喜的初声。窈窕的莲馨,玲珑的石水仙,爱热闹的克罗克斯,耐辛苦的蒲公英与雏菊——这时候春光已是烂缦在人间,更不须殷勤问讯。

这一段,足以说明徐志摩造语的新奇生动与蕴藉浓郁,它是以典雅的文学语言为基础,又吸收了欧化的语言,构成了一种新的韵律美与节奏美。

当然,铺陈过多,结构失之松散,也是徐志摩散文的缺点。"浓得化不开",当可视作徐志摩散文精芜并存的一句比较确当的评语。

烈风雷雨

王统照

突喊,哭跃,悲哀极度的舞蹈,"血脉偾兴"的狂歌;挥动着,旋转着那些表现热情灿烂的千万面旗帜;震吼着,嘶哑着那为苦闷窒破了的喉咙;鼓荡起,冲发起,吹嘘起平地的狂飙横澜。……呵!呵!这不是在那万头攒动中的精诚!呵!呵!这不是在那幽暗地狱中的火光明耀!这如醉如狂的举动与声音,正像在刀斧手下脱逃出来的无数囚徒,赤手光膊与狰狞的"伍伯"作最后的争斗。激发的,热化的火焰已烧透了我们的心腑,我们不能再正襟叉手在良时中闲磕牙,我们也不能安安静静地在陇上辍耕,唱着"月儿光光"的歌曲。

太空中射来了一支毒箭,使得人们都中了"狂疾"。朋友们!人生的活剧便是在"狂疾"中的挥发与挣扎!只是优游而不去呼唤,只是逍遥而不能愤怒,只闲挥涕泪而不去一试刀剑的锐锋,这是多么卑屈柔荏的生活!……但因此便发生了这不可平息的"狂疾",然后可以创造出、开辟出足容得我们盘桓的快乐的花园,然后可以有雍容安暇的时光够我们去消遣。而"狂疾"一日不好,你便须一日与狂魔相激斗!……这才是人生活剧的真趣味,真表现,真精神!

黯阴的空中只有层叠与驰逐的灰云;那深墨的,那如铅笔画幅上烘染的,如打输了交手战的武士的面色的,如晶亮的薄刃上着了一层血锈的部分,如美人失眠后的眼角的青晕,低沈下多少惨恻的哀意,都由那灰色层云中弥满了我们的心头!

卷地的狂飙,爽利的冰雹,倾落的骤雨,震惊的疾雷,呵呵!千万铁甲中的金鼓的鸣声,无量数的健儿呐喊,看呵!葱绿的树木也不在慢舞纤腰了,坦平的道路也不能任人家自由踏践了,只有淋漓下的悲壮的高调曲音,从地狱的中心随了飞来的霹雳喝磕,喊动,——喊动这已死的地球上安睡着的婴孩!

不要安静的!不需安静的!我们要实现吐火的梦境,我们要撞碎血铸的洪钟,我们要用这金蛇般的电光逼视出红色的光亮,要用震破大地的雷霆来击散阴霾。这样情热的当中,岂容得踌躇,恐怖!这疾风暴雨的日子里,正是狂歌起舞的时间!为要求精如日星的生活,为要求灿如朝花的将来,我们便情愿狂醉,情愿在水火中相搏战,情愿将此混沌的世界来重行踏反,重行熔化,重行陶铸。

好剧烈的一场烈风雷雨!……
好快活的人生的活剧!……
好一曲悲壮的歌声,那余音哀厉是永远长存在人人的心中!

(选自1925年6月17日《晨报副刊》第121号)

【分析】

王统照(1897—1957),山东诸城人。字剑三,笔名有剑先、剑、鉴先等。他是文学研究会的发起人之一,"五四"时期写有长篇小说《一叶》和《黄昏》,短篇小说多收在《春雨之夜》和《霜痕》中。早期小说侧重表现对"爱"与"美"的憧憬及幻灭后的怅惘,富有主观抒情色彩。1925年出版的《童心》是"小诗流行时代"的重要作品。他写的散文,大都收入《片云集》和《这时代》等。1933年出版的《山雨》,"写出北方农村崩溃的几种原因与现象以及农民的自觉",在现代文学史上留有影响。

《烈风雷雨》是王统照散文诗的代表作,原收在1934年自印的诗集《这时代》中。

这篇散文是有感于"五卅"惨案而作的,是人民群众反帝斗争的一曲赞歌!全篇写得大气磅礴,似风雨雷电,交发而并至。作品首先描绘如火如荼的群众斗争场面,将其比作平地而起的"狂飙"、"横澜";并且热情赞颂:"呵!呵!这不是在那万头攒动中的精诚!呵!呵!这不是在那幽暗地狱中的火光明耀!"接着作者把帝国主义的屠杀比作"射来了一支毒箭",血激起的仇恨只能增强人们的斗争意志与决心,于是作者就此发出了议论:"只是优游而不去呼唤,只是逍遥而不能愤怒,只闲挥涕泪而不去一试刀剑的锐锋,这是多么卑屈柔荏的生活!"虽是说理,而以热情的诗的语言出之,既是警句,又是呼号。

文章讲究起伏节奏。《烈风雷雨》全篇的基调是昂扬奋发的。开头一段已经奠定了基调。第三段的天空灰云象征反动势力的肆虐,笔调转入沉重。这样的写法,既是反映斗争的现实,也是为了引导读者情绪向深层发展。纯然从文章作法看,起伏节奏是美学心理辩证法的安排,否则,一味绷紧神经,反而影响美感效应。

下面两段掀起感情的大涛巨浪,全是神奇夸张的笔调,热情澎湃的语言,高昂急骤的旋律,一行行的排句表现出怒不可遏的情思与意绪,给予读者以强烈的内心震撼,使他们跟着一起愤怒,一起高呼,一起反抗。"为要求精如日星的生活,为要求灿如朝花的将来,我们便情愿狂醉,情愿在水火中相搏战,情愿将此混沌的世界来重行踏反,重行熔化,重行陶铸。"这是斗争的进行曲,这是时代的最强音,这是作者心火的焚烧,也点燃了读者心中的明灯!

由《烈风雷雨》我们可以看到王统照早期散文的风格和特色。阿英在《王统照小品论》中说:

> "王统照的小品,借他自己的话,就是'能够哭,能够喊叫,能狂唱,大笑'。不过,事实上,他笑的时候是很少的。他的小品文反映了他奔进的热情,有如一把火,到处显出热烈,震动,青年的力;到处显出黑暗的咒诅,光明的追求,深刻的,紧张的,也是极其缜密的。
>
> 他的小品文不但有这样的热'情',这样有'力',且是一种诗的,无论在那一篇里,都反映了作为诗人的王统照的精神,飞跃着,驰骋着,那非常丰富缜密的想象。"

琅琊山游记

方令孺

自从两年前大病了一场以后,兴致就此倒下来,像病马一般,一蹶不振了。以前我为贪玩山水,也像我贪读书一样,常常被家里有一班人骂作呆子,说:"山上有什么好玩,白纸黑字的书本上又有什么好看,还值得那样一天到晚把时间耽误在这些无用的事情上面,弄得家里来一个客人的时候,你总是瞪着眼,不会讲一句客气话,或是陪着客人,陪着尊长来几圈麻将应酬应酬。"是的,对于这些事,我恐怕到死都不会,也不爱。我爱的是苍茫的郊野,嵯峨的高山,一片海啸的松林,一泓溪水。常常为发见一条涧水,一片石头,一座高崖,岩上长满了青藤,心中感动得叫起来,恨不得自己是一只鹿在乱石中狂奔。"淡怀自得梅花味,逸兴还同野鹿群。"一个年青的没有尝过人世辛酸的人,确有这种冲淡,闲散的兴味。我小时住在故乡老屋里,屋的四周墙上长满薜萝,每当春夏之交,满墙盖着郁郁苍苍的绿叶,又从门头上蒙络交翳的倒挂下来,我就欢喜,恍惚觉得自己是住在山洞里。本来住在山城里的人,平常就听不到多少喧哗,再加父亲的脾气异常古拙,虽说他在那一乡也算是名望所归的老人,可是门前车马却稀少极了,所以我们真像住在岩洞里一样,同世界隔得远远的。记得每年清明节,父亲总是带着弟兄们到山中去祭扫祖墓。有一次我也哼着要跟去。父亲说,带一个女孩儿上山多么累赘,不许去。我发了一千个誓,说我一定同男孩儿一样,不带累人,弟兄们也在父亲面前代我说项,毕竟也让我跟着去了,爬过不少的山峰,渡过不少的险涧,就是登上投子山巅(这是一县最高的山峰),我也没有表示胆怯。为了不要教人说我累赘,为了不愿败人兴致,我努力奋勇,不折不扣的像一个男孩,父亲掀髯笑了,弟兄们说我没有丢脸,我小小的疲倦的心,也就像一只麻雀,振起翅膀飞起来。

现在这像麻雀一样的轻快的心,已成为"折戟沉沙",再也不容易升起。整天只愿意静守在这空斋里,环绕着我的尽是古人同今人的糟粕,几件古老样式的家具,一簇花,一缕烟(从烟雾里常常闯进来一些回忆)。近处树林子里的流莺,远处的钟声,市声,再加像今天这样大的风声,都打成一片,合起力来,侵袭我这孤寂的空斋,大有被无形的风雨吹去屋顶,倒塌墙壁的危险。但我静静的坐着,不避开,像不避开一切的苦难一样。

这要谢谢我的朋友们和我姐姐的关心,因为他们看我这样生活,以为这对于我的身体不利,常常劝我出游,甚而强迫我。这两年我游太湖,西湖,日本,以及今年寒食清明的两天游琅琊山,都亏得他们的鼓励。他们唤醒我的生机,使得我兴致又像花一样在心上盛开一次。

今年寒食节①的头一天,××君夫妇约我和好几个朋友吃茶,讲到明天是寒食节又当这初春花发的时候,应当到什么远一点的地方去跑跑。不知怎么忽然想起醉翁亭,也许因为从前有一个人曾说过"睡与醉虽有罪而不加刑焉"这句话的缘故,就想去领略古人的醉意吧。

醉翁亭在滁州琅琊山中,自从欧阳修做了一篇《醉翁亭记》,这地方就一直盛传下来。我早就想去游,总打不起兴致。这次朋友们既这样高兴,我也就决定不扫兴。

我们有五个人,一道去江边候轮渡,走到江边的时候,晓雾还没有散,向江头一看,在烟水空濛的当中只有一些船桅的影子同一只沙鸥飞过。这活像一幅淡墨的江水画。一会儿一只轮船名叫"澄江"开过来,游逛的人真多,都纷纷的挤上船去,不到半点钟就到了浦口,又纷纷的挤下来。坐游览专车从浦口到滁州不到两个钟点就到了,队

---

① 寒食节:清明前一天(一说清明前两天),古来定此日禁火寒食,以纪念介子推。(事见《左传》)

队的游人像风卷落花似的都从车上翩翩的走下来,朝着山中走去。路旁有一个人力车夫说:"从车站到山有三十里地呢。"我自省没有能力走这么远,就坐了这辆车,也劝同游的女伴坐另一辆,其余三个人就跟着车跑。

我们先进东门又转向南。东门城上写"新治门"三字,我想这是否就是《滁州志州域图》所载"化日门"或是"环漪门"?不远就看见一道河,河身很宽很深,可这时水落得很浅。河的两边有许多树木。河上跨着一道穹形的古石桥,在河那边,隔着树林,可以看见一座石塔,完全用大盘石堆垒起来的。是唐朝遗留下的古塔之一吗?贪恋这里风景还美,多留连一会儿。

"这道桥有什么好看?城里有新用洋灰造成的一道洋桥,那才好看呢。"车夫不屑似的说。

我们默默的笑,想这车夫才真是新时代的人物呢。

转上南门大街时,太阳已照得很高。所谓大街,不过像一个村镇模样。一个从唐宋以来就有名的滁州,竟这样荒陋!再出南门城向西南行,我想这已踏上欧阳修的故道了。

初春的天气,寒暖恰恰相宜,山野的风吹到脸上,教人想到游泳。新绿才上满了枝头,并不茂密。一簇簇的杏花夹杂在山阿林木的中间,远看像一朵朵的停云,近看那鲜亮的颜色像发出透明的光。

滁州有名的山是尖山凤凰山琅琊山,还有大丰山。据说大丰山是"盘亘雄伟出琅琊山诸峰上"。丰乐亭在丰山的幽谷里。地形低洼,四面群山环抱,谷里很多细竿宽叶的丛竹,竹下有泉,名叫"紫薇"。我们听到"泉"字,总要想是清浅的,漫流在石上有淙淙的声音的乳泉;可这紫薇泉是潴蓄在一个方池式的深潭里,水极清,里面有水草纷披不能见底。当初发现紫薇泉的人是欧阳修的仆人,故事是这样:有一天有一个人献新茶给欧阳修,欧阳修因想起前几天所发现的醴泉,就教人去汲醴泉的水来烹这新茶。醴泉离城至少也有十数里路远,为了一杯茶教人跑这样远,欧阳修真算风雅。不幸汲水的人在回城的路上（许是太累了）摔了一跤，把汲来的水全给泼了。倘若空手回衙，欧阳修一定罚他再去重汲，他想若再跑这么多路又怎受得了！那知他这一急倒急出今天这样一个大古迹来了。因为他在仓皇中把近处山里的泉水随便汲些回去奉给太守大人。这位太守大人真是一位天才的饮水家，对于泉味确有研究。尝后知道决不是醴泉，就穷加拷问这个仆人，才知道是在丰山幽谷里得来。欧阳修是个"博学多识而又好奇"的人，他得到这个泉，立刻造一座丰乐亭在泉上，他给梅圣俞的信说到造亭的始末：

> 是年夏中因饮滁水甚甘，问之，有一土泉在城西百步许。遂往访之，乃一口谷中。山势一面高峰，三面竹岭，回抱泉上，旧有佳木一二十株，乃天生一好景也。遂引其泉为石池。甚清甘，作亭其上，号丰乐亭，亦宏丽。又于州东五里许有二怪石，乃冯延鲁家旧物，因移在亭前。广陵韩公闻之以细芍药十株见遗，亦植于其侧。其他花木不可胜记。山下一径穿入竹筱，蒙密中溪然路尽，遂得幽谷泉。已作一记，未曾刻石。

可见从前丰乐亭是怎样的名胜！与欧阳修同时代的人像蔡君谟、苏子美、梅圣俞，都有诗纪这事。他们在这里饮茶听泉，一种悠闲的风度，教今天来逛的人想象起来真是觉得"眇然如何"了。从前这里的幽谷泉现在已不可见，只在欧阳修的一首诗里保存着。诗是：

> 踏石弄流泉，寻源入深谷，
> 泉傍野人家，四面深篁竹。
> 溉稻满存畴，鸣渠绕茅屋。
> 生长饮泉甘，荫泉栽美木，
> 潺潺无春冬，日夜响山曲。
> 自言今白首，未惯逢朱毂；

顾我应可怪,每来听不足。

我真想自己也有这样一个"野人"的家,在深林里傍着泉水,昼夜听的是风动竹叶飒飒的声音,流水潺湲的声音,并且一生不遇到一辆"朱毂"。

现在的丰乐亭已经过几次的修葺,旧日的面目必已失去,所谓花木,所谓二怪石都只可梦想。一些历史的痕迹只留在几座大石碑上。

从丰乐亭再向西走,路上看见许多累累的大盘石,有的上面刻有碑文,但模糊看不清,只有一个石上的四句诗,末二句还可摸索得出来。是:"风流人已远,同乐到如今。"我读了两遍,觉得一种缠绵慷慨的意思,自然而然的涌上心来。欧阳修的潇洒和爱的风神永远藏在这石头里。

到柏子龙潭要翻过几个小山,山上有人种地。问他种的是什么?说是蚕豆同小麦。问他是那儿的人?说是山东。以后我们听到好多北方口音的人说话。问他们是从那儿来的,大半都说是从皖北或是山东来。比方给我拉车的那车夫就是山东滕县的人,母亲同妻子小孩都留在家乡,他自己跑到这样一个小城里来拉车,生意最好的时候,可以拉得五十多块钱一个月,说都捎回去买点田地养家小,这在他是顶得意的进款了,可是我们要想想他的汗血啊!我们走到两个洞口,乡下人有住在里面当作"家"的,不知是否双燕白鸽二洞?向下看,龙潭在一块低洼的大壑里,里面有方形的墙基,像一座废去的四方城。潭底地更低,从前这里有一潭黑水,现在只西北角一湾清水了,水边长一棵杨树,游人从隧道走到柱下。四周的墙壁上长满了草木。若当木叶茂盛的时候,这里有多么荫森可爱。《滁州志》载:

明洪武甲午夏七月,驻跸于滁,丁旱叹,躬祷,甘霖大作;洪武六年有旨创建祠宇,改封为柏子龙潭之神。十六年浚龙潭,潭周为楼,极其壮丽。有御制碑记为祭文。

现潭上楼已废,只剩石础十六,潭中石柱四根。石柱极宏壮。每柱共四节,乃凿石为十六角,大方形堆叠而成。

由龙潭再向西走。在路上郑家小弟弟拾得一块石头,拿在手里觉得很重,光泽像煤炭。这是附近凤凰山石,凤凰山原有铜矿,这种石头乃是铜化石。我们都争先恐后的去细细寻找。有喜欢形式方重可作图章的,有喜欢状似人物的,有喜欢文理细致如水藻或树根化石的,我却喜欢嶙峋透空可作小石山玩的。大家都各依趣味去拾,一直等到双手满捧不能再拿的时候,心里仍觉得不够。

路旁又看见一座横卧的大石。像一个人斜躺在那儿,背上刻四个大字"一醉千秋"。

这时快到醉翁亭,两边都是山,山上白石齿齿。

"为什么一路上总听不到潺潺流水的声音?"我心里埋怨,"是山川欺我?还是古人欺我?"

正在这时,听见后面有人高声的叫:"九姑,九姑。"

"谁,是什么事?"我回转头向远远的后面问。

"看左边,那里有一条溪水?"××喊。

我们赶快跑过去看,果有一泓清泉在乱石之间曲折奔流:水声泠泠,并不大,你要说水同石在私语也可。水清,可以照见两岸的树木,天上的云,同石上立着,坐着的人。要是有一位水仙在这时来照自己的影子,一定要销魂了。这就是酿泉。岸上有一座亭,名有松亭。绕亭栽着几百棵松树。十年以后这儿的松风与泉鸣定是好听极了。沿溪再走几十步有一座小土地祠,屋顶造得精巧重复,决不是近代粗鲁之作。小龛门的两边有一副春联:"肯与邻翁相对饮,却从田叟问耕耘。"这意思该怎样解?他既可以同隔壁的醉翁亭里太守大人同饮,却又去问老百姓的耕耘,他查到老百姓收成若好,不是要劝太守大人多抽税吗?还是说他是既能应上又能接下的一位圆转的老人呢?土地祠过去就是薛老桥,是一座乱石堆架成穹形的古石桥,桥二面石缝里生长许多草木与藤萝，纷纷的下垂着，倒映在桥下清溪里极有画意。过桥再走几十步就到醉翁亭。宋僧智仙为欧阳修所造的亭子早已毁于兵火，现在我们看见的是光绪七年全椒薛时雨重修的。前面所说的薛老桥，想就是纪念薛时雨所造。我因为这已经不是原迹，就随便浏览一过，里面藏有许多石刻。东厢宝宋斋内苏东坡书欧阳修《醉翁亭记》还完好存在。

从这儿再向西走，山渐深，草花泉石渐幽。琅琊山的胜处我到此渐渐领悟了。在路上听到树林中有嘒嘒的声音，又像被风吹着发出寒栗的声音，问车夫，说是知了，知了就是蝉，盛夏才有，怎么在这儿天还冷就听到蝉叫呢？我一路听着蝉声，依着林中的小路走，再几转就到了开化寺。

琅琊山开化寺本是唐刺史李幼卿与僧法深同建。李幼卿欢喜"博寻胜迹"，他看见这地方幽静，就教人来凿石引泉成为一道溪流，溪的左右建禅室与琴台，他天天同朋友在这儿饮酒，弹琴，做诗，刻石。又建开化寺，寺里亭树极多。又开庶子泉，有李阳冰篆书《庶子泉铭》。又有吴道子画观音像。后来亭榭石刻同人物风流一齐都埋到荒草里去了，庶子泉也没有踪迹；庙宇也全毁坏。现在的开化寺是一位大和尚达修重建！因为他颇有逢迎新贵的手腕，所以能把庙复兴起来。古人有诗："心绝去来缘，迹顺人间事"，这话不是为他说的。

进庙门走过明月池上的石桥，就看见殿宇巍峨，轮奂炫丽。方丈室在另一个院落里，室很广，像厅堂的样子，堂额题"明月观"三字。堂前正对一两丈高的峭壁，壁上长满迎春树，花正浓，枝条下垂，好像帘幔。石壁下用石栏围着一个方池，莆田郑大同刻"濯缨"二字在池侧石壁上。这就是所谓"濯缨泉"。庶子泉原就在近边，现在没有了。院内花木很多，可惜和尚又造一座亭子在当中，太嫌逼窄。

我们在这里饮濯缨泉水泡的新茶，赏玩景物同茶味，忽然想起明日是清明，又正是月圆时候，能在山中看月不是难得的机会吗？大家决定在这儿住一宵，这样可以慢慢的逛，不必把火车的时刻表抓在心里。

琅琊山的得名是在东晋的时候。王禹偁留题《琅琊诗注》说："东晋元帝初为琅琊王,渡江尝驻此山,故溪山皆有琅琊之称！未知东晋以前何名也。"现在来逛滁州的人都震于醉翁亭的大名,其实琅琊山中的风景,只有比醉翁、丰乐二亭胜。我们来的时候,虽说仍是山空木瘦,涧涸泉干,仍留残冬的景象;但有满树杏花,满地野花,千红万紫确又是春天,在这高岩深壑的琅琊山中,确有异样的趣味。所以不愿像别的游客,一望就走,愿意细细的探寻,把山水的神味像饮泉水一样浸到心上去。

下午有一位裳宽和尚引导我们游山。从佛殿右手祇园走过去。祇园是一座花木繁盛的花园。和尚指给我们看树底下从山中移植来的山兰花,小小的一棵草靠着树根,一支短短的兰花正在开放,我们鱼贯走到树下,一个个俯身去嗅,裳宽和尚看着发出怪异的眼光,问："到庙里来不见拜佛,却见拜花,这是什么原故？"悟经堂就在这园里,经堂的右边有一片竹林,绕过竹林就是上山的路。路的一边是峭壁,壁上有几百年的榆树,根盘结在石壁上,古拙可爱。裳宽说达修大和尚预备把石壁铲平,以备名人题诗刻字。这真是骇人的话！后来我们劝达修大和尚千万不要那样做,那简直是残忍,毁灭天然也是罪过。不知道他心上可像口头一样应许了我们,说,决不动。

我们先看雪鸿洞,有仇维贞题名刻石。洞门低低的,走进去却很深奥。明万历年间有寺丞宋大斗在这儿研《易》。里面有两个石碑,外面一个刻着"丙子面壁处",没有题名。今年也是丙子,前几十年或几百年在此面壁的人是谁呢？再里面有一座丈余高的大碑,上刻"南无释迦牟尼佛"斗样大的字。和尚说,相传这是赵匡胤写的,不知是不是。洞门上也有一棵古榆树,根像蟒蛇一样盘在壁上。

再上去百余步是归云洞。洞口有危石横亘,像要坠落下来的样子,我低着头,弯着腰才能走进去。里面石罅离立,像用斧头划开,天光从上面漏下来,正射在两个大碑上。碑是宋治平年杜符卿题诗刻石,字径八寸,洞口"归云"两字,款署双溪。

　　山上很多枫、槐、杉、栗等树。有坚实的檀树（和尚说这檀树已有几百年才长得腰样粗）。古人所说的"十里松风"现在已是听不到。这里的松树并不比杂树多。有一棵松树是从石头里生长出来,有两丈多高,虬枝如龙。和尚认为是山中法宝之一,珍重的指给人看,说这名"石上松",百年的古木了。树下纵横都是大石。我们坐石上,赏玩林中的谧静,听鹰在山顶上哀号,声极凄厉。地上有红色,紫色,黄色各种小花。红色的是野春鹃,又名野樱桃,因花落后结实红如樱桃。紫色的像是野丁香,黄色的不知是什么。又有兰毒,广姑种种毒草,茎一折,有白浆冒出来就是毒汁。裹宽和尚说:山上多药草。柴胡,明铛,苍术,桔梗都很多,何首乌多得不算希奇,黄精到处可以找着。

　　这时候日已西斜。山中暮气来得早。因为山高,把没有落下去的太阳早就遮住。我们找路下山。路过摩诃崖,崖壁上有石刻佛像的痕迹,佛像已被人斫去。石壁上有一个圆形带柄的铁锅式的印痕,裹宽说这里有一个故事:从前,不知道是那一年,有一个小和尚在此修行。是笨呢,还是为别的缘故？这小和尚总是不会念"南无阿弥陀佛",只把这一句念成"摩诃,摩诃",老和尚气极了,跑出门去做行脚僧,不愿在庙里早晚听他念"摩诃,摩诃"。过了些日子,老和尚又不放心,跑回来看他的小徒弟。心想:"我的小徒弟可不要饿死了？我走的时候庙里只剩了一点点粮食,他又傻,决不会出去化斋,我不该把他一个人丢在这儿!"老和尚正在叹气,听见树林子里又是"摩诃,摩诃"的声音自远而近。原来是小和尚早已在山上看见他的师父回来了,一路念着"摩诃"跑下山来迎接他的师父,老和尚心里觉得奇怪,问他:"你怎么还是摩诃摩诃的？摩诃不能养活你,你这一晌吃些什么呢？"小和尚告诉他是吃山中的百草,等把草吃完了就煮石头吃。老和尚听他这样说,骂他说疯话。小和尚说:"你要是不信,我煮给你尝。"老和尚不理他,跑到松树底下睡觉去了。朦胧中闻到一股香气,问小和尚这是什么香？小和尚说："石子煮熟了，请你来尝吧。"老和尚走去一看，果然石子煮得像麦糊一样，又软又香。老和尚默然，心想："我的小徒弟比我好，他已经得道了。"后来有一天这小和尚白日飞升，也不知是成仙还是成佛去了。这故事虽是怪诞，而且有道家的气息，但是也别有风味，不妨记下。《旧志》载琅琊山有磨陀岭，为琅琊最高峰，可望见长江，不知道可就是这地方？

从摩诃崖向东走，又向北转，去访无梁殿，又名玉皇殿。殿式极古，内有石柱数根，柱形像西方高蒂克教堂的样式。拱门上面的构造与南京灵谷寺的无梁殿不同。恐不是明代的建筑，这只有等建筑学家来考了。殿前有一座石制的天香炉，雕镂极精。有一面雕两匹马在潮头上临空的飞奔，神骏无比。

晚饭后，裳宽点两盏大煤油灯，抱一卷纸，研好墨，请××作画。达修老和尚也似乎特别高兴，泡一壶云雾茶，挟一包旧画来请客人替他鉴赏。又高声嚷着要同我们联句做诗。

等××画完两张画（一张鹰，一张石上松，都是山中实在的景物），再写完一张即景诗时，月光已照满对面的高崖了。迎春树的枝条在月光里洒下姗姗的影子，像一个古美人拖着飘逸的裙裾一样。濯缨泉这时澄黑如墨。佛殿上的钟声已悠渺下去。我们忽然想到藏经楼上去看月色，裳宽立刻去点一盏玻璃灯，在前面引导。看守经楼的小和尚已经关了山门，我们把他唤起来，又开开楼门的锁，我自己接过玻璃灯走上楼。楼上佛龛前没有点长明灯，我举起手中的玻璃灯高高的照着菩萨的脸，中间是释迦佛，左文殊，右普贤。楼外有栏干可以看得很远。这时候月光照满山谷，像有一抹淡淡的蓝色的轻烟罩在树杪上。稍远山峰一层层轻淡下去，渐渐化合在白雾似的游气冥茫之中。藏经楼在佛殿的正后面，是开化寺的脊背，从这里看出去，可以看到全庙的位置；这是建筑在一个极其安稳的山谷中，左右的山峦都从后面伸出来，像一双手臂很小心的，紧紧围护着。几万棵树木同时发出低低的河流似的声音。我这时心里异常感动，恨不得对着这庄严的月夜膜拜。

下楼又到白天去过的祇园去玩月。××和裳宽坐在竹林那边去说法。我同××,××三人坐在悟经堂的石阶上,松树的影子筛在地下。山中的月夜真幽冷,山兰花发出一阵阵的清香。三人中间有一个人心里正填满了苦恨,说不久就要走到寥远的南方入山去了。在这寂静的空山明月下,在这天真无滓的祇园中,这个人把他的悲愁用轻轻地像微风拂草,又从草上悠悠地落到涧底下,跟着泉水在石子中间哽咽的声音向我们诉说。月光与这个人眼中的泪光交相辉映。这正是宜于在这深山里月光底下倾听人说心事!我好像听了一段凄凉的夜曲,默默的站起来,跑到藤萝架那边去徘徊。

山中的夜是多么静!我睡在窗下木榻上,抬头可以看见对面的高崖,崖上的树枝向天撑着,我好像沉到一个极深的古井底下。一切的山峰,一切的树木都在月下寂寂的直立着,连虫鸟的翅膀都不听见有一声瑟缩。世界是在原始之前吗?还是在毁灭了以后呢?我凝神细听,不能入寐。隐约看见佛殿上一点长明灯的火光尚在跳跃,因想起古人两句诗:"龛灯不绝炉烟馥,坐久铜莲几度沈。"

第二天,佛殿里的钟声把我从朦胧里唤醒,看天已大亮。树上有各种的鸟在那儿争喧,世界又回复了它美丽的现实。我为贪恋山中的景物,不敢多眠,起来到濯缨泉汲水漱齿。山中朝气的清新,教我也难以形容。石壁上迎春树的枝条更觉闲洒。老和尚抱了一大把柳枝慢慢在各处殿门上安插。今天是清明节,这插柳的风俗不知是什么来源?××君想是太爱那无梁殿,一早又跑去参拜一番,这时也回来了。我呢,这古木苍岩已够教我心醉。

早饭时天上落着丝丝的小雨,他们说这是清明节应有的风雨。一会儿雨又停了,裳宽和尚来引我们去逛南山。出庙门一直走,又转向西就是上山的路。这条山路虽不算险峻,但可比北山难走。山上多石,石上生青苔,行人的脚步颇难于站稳。石罅里有许多像兰叶似的草,和尚说是野百合。又有不少的龙爪花。这时还没有开。我走了一半坐在石上休息,然后再走。等走到山顶的时候,精神就完全不同了。眼前豁然开朗,山峦从这里倒退下去,重重叠叠像波涛又像莲花似的在我们脚下起伏。山影慢慢淡下去,渐渐沉没,化合到一片白茫茫的云气中。云气的底下又看见一滩滩明亮的白水,那本是田野,但在这时候却分不清垅亩,只仿佛是一片湖泽展开在眼前。山顶上有一座废毁基,四面有短墙围护着,墙上嵌一个石碑,字已模糊,××细细在碑上摩挲,把碑文完全认出来。这原是一篇《大明植木记》,末题:

    朝列大夫,前河南开封同知,石玺,刘大德,万钧,植几千株树,已郁郁苍苍,惜无人知,故石玺作此记之。

  这篇《植木记》,文章雅隽,××已抄入他的小册子里。我们想若是从前石玺等所植的树留到现在,一定已"大木千章,葱茏回合"了。现在也有很多树,但决不是他们遗留下来的。

  我们都在断墙上,或石础上靠立着,睡着,坐着,谈山中的风景,讨论古迹,也讲到人间的悲欢韵事。裳宽和尚在旁站着侧耳细听。

  我说:"老和尚,你听我们讲这些话,要悟色即是空吧。"过一会儿,不知道从那一方传来唱经的声音。四面一看,和尚也不见了。这真有意思,寂静的空山里忽地来这么一声又庄严,又嘹亮,又凄郁的歌声,听的人心里生出无名的感触。走出来,看见裳宽趺坐在岩石上,对着岩下无边的空漠,虔心高唱。我们先不敢惊动他,等他把尾声收住的时候,才进前去问:"这是什么呢?"

  "这是药师赞。"他慨叹似的说,"我常常唱它为自己也为别人消灾,像你们城里的人,都是前世积德,所以今世看不见像我们常常所看见的许多可怕的事。这山上有的是恶虫,毒蛇;山下有的是贫苦残疾的人。你们怎么晓得!"

  我,这住在城里,却也看过不少苦痛的事情的人,听他这样说,心里也不禁暗暗惭愧了。

我们看见北边又有一个高峰,仍想鼓起勇气向前走。这条山路可更崎岖了,处处都是荆棘,脚下巨石既多且滑,大家都很艰难的望上走,只有这位老和尚,走起来像飞一样的快。

我说:"老和尚,你能让我抓住你的法衣走上去吗?这路我真是没法走。"

他扶着我,一面感慨似的说:"我也有一个女儿,今年二十八岁,在九华山修行。我从妻子死后就到这山上来出家,我的女儿也就上九华山去了。"又说:"也许你们是我前生的亲属,前生的父母,所以在今天,清明节这天又无意的相会到!"

这可怜的,朴质忠厚的老和尚,我祝他将来成佛!

北山顶上巨石皑皑,罗列在荒榛野草的中间,像是满山的绵羊。风很大,吹得人对面说话都听不真。东北一带全是高山,大丰山就紧依在后边。天晴的时候,西边可以看见太平府,南边可以看见金陵,现在都隐没在云雾里。

下了北山,又转到昨天走过的山腰,重拜一回无梁殿,回到庙里就预备下山去了。琅琊山还有不少的胜境与古迹,若下次有缘,再来探访。这篇文字已无可再写。只有一件事也许有人愿意知道,而且也想尝一尝的就是:滁州城内中心桥傅同兴酒馆所烧的孟公坝黑尾金鳞的大鲫鱼,其味鲜美无比。还有用酿泉制出的甜米酒,色香俱佳,味亦醇厚。我们下山以后在此饱餐一顿。

到家已夜间十点,天上落下濛濛的小雨。裳宽老僧在我临走的时候捆在我车上三棵春鹃,我回来就立刻栽起来,现在枝头上都已发出嫩芽,明年这时当是盛开。××给它取名"裳宽菩提"。

这几天身子觉得十分疲倦,但回味这次游山的经过,可以说是天衣无缝,没有缺憾。

一九三六年四月南京
(选自《方令孺散文选集》,上海文艺出版社 1982 年 8 月第 1 版)

琅琊山游记　方令孺

【分析】

方令孺(1897—1976),安徽桐城人。1923年留美,先后在华盛顿州立大学和威士康辛大学读书。回国后在青岛大学教书。1938年在重庆国立戏剧专科学校任教授。1939至1942年在重庆北碚,任国立编译馆编审。1943年起直到1958年,在复旦大学中文系任教。中华人民共和国成立前后,她写过不少诗歌和散文,还翻译了一些外国文学作品,成集的主要有《馆》和译文集《钟》等。

> 我爱的是苍茫的郊野,嵯峨的高山,一片海啸的松林,一泓溪水。常常为发现一条涧水,一片石头,一座高崖,岩上长满了青藤,心中感动得叫起来,恨不得自己是一只鹿在乱石中狂奔。"淡怀自得梅花味,逸兴还同野鹿群。"

方令孺的《琅琊山游记》由此开头,一股清逸之气扑面而来,文章一开头,就告诉了我们作者的情趣和雅好。下面写寒斋寂寞逗引出游琅琊山的兴趣。

游山是主要目的。但作者逶迤写来,先写过江情形,再写滁城印象,渐次写到滁州的名山。

先写大丰山,这是因为它"盘亘雄伟出琅琊山诸峰上"。年深月久,古迹湮没无闻,作者之所以能写出一派丰实而富有情韵的文字,主要依靠的是知识和掌故,随手引了欧阳修的信和诗,使文章生色不少。作者随处做到叙议结合,比如说到那时欧阳修在丰乐亭饮茶听泉,便说:"一种悠闲的风度,教今天来逛的人想象起来真是觉得'眇然如何'了。"当引过欧诗后,又接着说:"我真想自己也有这样一个'野人'的家,在深林里傍着泉水,昼夜听的是风动竹叶飒飒的声音,流水潺湲的声音,并且一生不遇到一辆'朱毂'。"今古会心,心物冥合,笔下流露的诗情与感慨,好像也承继了欧阳修潇洒和爱的风神。

又插进一笔,写高山种地人的辛苦,说明作者并没有忘记现实生活。

作者在探访清泉中走到醉翁亭。因为不是原迹,故而文中不着重写。文章的重点放在写琅琊山的胜迹开化寺。她写开化寺建寺的沿革,写庙里院落的炫丽别致,又想到山中看月的难得,愿意宿一夜,"细细的探寻,把山水的神味像饮泉水一样浸到心上去"。

先是"移步换景",写祇园的花,写石洞,写杂树古松,写野花药草。因为摩诃崖是琅琊山的佛教名胜,作者随手就带出此崖得名的传说,饶有趣味,使读者在增加见闻的同时,又获得许多新鲜的知识。

最精彩的是写月夜赏景的一节,把洒落月光的迷茫山色描写得如同米芾的山水淡墨画,又像一阕沉潜的小夜曲。凡是到琅琊山开化寺最高处藏经楼的人都觉得此处位置最好,但又感到不容易用三言两语把它介绍出来,且看方文:"藏经楼在佛殿的正后面,是开化寺的脊背,从这里看出去,可以看到全庙的位置;这是建筑在一个极其安稳的山谷中,左右的山峦都从后面伸出来,像一双手臂很小心的,紧紧围护着。几万棵树木同时发出低低的河流似的声音。"写得极缜密细致,又漂亮形象,就观察或就表现来说,至少去过实地的人,都会叹为观止。

方令孺的文字总是沾着脉脉的情愫与汩汩的诗美。当她写到一个人心中填满苦恨将要到南方去时,她写道:

> 在这寂静的空山明月下,在这天真无涯的祇园中,这个人把他的悲愁用轻轻地像微风拂草,又从草上悠悠地落到涧底下,跟着泉水在石子中间哽咽的声音向我们诉说。月光与这个人眼中的泪光交相辉映。这正是宜于在这深山里月光底下倾听人说心事!

深山夜静,月明难寐,萦绕着恻恻的凄情,这种境界,不是诗人(方原来是新月派的诗人)是不能体味和把它写出的。

一路写景，一路写情。第二天登南山，在欣赏风景、讨论古迹的同时，又写了老和尚跌坐唱经的嘹亮凄郁的歌声。老和尚抒发感慨说："这山上有的是恶虫，毒蛇，山下有的是贫苦残疾的人。你们怎么晓得！"作者很自然地揭示了生活的不幸的那一面，可见作者在流连风景之际，处处没有忘怀现实。

在这篇游记里，方令孺发挥了白话美文的优长，即在叙事描写方面胜过文言之处，详尽周密、细致曲折地把游历的全过程一一介绍无遗，正像她所说的："回味这次游山的经过，可以说是天衣无缝，没有缺憾。"古来山水游记多矣，琅琊山还留有欧阳修《丰乐亭记》、《醉翁亭记》的名文，它们尽管有许多优点，但像白话散文这样如朱自清所说"漂亮缜密"的，恐怕尚有不可企及之处。

学画回忆

丰子恺

假如有人探寻我儿时的事,为我作传记或讣启,可以为我说得极漂亮:"七岁入塾即擅长丹青①。课余常摹古人笔意,写人物图,以为游戏。同塾年长诸生竞欲乞得其作品而珍藏之,甚至争夺殴打。师闻其事,命出画观之,不信,谓之曰:'汝真能画,立为我作至圣先师孔子像!不成,当受罚。'某从容研墨伸纸,挥毫立就,神颖晔然。师弃戒尺于地,叹曰:'吾无以救汝矣!'遂装裱其画,悬诸塾中,命诸生朝夕礼拜焉。于是亲友竞乞其画像,所作无不维妙维肖。……"百年后的人读了这段记载,便会赞叹道:"七岁就有作品,真是天才!神童!"

朋友来信要我写些关于儿时学画的回忆的话。我就根据上面的一段话写些罢。上面的话都是事实,不过欠详明些,宜解说之如下:

我七八岁时——到底是七岁或八岁,现在记不清楚了。但都可说,说得小了可说是照外国算法的,说得大了可说是照中国算法的。——入私塾,先读《三字经》②,后来又读《千家诗》③。那《千家诗》每页上端有一幅木板画,记得第一幅画的是一只大象和一个人,在那里耕田,后来我知道这是二十四孝中的大舜耕田图。但当时并不知道画的是甚么意思,只觉得看上端的画,比读下面的"云淡风轻近午天"有趣。我家开着染坊店,我向染匠司务讨些颜料来,溶化在小盅子里,用笔蘸了为书上的单色画着色,涂一只红象,一个蓝人,一片紫地,自以为得意。但那书的纸不是道林纸,而是很薄的中国纸,颜料涂在上面的纸上,会渗透下面好几层。我的颜料笔又吸得饱,透

---

① 丹青:丹,朱砂;青,石青。这是两种可作颜料的矿物。我国古代绘画中常用丹、青二色,因此后来即称绘画艺术为丹青。
② 《三字经》:我国旧时学童常用的启蒙课本之一。
③ 《千家诗》:南宋刘克庄编,旧时学童习诗的启蒙读物。

的更深。等得着好色，翻开书来一看，下面七八页上，都有一只红象、一个蓝人和一片紫地，好像用三色版套印的。

第二天上书的时候，父亲——就是我的先生——就骂，几乎要打手心，被母亲不知大姊劝住了，终于没有打。我抽抽咽咽地哭了一顿，把颜料盅子藏在扶梯底下了。晚上，等到先生——就是我的父亲——上鸦片馆去了，我再向扶梯底下取出颜料盅子，叫红英——管我的女仆——到店堂里去偷几张煤头纸来，就在扶梯底下的半桌上的"洋油手照"底下描色彩画。画一个红人，一只蓝狗，一间紫房子……这些画的最初的鉴赏者，便是红英。后来母亲和诸姊也看到了，她们都说"好"；可是我没有给父亲看，防恐吃手心，这就叫作"七岁入塾即擅长丹青"。况且向染坊店里讨来的颜料不止丹和青呢！

后来，我在父亲晒书的时候找到了一部人物画谱，翻一翻，看见里面花头很多，便偷偷地取出了，藏在自己的抽斗里。晚上，又偷偷地拿到扶梯底下的半桌上去给红英看。这回不想再在书上着色，却想照样描几幅看，但是一幅也描不像。亏得红英想工①好，教我向习字簿上撕下一张纸来，印着了描。记得最初印着描的是人物谱上的柳柳州②像。当时第一次印描没有经验，笔上墨水吸得太饱，习字簿上的纸又太薄，结果描是描成了，但原本上渗透了墨水，弄得很龌龊，曾经受大姊的责骂。这本书至今还存在，最近我晒旧书时候还翻出这个弄龌龊了的柳柳州像来看：穿着很长的袍子，两臂高高地向左右伸起，仰了头作大笑状。但周身都是斑斓的墨点，便是我当日印上去的。回思我当日最初就印这幅画的原因，大概是为了他高举两臂作大笑状，好像我的父亲打呵欠的模样，所以特别有兴味罢。后来，我的"印画"的技术渐渐进步。大约十二三岁的时候（父亲已经弃世，我在另一私塾读书了），我已把这本人物谱，统统印全。所用的纸是雪白的连史纸，而且所印的画都着色。着色所用的颜料仍旧是染坊里

---

① 想工：作者家乡话，意即办法。
② 柳柳州：柳宗元，唐代文学家，因做过柳州刺史，故人称柳柳州。

的,但不复用原色。我自己会配出各种的间色来,在画上施以复杂华丽的色彩,同塾的学生看了都很喜欢,大家说"比原本上的好看得多!"而且大家问我讨画,拿去贴在灶间里,当作灶君菩萨;或者贴在床前,当作新年里买的"花纸儿"。所以说我"课余常摹古人笔意,写人物花鸟之图,以为游戏。同塾年长诸生竞欲乞得其作品而珍藏之",也都有因,不过其事实是如此。

至于学生夺画相殴打,先生请我画至圣先师孔子像,悬诸塾中,命诸生晨夕礼拜,也都是确凿的事实,你听我说罢:

那时候我们在私塾中弄画,同在现在社会里抽鸦片一样,是不敢公开的。我好像是一个土贩①或私售灯②吃的;同学们好像是上了瘾的鸦片鬼,大家在暗头里作勾当。先生坐在案桌上的时候,我们的画具和画都藏好,大家一摇一摆地读《幼学》③书。等到下午照例一个大块头拖先生出去吃茶了,我们便拿出来弄画。我先一幅幅地印出来,然后一幅幅地涂颜料。同学们便像看病时向医生挂号一样,依次认定自己所欲得的画。得画的人对我有一种报酬,但不是稿费或润笔,而是种种玩意儿:金铃子一对连纸匣;握空老菱壳一只,可以加上绳子去当作陀螺抽的;"云"字顺治铜钱一枚(注:有的顺治铜钱,后面有一个字,字共有二十种。我们儿时听大人说,积受了一套用绳编成宝剑形状,挂在床上,夜间一切鬼都不敢来。但其中,好像是"云"字,最不易得;往往为缺少此一字而编不成宝剑。故这种铜钱在当时的我们之间是一种贵重的赠品);或者铜管子(就是当时炮船上新用的后膛枪子弹的壳)一个。有一次,两个同学为交换一张画,意见冲突,相打起来,被先生知道了。先生审问之下,知道相打的原因是为画,追求画的来源,知道是我所作,便厉声喊我走过去。我料想是吃戒尺了,低着头不睬,但觉得手心里火热了。终于先生走过来了,我已吓

---

① 土贩:烟土贩子。烟土,没有经过熬制的鸦片。
② 灯:烟灯,吸食鸦片的用具。
③ 《幼学》:《幼学琼林》的简称。我国旧时的启蒙读物之一。

得魂不附体；但他走到我的座位旁边，并不拉我的手，却问我"这画是不是你画的？"我回答一个"是"字，预备吃戒尺了。他把我的身体拉开，抽开我的抽斗，搜查起来。我的画谱、颜料，以及印好而未着色的画，就都被他搜出。我以为这些东西全被没收了；结果不然，他但把画谱拿了去；坐在自己的椅子上一张一张地观赏起来。过了好一会，先生旋转头来叱一声"读！"大家朗朗地读"混沌初开，乾坤始奠……"这件案子便停顿了。我偷眼看先生，见他把画谱一张一张地翻下去，一直翻到底。放假的时候我挟了书包走到他面前去作一个揖，他换了一种与前不同的语气对我说："这书明天给你。"

明天早上我到塾，先生翻出画谱中的孔子像，对我说："你能看了样画一个大的么？"我没有防到先生也会要我画起画来，有些"受宠若惊"的感觉，支吾地回答说"能"。其实我向来只是"印"，不能"放大"。这个"能"字是被先生的威严吓出来的。说出之后心头发一阵闷，好像一块大石头吞在肚里了。先生继续说："我去买张纸来，你给我放大了画一张，也要着色彩的。"我只得说"好"。同学们看见先生要我画画了，大家装出惊奇和羡慕的脸色，对着我看。我却带着一肚皮心事，直到放假。

放假时我挟了书包和先生交给我的一张纸回家，便去同大姊商量。大姊教我，用一张画方格子的纸，套在画谱的书页中间。画谱纸很薄，孔子像就有经纬格子范围着了。大姊又拿缝纫用的尺和粉线袋给我在先生交给我的大纸上弹了大方格子，然后向镜箱中取出她画眉毛用的柳条枝来，烧一烧焦，教我依格子放大的画法。那时候我们家里还没有铅笔和三角板、米突尺，我现在回想大姊所教我的画法，其聪明实在可以佩服。我依照她的指导，竟用柳条枝把一个孔子像的底稿描成了，同画谱上的完全一样，不过大得多，同我自己的身体差不多大。我伴了热烈的兴味，用毛笔钩出线条；又用大盆子调了多量的颜料，着上色彩，一个鲜明华丽而伟大的孔子像就出现在纸上。店里的伙计，作坊里的司务，看见了这幅孔子像，大家说"出色！"

还有几个老妈子,尤加热烈地称赞我的"聪明",和画的"齐整",并且说:"将来哥儿给我画个容像,死了挂在灵前,也沾些风光。"我在许多伙计、司务和老妈子的盛称声中,俨然地成了一个小画家。但听到老妈子要托我画容像,心中却有些儿着慌。我原来只会"依样画葫芦"的。全靠那格子放大的枪花,把书上的小画改成为我的"大作";又全靠那颜料的文饰,使书上的线描一变而为我的"丹青"。格子放大是大姊教我的,颜料是染匠司务给我的,归到我自己名下的工作,仍旧只有"依样画葫芦"。如今老妈子要我画容像,说"不会画"有伤体面,说"会画"将来如何兑现?且置之不答,先把画缴给先生去。先生看了点头。次日画就粘贴在堂名匾下的板壁上。学生们每天早上到塾,两手捧着书包向它拜一下,晚上散学,再向它拜一下。我也如此。

自从我的"大作"在塾中的堂前发表以后,同学们就给我一个绰号"画家"。每天来访先生的大块头看了画,点点头对先生说:"可以。"这时候学校初兴,先生忽然要把我们的私塾大加改良了。他买一架风琴来,自己先练习几天,然后教我们唱"男儿第一志气高,年纪不妨小"的歌。又请一个朋友来教我们学体操。我们都很高兴。有一天,先生呼我走过去,拿出一本书和一大块黄布来,和蔼地对我说:"你给我在黄布上画一条龙。"又翻开书来,继续说:"照这条一样。"原来这是体操时用的国旗。我接受了这命令,只得又去同大姊商量,再用老法子把龙放大,然后描线,涂色。但这回的颜料不是从染坊店里拿来,是由先生买来的铅粉,牛皮胶和红、黄、蓝各种颜料。我把牛皮胶煮溶了,加入铅粉,调制各种不透明的颜料,涂到黄布上,同西洋中世纪的 fresco① 画法相似。龙旗画成了,就被高高地张在竹竿上,引导学生通过市镇,到野外去体操。我悔不在体操后偷把那龙旗藏过了,好让我的传记里添两句:"其画龙点睛后忽不见,盖已乘云上天矣。"我的"画家"绰号自此更盛行,而老妈子的画像也催促得更紧了。

---

① fresco:壁画。

学画回忆　丰子恺

我再同大姊商量。她说二姊丈会画肖像,叫我到他家去"偷关子"。我到二姊丈家,果然看见他们有种种特别的画具:玻璃九宫格,擦笔,conté①,米突尺,三角板。我向二姊丈请教了些笔法,借了些画具,又借了一包照片来,作为练习的样本。因为那时我们家乡地方没有照相馆,我家里没有可用玻璃格子放大的四寸半身照片。回家以后,我每天放学后就埋头在擦笔照相画中。这是为了老妈子的要求而"抱佛脚"的;可是她没有照相,只有一个人。我的玻璃格子不能罩到她的脸孔上去,没有办法给她画像。天下事有会巧妙地解决的。大姊在我借来的一包样本中选出某老妇人的一张照片来,说:"把这个人的下巴改尖些,就活像我们的老妈子了!"我依计而行,果然画了一幅八九分像的肖像画,外加在擦笔上面涂以漂亮的淡彩:粉红色的肌肉,翠蓝色的上衣,花带镶边;耳朵上外加挂着一双金黄色的珠耳环。老妈子看见珠耳环心花盛开,即使完全不像,也说"像"了。自此以后,亲戚家死了人我就有差使——画容像。活着的亲戚也拿一张小照来叫我放放大,挂在厢房里,预备将来可现成地移挂在灵前。我十七岁出外求学,年假、暑假回家时还常常接受这种兼务生意。直到我十九岁时,从先生学了木炭写生画,读了美术的论著,方才把此业抛弃。到现在,在故乡的几位老伯伯和老太太之间,我的擦笔肖像画家的名誉依旧健在;不过他们大都以为我近来"不肯"画了,不再来请教我。前年还有一位老太太把她的新死了的丈夫的四寸照片寄到我上海的寓所来,哀愿地托我写照。此道我久已生疏,早已没有画具,况且又没有时间和兴味。但无法对她说明,就把照片送到霞飞路的某照相馆里,托他们放大为二十四寸的,寄了去。后遂无问津者。

假如我早得学木炭写生画,早得受美术论著的指导,我的学画不会走这条崎岖的小径。唉,可笑的回忆,可耻的回忆,写在这里,给世间学画的人作借镜罢。

(选自《良友》,上海良友复兴图书印刷公司1935年版)

---

① conté:即crayon conte,木炭铅笔。

【分析】

　　丰子恺(1898—1975),浙江桐乡人,原名丰润(丰仁),作家、画家、翻译家、音乐教育家。1921年去日本,回国后先后在上海、浙江、重庆等地从事美术和音乐教学。有文学、美术、音乐等著作一百多种。他是我国著名的漫画家,其画造型简洁,画风朴实。著有《子恺漫画全集》六册。汉语里"漫画"这个词,始见于1925年他以"子恺漫画"为题头在郑振铎主编的《文学周报》上发表的作品。丰子恺擅长写散文,计有《缘缘堂随笔》、《随笔二十篇》、《车箱社会》、《缘缘堂再笔》、《率真集》等集子。他的散文主要取材于自己亲历的生活和直接交往的人事。文字明白如话,风格朴素隽永,结构严谨缜密,形象细腻生动。他还有音乐、美术方面的理论著作,并翻译过英、俄、日多种文学作品。他曾任上海市中国画院院长、上海市文艺界联合会副主席。

　　丰子恺的散文隽永疏朗,别为一体。《学画回忆》是一篇回忆性散文,主要写作者童年学画时的趣事,写得引人入胜,读来兴味无穷。作者是一位著名的画家,他的作品人情味极浓,受到广大读者的喜爱。从《学画回忆》这篇散文来看,作者从小就有良好的绘画禀赋和浓厚的绘画兴趣,不过走的却是一条崎岖曲折的小道,正如作者在这篇文章的结尾时说的:"假如我早得学木炭写生画,早得受美术论著的指导,我的学画不会走这条崎岖的小径。唉,可笑的回忆,可耻的回忆,写在这里,给世间学画的人作借镜罢。"这段带感情的话,含意颇深,透露了作者童年学画的艰辛,也是对旧教育制度的批判。

　　作者从七八岁开始学画,只不过是背着当老师的父亲给《千家诗》的插画涂点染布的颜料罢了,根本谈不上接受正规的绘画教育。结果还遭父亲的责骂,"几乎要打手心"。学画一开始就十分艰难,幸喜得到女仆红英的同情和帮助,是红英从店堂偷来纸张,是红英"想工好",指点印画的方法。母亲和姊姊们也暗中支持。到了十二三岁,阻碍作者自由学画的是私塾的教育制度和严厉的老师。在私塾里是不允许弄画的,然而同学们喜欢作者的画,甚至为了一张画打起来,结果引出严厉的老师求画孔子像的插曲。于是作者被逼从"印画"过渡到"放大",在聪明的大姊的帮助下,终于"出色"地完成了任务。老妈子催画容像,迫使作者到二姊丈家"偷关子"学肖像画。作者回忆的学画,就是这个样子,走的确是一条崎岖的路,充满着辛酸的路。

这篇散文思想感情诚恳真挚,语言朴素自然,但也不乏妙语解颐,读来趣味无穷。在表述上也很有特色,详写和略写处理得十分自然、恰当。全文是写学画的全部过程,从时间上来说,是从七八岁一直到"前年还有一位老太太"来"托我写照",前后达二十多年。但是作者把重点放在离乡求学前的十年,详写了这辛酸而又有趣的、值得回忆的十年。后十年只是三言两语的略写。详写前十年,也不是平均用力,画孔子像详写,画龙旗就略写;画老妈子容像详写,画亲戚容像就略写。详写时巨细无遗,淋漓尽致,略写时简洁明白,要言不烦,做到了重点突出,主次分明。

这篇散文在写法上还有一个别致的地方,那就是一开头假托别人为自己作"传记或讣启",用一段半文半白的文体,似是而非地概述自己学画的经历,然后据此作文,逐一说明,成为完篇。这种俏皮的写法表现了漫画家的风趣和幽默。1957年再版的《缘缘堂随笔》和1981年上海文艺出版社出版的《丰子恺散文选集》,在收入这篇文章时删去了这一部分(从第三自然段"我七八岁时"开始)。这样一来,固然增加了文章的严肃性,但也折损了文章的艺术魅力。

温州的踪迹

朱自清

一 "月朦胧,鸟朦胧,帘卷海棠红"①

这是一张尺多宽的小小的横幅,马孟容君画的。上方的左角,斜着一卷绿色的帘子,稀疏而长;当纸的直处三分之一,横处三分之二。帘子中央,着一黄色的,茶壶嘴似的钩儿——就是所谓软金钩么?"钩弯"垂着双穗,石青色;丝缕微乱,若小曳于轻风中。纸右一圆月,淡淡的青光遍满纸上;月的纯净,柔软与平和,如一张睡美人的脸。从帘的上端向右斜伸而下,是一枝交缠的海棠花。花叶扶疏,上下错落着,共有五丛,或散或密,都玲珑有致。叶嫩绿色,仿佛挤得出水似的,在月光中掩映着,微微有浅深之别。花正盛开,红艳欲流;黄色的雄蕊历历的,闪闪的。衬托在丛绿之间,格外觉着娇饶了。枝欹斜而腾挪,如少女的一只臂膊。枝上歇着一对黑色的八哥,背着月光,向着帘里。一只歇得高些,小小的眼儿半睁半闭的,似乎在入梦之前,还有所留恋似的。那低些的一只别过脸来对着这一只,已缩着颈儿睡了。帘下是空空的,不着一些痕迹。

试想在圆月朦胧之夜,海棠是这样的妩媚而嫣润;枝头的好鸟为什么却双栖而各梦呢?在这夜深人静的当儿,那高踞着的一只八哥儿,又为何尽撑着眼皮儿不肯睡去呢?他到底等什么来着?舍不得那淡淡的月儿么?舍不得那疏疏的帘儿么?不,不,不,您得到帘下去找,您得向帘中去找——您该找着那卷帘人了?他的情韵风怀,原是这样这样的哟!朦胧的岂独月呢?岂独鸟呢?但是,咫尺天涯,教

---

① 原注为"画题,系旧句"。

我如何耐得？我拼着千呼万唤,你能够出来么?

这页画布局那样经济,设色那样柔活,故精彩足以动人。虽是区区尺幅,而情韵之厚,已足沦肌浃髓①而有余。我看了这画,瞿然②而惊;留恋之怀,不能自已。故将所感受的印象细细写出,以志这一段因缘。但我于中西的画都是门外汉,所说的话不免为内行所笑。——那也只好由他了。

二四,二,一,温州作

二　绿

我第二次到仙岩的时候,我惊诧于梅雨潭的绿了。

梅雨潭是一个瀑布潭。仙岩有三个瀑布,梅雨瀑最低。走到山边,便听见花花花花的声音;抬起头,镶在两条湿湿的黑边儿里的,一带白而发亮的水便呈现于眼前了。我们先到梅雨亭。梅雨亭正对着那条瀑布,坐在亭边,不必仰头,便可见它的全体了。亭下深深的便是梅雨潭。这个亭踞在突出的一角的岩石上,上下都空空儿的;仿佛一只苍鹰展着翼翅浮在天宇中一般。三面都是山,像半个环儿拥着;人如在井底了。这是一个秋季的薄阴的天气。微微的云在我们顶上流着;岩面与草丛都从润湿中透出几分油油的绿意。而瀑布也似乎分外的响了。那瀑布从上面冲下,仿佛已被扯成大小的几绺③,不复是一幅整齐而平滑的布。岩上有许多棱角,瀑流经过时作急剧的撞击,便飞花碎玉般乱溅着了。那溅着的水花,晶莹而多芒,远望去,像一朵朵小小的白梅,微雨似的纷纷落着。据说,这就是梅雨潭之所以得名了。但我觉得像杨花,格外确切些。轻风起来时,点点随风飘散,那更是杨花了。——这时偶然有几点送入我们温暖的怀里,便倏

---

① 沦肌浃髓:深入肌肉骨髓,比喻感受极深。
② 瞿然:惊视貌。
③ 绺(liǔ):量词,用于丝状物。

的钻了进去,再也寻它不着。

梅雨潭闪闪的绿色招引着我们;我们开始追捉她那离合的神光了。揪着草,攀着乱石,小心探身下去,又鞠躬过了一个石穹门,便到了汪汪一碧的潭边了。瀑布在襟袖之间;但我的心中已没有瀑布了。我的心随潭水的绿而摇荡,那醉人的绿呀!仿佛一张极大极大的荷叶铺着,满是奇异的绿呀。我想张开两臂抱住她;但这是怎样一个妄想呀。——站在水边,望到那面,居然觉着有些远呢!这平铺着,厚积着的绿,着实可爱。她松松的皱缬①着,像少妇拖着的裙幅;她轻轻的摆弄着,像跳动的初恋的处女的心;她滑滑的明亮着,像涂了"明油"一般,有鸡蛋清那样软,那样嫩,令人想着所曾触过的最嫩的皮肤;她又不杂些儿尘滓,宛然一块温润的碧玉,只清清的一色——但你却看不透她!我曾见过北京什刹海拂地的绿杨,脱不了鹅黄的底子,似乎太淡了。我又曾见过杭州虎跑寺近旁高峻的深密的"绿壁",丛叠着无穷的碧草与绿叶的,那又似乎太浓了。其余呢,西湖的波太明了,秦淮河的也太暗了。可爱的,我将什么来比拟你呢?我怎么比拟得出呢?大约潭是很深的,故能蕴蓄着这样奇异的绿;仿佛蔚蓝的天融了一块在里面似的,这才这般的鲜润呀。——那醉人的绿呀!我若能裁你以为带,我将赠给那轻盈的舞女,她必能临风飘举了。我若能挹②你以为眼,我将赠给那善歌的盲妹,她必明眸善睐③了。我舍不得你,我怎舍得你呢?我用手拍着你,抚摩着你,如同一个十二三岁的小姑娘。我又掬你入口,便是吻着她了。我送你一个名字,我从此叫你"女儿绿",好么?

我第二次到仙岩的时候,我不禁惊诧于梅雨潭的绿了。

二,八,温州作

---

① 皱缬:折叠打结成纹路。
② 挹(yì):舀,汲取。
③ 明眸善睐:双目明亮而灵活。

温州的踪迹 朱自清

三 白水漈①

几个朋友伴我游白水漈。

这也是个瀑布,但是太薄了,又太细了。有时闪着些须的白光;等你定睛看去却又没有——只剩一片飞烟而已。从前有所谓"雾縠"②,大概就是这样了。所以如此,全由于岩石中间突然空了一段;水到那里,无可凭依,凌虚飞下,便扯得又薄又细了。当那空处,最是奇迹。白光嬗③为飞烟,已是影子;有时却连影子也不见。有时微风过来,用纤手挽着那影子,它便袅袅的成了一个软弧;但她的手才松,它又像橡皮带儿似的,立刻伏伏贴贴地缩回来了。我所以猜疑,或者另有双不可知的巧手,要将这些影子织成一个幻网。——微风想夺了她的,她怎么肯呢?

幻网里也许织着诱惑;我的依恋便是个老大的证据。

三,一六,宁波作

四 生命的价格——七毛钱

生命本来不应该有价格的;而竟有了价格!人贩子,老鸨,以至近来的绑票土匪,都就他们的所有物,标上参差的价格,出卖于人;我想将来许还有公开的人市场呢!在种种"人货"里,价格最高的,自然是土匪们的票了,少则成千,多则成万;大约是有历史以来,"人货"的最高的行情了。其次是老鸨们所有的妓女,由数百元到数千元,是常常听到的。最贱的要算是人贩子的货色!他们所有的,只是些男女小孩,只是些"生货",所以便卖不起价钱了。

---

① 漈(jì):水涯。
② 雾縠(hú):轻纱的一种,薄如云雾。
③ 嬗(shàn):演变。

人贩子只是"仲买人",他们还得取给于"厂家",便是出卖孩子们的人家。"厂家"的价格才真是道地呢!《青光》里曾有一段记载,说三块钱买了一个丫头;那是移让过来的,但价格之低,也就够令人惊诧了!"厂家"的价格,却还有更低的!三百钱,五百钱买一个孩子,在灾荒时不算难事!但我不曾见过。我亲眼看见的一条最贱的生命,是七毛钱买来的!这是一个五岁的女孩子。一个五岁的"女孩子"卖七毛钱,也许不能算是最贱,但请您细看:将一条生命的自由和七枚小银元各放在天平的一个盘里,您将发现,正如九头牛与一根牛毛一样,两个盘儿的重量相差实在太远了。

我见这个女孩,是在房东家里。那时我正和孩子们吃饭;妻走来叫我看一件奇事,七毛钱买来的孩子!孩子端端正正的坐在一条凳上;面孔黄黑色,但还丰润;衣帽也还整洁可看。我看了几眼,觉得和我们的孩子也没有什么差异;我看不出她的低贱的生命的符记——如我们看低贱的货色时所容易发现的符记。我回到自己的饭桌上,看看阿九和阿菜,始终觉得和那个女孩没有什么不同!但是,我毕竟发现真理了!我们的孩子所以高贵,正因为我们不曾出卖他们,而那个女孩所以低贱,正因为她是被出卖的,这就是她只值七毛钱的缘故了!呀,聪明的真理!

妻告诉我这孩子没有父母,她哥嫂将她卖给房东家姑爷开的银匠店里的伙计,便是带着她吃饭的那个人。他似乎没有老婆,手头很窘的,而且喜欢喝酒,是一个糊涂的人!我想这孩子父母若还在世,或者还舍不得卖她,至少也要迟几年卖她;因为她究竟是可怜可怜的小羔羊。到了哥嫂的手里,情形便不同了!家里总不宽裕,多一张嘴吃饭,多费些布做衣,是显而易见的。将来人大了,由哥嫂卖出,究竟是为难;说不定还得找补些儿,才能送出去。这可多么冤呀!不如趁小的时候,谁也不注意,做个人情,送了干净!您想,温州不算十分穷苦的地方,也没碰着大荒年,干什么得了七个小毛钱,就心甘情愿的将自己的小妹子捧给人家呢?说等钱用?谁也不信!七毛钱了得

| 温州的踪迹　朱自清

什么急事！温州又不是没人买的！大约买卖两方本来相知；那边恰要个孩子顽儿，这边也乐得出脱，便半送半卖的含糊定了交易。我猜想那时伙计向袋里一摸，一股脑儿掏了出来，只有七毛钱！哥哥原也不指望着这笔钱用，也就大大方方收了完事。于是财货两交，那女孩便归伙计管业了！

这一笔交易的将来，自然是在运命手里；女儿本姓"碰"，由她去"碰"罢了！但可知的，运命决不加惠于她！第一幕的戏已启示于我们了！照妻所说，那伙计必无这样耐心，抚养她成人长大！他将像豢养小猪一样，等到相当的肥壮的时候，便卖给屠户，任他宰割去；这其间他得了赚头，是理所当然的！但屠户是谁呢？在她卖做丫头的时候，便是主人！"仁慈"的主人只宰割她相当的劳力，如养羊而剪它的毛一样。到了相当的年纪，便将她配人。能够这样，她虽然被撤在丫头坯里，却还算不幸中之幸哩。但在目下这钱世界里，如此大方的人究竟是少的；我们所见的，十有六七是刻薄人！她若卖到这种人手里，他们必拶①榨她过量的劳力。供不应求时，便骂也来了，打也来了！等她成熟时，却又好转卖给人家作妾；平常拶榨的不够，这儿又找补一个尾子！偏生这孩子模样儿又不好；入门不能得丈夫的欢心，容易遭大妇的凌虐，又是显然的！她的一生，将消磨于眼泪中了！也有些主人自己收婢作妾的；但红颜白发，也只空断送了她的一生！和前例相较，只是五十步与百步而已。——更可危的，她若被那伙计卖在妓院里，老鸨才真是个令人肉颤的屠户呢！我们可以想到：她怎样逼她学弹学唱，怎样驱遣她去做粗活！怎样用藤筋打她，用针刺她！怎样督责她承欢卖笑！她怎样吃残羹冷饭！怎样打熬着不得睡觉！怎样终于生了一身毒疮！她的相貌使她只能做下等的妓女；她的沦落风尘是终生的！她的悲剧也是终生的！——唉！七毛钱竟买了你的全生命——你的血肉之躯竟抵不上区区七个小银元么？生命真太

---

① 拶(zǎn)：压紧。

贱了！生命真太贱了！

因此想到自己的孩子的运命，真有些胆寒！钱世界里的生命市场存在一日，都是我们孩子的危险！都是我们孩子的侮辱！您有孩子的人呀，想想看，这是谁之罪呢？这是谁之责呢？

四，九，宁波作

（选自《踪迹》，亚东图书公司 1923 年版）

【分析】

朱自清（1898—1948），祖籍浙江绍兴，生长在江苏扬州。我国现代文学史上著名的散文作家。原名自华，号秋实，笔名有佩弦、柏香、知白、白晖等。文学研究会成员。1920 年毕业于北京大学。早期从事新诗的创作，1923 年出版了长诗《毁灭》，对当时文坛颇有影响。1924 年出版诗和散文集《踪迹》，从此后着力于散文的创作。1925 年后曾在清华大学、西南联合大学任教。1927 年写了名作《荷塘月色》。1928 年出版了散文集《背影》。抗战胜利后，积极支持反对国民党反动统治的学生爱国运动，1948 年 8 月，因病在北平逝世。

朱自清不仅是一位著名的散文作家，也是一位出众的民主主义者，他病逝前，一再告诫家人，宁可饿死，也不要领美国的"救济粮"，表现了一位正直的知识分子的高尚民族气节和爱国主义精神。对此，毛泽东曾称赞说，我们应该"写朱自清颂"。

朱自清的散文在"五四"以后很有影响，写作上具有文路细致、结构精巧、朴素优美、真气照人的特色，后来偏于写实和说理，语言更加接近口语。他的散文有的表现了热爱祖国、反对帝国主义侵略、同情受苦人民、痛恨黑暗社会制度的进步思想，有的描述了客观现实生活，可以丰富读者的知识，提高读者的艺术素养。也有不少作品描写的是他作为小资产阶级知识分子的个人思想感受，不一定具有深刻的社会意义。1924 年春至 1924 年夏，他在温州先后写过四篇短文记述这段生活的片断，总题是《温州的踪迹》，其中一篇是画评，两篇是游记,还有一篇是根据亲身经历而写的记事性散文。

前三篇没有什么深刻的思想,但见出文字描写的功力;末一篇是对旧社会的抗争之作,有激动人心的力量。

我们将着重分析最后一篇,但也并非说前面三篇不足取。朱自清在温州写的这两篇描写美丽山河的散文,至少在一定程度上能引起读者对祖国的热爱。况且他善用精雕细琢的手法,使描写的对象如在眼前,同时结合写景来抒发感受,收到情景交融的效果。朱自清散文写作的这一特色,文学史家王瑶曾在论述现代散文发展时作过精当的分析。

首篇《"月朦胧,鸟朦胧,帘卷海棠红"》是描写一幅画的,文题也就是画题,作者并没有从画的成就方面着手,而是首先细腻地描写了画面的布局、色彩,通过具体的描绘,不但生动地写出了画的内容,而且也传达了"月朦胧,鸟朦胧"的意境。最后他说:"这页画布局那样经济,设色那样柔活,故精彩足以动人。虽是区区尺幅,而情韵之厚,已足沦肌浃髓而有余。"这几句话也可以概括说明这幅作品的幽雅含蓄的艺术特点。第二篇《绿》是写梅雨潭瀑布和潭水的绿,那样着力描写和具体形容"绿"的程度和诱人的美在前人文字中是少有的。要使文字能够像绘画一样表现出色的浓淡和光的明暗来,这就不只要求作者对描写对象观察得细致入微,作者还必须找到恰当的语言,才能够把具体的景象准确地传达给读者。在文章里作者用了一连串新鲜的、容易引起人们美的联想的比喻,来形容"绿"的厚平、清软,然后又用两组具体、近似的美景来规定读者想象的范围,通过比较,使读者对梅雨潭的"绿"在想象中得之。接着又用了一个精当的比喻:"仿佛蔚蓝的天融了一块在里面似的,这才这般的鲜润呀。"于是"绿"的无与伦比的奇异就跃然纸上了。第三篇《白水漈》写的也是瀑布,但与《绿》的写法不同,着重描写它的如"雾縠"一般的薄和细。三篇文章全都充满着浓郁的诗情画意。

《生命的价格——七毛钱》是这组文章中思想性最强的一篇。当时中国正处于北洋军阀的反动统治之下,人民大众饱受帝国主义和封建主义的残酷剥削和压迫,生活在水深火热之中。工农群众的生活极端贫困,终年劳苦,不得温饱,债务累累,如牛负重,有时甚至被迫卖儿鬻女。这篇文章就从一个侧面反映了这个黑暗的社会。

作者目睹当时社会上把人当作商品的罪恶事实,举出一个女孩子的生命的价格只有七毛钱这一突出的真实事例加以剖析,指出本来不应该有价的生命,竟有了价格,这种罪恶事实已经够触目惊心了;而生命的价格又是那样的低贱,这就更加触目惊心了!

文章指出孩子生命低贱的直接原因,是因为被人出卖,而不是女孩子生命本身就低贱,因为被出卖的这个女孩子和作者自己的孩子没有什么差别。

作者联系当时社会的黑暗现实,进而推断这个被出卖的女孩子今后的悲惨命运,把它同整个黑暗社会联系起来,认为在那个人剥削人、人压迫人、人吃人的金钱万能的社会里,像这样一个无依无靠、孤苦伶仃的女孩子,等待她的命运必然是悲惨的。这就进一步深化了文章的主题思想。读者不仅看到这个女孩子现在被人出卖的悲剧,而且看到她将终生受折磨、受凌辱的悲剧;不仅看到了这个女孩子的个人的悲剧,而且可以联想到社会上成千上万受折磨、受凌辱的妇女的悲剧。

作者在描述了这些触目惊心的事实之后,提出了"这是谁之罪呢"这样一个严肃的问题。文章用反问语结尾,有很大的启发力量与感染力量。不言自明,作者的矛头是指向整个反动的社会制度和反动的统治阶级的。

冷静的分析和强烈的控诉,使这篇文章具有震撼人心的力量。《生命的价格——七毛钱》,其标题就够触目惊心的了。它一下子就揭示了当时金钱世界里的人口买卖这一罪恶的社会现象,表现了作者对黑暗统治的无限愤怒,倾向性是十分鲜明的。

这篇文章记叙清楚明白,描写简洁生动,抒发感情强烈动人,发表议论鞭辟入里。作者交错运用散文的表现手法，文笔摇曳多姿，这一切都增强了文章的感染力和思想意义。

作者在此文中用的是朴素的口语，整篇文章呈现出他独有的平实明白的风格，而将强烈的感情包孕在里面。由于题材的尖锐，也不由得不激起作者感情的喷发。许多重叠句、感叹句的运用，产生了打动人心的作用和力量。如："生命本来不应该有价格的，而竟有了价格！"一下子点出矛盾，尖锐而醒目，又如："七毛钱竟买了你的全生命——你的血肉之躯竟抵不上区区七个小银元么？生命真太贱了！生命真太贱了！"感情真挚浓烈，交织着对女孩的同情和对金钱世界的强烈憎恨。

全文虚实结合，叙述与议论交织在一块，字里行间寄寓了作者愤懑与沉痛的感情。

背　影

朱自清

我与父亲不相见已二年余了,我最不能忘记的是他的背影。

那年冬天,祖母死了,父亲的差使也交卸了,正是祸不单行的日子。我从北京到徐州,打算跟着父亲奔丧回家。到徐州见着父亲,看见满院狼藉的东西,又想起祖母,不禁簌簌地流下眼泪。父亲说:"事已如此,不必难过,好在天无绝人之路!"

回家变卖典质①,父亲还了亏空,又借钱办了丧事。这些日子,家中光景很是惨淡,一半为了丧事,一半为了父亲赋闲②。丧事完毕,父亲要到南京谋事,我也要回北京念书,我们便同行。

到南京时,有朋友约去游逛,勾留了一日,第二日上午便须渡江到浦口,下午上车北去。父亲因为事忙,本已说定不送我,叫旅馆里一个熟识的茶房陪我回去。他再三嘱咐茶房,甚是仔细。但他终于不放心,怕茶房不妥帖;他颇踌躇了一会。其实我那年已二十岁,北京已来往过两三次,是没有甚么要紧的了。他踌躇了一会,终于决定还是自己送我去。我两三回劝他不必去,他只说:"不要紧,他们去不好!"

我们过了江,进了车站。我买票,他忙着照看行李。行李太多了,得向脚夫③行些小费,才可过去。他便又忙着和他们讲价钱。我那时真是聪明过分,总觉他说话不大漂亮,非自己插嘴不可。但他终于讲定了价钱,就送我上车。他给我拣定了靠车门的一张椅子,我将他给我做的紫毛大衣铺好座位。他又嘱我路上小心,夜里要警醒些,

---

① 典质:典当质押。
② 赋闲:失业闲居。
③ 脚夫:指搬运工人。

不要受凉。又嘱托茶房好好照应我。我心里暗笑他的迂,他们只认得钱,托他们直是白托!而且我这样大年纪的人,难道还不能料理自己么?唉,我现在想想,那时真是太聪明了!

我说道:"爸爸,你走吧。"他望车外看了看,说:"我买几个橘子去。你就在此地,不要走动。"我看那边月台的栅栏外有几个卖东西的等着顾客。走到那边月台,须穿过铁道,须跳下去又爬上去。父亲是一个胖子,走过去自然要费事些。我本来要去的,他不肯,只好让他去。我看见他戴着黑布小帽,穿着黑布大马褂,深青布棉袍,蹒跚地走到铁道边,慢慢探身下去,尚不大难。可是他穿过铁道,要爬上那边月台,就不容易了。他用两手攀着上面,两脚再向上缩;他肥胖的身子向左微倾,显出努力的样子。这时我看见他的背影,我的泪很快地流下来了。我赶紧拭干了泪,怕他看见,也怕别人看见。我再向外看时,他已抱了朱红的橘子往回走了。过铁道时,他先将橘子散放在地上,自己慢慢爬下,再抱起橘子走。到这边时,我赶紧去搀他。他和我走到车上,将橘子一股脑儿放在我的皮大衣上。于是扑扑衣上的泥土,心里很轻松似的,过一会说:"我走了,到那边来信!"我望着他走出去。他走了几步,回过头看见我,说:"进去吧,里边没人。"等他的背影混入来来往往的人里,再找不着了,我便进来坐下,我的眼泪又来了。

近几年来,父亲和我都是东奔西走,家中光景是一日不如一日。他少年出外谋生,独立支持,做了许多大事。那知老境却如此颓唐!他触目伤怀,自然情不能自已。情郁于中,自然要发之于外,家庭琐屑便往往触他之怒。他待我渐渐不同往日。但最近两年的不见,他终于忘却我的不好,只是惦记着我,惦记着我的儿子。我北来后,他写了一信给我,信中说道:"我身体平安,惟膀子疼痛利害,举箸提笔,诸多不便,大约大去之期①不远矣!"我读到此处,在晶莹的泪光中,

―――――――

① 大去之期:死亡的日子。

又看见那肥胖的,青布棉袍黑布马褂的背影!唉!我不知何时再能与他相见!

一九二五年十月在北京

(选自 1925 年 11 月 22 日《文学周报》第 200 期)

【分析】

脍炙人口的《背影》是一篇回忆性散文,又是写真杰作。1917年冬,作者因祖母去世,从北京到徐州,和丢卸了差事的父亲同回扬州奔丧。丧事完毕,又和要去南京谋事的父亲一起北上,到浦口火车站分手。这篇散文写的就是这段旧事——父子车站分手时的情景。

父子之情、离别之情是一个极其普通的题材,《背影》写得如此感人,成为不朽的名作,除了作者有深刻的生活感受,还在于它结构凝练精美、语言自然真挚。这篇散文涉及的面是很广的,祖母的丧葬,父亲的失业,家道的中落,等等。然而,作者只是以父亲的背影作为行文的线索,回环往复四写背影,把一切都汇集在背影这一焦点上,把父子之间难以用语言来表达的感情都凝聚在这个背影里了。朱自清在他的《山野掇拾》里说过,一个作家可以"不注意一千一万",得要注意"一毫一厘",因为"这一毫一厘便是那一千一万的具体而微——只要将这一毫一厘看得透彻,正和照相放大一样,其余可想见了"。作者就是抓住了瞬息间的生活感受,品辨毫厘,着力刻画了父亲的背影。这个背影,留给人们的印象是那样地深刻。这个只给人们看了背影的父亲,却在人们的心目中活了起来,人们不但能体会他的心情,想象他的容貌,甚至完全了解了他,觉得他比一个面向读者的父亲还要清晰得多,具体得多。这位慈祥而又迂执的父亲,在车站分手前为了给儿子买几个橘子,"蹒跚地"向铁道边走去,从月台上"慢慢探身下去",穿过铁道,又去爬那边的月台,"他用两手攀着上面,两脚再向上缩;他肥胖的身子向左微倾,显出努力的样子"。"这时我看见他的背影……"这个特殊环境下活动着的特殊的背影,实在比任何用表情和神态说明的东西要丰富得多,清晰得多。所以,当父亲下车离去时,看到"他的背影"在人群中消失,作者不禁百感交集,"眼泪又来了"。父亲的背影不仅深深地打动儿子的心,连读者的感情也被一下子全部调动起来,为之震动,为之感召。

作者曾在1947年谈到《背影》的创作缘起,是父亲来信中说的"我身体平安,惟膀子疼痛利害,举箸提笔,诸多不便,大约大去之期不远矣"这句话。当时,作者读了来信,"泪如泉涌",想起了"父亲待我的许多好处,特别是《背影》里所叙的那一回"。可见,《背影》这篇散文是在感情十分激动的情况下写成的,作者对父亲的思念之情,和着泉涌似的泪水,奔泻于字里行间,倾注于背影之中,把自己的感情和父亲的背影完全融化在一起了。读着这意笃情长、感人至深的作品,怎能不激起感情的波澜,产生亲切的共鸣!

朱自清认为作品的语言要"回到朴素,回到自然"(《今天的诗》),朴素就是美,自然才是真,"藻饰过甚,真意转晦"。所以,他常常用简洁淡雅的笔墨去描写客观现象,去抒发主观的情愫,往往是寥寥数言,便道出事物的本质,显千情万态于轻描淡写之中,以发自肺腑之声,去叩响读者的心扉。《背影》全篇一千五百余字,没有绮丽的词句,没有出奇制胜的描写。父亲爬月台去买橘子是作者着力描写的重点段落,写得真切传神,人物形象栩栩如生,却是那样的简洁平实。作者几乎是用白描的手法,把父亲的爱子之情表达得淋漓尽致,给人们留下了不可磨灭的印象。深厚的情意,平实的行文,两者天衣无缝的结合,使《背影》具有历久不衰的艺术魅力。

荷 塘 月 色

朱自清

这几天心里颇不宁静。今晚在院子里坐着乘凉,忽然想起日日走过的荷塘,在这满月的光里,总该另有一番样子吧。月亮渐渐地升高了,墙外马路上孩子们的欢笑,已经听不见了;妻在屋里拍着闰儿,迷迷糊糊地哼着眠歌。我悄悄地披了大衫,带上门出去。

沿着荷塘,是一条曲折的小煤屑路。这是一条幽僻的路;白天也少人走,夜晚更加寂寞。荷塘四面,长着许多树,蓊蓊郁郁的。路的一旁,是些杨柳,和一些不知道名字的树。没有月光的晚上,这路上阴森森的,有些怕人。今晚却很好,虽然月光也还是淡淡的。

路上只我一个人,背着手踱着。这一片天地好像是我的;我也像超出了平常的自己,到了另一个世界里。我爱热闹,也爱冷静;爱群居,也爱独处。像今晚上,一个人在这苍茫的月下,什么都可以想,什么都可以不想,便觉是个自由的人。白天里一定要做的事,一定要说的话,现在都可不理。这是独处的妙处;我且受用这无边的荷香月色好了。

曲曲折折的荷塘上面,弥望的是田田的叶子。叶子出水很高,像亭亭的舞女的裙。层层的叶子中间,零星地点缀着些白花,有袅娜地开着的,有羞涩地打着朵儿的;正如一粒粒的明珠,又如碧天里的星星,又如刚出浴的美人。微风过处,送来缕缕清香,仿佛远处高楼上渺茫的歌声似的。这时候叶子与花也有一丝的颤动,像闪电般,霎时传过荷塘的那边去了。叶子本是肩并肩密密地挨着,这便宛然有了一道凝碧的波痕。叶子底下是脉脉的流水,遮住了,不能见一些颜色,而叶子却更见风致了。

月光如流水一般,静静地泻在这一片叶子和花上。薄薄的青雾浮起在荷塘里。叶子和花仿佛在牛乳中洗过一样；又像笼着轻纱的梦。虽然是满月，天上却有一层淡淡的云，所以不能朗照；但我以为这恰是到了好处——酣眠固不可少，小睡也别有风味的。月光是隔了树照过来的，高处丛生的灌木，落下参差的斑驳的黑影，峭楞楞如鬼一般；弯弯的杨柳的稀疏的倩影，却又像是画在荷叶上。塘中的月色并不均匀；但光与影有着和谐的旋律，如梵婀玲①上奏着的名曲。

荷塘的四面，远远近近，高高低低都是树，而杨柳最多。这些树将一片荷塘重重围住；只在小路一旁，漏着几段空隙，像是特为月光留下的。树色一例是阴阴的，乍看像一团烟雾，但杨柳的丰姿，便在烟雾里也辨得出。树梢上隐隐约约的是一带远山，只有些大意罢了。树缝里也漏着一两点路灯光，没精打采的，是渴睡人的眼。这时候最热闹的，要数树上的蝉声与水里的蛙声；但热闹是它们的，我什么也没有。

忽然想起采莲的事情来了。采莲是江南的旧俗，似乎很早就有，而六朝时为盛；从诗歌里可以约略知道。采莲的是少年的女子，她们是荡着小船，唱着艳歌去的。采莲人不用说很多，还有看采莲的人。那是一个热闹的季节，也是一个风流的季节。梁元帝《采莲赋》里说得好：

　　于是妖童媛女，荡舟心许：鹢首徐回，兼传羽杯；櫂将移而藻挂，船欲动而萍开。尔其纤腰束素，迁延顾步；夏始春余，叶嫩花初，恐沾裳而浅笑，畏倾船而敛裾。

可见当时嬉游的光景了。这真是有趣的事，可惜我们现在早已无福消受了。

于是又记起《西洲曲》里的句子：

---

① 梵婀玲：小提琴的英语音译。

采莲南塘秋,莲花过人头,低头弄莲子,莲子清如水。

今晚若有采莲人,这儿的莲花也算得"过人头"了;只不见一些流水的影子,是不行的。这令我到底惦着江南了。——这样想着,猛一抬头,不觉已是自己的门前;轻轻地推门进去,什么声息也没有,妻已睡熟好久了。

一九二七年七月,北京清华园

(选自 1927 年 7 月 10 日《小说月报》第 18 卷第 7 号)

【分析】

《荷塘月色》是传诵不衰的散文名篇,写于 1927 年 7 月。当时,朱自清任清华大学中文系教授,住在清华园。在"四一二"反革命大屠杀之后,他对反动统治者十分不满。但是,作为一个旧知识分子的他,在当时的历史条件下,不可能挺身而出,也无力改变现状,因而深感困惑、苦闷。他是带着这种激愤、烦躁的心情想到大自然中去寻求宁静的。《荷塘月色》反映了他的这一思想情绪。

这篇散文是以作者夜游荷塘的行踪为顺序,贯穿了作者的心情变化这条主线。起句"这几天心里颇不宁静",交代了夜游的起因。因为心里不平静,所以才想起去一个安静的场所,去求得暂时的宁静。"我"是悄悄地披了一件大衫带上门出去的。通向荷塘的是一条"曲折"的小煤屑路,"幽静"、"寂寞",作者甚至害怕"阴森森"的黑夜。这些描写,与作者不快乐的心境是一致的。在淡淡的月光下,他独自"背着手踱着",把郁积在心里的烦恼委婉曲折地泄露出来了,表达了对现实生活的不满。在此时、此地、此景里,作者觉得"这一片天地好像是我的",觉得自己是一个"自由的人"。这是对现实社会的谴责,是抗争,也对篇首"心里颇不宁静"作了充分的说明。"独处"的"我"处在这"什么都可以想,什么都可以不想"的环境里,"白天里一定要做的事,一定要说的话,现在都可不理"了,心情也就慢慢地平静下来了,要"受用这无边的荷香月色"了。

　　感情的变化,给笔触带来了生气,更何况月下的荷塘是这般的妩媚。田田的荷叶"像亭亭的舞女的裙",花朵千姿百态,像"一粒粒的明珠",像"碧天里的星星",像"刚出浴的美人"。这已经是够美了!但是作者并没有满足于这静态的描写,他捕捉到了"微风过处"叶动花颤的动态:"这时候叶子与花也有一丝的颤动,像闪电般,霎时传过荷塘的那边去了。叶子本是肩并肩密密地挨着,这便宛然有了一道凝碧的波痕。"有静貌、有动态,逼真地描绘出荷塘富有生意的风姿。作者能够观察得如此细致,看得如此真切,当然是在月光下,只不过把月光融合在察看所得的具体描写之中。接着,就正面写月华了。那流水般的月光轻泻在莲荷上,像"薄薄的青雾浮起在荷塘里",空灵而不虚妄。这时,"叶子和花仿佛在牛乳中洗过一样;又像笼着轻纱的梦",质实却又朦胧。实写和虚拟并用,实中带虚,虚中有实,实和虚的巧妙结合,描绘出勾人魂魄的意境。然而,描写并未到此结束,作者又在这幅美丽的图画上添上几笔月光的投影,使这幅画更显风韵。参差斑驳的灌木的"黑影","弯弯的杨柳的稀疏的倩影",映在荷叶上,"却又像是画在荷叶上"。于是,光和影交错,把塘边的林木和塘中的荷莲连结在一起,更衬托出荷塘月色的风姿绰约了。美景如诗似画,作者也就陶醉在这诗情画意的美景之中了,忘却了烦恼,暂时得到了"超脱",心情是恬静的。

　　然而,当作者再次环顾荷塘四周的景色时,那杨柳的丰姿虽然还辨得出来,但"树色一例是阴阴的,乍看像一团烟雾",乏力的路灯光"没精打采的,是渴睡人的眼"。这时,幻觉中的小提琴演奏的名曲消失了,听到的是"树上的蝉声与水里的蛙声"。作者的恬静心情消逝了,又回到哀愁中来了。

　　在现实生活中作者还是解脱不了苦恼,就自然地转向回忆往事,想在怀古中寻找乐趣。于是由此及彼"忽然想起了"梁武帝萧绎的

《采莲赋》和无名氏的《西洲曲》。古代江南采莲的动人景象实堪羡慕,只可惜仅仅属于古人,"我们现在早已无福消受了",何况"这儿""不见一些流水的影子"。"我"终于在乡思和苦闷中不知不觉地回到了清华园自家的"门前"。从悄悄地"带上门出去",到"轻轻地推门"进来,兜了一圈,又回到了"什么声息也没有,妻已睡熟好久了"的小屋。这是意味深长的,也是必然的结果。

《荷塘月色》是一篇写景抒情的散文。作者从文章中显露出来的思想感情是相当微妙复杂的,这微妙复杂的心境通过逼真细腻的景物描写表现得波澜起伏、曲折有致。这种缘情写景、以景衬情、情景交融的写法,不仅使作品具有绘画美,而且富有情趣美。

《荷塘月色》语言凝练,表现手法多样。"背着手踱着"的"踱"字,真切地反映出"我"苦闷而又不易解脱的心情。"我且受用这无边的荷香月色"的"受用",表现了作者不满现实的抗争情绪。"这令我到底惦着江南"的"到底",反映了一个爱国的知识分子的向往和追求。叠音词的大量运用,既增加了文章的生动性和形象感,又使语言具有音乐美。新颖鲜明的比喻,不仅贴切,而且给人以美的享受。作者还用"没精打采"的灯光来映衬月光的皎洁,用"树上的蝉声与水里的蛙声"来烘托四周的静寂,用灌木的"黑影"来对比杨柳的"倩影"。更令人赞赏的是"通感"的运用:"微风过处,送来缕缕清香,仿佛远处高楼上渺茫的歌声似的",把花香的嗅觉移作歌声的听觉,使人们从中似觉荷香就像远处歌声那样飘忽不定,时断时续,不绝如缕;"光与影有着和谐的旋律,如梵婀玲上奏着的名曲",把无声的"光与影"从视觉化为动听的音乐,给人以视觉兼听觉的感受。这种出神入化的艺术处理手法,在现代散文作品中并不多见,真可谓是妙笔生花。

秃 的 梧 桐

苏雪林

——这株梧桐,怕再也难得活了!

人们走过那秃梧桐下,总这样惋惜地说。

这株梧桐,所生的地点,真有点奇怪,我们所住的屋子,本来分做两下给两家住的,这株梧桐,恰恰长在屋前的正中,不偏不倚,可以说是两家的分界牌。

屋前的石阶,虽仅有其一,由屋前到园外去的路却有两条,——一家走一条,梧桐生在两路的中间,清阴分盖了两家的草场,夜里下雨,潇潇渐渐打在桐叶上的雨声,诗意也两家分享。

不幸园里蚂蚁过多,梧桐的枝干,为蚁所蚀,渐渐的不坚牢了,一夜雷雨,便将它的上半截劈折,只剩卜一根二丈多高的树身,立在那里,亭亭有如青玉。

春天到来,树身上居然透出许多绿叶,团团附着树端,看去好像一棵棕榈树。

谁说这株梧桐,不会再活呢?它现在长了新叶,或者更会长出新枝,不久定可以恢复从前的美荫了。

一阵风过,叶儿又被劈下来,拾起一看,叶蒂已啮断了三分之二——又是蚂蚁干的好事,哦!真可恶!

但勇敢的梧桐,并不因此挫了它的志气。

蚂蚁又来了,风又起了,好容易长得掌大的叶儿又飘去了,但它不管,仍然萌新的芽,吐新的叶,整整的忙了一个春天,又整整的忙了一个夏天。

秋来,老柏和香橙还沉郁的绿着,别的树却都憔悴了。年近古稀的老榆,护定它青青的叶,似老年人想保存半生辛苦贮蓄的家私,但那禁得西风如败子,日夕在耳畔絮聒?——现在它的叶儿已去得差不多,园中减了葱茏的绿意,却也添了蔚蓝的天光。爬在榆干上的薜荔,也大为喜悦,上面没有遮蔽,可以酣饮风霜了,它脸儿醉得枫叶般红,陶然自足,不管垂老破家的榆树,在它头上瑟瑟的悲叹。

大理菊东倒西倾,还挣扎着在荒草里开出红艳的花。牵牛的蔓,早枯萎了,但还开花呢,可是比从前纤小,冷风凉露中,泛满浅紫嫩红的小花,更觉娇美可怜。还有从前种麝香连理花和凤仙花的地里,有时也见几朵残花,秋风里,时时有玉钱蝴蝶,翩翩飞来,停在花上,好半天不动,幽情凄恋,它要僵了,它愿意僵在花儿的冷香里!

这时候,园里另外一株桐树,叶儿已飞去大半,秃的梧桐,自然更是一无所有,只有亭亭如青玉的干,兀立在惨淡斜阳中。

——这株梧桐,怕再也不得活了!

人们走过秃梧桐下,总是这样惋惜似的说。

但是,我知道明年还有春天要来。

明年春天仍有蚂蚁和风呢?

但是,我知道有落在土里的桐子。

(选自《绿天》,北新书局1928年版)

【分析】

苏雪林(1897—1999),安徽省太平县人。原名梅,笔名绿漪。著名的学者、小说家、散文家。早年求学于北京女子高等师范学校,后去法国的里昂中法大学留学。回国后,曾在苏州东吴大学、上海沪江大学、省立安徽大学、国立武汉大学当过教授。到台湾定居后,先后任台湾师范大学教授、成功大学教授。她天资高旷,读书甚多,学识渊博,著作颇丰,有《玉溪诗谜》、《绿天》、《棘心》、《唐诗概论》、《辽金元文学》、《蠹鱼生活》、《青鸟集》、《屠龙集》、《蝉蜕集》、《鸠那罗的眼睛》、《玫瑰与春》、《南明忠烈传》等。

《秃的梧桐》选自散文小品集《绿天》,是一篇咏物抒情的散文,曾入选《中学国文课本》。它通过对一株秃的梧桐的描写,颂扬了百折不挠的顽强搏斗的精神。

  一株秃梧桐的形象不见得是美的,而作者却热情地歌颂它、赞美它。说它长在两家住屋的正中间,成为"不偏不倚"的分界牌;在它枝叶茂盛时,"清阴分盖了两家的草场";在潇潇淅淅的夜雨中,雨点打叶的声音充满了"诗意"。即使干枝为蚂蚁所蚀,上半截被雷电劈折,只留下光秃秃的下半截,它也是"亭亭有如青玉"。春天到了,秃梧桐"居然透出许多绿叶",尽管蚂蚁继续作恶,啮断叶蒂,风吹叶落,"但勇敢的梧桐,并不因此挫了它的志气","仍然萌新的芽,吐新的叶,整整的忙了一个春天,又整整的忙了一夏天"。作者为了赞颂梧桐的勇敢顽强,还描写了园子里的其他花木在秋冬来临时的各种情态作为衬托。作者还提到园中的另一株梧桐,说它的"叶儿已飞去大半"。对比之下,秃的梧桐的确是"一无所有"了。但是,它傲然兀立——用它那"亭亭有如青玉的干"!

  作者热烈地讴歌秃的梧桐,字里行间回荡着诚恳、深挚的感情。在作者的心目中,那种勇敢顽强、进击不懈的精神就是美。作者所崇敬的就是这种内在的美。玉钱蝴蝶翩翩飞来,宁静地停在残花上,"愿意僵在花儿的冷香里"。作者借用形象的语言,寄托了缠绵的情思。到文章的结尾处,一句"我知道明年还有春天要来",语虽婉曲,却明白地、斩钉截铁地表达了作者的情怀,这就如画龙点睛的关键一笔。尽管"明年春天仍有蚂蚁和风",但是这又算得了什么,"我知道有落在土里的桐子",梧桐还是会"萌新的芽,吐新的叶"!作者热情歌颂的不正是那种百折不挠的斗争精神吗?这样的结尾,含义深邃,耐人寻味。

  这篇散文用简洁的文字把物和景写得细腻真切、栩栩如生,读来亲切感人。作者观察事物的细致和运用语言的功力,实在令人钦佩。

红海上的一幕

孙福熙

太阳做完了竟日普照的事业,在万物送别他的时候,他还显出十分的壮丽。他披上红袍,光耀万丈。云霞布阵,换起与主将一色的制服,听候号令。盖天所覆的大圆镜上,鼓起微波,远近同一节奏的轻舞,以歌颂他的功德,以惋惜他的离去。

景物忽然变动了,云霞移转,歌舞紧急,我战战兢兢的凝视,看宇宙间将有何种变化;太阳骤然躲入一块紫云后面了。海面失色,立即转为幽暗,彩云惊惧,屏足不敢喘息。金线万条,透射云际,使人领受最后的恩惠,然而他又出来了。他之藏匿是欲缓和人们在他去后的相思的。

我俯首看自己,见是照得满身光彩。正在欣幸而惭愧,回头看见我的背影。从船上投射海中,眼光跟了他过去,在无尽远处,窥见紫帏后的圆月。岂敢信他是我的影迎来的!

天生丽质,羞见人世,他启幕轻步而上;四顾静寂,不禁迟回。海如青绒的地毯,依微风的韵调而抑扬吟咏。薄霭是紫绢的背景,衬托皎月,愈显丰姿。青云侍侧,桃花覆顶,在这时候,他预备他灵感一切的事业了。

我渐渐的仰头上去,看红云渐淡而渐青,经过天中,沿弧线而下,青天渐淡而渐红,太阳就在这红云的中间。月与日正在船的左右,而我们是向正南进行——海行九天以来,至现在始辨方向。

我很勇壮,因为我饱餐一切色彩;我很清醒,因为我畅饮一切光辉。我为我的朋友们喜悦:他们所属望的我在这富有壮丽与优秀的大宇宙中了!

水面上的一点日影渐与太阳的圆球相接而相合,迎之而去了,太阳不想留恋,谁也不能挽留;空虚的舞台上惟留光明的小云,在可羡的布景前闪铄,听满场的鼓掌。

月亮是何等的圆润呵,远胜珠玉。他已高升,而且已远比初出时明亮了。他照临我,投射我的影子到无尽远处,追上太阳。月光是太阳的返照,然而他自有风格,绝不与太阳同德性。凉风经过他的旁边,裙钗摇曳,而他的目光愈是清澈了。他柔抚万物,以灵魂分给他们,使各各自然的知道填入诗句,合奏他新成的曲调。此时惟有皎洁,惟有凉爽,从气中,从水上,缥缈宇内。这是安慰,这是休息。这样的直至太阳再来时,再开始大家的工作。

(选自《归航》,开明书店 1926 年版)

【分析】

孙福熙(1898—1962),浙江绍兴人,字春苔。1920 年到法国勤工俭学,先在里昂中法大学学习油画,后考入法国国立美术专科学校学习绘画和雕塑。1925 年回国后,以著译为生,曾主编《北新》半月刊。1928 年任国立西湖艺术学校教授;1929 年 3 月再度去法学习,1931 年回国后,先后在浙江大学、中山大学、杭州高级中学任教。中华人民共和国成立后任上海中学校长,1951 年至 1957 年任北京人民教育出版社编辑。先后出版有散文集《山野掇拾》、《归航》、《大西洋之滨》、《北京乎》,小说集《春城》等。

因为孙福熙学过绘画,他写散文时,"作文便是以文字作画"。

这篇《红海上的一幕》作于 1925 年 1 月,收在《归航》一书中。这部散文集尽管多是即兴之作,但仍保持了从动态中写景物或在事物的描叙中蕴含韵致和情味的特点。

《红海上的一幕》是写日落时的情景。先写太阳在临落时的辉煌景色。"远近同一节奏的轻舞"一句,生动不凡。

接着写"太阳骤然躲入一块紫云后面去",海面失色,转为幽暗。景物在这里情绪化了,作者回身反顾,不意圆月正在升起。

作者转以轻倩之笔,写初月上升时周围的情景,笔端似有无限柔情蜜意,那氛围、那境界完全拟人化了。

　　随着作者的视线所及,红云渐淡而渐青,青天渐淡而渐红。月与日正在船的左右,这是海上难逢的壮丽景象。于是作为审美主体的作者,不禁尽情呼唤了。这呼唤是属于主观的,但又是客观景物激发而来的,情景融合,物我相契,完全是诗的语言!

　　日落月升,摇曳多姿;光影变幻,波澜起伏。作者以他一支灵动的笔,把读者带到一个如画的境界。"其于人也,漻乎其如叹,邈乎其如有思,暖乎其如喜,愀乎其如悲……"这是苏雪林引用清人姚鼐《复鲁洁非书》中的一段话赞赏孙福熙散文能够把人引进一个灵魂净化的境地,这是十分恰当的。

海　燕

郑振铎

　　乌黑的一身羽毛,光滑漂亮,积伶积俐,加上一双剪刀似的尾巴,一对劲俊轻快的翅膀,凑成了那样可爱的活泼的一只小燕子。当春间二三月,轻飔微微的吹拂着,如毛的细雨无因的由天上洒落着,千条万条的柔柳,齐舒了它们的黄绿的眼,红的白的黄的花,绿的草,绿的树叶,皆如赶赴市集者似的奔聚而来,形成了烂熳无比的春天时,那些小燕子,那末伶俐可爱的小燕子,便也由南方飞来,加入了这个隽妙无比的春景的图画中,为春光平添了许多的生趣。小燕子带了它的双剪似的尾,在微风细雨中,或在阳光满地时,斜飞于旷亮无比的天空之上,唧的一声,已由这里稻田上,飞到了那边的高柳之下了。再几只却隽逸的在粼粼如縠纹的湖面横掠着,小燕子的剪尾或翼尖,偶沾了水面一下,那小圆晕便一圈一圈的荡漾了开去。那边还有飞倦了的几对,闲散的憩息于纤细的电线上,——嫩蓝的春天,几支木杆,几痕细线连于杆与杆间,线上是停着几个粗而有致的小黑点,那便是燕子,是多么有趣的一幅图画呀!还有一家家的快乐家庭,他们还特为我们的小燕子备了一个两个小巢,放在厅梁的最高处,假如这家有了一个匾额,那匾后便是小燕子最好的安巢之所。第一年,小燕子来住了,第二年,我们的小燕子,就是去年的一对,它们还要来住。

　　"燕子归来寻旧垒。"

　　还是去年的主,还是去年的宾,他们宾主间是如何的融融泄泄呀!偶然的有几家,小燕子却不来光顾,那便很使主人忧戚,他们邀召不到那么隽逸的嘉宾,每以为自己运命的蹇劣呢。

　　这便是我们故乡的小燕子,可爱的活泼的小燕子,曾使几多的孩子们欢呼着,注意着,沈醉着,曾使几多的农人们市民们忧戚着,或舒怀的指点着,且曾平添了几多的春色,几多的生趣于我们的春天的小燕子!

如今,离家是几千里!离国是几千里!托身于浮宅之上,奔驰于万顷海涛之间,不料却见着我们的小燕子。

这小燕子,便是我们故乡的那一对,两对么?便是我们今春在故乡所见的那一对,两对么?

见了它们,游子们能不引起了,至少是轻烟似的,一缕两缕的乡愁么?

海水是皓洁无比的蔚蓝色,海波是平稳得如春晨的西湖一样,偶有微风,只吹起了绝细绝细的千万个粼粼的小皱纹,这更使照晒于初夏之太阳光之下的、金光烂灿的水面显得温秀可喜。我没有见过那末美的海!天上也是皎洁无比的蔚蓝色,只有几片薄纱似的轻云,平贴于空中,就如一个女郎,穿了绝美的蓝色夏衣,而颈间却围绕了一段绝细绝轻的白纱巾。我没有见过那么美的天空!我们倚在青色的船栏上,默默的望着这绝美的海天,我们一点杂念也没有,我们是被沈醉了,我们是被带入晶天中了。

就在这时,我们的小燕子,二只,三只,四只,在海上出现了。它们仍是隽逸的从容的在海面上斜掠着,如在小湖面上一样,海水被它的似剪的尾与翼尖一打,也仍是连漾了好几圈圆晕。小小的燕子,浩莽的大海,飞着飞着,不会觉得倦么?不会遇着暴风疾雨么?我们真替它们担心呢!

小燕子却从容的憩着了。它们展开了双翼,身子一落,落在海面上了,双翼如浮圈似的支持着体重,活是一只乌黑的小水禽,在随波上下的浮着,又安闲,又舒适。海是它们那么安好的家,我们真是想不到。

在故乡,我们还会想象得到我们的小燕子是这样的一个海上英雄么?

海水仍是平贴无波,许多绝小绝小的海鱼,为我们的船所惊动,群向远处窜去;随了它们飞窜着,水面起了一条条的长痕,正如我们当孩子时之用瓦片打水镖在水面所划起的长痕。这小鱼是我们小燕子的粮食么?

小燕子在海面上斜掠着,浮憩着。它们果是我们故乡的小燕子么?

啊,乡愁呀,如轻烟似的乡愁呀!

(选自1927年6月26日《文学周报》第273期)

【分析】

郑振铎(1898—1958),福建长乐人,常用笔名西谛。他从"五四"文学革命运动开始就从事文学活动,是文学研究会的发起人之一,先后主编《文学周刊》、《小说月报》和《世界文库》,著有小说《桂公塘》、《取火者的逮捕》等,诗歌《雪朝》(与朱自清、叶绍钧等的诗歌合集)、《战号》,散文《山中杂记》、《海燕》、《西行书简》、《蛰居散记》等。他还翻译过《沙宁》、《血痕》、《灰色马》、《新月集》、《飞鸟集》等,他是著名的文学史家,著有《文学大纲》、《中国文学史》(插图本)、《中国俗文学史》、《中国文学史中古卷》、《中国文学论集》等。

1927年大革命失败后,郑振铎离开祖国,远涉重洋,奔赴欧洲。在旅途上他写了不少散文,于1932年在上海以《海燕》为书名结集出版,这篇《海燕》是其中的一篇。

郑振铎远离祖国,心情是不平静的,这在他的《离别》一文中有所表白。他说:"我不忍离了祖国而去,更不忍在这大时代中放弃每人应做的工作而去,抛弃了许多亲爱的勇士在后面,他们是正用他们的血建造新的中国,正在以纯挚的热诚,争斗着,奋击着。""我别了中国,为的是求更好的经验,求更好的奋斗的工具,暂别了,在各方面争斗着的勇士们,我不久将以更勇猛的力量加入你们当中了。"这说明郑振铎不是逃避现实斗争,而是抱着积极进取的精神暂时离开的。散文《海燕》正是这种离别时眷恋祖国的深情的体现。

贮蓄已深的、酝酿已久的感情的喷吐,常常结晶为一篇好的文学作品。但感情的喷吐需要有一个触发点或者媒介,所以古人有"缘情绮靡"、"托物起兴"等说法。而这篇《海燕》正是作家离开祖国,远驶海上,目击奋飞翱翔的海燕,触物生情,寄情于物,经过缜密构思和艺术升华的一篇好散文。为什么以燕子为题材?作者《欧行日记》里有两段记载,一是1927年5月25日记载海上的所见:

> 燕子亦在水面飞着,追掠着小鱼之类的食物,又轻迅,又漂亮。有时不愿飞了,便张开了飞着的双翼,平贴于水面,身体可以不至于沉下,即在水面随波上下休息着。其闲暇不迫之态,颇使我心醉。大海中除了天与海以外,一无所见,唯此二物,足系人思。

这大概是写《海燕》一文的写作契机。到了第二天即5月26日记载:"傍晚,正在晚餐时,突见窗口出现蓝色,其蓝得可爱,如蓝宝石一样;壁是白的,窗口是金色的,而窗中却映着那么可爱的蓝色!夜,写了一篇《海燕》。"这篇散文就是这样写成的。作者的这一写作过程说明,撷取散文的题材,必须面对生活,以奇警锐敏的观察力,去接触一切,感觉一切,体会一切,捕捉一切。单有了观察力还不够,还要有生活的吟味力,要从描摹的物相中咀嚼吟味到情趣和思想。内心的活跃与外物和谐契合,创作的感兴自然而然就来了。最后就是文字语言的表现力。物相、感兴种种,还得行诸笔端,挥洒在纸上,才能得以定型。写作技巧的运用对于精巧的散文来说,也是不可马虎从事的。

我们且看《海燕》这篇散文。

首先,他精确生动地描摹了小燕子的可爱形象。燕子,人们首先想到的就是它轻盈伶俐的体态。作者正是抓住燕子最富有代表性的特征,分别加以描绘。羽毛写它"乌黑"、"光滑漂亮"的色泽,尾巴写

海　燕　郑振铎

它"剪刀似的"形状，翅膀写它的"劲俊轻快"的情态。作者像一位高超的画师，三两笔就为读者"凑成了那样可爱的活泼的一只小燕子"的艺术形象。作者也不纯将燕子作静态的描写，这样写，只得其形，把燕子放在动态中来形容，就得其神妙了。例如：燕子"斜飞于旷亮无比的天空之上，唧的一声，已由这里稻田上，飞到那边的高柳之下了"；燕子"在粼粼如縠纹的湖面横掠着"，"剪尾或翼尖，偶沾了水面一下，那小圆晕便一圈一圈的荡漾了开去"；"还有飞倦了的几对，闲散的憩息于纤细的电线上……停着几个粗而有致的小黑点"。三个镜头，把燕子活泼的动势写出来了。静中有动，动中有静，燕子的神形在作者奇妙无比的笔下全部显现了。

作者还寄情于物，在燕子身上注入作者深挚的感情。散文说小燕子是通灵性、有感情的，"第一年，小燕子来住了，第二年，我们的小燕子，就是去年的一对，它们还要来住"。

"燕子归来寻旧垒"——作者引用这句诗，表面上说的是燕子，实际上借燕子寄托自己眷恋祖国的深情。在散文里，他不正是在"离家是几千里！离国是几千里！托身于浮宅之上，奔驰于万顷海涛之间"的时候，由"故乡的小燕子"而引起"轻烟似的，一缕两缕的乡愁"么？

《海燕》这篇散文除做到寄情于物外，还做到情景交融。整个行文不仅轻倩俊秀，而且色彩绚丽光艳。文章一开始把燕子放在美丽的春天的场景里，轻风"吹拂"着，细雨"洒落"着，柔柳"齐舒了它们的黄绿的眼"；更有红的、白的、黄的花，绿的草，绿的树叶，"皆如赶赴市集者似的奔聚而来"。这无比灿烂的春色被作者细致地描绘出来。再看，作者用"小小的燕子，浩莽的大海"作对比，先写绝美的天空与海水，继写燕子隽逸从容地凌波斜掠。这里真是诗中有画，画中有诗，既为我们唱出了春天的颂歌，又奉献了大海的礼赞。然而作者着意讴歌和赞美的，还是那春天的使者，大海的骄子——海燕。不然的话，作者为何以如此深情注入燕子身上，将其放在这诗情画意的背景之下来描写呢？我们还可以作进一步认识：作者写小燕子向往光明、搏击风浪的性格,正体现了它热爱生活、追求真理的精神。在文中不难体会到作者"倚在青色的船栏上,默默的望着这绝美的海天"的心情。他和他的伙伴们,冲决了黑暗的罗网,远离了严酷的白色恐怖。新的胜利信心,剔除了他的杂念;新的自由生活,促使他陷入"沈醉";新的战斗航程,载他进入"晶天"。写大海,是写颠簸在大海上尚思奋发有为的青年人!写燕子,是寄托自己绵绵不断思国怀家的深情!

《海燕》全文贯注了郑振铎的脉脉的情思,表现出轻柔隽朗的风格,不愧是一篇百读不厌的现代散文佳作。

"儿时"

瞿秋白

狂胪文献耗中年,亦是今生后起缘;
猛忆儿时心力异,一灯红接混茫前。

——定庵诗

生命没有寄托的人,青年时代和"儿时"对他格外宝贵。这种浪漫谛克的回忆其实并不是发见了"儿时"的真正了不得,而是感觉到"中年"以后的衰退。本来,生命只有一次,对于谁都是宝贵的。但是,假使他的生命溶化在大众的里面,假使他天天在为这世界干些什么,那末,他总在生长,虽然衰老病死仍旧是逃避不了,然而他的事业——大众的事业是不死的,他会领略到"永久的青年"。而"浮生如梦"的人,从这世界里拿去的很多,而给这世界的却很少,——他总有一天会觉得疲乏的死亡:他连拿都没有力量了。衰老和无能的悲哀,像铅一样的沉重,压在他的心头。青春是多么短呵!

"儿时"的可爱是无知。那时候,件件都是"知",你每天可以做大科学家和大哲学家,每天在发见什么新的现象,新的真理。现在呢?"什么"都已经知道了,熟悉了,每一个人的脸都已经看厌了。宇宙和社会是那么陈旧,无味,虽则它们其实比"儿时"新鲜得多了。我于是想念"儿时",祷告"儿时"。

不能够前进的时候,就愿意退后几步,替自己恢复已经走过的前途。请求"无知"回来,给我求知的快乐。可怕呵,这生命的"停止"。

过去的始终过去了,未来的还是未来。究竟感慨些什么——我问自己。

一九三三,九,二八

(选自《瞿秋白文集》第一集,第二卷,人民文学出版社1953年版)

【分析】

瞿秋白(1899—1935),江苏常州人。原名双,曾在北京俄文专修馆学习,参加过李大钊领导的"社会主义研究小组"。1920年底以《北京晨报》记者身份去苏俄采访,写下了《俄乡纪程》(又名《新俄国游记》)、《赤都心史》两本散文集和大量通讯报道。1922年加入中国共产党,在党的第三次至第六次全国代表大会上,都被选为中央委员。1931年至1933年,在上海他和鲁迅领导了左翼作家联盟。1934年红军主力长征时,他留在江西根据地。1935年不幸被捕,在福建长汀英勇就义。

瞿秋白是我国马列主义文艺理论最早的翻译家和比较有系统的介绍者,又是卓越的文学批评家和政论家。他牺牲后,鲁迅曾将他的译作编为《海上述林》上下卷出版。此外,他还写有不少杂文、政论。中华人民共和国成立后,有《瞿秋白文集》和《瞿秋白诗文选集》出版。

"我是江南第一燕,为衔春色上云梢。"瞿秋白算得上我国现代史上最早发出光芒的革命家,也是才华横溢的文学家。

1923年初访俄归来,瞿秋白创作了两本散文集《俄乡纪程》和《赤都心史》,分别于1922年和1924年由商务印书馆以"文学研究丛书"名义出版。前者记"自中国至俄国"之路程,也反映了作者"自非饿乡至饿乡"之心路历程。后者叙述作者在莫斯科生活中的"所闻所见所思所感",不仅有通讯报道的性质,也是作者"心弦上乐谱的记录"。这两本书,在新文学开创期的散文写作中,无疑起到了"导夫先路"的作用。

《"儿时"》写于1933年9月,这时瞿秋白处于安定反思的时期。陆游有诗句"青灯有味忆儿时",而此文一开头引用龚自珍的诗,都带有童心的向往和对儿时的反思。文中有淡淡的惆怅、悯悯的眷恋,印下了瞿秋白传统文化心理的旧痕。

第一段是哲理的阐述。先是说回忆"儿时"证明着"中年"以后的衰退。行文转折,作者提炼了如下一段警语:"假使他的生命溶化在大众的里面,假使他天天在为这世界干些什么,那末,他总在生长,虽然衰老病死仍旧是逃避不了,然而他的事业——大众的事业是不死的,他会领略到'永久的青年'。"这是一个无产阶级革命家对生命与死生问题的看法。显然作者是写此自警并以此励人的。"立片言以居要,乃一篇之警策"。

作者又拿"浮生如梦"的人与献身"大众的事业"的人加以对比,两两分明,议论中包孕鲜明的倾向与感情。文章用对比和映衬的写法,是为了更加突出主题思想,直逼人的心田。

然而,作者在下一段又提出"'儿时'的可爱是无知"这一个论题,以无知求有知,所以儿时才值得肯定。

下面再申足己意,说明回忆儿时不是退婴思想,而是追求生命的永远前进。

最后一句,"过去的始终过去了,未来的还是未来",含蓄不尽的意思,开拓了万物生生化化的全景。短短一篇文章,却使读者超越升华到一个高远的境界。他提挈我们的心灵,迎向伟大,迎向无穷,感到永恒,感到不朽。

瞿秋白的许多文章的特点是明白晓畅,鲁迅曾经赞叹他"真有才华"、"是真可佩服的",但也指出他的文章深刻性不够,但《儿时》这篇不一样,是否因为瞿秋白接受了鲁迅的忠告,他的文章走向了自觉和成熟呢?

瞿秋白在20世纪30年代曾和鲁迅合写杂文。活用鲁迅笔法而又有自己的创造,他的文章开创了新生面。《"儿时"》一篇纯以议论着笔,如果拘于通常视觉可见的那种形象,会觉得这篇不够形象,但它仍然给我们以形象体验和审美观照。这就如同舒芜分析陈子昂《感遇》诗时说的:

在这里,它们不是视觉的形象,而是"玄感"的对象,也就是经过高级理智改进而成的高级感受的对象,在这个意义上它们是高级的形象。原来,人类的感觉不同于动物的感觉,文明人类的感觉更加不同于野蛮人的感觉,理智是会对感觉起作用的。而文学中的形象,也与雕塑绘画中的形象不同。文学形象有任何绘画雕塑所造不出的,也有可夺绘画雕塑之美的。文学的特殊作用,应该是前者,而不是后者。陈子昂这样的大诗人,他对伟大和永恒的追求,已经使他把儒家、道家哲学中概括性最大的本体论方面的一些范畴,变成他可以感觉到的高级的形象。他这样写出来的诗,决不是哲学,而是诗,而且是好诗,道理就在这里。(《唐诗鉴赏集》,人民文学出版社1981年版)

对瞿秋白的这篇文章亦应作如是观。

想 北 平

老 舍

　　设若让我写一本小说,以北平作背景,我不至于害怕,因为我可以捡着我知道的写,而躲开我所不知道的。让我单摆浮搁的讲一套北平,我没办法。北平的地方那么大,事情那么多,我知道的真觉太少了,虽然我生在那里,一直到廿七岁才离开。以名胜说,我没到过陶然亭,这多可笑!以此类推,我所知道的那点只是"我的北平",而我的北平大概等于牛的一毛。

　　可是,我真爱北平。这个爱几乎是要说而说不出的。我爱我的母亲。怎样爱?我说不出。在我想作一件事讨她老人家喜欢的时候,我独自微微的笑着;在我想到她的健康而不放心的时候,我欲落泪。言语是不够表现我的心情的,只有独自微笑或落泪才足以把内心揭露在外面一些来。我之爱北平也近乎这个。夸奖这个古城的某一点是容易的,可是那就把北平看得太小了。我所爱的北平不是枝枝节节的一些什么,而是整个儿与我的心灵相黏合的一段历史,一大块地方,多少风景名胜,从雨后什刹海的蜻蜓一直到我梦里的玉泉山的塔影,都积凑到一块儿,每一小的事件中有个我,我的每一思念中有个北平,这只有说不出而已。

　　真愿成为诗人,把一切好听好看的字都浸在自己的心血里,像杜鹃似的啼出北平的俊伟。啊!我不是诗人!我将永远道不出我的爱,一种像由音乐与图画所引起的爱。这不但是辜负了北平,也对不住我自己,因为我的最初的知识与印象都得自北平,它是在我的血里,我的性格与脾气里有许多地方是这古城所赐给的。我不能爱上海与天津,因为我心中有个北平。可是我说不出来!

　　伦敦,巴黎,罗马与堪司坦丁堡,曾被称为欧洲的四大"历史的都城"。我知道一些伦敦的情形；巴黎与罗马只是到过而已；堪司坦丁堡根本没有去过。就伦敦，巴黎，罗马来说，巴黎更近似北平——虽然"近似"两字要拉扯得很远——不过，假使让我"家住巴黎"，我一定会和没有家一样的感到寂苦。巴黎，据我看，还太热闹。自然，那里也有空旷静寂的地方，可是又未免太旷；不像北平那样既复杂而又有个边际，使我能摸着——那长着红酸枣的老城墙！面向着积水滩，背后是城墙，坐在石上看水中的小蝌蚪或苇叶上的嫩蜻蜓，我可以快乐的坐一天，心中完全安适，无所求也无可怕，像小儿安睡在摇篮里。是的，北平也有热闹的地方，但是它和太极拳相似，动中有静。巴黎有许多地方使人疲乏，所以咖啡与酒是必要的，以使刺激，在北平，有温和的香片茶就够了。

论说巴黎的布置已比伦敦罗马匀调的多了，可是比上北平还差点事儿。北平在人为之中显出自然，几乎是什么地方既不挤得慌，又不太僻静：最小的胡同里的房子也有院子与树，最空旷的地方也离买卖街与住宅区不远。这种分配法可以算——在我的经验中——天下第一。北平的好处不在处处设备得完全，而在它处处有空儿，可以使人自由的喘气；不在有好些美丽的建筑，而在建筑的四围都有空闲的地方，使它们成为美景。每一个城楼，每一个牌楼，都可以从老远就看见。况且在街上还可以看北山与西山呢！

好学的，爱古物的，人们自然喜欢北平，因为这里书多古物多。我不好学，也没钱买古物。对于物质上，我却喜爱北平的花多菜多果子多。花草是种费钱的玩艺，可是此地的"草花儿"很便宜，而且家家有院子，可以花不多的钱而种一院子花，即使算不了什么，可是到底可爱呀。墙上的牵牛，墙根的靠山竹与草茉莉，是多么省钱省事而也足以招来蝴蝶呀！至于青菜，白菜，扁豆，毛豆角，黄瓜，菠菜等等，大多数是直接由城外担来而送到家门口的。雨后，韭菜叶上还往往带着雨时溅起的泥点。青菜摊子上的红红绿绿几乎有诗似的美丽。果子有不少是由西山与北山来的，西山的沙果，海棠，北山的黑枣，柿子,进了城还带着一层白霜儿呀!哼,美国的橘子包着纸;遇到北平的带霜儿的玉李,还不愧杀!

是的,北平是个都城,而能有好多自己产生的花,菜,水果,这就使人更接近了自然。从它里面说,它没有像伦敦的那些成天冒烟的工厂;从外面说,它紧连着园林、菜圃与农村。采菊东篱下,在这里,确是可以悠然见南山的;大概把"南"字变个"西"或"北",也没有多少了不得的吧。像我这样的一个贫寒的人,或者只有在北平能享受一点清福了。

好,不再说了吧;要落泪了,真想念北平呀!

(选自1936年6月16日《宇宙风》第19期)

【分析】

老舍(1899—1966),满族,北京人。原名舒庆春,字舍予。著名作家。1919年毕业于北京师范学校。20年代至抗日战争前,先后在伦敦大学、齐鲁大学、山东大学任教。1924年开始发表作品,著作十分丰富,有《骆驼祥子》等八部长篇小说,《龙须沟》等二十多个剧本,大量的短篇小说收在《赶集》、《樱海集》、《蛤藻集》、《火车集》、《贫血集》等集子里,童话有《小坡的生日》和《宝船》,长诗有《剑北篇》,鼓书、数来宝等曲艺作品收集在《三四一》集。此外,还有大量的杂文、散文、评论、创作经验谈等。老舍是一位多才多艺多产的优秀作家,曾获"人民艺术家"的光荣称号。他的一些作品被介绍到国外,受到好评。他出任过北京市文联主席,中国文联副主席,中国作家协会副主席、书记处书记等职,为我国新文学的发展和繁荣做出了不可磨灭的贡献。

《想北平》是一篇怀乡抒情的散文,写于1936年。1936年是"七七"卢沟桥事变的前一年,国内反动派和日本帝国主义加紧勾结,丧权辱国的"何梅协定"的签订,傀儡政权"冀东防共自治政府"的成立,使中国处于危急之中,北京处于危急之中。作为一个热爱祖国、热爱故乡的中国人,能不愤慨不已,能不牵挂万分吗?作者就是在这种历史背景下写了《想北平》这篇散文。

"想北平",实际上是爱北平。北平是历史悠久的古城,明清时叫北京,以后改为北平,中华人民共和国成立后复称北京。作者就出生在当时的北平城里,在那里度过了人生最难忘的青少年时期,"一直到廿七岁才离开"。故乡,在老舍的心坎里留下的印象是甜蜜的、深刻的,所以当思念它时会情不自禁地直呼"我真爱北平"。爱呀,爱到了"几乎是要说而说不出"的程度,就像孝顺的儿女爱自己的母亲。作者运用比喻手法把对故乡的深沉的爱真切而又细腻地描写出来了。

北平太值得思念了,因为它是"整个儿与我的心灵相黏合的一段历史,一大块地方",因为作者的最初的知识与印象都得自北平,"它是在我的血里,我的性格与脾气里有许多地方是这古城所赐给的"。北平和作者的关系太密切了,更何况,在日本侵略者的进逼下,北平面临着遭受蹂躏的危险,远离家乡的游子怎能不倍加思念!思念得越深,爱得也越深!

北平的可爱之处太多了。作者根据自己的经历和感受,拿欧洲的四大历史名城之一、更近似北平的法国首都巴黎来作比较。相比之下,北平比巴黎可爱多了。北平"既复杂而又有个边际",热闹中又有宁静,就像太极拳"动中有静"。巴黎"太热闹"了,静寂的地方"又未免太旷",而且"有许多地方使人疲乏",要靠酒和咖啡来刺激。从建筑的格局来看,巴黎的布置比英国的伦敦和意大利的罗马匀称得多了,但是比起北平来,"还差点事儿"。北平的特点是"既不挤得慌,又不太僻静","处处有空儿,可以使人自由的喘气"。从供应方面来看,北平不但"书多古物多",而且"花多菜多果子多"。北平草花儿价格便宜,家家有院子可以栽种;北平的蔬菜不仅有"青菜,白菜,扁豆,毛豆角,黄瓜,菠菜等等"齐全的品种,而且直接由城外担进来送到家门口;北平的果子"进了城还带着一层白霜儿",那"带霜儿的玉李"可以愧杀包着纸的美国橘子。作者尽情地赞美北平的美好的一切,字里行间洋溢着民族的自豪感,这必然会激起人们对北平、对家乡、对祖国的热爱。在当时的历史条件下,这是特别有意义的。

"好,不再说了吧;要落泪了,真想念北平呀!"文章到此戛然而止,然而作者怀乡的情思能止得住吗?文章是结束了,作者在文中表露的眷恋之情激起读者心中的波澜,却是难以立即平静的!

老舍是一位著名作家,也是一位语言大师。他的文学语言以北京口语为基础,平易、自然、上口、悦耳。《想北平》的语言明白如话,朗朗上口,体现了作者个性化的语言特色。"单摆浮搁"、"匀调"、"老城墙"、"草花儿"等口语词的运用使文章格外亲切动人,情趣盎然。

快阁的紫藤花

徐蔚南

细雨濛濛,百无聊赖之时,偶然从《花间集》里翻出了一朵小小的枯槁的紫藤花,花色早褪了,花香早散了。啊,紫藤花!你真令人怜爱呢。岂仅怜爱你,我还怀念着你底姊妹们——一架白色的紫藤,一架青莲色的紫藤——在那个园中静悄悄地消受了一宵冷雨,不知今朝还能安然无恙否?

啊,紫藤花!你常住在这诗集里吧,你是我前周畅游快阁的一个纪念。

快阁是陆放翁饮酒赋诗的故居,离城西南三里,正是鉴湖绝胜之处,去岁初秋,我曾经去过了,寒中又重游一次,前周复去是第三次了。但前两次都没有给我多大印象,这次去后,情景不同了,快阁底景物时时在眼前显现——尤其使人难忘的,便是那园中的两架紫藤。

快阁临湖而建,推窗外望:远处是一带青山,近处是隔湖的田亩。田亩间分出红绿黄三色:红的是紫云英,绿的是豌豆叶,黄的是油菜花。一片一片互相间着,美丽得远胜人间锦绣。东向,丛林中,隐约间露出一个塔尖,尤有诗意。桨声渔歌又不时从湖面飞来。这样的景色,晴天固然好,雨天也必神妙,诗人居此,安得不颓放呢?放翁自己说:

"桥如虹,水如空,一叶飘然烟雨中,天教称放翁。"是的,确然天叫他称放翁的。

阁旁有花园二,一在前,一在后。前面的一个又以墙壁分成为二,前半叠假山,后半凿小池。池中植荷花,如在夏日,红莲白莲盖满一池,自当另有一番风味。池前有春花秋月楼,楼下有匾额曰"飞跃处",此是指池鱼言。其实,池中只有很小很小的小鱼,要它跃也跃不起来，如何会飞跃呢？

园中的映山红和踯躅都很鲜妍，但远不及山中野生的自然。

自池旁折向北，便是那后花园了。

我们一踏进后花园，便有一架紫藤呈在我们眼前。这架紫藤正在开花最盛的时候，一球一球重叠盖在架上的，俯垂在架旁的尽是花朵。花心是黄的，花瓣是洁白的，而且看上去似乎很肥厚的。更有无数的野蜂在花朵上下左右嗡嗡地叫着——乱哄哄地飞着。它们是在采蜜吗？它们是在舞蹈吗？它们是在和花朵游戏吗？……

我在架下仰望这一堆花，一群蜂，我便想象这无数的白花朵是一群天真无垢的女孩子，伊们赤裸裸地在一块儿拥着，抱着，偎着，卧着，吻着，戏着；那无数的野蜂便是一大群底男孩，他们正在唱歌给伊们听，正在奏乐给伊们听。渠们是结恋了。渠们是在痛快地享乐那阳春。渠们是在创造只有青春，只有恋爱的乐土。

这种想象决不是仅我一人所有，无论谁看了这无数的花和蜂都将生出一种神秘的想象来。同我一块儿去的方君看见了也拍手叫起来，他向那低垂的一球花朵热烈地亲了个嘴，说道："鲜美呀！呀，鲜美！"他又说："我很想把花朵摘下两枝来挂在耳上呢。"

离开这架白紫藤十几步，有一围短短的冬青。绕过冬青，穿过一畦豌豆，又是一架紫藤。不过这一架是青莲色的，和那白色的相比，各有美处。但是就我个人说，却更爱这青莲色的，因为淡薄的青莲色呈在我眼前，便能使我感得一种平和，一种柔婉，并且使我有如饮了美酒，有如进了梦境。

很奇异，在这架花上，野蜂竟一只也没有，落下来的花瓣在地上已有薄薄的一层。原来这架花朵底青春已逝了，无怪野蜂散尽了。

我们在架下的石凳上坐了下来，观看那正在一朵一朵飘下的花儿。花也知道求人爱怜似的，轻轻地落了一朵在我膝上，我俯下看时，颈项里感得飕飕地一冷，原来又是一朵。它接连着落下来，落在我们底眉上，落在我们底脚上，落在我们底肩上。我们在这又轻又软又香的花雨里几乎睡去了。

猝然"骨碌碌"一声怪响,我们如梦初醒,四目相向,颇形惊诧。即刻又是"骨碌碌"地响了。

方君说:"这是啄木鸟。"

临去时,我总舍不得这架青莲色的紫藤,便在地上拾了一朵夹在《花间集》里。夜深人静的时候,我每取出这朵花来默视一会儿。

(选自《龙山梦痕》,开明书店1935年版)

【分析】

徐蔚南(1899—1953),江苏吴县人。他的文学活动涉及面比较宽,有论著,有创作,有翻译。他熟悉法国文学,译有法朗士的《女优泰绮思》、梅特林克的《茂娜凡娜》、莫泊桑的《她的一生》,以及《法国名家小说选》;论著有《顾绣考》、《艺术哲学》等;创作方面主要是小说和散文,小说集有《奔波》、《都市的男女》、《水面桃花》等,散文集有《乍浦游简》等。

本文选自《龙山梦痕》。《龙山梦痕》是作者和王世颖合作的散文集,是他们客居浙江绍兴期间所写的抒情写景之作,文笔轻灵流畅,对当时的散文创作有过一定的影响。

这篇抒情散文以"偶然从《花间集》里翻出了一朵小小的枯槁的紫藤花"为引线,引出一段畅游快阁的追忆。

快阁是南宋诗人陆游饮酒赋诗的故居,位于离绍兴城西南三里地的鉴湖绝胜之处,作者曾游览过两次,唯有这第三次游览留下了深刻印象,因为"这次去后,情景不同了,快阁底景物时时在眼前显现——尤其使人难忘的,便是那园中的两架紫藤"。这就紧扣题目,指出了文章记叙的重点。

文章随着作者的游览过程渐次展开,由快阁到后花园,由后花园到紫藤花,层次清晰,画面鲜明。对快阁只"临湖而建"一句,没有太多的描写,真可谓惜墨如金,而把笔墨集中在"推窗外望"的景色描写上:"远处是一带青山,近处是隔湖的田亩",田亩又是红黄绿三色相间,"美丽得远胜人间锦绣";东向更是诗情画意,丛林、塔尖、桨声、渔歌……作者甚至由此及彼想到雨天景色的"神妙",并在这般高度赞赏的基础上,自然地引出了陆游的诗句,巧妙地落到"放翁"这个名称上,耐人寻味!

再写阁旁的花园。花园有前后两座,依次先写前花园,次写后花园。前花园有隔墙,有假山,有小池,有春花秋月楼。作者游赏时,池中荷花已谢,"如在夏日,红莲白莲盖满一池,自当另有一番风味"。作者还指出园中的杜鹃花和踯躅虽然都很鲜艳,"但远不及山中野生的自然"。这般如实地描述,无疑使读者增加实感,更觉亲切。

游过前花园,进入后花园,作者立即把笔触集中到对紫藤的描写上,细腻、真切,生动传神。"我们一踏进后花园,便有一架紫藤呈在我们眼前",这是一架开白花的紫藤,那"一球一球重叠盖在架上的,俯垂在架旁的尽是花朵"。花儿盛开,自然招来采蜜的蜂,"更有无数的野蜂在花朵上下左右嗡嗡地叫着——乱哄哄地飞着"。生机盎然,热闹非凡。作者以野蜂群集来衬托出紫藤花的繁茂,更以丰富的想象,把花朵比作"一群天真无垢的女孩子",把野蜂比作一大群男孩子,他们在唱歌,他们在奏乐,他们在尽情地嬉戏游乐,连游赏者也被感染,同游的方君甚至"拍手叫起来",禁不住"向那低垂的一球花朵热烈地亲了个嘴",并连声赞道:"鲜美呀!呀,鲜美!"作者把这架紫藤的繁茂的情态写得精彩纷呈,分外醒目。

另一架是开青莲色花朵的紫藤,竟是另一种情态:"花朵底青春已逝了","野蜂竟一只也没有",一番凄清的景色!然而作者"更爱这青莲色的,因为淡薄的青莲色呈在我眼前,便能使我感得一种平和,一种柔婉,并且使我有如饮了美酒,有如进了梦境",竟至"在架下的石凳上坐了下来,观看那正在一朵一朵飘下的花儿"。作者进而用拟人的手法,给这架凋零的紫藤以人的灵性:"花也知道求人爱怜似的,轻轻地落了一朵在我膝上……"接着是一朵又一朵、一朵连一朵地落在"我们"的身上,以至"我们在这又轻又软又香的花雨里几乎睡去了"。游人和景物情景交融了,也把这架凄清的紫藤烘托得格外亲切动人了。

最后,写啄木鸟"骨碌碌"的怪响把神往中的"我们"惊醒过来。就在离去之前,作者怀着深深的爱怜之情"在地上拾了一朵夹在《花间集》里",再次表明作者对这架紫藤的偏爱。

本文成功地运用了相互映衬的笔法,如前后两座花园的相互映衬,繁茂的白花紫藤和凄清的青莲色花紫藤的相互映衬,以及啄木鸟的猝然怪叫与周围环境的幽静的相互映衬,由此折射出"我们"沉入梦境之沉和作者爱怜青莲色紫藤花之深。

全文结构严密,从偶然在《花间集》里翻到一朵紫藤花开始,又以在地上"拾了一朵夹在《花间集》里"作结,这朵小小的青莲色紫藤花使整篇散文前后呼应。

笑

冰　心

　　雨声渐渐的住了,窗帘后隐隐的透进清光来。推开窗户一看,呀!凉云散了,树叶上的残滴,映着月儿,好似萤光千点,闪闪烁烁的动着。——真没想到苦雨孤灯之后,会有这么一幅清美的图画!

　　凭窗站了一会儿,微微的觉得凉意侵人。转过身来,忽然眼花缭乱,屋子里的别的东西,都隐在光云里;一片幽辉,只浸着墙上画中的安琪儿①。——这白衣的安琪儿,抱着花儿,扬着翅儿,向着我微微的笑。

　　"这笑容仿佛在那儿看见过似的,什么时候,我曾……"我不知不觉的便坐在窗口下想,——默默的想。

　　严闭的心幕,慢慢的拉开了,涌出五年前的一个印象。——一条很长的古道。驴脚下的泥,兀自滑滑的。田沟里的水,潺潺的流着。近村的绿树,都笼在湿烟里。弓儿似的新月,挂在树梢。一边走着,似乎道旁有一个孩子,抱着一堆灿白的东西。驴儿过去了,无意中回头一看。——他抱着花儿,赤着脚儿,向着我微微的笑。

　　"这笑容又仿佛是那儿看见过似的!"我仍是想——默默的想。

　　又现出一重心幕来,也慢慢的拉开了,涌出十年前的一个印象。——茅檐下的雨水,一滴一滴的落到衣上来。土阶边的水泡儿,泛来泛去的乱转。门前的麦陇和葡萄架子,都濯得新黄嫩绿的非常鲜丽。——一会儿好容易雨晴了,连忙走下坡儿去。迎头看见月儿从海面上来了,猛然记得有件东西忘下了,站住了,回过头来。这茅屋里的老妇人——她倚着门儿,抱着花儿,向着我微微的笑。

---

　　①　安琪儿:angel 一词的音译,通常译为"天使"。为西方教堂所崇奉,人形有翼,常为男性小孩。

这同样微妙的神情,好似游丝一般,飘飘漾漾的合了拢来,绾在一起。

这时心下光明澄清,如登仙界,如归故乡。眼前浮现的三个笑容,一时融化在爱的调和里,看不分明了。

（选自1921年1月10日《小说月报》第12卷第1号）

【分析】

冰心(1900—1999),原名谢婉莹,福建省福州市人。出生于一个海军军官家庭,从小受到大海和自然的陶冶,读了不少中国古典文学名著,为后来创作打下了坚实的文学基础。1918年,考入北平协和女大,不久学校被并入燕京大学。五四运动爆发那年,她以学生会文书的身份,积极投入这一运动,开始用白话文写各种形式的反帝反封建的文章,在各种报刊上发表。在时代的鼓舞和社会的推动下,她开始了"问题小说"的写作,发表了《两个家庭》、《斯人独憔悴》、《去国》、《庄鸿的姊姊》、《超人》、《国旗》、《鱼儿》、《一个不重要的兵丁》等作品。中国新诗兴起,冰心又以她的《繁星》和《春水》两本诗集,首倡小诗这种形式,推动了新诗创作的发展。

1923年8月,冰心赴美留学,就读于美国文化中心波士顿市的威尔斯利女子大学。这期间,她写了《寄小读者》、《往事》、《山中杂记》等散文。

1926年,冰心回国后,先后在燕京大学、清华大学女子文理学院任教。因忙于课务,只写了《三年》、《分》、《到青龙桥去》、《冬儿姑娘》等作品。

抗日战争期间,冰心先到昆明,后到重庆,以"男士"为笔名,写了一组关于妇女问题的小说,结集为《关于女人》。抗战胜利不久,到日本东京大学任教,1951年冬回到祖国。

冰心多次被选为全国人民代表大会代表、政协委员,并担任了中国作家协会书记处书记、中国文联副主席和《人民文学》编委等职务。

这一时期的作品有《归来以后》、《我们把春天吵醒了》、《陶奇的暑期日记》、《再寄小读者》、《樱花赞》、《拾穗小札》、《小橘灯》、《晚晴集》和《三寄小读者》、《记事珠》等。

冰心是我国现代文学史上最享盛名的作家之一,她的散文风格独特,文字典雅,曾风靡一时,被称为"冰心体"。郁达夫在《中国新文学大系·散文二集·导言》里曾说:"冰心女士散文的清丽,文字的典雅,思想的纯洁,在中国好算是独一无二的作家了。"

《笑》是冰心的成名之作。那时冰心是一个"爱的哲学"信奉者,她的散文主要是写母爱、童真和大自然,"憧憬着'美'和'爱'的理想的和谐的王国"(茅盾:《冰心论》)。这篇《笑》,正体现了她的这种思想。"爱"当然不是解决现实问题的济世良方,也填平不了阶级之间的鸿沟,但是,作者追求和赞美超现实的理想生活,也就是对当时社会的黑暗和污秽的一种抗议。这也是有积极的思想意义的。

《笑》这篇散文,首先用文字构筑了一种美的意境。作者从视觉上先展开了窗外的一幅风景画:在夜的清光下,雨声住了,凉云散了,树叶上的残滴映着月儿,好似萤光千点,闪闪烁烁地动着。这是多美的一幅图画!正因为客观的景物感染着主观的情绪,使作者的思想升华到一种美的境界。抱有这样的心绪,转过身来,由屋外到屋内,她又看到一幅画中之画:"屋子里别的东西,都隐在光云里;一片幽辉,只浸着墙上画中的安琪儿。——这白衣的安琪儿,抱着花儿,扬着翅儿,向着我微微的笑。"从窗外的景到室内的画,景、画、人三者已沉浸在爱与美的氛围中,而且趋向于"笑"这一欢乐的焦点,诗的意境出来了!

爱的波在流动着,诗的翅在翱翔着,作者通过联想,又拉开自己的心幕,描写五年前、十年前的两个画面。回忆里画面中的人物,"抱着花儿,赤着脚儿"的孩子,"倚着门儿,抱着花儿"的老妇,与画中的安琪儿,都同样色彩明丽,线条柔和,气韵生动。一是虚想的境界,一是现实的美化,他们都统一到"笑"这个欢乐点上来。以我观物,物皆着我之色;物情之美,又同样感染作为主体的人。这样物情与我情的融合,将诗一般优美的意境完全表现出来了。

冰心是一位用文字代替色彩的画家。这篇《笑》着墨不多,但绘出了画面的清美。雨后的月夜,幽辉中的安琪儿,再有古道上的毛驴,烟雾中的绿树,濯得新黄嫩绿的麦陇和葡萄架子,加上抱着花儿微笑的人儿,哪一笔不是明丽的色彩?哪一个镜头不是优美的画幅?而且,驴儿走着,水儿流着,月儿挂着,烟儿飘着,人儿笑着,画面还跃动着活泼泼的生命,这就不单是画,简直是一阕有声的音乐了。文字把各种感觉打通,我们不得不惊叹冰心的才力!

这篇散文在结构上采用了重章叠句的表现手法,如两处写着"默默的想"和"这笑容仿佛在那儿看见过似的",三处写"……抱着花儿……向着我微微的笑",这样反复排叠,既增强读者的印象,又使结构衔接巧妙,我们读来,只觉得是一个完美的整体,妥帖到无法删去一字,也无法增添一句,复而不觉其繁。

至于冰心的文字,明丽自然中渗透着深情韵味,在这篇《笑》中也得到充分的表现。如"驴脚下的泥,兀自滑滑的。田沟里的水,潺潺的流着。近村的绿树,都笼在湿烟里。弓儿似的新月,挂在树梢","茅檐下的雨水,一滴一滴的落到衣上来。土阶边的水泡儿,泛来泛去的乱转",既口语化,又有音乐美。像"大珠小珠落玉盘"似的,难怪这篇散文一出,许多读者就交口赞颂,连语法学家也给它写出语法图解了。

往事(节选)

冰 心

(一)之七

父亲的朋友送给我们两缸莲花,一缸是红的,一缸是白的,都摆在院子里。

八年之久,我没有在院子里看莲花了——但故乡的园院里,却有许多,不但有并蒂的,还有三蒂的,四蒂的,都是红莲。

九年前的一个月夜,祖父和我在园里乘凉。祖父笑着和我说:"我们园里最初开三蒂莲的时候,正好我们大家庭中添了你们三个姊妹。大家都欢喜,说是应了花瑞。"

半夜里听见繁杂的雨声,早起是浓阴的天,我觉得有些烦闷。从窗内往外看时,那一朵白莲已经谢了,白瓣儿小船般散飘在水面。梗上只留个小小的莲蓬,和几根淡黄色的花须。那一朵红莲,昨夜还是菡萏的,今晨却开满了,亭亭地在绿叶中间立着。

仍是不适意!——徘徊了一会子,窗外雷声作了,大雨接着就来,愈下愈大。那朵红莲,被那繁密的雨点,打得左右欹斜。在无遮蔽的天空之下,我不敢下阶去,也无法可想。

对屋里母亲唤着,我连忙走过去,坐在母亲旁边——一回头忽然看见红莲旁边的一个大荷叶,慢慢的倾侧了来,正覆盖在红莲上面……我不宁的心绪散尽了!

雨势并不减退,红莲却不摇动了。雨点不住的打着,只能在那勇敢慈怜的荷叶上面,聚了些流转无力的水珠。

我心中深深的受了感动——

母亲呵!你是荷叶,我是红莲。心中的雨点来了,除了你,谁是我在无遮拦天空下的荫蔽?

一九二二年七月二十一日

(一)之十四

每次拿起笔来,头一件事忆起的就是海。我嫌太单调了,常常因此搁笔。

每次和朋友们谈话,谈到风景,海波又侵进谈话的岸线里,我嫌太单调了,常常因此默然,终于无语。

一次和弟弟们在院子里乘凉,仰望天河,又谈到海。我想索性今夜彻底的谈一谈海,看词锋到何时为止,联想至何处为极。

我们说着海潮,海风,海舟……最后便谈到海的女神。

涵说:"假如有位海的女神,她一定是'艳如桃李,冷若冰霜'的。"我不觉笑问,"这话怎讲!"

涵也笑道:"你看云霞的海上,何等明媚;风雨的海上,又是何等的阴沉!"

杰两手抱膝凝听着,这时便运用他最丰富的想象力,指点着说:"她……她住在灯塔的岛上,海霞是她的扇旗,海鸟是她的侍从;夜里她曳着白衣蓝裳,头上插着新月的梳子,胸前挂着明星的璎珞,翩翩地飞行于海波之上……"

楫忙问:"大风的时候呢?"杰道:"她驾着风车,狂飙疾转的在怒涛上驱走;她的长袖拂没了许多帆舟。下雨的时候,便是她忧愁了,落泪了,大海上一切都低头静默着。黄昏的时候,霞光灿然,便是她回波电笑,云发飘扬,丰神轻柔而潇洒……"

这一番话,带着画意,又是诗情,使我神往,使我微笑。

楫只在小椅子上,挨着我坐着,我抚着他,问:"你的话必是更好了,说出来让我们听听!"他本静静地听着,至此便抱着我的臂儿,笑道:"海太大了,我太小了,我不会说。"

我肃然——涵用折扇轻轻的击他的手,笑说:"好一个小哲学家!"

涵道:"姊姊,该你说一说了。"我道:"好的都让你们说尽了——我只希望我们都像海!"

杰笑道:"我们不配做女神,也不要'艳如桃李,冷若冰霜'的。"

他们都笑了——我也笑说:"不是说做女神,我希望我们都做个'海化'的青年。像涵说的,海是温柔而沉静。杰说的,海是超绝而威严。楫说的更好了,海是神秘而有容,也是虚怀,也是广博……"

我的话太乏味了,楫的头渐渐的从我臂上垂下去,我扶住了,回身轻轻地将他放在竹榻上。

涵忽然说:"也许是我看的书太少了,中国的诗里,咏海的真是不多,可惜这么一个古国,上下数千年,竟没有一个'海化'的诗人!"

从诗人上,他们的谈锋便转移到别处去了——我只默默的守着楫坐着,刚才的那些话,只在我心中,反复地寻味——思想。

(二) 之三

今夜林中月下的青山,无可比拟!仿佛万一,只能说是似娟娟的静女,虽是照人的明艳,却不飞扬妖冶;是低眉垂袖,璎珞矜严。

流动的光辉之中,一切都失了正色:松林是一片浓黑的,天空是莹白的,无边的雪地,竟是浅蓝色的了。这三色衬成的宇宙,充满了凝静,超逸与庄严,中间流溢着满空幽哀的神意,一切言词文字都丧失了,几乎不容凝视,不容把握!

今夜的林中,决不宜于将军夜猎——那从骑杂沓,传叫风生,会踏毁了这平整匀纤的雪地;朵朵的火燎,和生寒的铁甲,会撩乱了静冷的月光。

今夜的林中,也不宜于燃枝夜餐——火光中的喧哗欢笑,杯盘狼藉,会惊起树上隐栖的禽鸟;踏月归去,数里相和的歌声,会叫破了这如怨如慕的诗的世界。

今夜的林中,也不宜于爱友话别,叮咛细语——凄意已足,语音已微；而抑郁缠绵，作茧自缚的情绪，总是太"人间的"了，对不上这晶莹的雪月，空阔的山林。

今夜的林中，也不宜于高士徘徊，美人掩映——纵使林中月下，有佳句可寻，有佳音可赏，而一片光雾凄迷之中，只容意念回旋，不容人物点缀。

我倚枕百般回肠凝想，忽然一念回转，黯然神伤……

今夜的青山只宜于这些女孩子，这些病中倚枕看月的女孩子！

假如我能飞身月中下视，依山上下曲折的长廊，雪色侵围阑外，月光浸着雪净的衾裯，逼着玲珑的眉宇。这一带长廊之中：万籁俱绝，万缘俱断，有如水的客愁，有如丝的乡梦，有幽感，有彻悟，有祈祷，有忏悔，有万千种话……

山中的千百日，山光松影重叠到千百回，世事从头减去，感悟逐渐侵来，已滤就了水晶般清澈的襟怀。这时纵是顽石钝根，也要思量万事，何况这些思深善怀的女子？

往者如观流水——月下的乡魂旅思，或在罗马故宫，颓垣废柱之旁，或在万里长城，缺堞断阶之上；或在约旦河边，或在麦加城里；或超渡莱茵河，或飞越落玑山，有多少魂销目断，是耶非耶？只她知道！

来者如仰高山——久久的徘徊在困弱道途之上，也许明日，也许今年，就揭卸病的细网，轻轻的试叩死的铁门！

天国泥犁，任她幻拟：是泛入七宝莲池？是参谒白玉帝座？是欢悦？是惊怯？有天上的重逢，有人间的留恋，有未成而可成的事功，有将实而仍虚的愿望；岂但为我？牵及众生，大哉生命！

这一切，融合着无限之生一刹那顷，此时此地的，宇宙中流动的光辉，是幽忧，是彻悟，都已宛宛氤氲，超凡入圣——

万能的上帝，我诚何福？我又何辜？……

一九二四年二月三十日夜，沙穰

（选自《冰心文集·第三卷》，时代文艺出版社1984年版）

【分析】

冰心散文的艺术特点,有人形象地描叙过:"文字是那样的清新隽丽,笔调是那样的轻倩灵活,充满着画意和诗情,真如镶嵌在夜空里的一颗颗晶莹的星珠。又如一池春水,风过处,扬起锦似的涟漪。"

(李素伯:《小品文研究》)与以上所论相应,阿英在《现代十六家小品》中的《谢冰心小品序》里分析了冰心散文在当时所以激起那样大的反响的原因,将其归结为四点:

第一,是由于广大的青年读者对于她的"爱的哲学"的共鸣,特别是母爱,儿童爱,自然爱,这是蕴藏在每个人心胸里的,谁都具有着爱的心情。第二,是由于他们对于冰心所选用的题材上的共鸣,冰心的题材,主要的当然是母亲、儿童和自然,青年读者在记忆里所有的,大概也很少的出于这三者之外,即出于三者之外,也必然的包含着三者之内,他们对于这样的作家,怎能不作为自己的表白者看呢?第三,是冰心的文字富于情感,虽然不是奔迸的,热烈的,但那"乙乙欲抽"的情怀,在什么地方都表露着在,都在袭击着读者。第四,我想说的,就是前面引用了的所谓冰心文字上的"清新隽丽"了。有此四种特点,遂建立了冰心当时在创作界的权威。

以上的引述,都足以说明冰心在现代散文发展史上的贡献与影响。冰心在 1923 年 8 月去国留学,这期间,爱国与思家的乡愁不绝如缕,为了记述她"三年中的国外经历和病中的感想",她继续过去的《往事》(一),又续写了《往事》(二)和《山中杂记》、《寄小读者》等,奠定了冰心创作成就的基础,她自己也说:

散文是我最喜爱的文学形式。

《往事》(一)之七,是借景物来抒写母爱的,主要篇幅写景物。文章写得有起伏,有层次,有跌宕,作者写景物带着自己精细的观察与浓郁的情思,不仅使文章不落俗套,而且比喻自然,恰到好处地为蕴藏已久的爱母情怀找到了一个喷发口。结语是爱的颂歌,诗的抒情,单单这三句就可以构成独立的诗篇,放在《繁星》与《春水》里也无不可,这说明诗与散文原可熔于一炉的。

《往事》(一)之十四,通过姐弟之间对海的谈论,尽情地写了海的万千形态。作者运用丰富的艺术想象和优美生动的文辞,集中笔墨勾画了"海的女神"的形象,变静态为动态,化无生命为有生命,将平面的变成了立体的,整篇文章成了一幅跳动着生命活力的海的画图。

《往事》(二)之三主要是写作者留美期间住在沙穰青山疗养院凝视"林中月下的青山"时的一段情思。作者采用了修辞上的反衬法,连用四个排比句段,极写月下树林青山的"静"和"美"。这篇文章语言的佳妙已达到了极致。除了整体上创造了一个物我交融的艺术境界外,语言所造成的形象美、色彩美、音乐美都达到了一个绝妙的境界。

研究冰心的才情,探讨冰心的语言,她说过的两段话可供参考。

一是:"散文可以写得铿锵得像诗,雄壮得像军歌,生动曲折得像小说,尖利活泼得像戏剧的对话,而且当作者'神来'之顷,不但他笔下所挥写的形象会光华四射,作者自己的风格也跃然纸上了。"(《"五四"到"四五"》)

二是:"文体方面我主张'白话文言化','中文西文化',这'化'字大有奥妙,不能道出的,只看作者如何运用罢了!我想如现在的作家能无形中融会古文和西文,拿来应用于新文学,必能为今日中国的文学界,放一异彩。"(《遗书》)

寄小读者·通讯七

冰 心

亲爱的小朋友：

八月十七日的下午，约克逊号邮船无数的窗眼里，飞出五色飘扬的纸带，远远的抛到岸上，任凭送别的人牵住的时候，我的心是如何的飞扬而凄恻！

痴绝的无数的送别者，在最远的江岸，仅仅牵着这终于断绝的纸条儿，放这庞然大物，戴着最重的离愁，飘然西去！

船上生活，是如何的清新而活泼，除了三餐外，只是随意游戏散步。海上的头三日，我竟完全回到小孩子的境地中去了，套圈子，抛沙袋，乐此不疲，过后又绝然不玩了。后来自己回想很奇怪，无他，海唤起了我童年的回忆，海波声中，童心和游伴都跳跃到我脑中来，我十分的恨这次舟中没有几个小孩子，使我童心来复的三天中，有无猜畅好的游戏！

我自少住在海滨，却没有看见过海平如镜，这次出了吴淞口，一天的航程，一望无际尽是粼粼的微波。凉风习习，舟如在冰上行。到过了高丽界，海水竟似湖光，蓝极绿极，凝成一片。斜阳的金光，长蛇般自天边直接到栏旁人立处。上自苍穹，下至船前的水，自浅红至于深翠，幻成几十色，一层层，一片片的漾开了来，……小朋友，恨我不能画，文字竟是世界上最无用的东西，写不出这空灵的妙景！

八月十八夜，正是双星渡河之夕，晚餐后独倚栏旁，凉风吹衣。银河一片星光，照到深黑的海上。远远听得楼栏下人声笑语，忽然感到家乡渐远。繁星闪烁着，海波吟啸着，凝立悄然，只有惆怅。

十九日黄昏，已近神户，两岸青山，不时的有渔舟往来。日本的小山多半是圆扁的，大家说笑，便道是"馒头山"。这馒头山沿途点缀,直到夜里,远望灯光灿然,已抵神户,船徐徐停住,便有许多人上岸去。我因太晚,只自己又到最高层上,初次看见这般璀璨的世界,天上微月的光,和星光,岸上的灯光,无声相映,不时的还有一串光明从山上横飞过,想是火车周行……舟中寂然,今夜没有海潮音,静极心绪忽起:"倘若此时母亲也在这里……"我极清晰地忆起北京来,小朋友,恕我,不能往下再写了。

冰心　八,二十,一九二三,神户

朝阳下转过一碧无际的草坡,穿过深林,已觉得湖上风来,湖波不是昨夜欲睡如醉的样子了。——悄然的坐在湖岸上,伸开纸,拿起笔,抬起头来,四围红叶中,四面水声里,我要开始写信给我久违的小朋友。小朋友猜我的心情是怎样的呢?

水面闪烁着点点的银光,对岸意大利花园里亭亭层列的松树,都证明我已在万里外。小朋友,到此已逾一月了,便是在日本也未曾寄过一字,说是对不起呢,我又不愿!

我平时写作,喜在人静的时候,船上却处处是公共的地方,舱面栏边,人人可以来到。海景极好,心胸却难得清平。我只能在晨间绝早,船面无人时,随意写几个字,堆积至今,总不能整理,也不愿草草整理,便迟延到了今日。我是尊重小朋友的,想小朋友也能尊重原谅我!

许多话不知从那里说起,而一声声打击湖岸的微波,一层层的波上杂立的湖石,直到我蔽膝的毡边来,似乎要求我将她介绍给我的小朋友。小朋友,我真不知如何的形容介绍她!她现在横在我的眼前。湖上的明月和落日,湖上的浓阴和微雨,我都见过了,真是仪态万千。小朋友,我的亲爱的人都不在这里,便只有她——海的女儿,能慰安我了。Lake Waban,谐音会意,我便唤她做"慰冰"。每日黄昏的游泛,舟轻如羽,水柔如不胜桨。岸上四周的树叶,绿的,红的,黄的,白的,一丛一丛的倒影到水中来,覆盖了半湖秋水。夕阳下极其艳冶,极其柔媚。将落的金光,到了树梢,散在湖面。我在湖上光雾中,低低的嘱咐他,带我的爱和慰安,一夜和他到远东去。

小朋友！海上半月,湖上也过半月了,若问我爱那一个更甚,这却难说。——海好像我的母亲,湖是我的朋友；我和海亲近在童年,和湖亲近是现在。海是深阔无际,不着一字,她的爱是神秘而伟大的,我对她的爱是归心低首的。湖是红叶绿枝,有许多衬托。她的爱是温和妩媚的,我对她的爱是清淡相照的。这也许太抽象,然而我没有别的话来形容了！

小朋友,两月之别,你们自己写了多少,母亲怀中的乐趣,可以说来让我听听么？——这便算是沿途书信的小序,此后仍将那写好的信,按序寄上,日月和地方,都因其旧。"弱游"①的我,如何自太平洋东岸的上海绕到大西洋东岸的波士顿来,这些信中说得很清楚,请在那里看罢！

不知这几百个字,何时方达到你们那里,世界真是太大了！

冰心　十,十四,一九二三,慰冰湖畔,威尔斯利

(选自《寄小读者》,北新书局1926年版)

【分析】

1923年8月,冰心赴美就读于威尔斯利女子大学。这期间,她选择了通讯这种体裁来抒发自己去国怀乡之情,表达对儿童亲友的眷念,

> 因为通讯体裁来写文字,有个对象,情感比较容易着实。同时通讯也最自由,可以在一段文字中,说许多零碎的有趣的事。(《冰心全集·自序》)

---

① 弱游:弱,年少,弱游就是年少出游。

是的，冰心以通讯的形式，用优美的文笔，把纯洁如泉水的汩汩情思奉献给儿童们，《寄小读者》得到了无数小读者们的喜爱，同时，不少的成年人也在阅读她的通讯，唤起了对童心的追求，更赞赏她文字的隽秀美丽，温柔婉约。冰心从国外寄来的这些通讯，一经披露就不胫而走，传诵遐迩。直到今天，一提到冰心的散文，人们都忘不了当时《寄小读者》的热烈反响。正如老作家巴金说的：

> 过去我们都是孤寂的孩子，从她的作品里我们得到了不少的温暖和安慰。我们知道了爱星、爱海，而且我们从那些亲切而美丽的词句里重温了我们永久失去的母爱。……现在我们不能不说是那些著作也曾给我加添过一点生活的勇气。

这篇《寄小读者·通讯七》，是通过对太平洋的空灵妙景和慰冰湖的柔媚夕照的描画，抒发了对母亲、对祖国的思念。

通讯的开始，冰心写她离开祖国，远渡重洋。离愁别绪，是抽象的感情，怎样才能具体表现出来呢？作者写了临别的场景，抓住船上彩带这一细节，写五色彩带从窗眼里飞出，抛到岸上，送行的亲人紧紧牵住，但船行渐远，纸带终会断开。船载离愁而去，心是如何的飞扬而凄恻！开首这一段有情有景，委婉细腻。古人有诗句"劝君更尽一杯酒，西出阳关无故人"，写尽离愁别恨，而冰心这里是用白话的文字，尽了它表情达意的功能，把规定情景写得更生动、更细致。

海行并不单调。作者写她的"童心来复"，在船上"套圈子，抛沙袋""游戏散步""乐此不疲"。视线所及，海平如镜。作者爱海，是描写海的能手。她写了她对海的独到观察："海水竟似湖光，蓝极绿极"，这是写海之色；斜阳照处，"上自苍穹，下至船前的水，自浅红至于深翠，幻成几十色，一层层，一片片的漾开了来"，这是写海之光，而且写出层次的变化。文字灵活跳动，而且简洁周至。虽然作者说"文字竟是世界上最无用的东西，写不出这空灵的妙景"，事实上，就以这段描写来看,画家的画笔亦未必能超过作家的文字描写。因为光与色的流动的美,未必能用色彩和线条完全表现,而文字语言借助想象力却可以把空间的转移和时间的变化描写出来。

繁星闪烁,海波吟啸,正当双星渡河之夕,作者听人声笑语,平复的离愁又油然而生,"剪不断,理还乱","别是一般滋味在心头"。原来作者怀乡思亲之情像深蕴的潜流,乍看似乎是平静的湖水,但是一经感兴触发,它就奔迸涌溢而出了。但是作者"凝立悄然,只有惆怅",就此打住。

下面接写19日黄昏,船至日本神户,看两岸青山,观渔舟往来。人都上岸去,只有作者走到船的最高层,看月光、星光、灯光,"静极心绪忽起:'倘若此时母亲也在这里……'",于是"极清晰地忆起北京来"。最后以"小朋友,恕我,不能往下再写了",戛然而止。

冰心的散文自有冰心的风格。这种风格,正像她在《诗的女神》中说的:

> 是这般的:
> 满蕴着温柔,
> 微带着忧愁,
> 欲语又停留。

这篇通讯的确"满蕴着温柔"的滋味,同时又有"微带着忧愁"的悱恻的情调,两次思乡之情涌出却"欲语又停留",含而不露,言而未尽,让你去慢慢咀嚼,细细品玩。这种"停顿的艺术","有节制的感情",是冰心散文的独特表达,真值得我们好好思索、学习和研究。

这一篇通讯实际上写了两文,上篇是写在1923年8月20日日本神户旅次;下面一篇是写在1923年10月14日美国威尔斯利慰冰湖畔,同样以感情为线索,写湖与海的对比,把观感用乙乙欲抽的情思向亲爱的小读者作了倾诉,读来饶有诗意。

作者先写在湖上写信的环境："四围红叶中,四面水声里",这正是作者心情宁静,和小朋友谈心的极好机会。篇首展开自己的心曲,平等、亲切,一开始就营造了打动人心的效果。这正是书信体的艺术魅力。

信的前半节集中写湖,但一开头不正面写湖,先写湖岸,"一碧无际的草坡""亭亭层列的松树",再写"一声声打击湖岸的微波,一层层的波上杂立的湖石",这样铺垫够了,气氛足了,才进入对湖的描写。对湖水的描写,主要靠景色的渲染。写"一声声打击湖岸的微波",写"湖上的明月和落日""浓阴和微雨",写"黄昏的游泛,舟轻如羽,水柔如不胜桨",写"岸上四周的树叶,绿的、红的、黄的、白的,一丛一丛的倒影到水中来","将落的金光,到了树梢,散在湖面",等等,多角度地从声、色、形、态几方面把湖的姿色与仪态写出,形象是鲜明的,感受是独到的,把远方的读者一齐拉入到文字的描绘中来,让人有身临其境的感觉。

通讯后半节是把湖与海对比来写,因为前封信已描写过海的风光,所以这里不重复,而是用如下的话作评比:

> 海好像我的母亲,湖是我的朋友;我和海亲近在童年,和湖亲近是现在。海是深阔无际,不着一字,她的爱是神秘而伟大的,我对她的爱是归心低首的。湖是红叶绿枝,有许多衬托。她的爱是温和妩媚的,我对她的爱是清淡相照的。

这几句虽是诉诸理性的论说,但仍饱含情感的倾注,读来同样觉得温丽委婉。整篇文章交织着对星光与灯光、日色和夜色、湖景与海景的描写,而感情起伏变化,读来声情并茂、溢彩流光,而且唤起一种对美、对祖国、对亲人的温馨的追寻和怀想。

桨声灯影里的秦淮河

俞平伯

我们消受得秦淮河上的灯影,当圆月犹皎的仲夏之夜。

在茶店里吃了一盘豆腐干丝,两个烧饼之后,以歪歪的脚步踅上夫子庙前停泊着的画舫,就懒洋洋躺到藤椅上去了。好郁蒸的江南,傍晚也还是热的。"快开船罢!"桨声响了。

小的灯舫初次在河中荡漾;于我,情景是颇朦胧,滋味是怪羞涩的。我要错认它作七里的山塘,可是,河房里明窗洞启,映着玲珑入画的曲栏干,顿然省得身在何处了。佩弦呢,他已是重来,很应当消释一些迷惘的。但看他太频繁地摇着我的黑纸扇。胖子是这个样怯热的吗?

又早是夕阳西下,河上妆成一抹胭脂的薄媚。是被青溪的姐妹们所薰染的吗?还是匀得她们脸上的残脂呢?寂寂的河水,随双桨打它,终是没言语。密匝匝的绮恨逐老去的年华,已都如蜜饧似的融在流波的心窝里,连呜咽也将嫌它多事,更那里论到哀嘶。心头,宛转的凄怀;口内,徘徊的低唱,留在夜夜的秦淮河上。

在利涉桥边买了匣烟,荡过东关头,渐荡出大中桥了。船儿悄悄地穿出连环着的三个壮阔的涵洞,青溪夏夜的韶华已如巨幅的画豁然而抖落。哦!凄厉而繁的弦索,颤岔而涩的歌喉,杂着吓哈的笑语声,劈拍的竹牌响,更能把诸楼船上的华灯彩绘,显出火样的鲜明,火样的温煦了。小船儿载着我们,在大船缝里挤着,挨着,抹着走。它忘了自己也是今宵河上的一星灯火。

既好意思踏进所谓"六朝金粉气"①的销金窟,谁还好意思不笑笑呢!今天的一晚,且默了滔滔的言说,且舒了恻恻的情怀,暂且学

---

① 六朝:三国的吴,东晋,南朝的宋、齐、梁、陈,都在南京建都。

着,姑且学着我们平时认为在醉里梦里的他们的憨痴笑语。这真是事实上的 Decadent 了。看,初上的灯儿们一点点掠剪柔腻的波心,梭织地往来,把河水都皱得微明了。纸薄的心旌,我的,尽无休息地跟着它们飘荡,以致于怦怦而内热。这还好说什么的!如此说,诱惑是诚然有的,且于我已留下不易磨灭的印记。至于对榻的那一位先生,自认曾经一度摆脱了纠缠的他,其辨解又在何处?这实在非我所知。或者可以说,"小孩子呦。"

我们,醉不以涩味的酒,以微漾着,轻晕着的夜的风华。不是什么欣悦,不是什么慰藉;只感到一种怪陌生,怪异样的朦胧。朦胧之中似乎胎孕着一个如花的笑——这么淡,这么淡的倩笑。淡到已不可说,已不可拟,且已不可想;但我们终久是眩晕在它离合的神光之下的。我们没法使人信它是有,我们不信它是没有。勉强哲学地说,这或近于佛家的所谓"空",既不当鲁莽说它是"无",也不能径直说它是"有"。或者说"有"是有的,只因无可比拟形容那"有"的光景,故从表面看,与"没有"似不生分别。若定要我再说得具体些:譬如东风初劲时,直上高翔的纸鸢,牵线的那人儿自然远得很了,知她是那一家呢?但凭那鸢尾一缕飘绵的彩线,便容易揣知下面的人寰中,必有微红的一双素手,卷起轻绡的广袖,牢担荷小纸鸢儿的命根的。飘翔岂不是东风的力,又岂不是纸鸢的含德,但其根株将另有所寄。请问,这和纸鸢的省悟与否有何关系?故我们不能认笑是非有,也不能认朦胧即是笑。我们定应当如此说,朦胧里胎孕着一个如花的幻笑,和朦胧又互相混融着的;因它本来是淡极了,淡极了这么一个。

漫题那些纷烦的话,船儿已将泊在灯火的丛中去了。对岸有盏跳动的汽油灯,佩弦便硬说它远不如微黄的灯火。我其时已忙懒交加,简直没法和他分证那是非。其实同被因袭的癖趣所沈浸,我且更甚于他;故分证也是枉然。上节以弹说弹的把戏愈弄人愈胡涂。现在的说法倒不如撇开了我,只执住我所遭逢的外缘。如洞悉了我的所见,那么我的所感便不解而解,不知而知了。

时有小小的艇子急忙忙打桨,向灯影的密流里横冲直撞。冷静孤独的油灯映见黯淡久的画船头上,秦淮河姑娘们的靓妆。茉莉的香,白兰花的香,脂粉的香,纱衣裳的香……微波泛滥出甜的暗香,随着她们那些船儿荡,随着我们这船儿荡,随着大大小小一切的船儿荡。有的互相笑语,有的默不响,有的衬着胡琴亮着嗓子唱。一个,三两个,五六七个,比肩坐在船头的两旁,也无非多添些淡薄的影儿葬在我们的心上——太过火了,不至于罢,早消失在我们的眼皮上。不过同是些女人们,你能认识那一个的面庞?谁都是这样急忙忙的打着桨,谁都是这样向灯影的密流里冲着撞;又何况久沉沦的她们,又何况飘泊惯的我们俩。当时浅浅的醉,今朝空空的惆怅,老实说,咱们萍泛的绮思不过如此而已,至多也不过如此而已。您且别讲,您且别想!这无非是梦中的电光,这无非是无明的幻相,这无非是以零星的火种微炎在大欲的根苗上。扮戏的咱们,散了场原是一个样,然而,上场锣,下场锣,天天忙,人人忙。看!载送女郎的艇子才过去,货郎担的小船不是又来了?一盏小煤油灯,一舱的什物,他也忙得来像手里的摇铃,这样丁冬而郎当。

杨枝绿影下有条华灯璀璨的彩舫在那边停泊。我们那船不禁也依傍短柳的腰肢,欹侧地歇了。游客们的大船,歌女们的艇子,靠着。唱的拉着嗓子;听的歪着头,斜着眼,有的甚至于跳过她们的船头。如那时有严重些的声音,必然说:"这那里是什么旖旎风光!只有千叠的哀思在我的胸中飘荡。"咱们是不知道?是不解说?只模糊地觉着在秦淮河船上板起老脸是怪不好意思的。且想咱们为什么来的?是需求映入刹那间明鲜的印象,还是要深深地结想?咱们本是在旅馆里,为什么不早早入睡,掂着牙儿,领略那"卧后清宵细细长",而偏这样急急忙忙跑到河上来无聊浪荡?

还说那时的话,从杨柳枝的乱鬓里所得的境界,照规矩外带三分风华的。况且今宵此地,动荡着有灯火的明姿,泛滥着有女儿们的娇喉?况且今宵此地,又是圆月欲缺未缺,欲上未上的黄昏时候。叮当的小锣,伊轧的胡琴,沉填的大鼓……弦吹声腾沸遍了三里的秦淮河。喳喳嚷嚷的一片,分不出谁是谁,分不出那儿是那儿,只有整个的繁喧来把我们包填。仿佛都抢着说笑,这儿夜夜尽是如此的,不过初上城的乡下佬是第一次呢。真是乡下人,真是第一次。且听我诉苦,在此节之后。

穿花蝴蝶样的小艇子多到不和我们相干。货郎担式的船,曾以一瓶汽水之故而拢近来,这是真的。至于她们呢,即使偶然灯影相偎而切掠过去,也无非瞧见我们微红的脸罢了,不见得有什么别的。可是,夸口太早哩!——来了,竟向我们来了!不但是近,且拢着了。船头傍着,船尾也傍着;这不但是拢着,且并着了。厮并着倒还不很要紧,且有人扑冬地跨上我们的船头了。这岂不大吃一惊!幸而来的不是姑娘们,还好;(她们正冷冰冰地在那船头上)否则辛苦更要吃的足了。来人年纪并不大,神气倒怪狡猾,把一扣破烂的手折,摊在我们眼前,让细瞧那些戏目,好好儿点个唱。他说:"先生,这是小意思。"诸君,想一想那时的我们。

好,自命为超然派的来看榜样!两船挨着,灯光愈皎,见佩弦的脸又红起来了。那时的我是否也这样?这当转问他。(我希望我的镜子不要过于给我下不去)老是红着脸终久不能打发人家走路的,所以想个法子在当时是很必要。说来也好笑,我的老调是一味的默,或干脆说个"不",或者摇摇头,摆摆手表示"决不"。如今都已使尽了。佩弦便进了一步,他嫌我的方术太冷漠了,又未必中用,摆脱纠缠的正当道路惟有辩解。好晦!听他说:"你不知道?这事我们是不能做的。"这是诸辩解中最简洁,最漂亮的一个;可惜他所说的"不知道?"来人倒真有些"不知道!"辜负了这二十分聪明的反语。他想得有理由,你们为什么不能做这事呢?因这"为什么!"佩弦又有进一层的曲解。那知道更坏事,竟只博得那些船上人的一哂而去。他们平常虽不以聪明名家,但今晚却又怪聪明,如洞彻我们的肺肝一样的。吃话故事即我情愿讲给诸君听,怕有人未必愿意哩。"算了罢,就是这样算了罢!"恕我不再写下了,以外的让他自己来和诸君相见。

再综括没有的叙述只是如此。其实那时连翩而来的,我记得至少也有三五次。我在左舷,他在右舷,各运神通力把诱惑们一个一个的打发走路。但走的是走了,来的还正来。我们可以使它们走,我们不能禁止它们来。我们虽不轻被摇撼,但已有一点杌陧了。况且小艇上总载去一半的失望和一半的轻蔑,在桨声里仿佛狠狠地说:"都是呆子,都是吝啬鬼!"还有我们的船家(姑娘们卖个唱,他可以赚几个子的佣金)眼看她们一个一个的去远了,呆呆的蹲踞着,怪无聊赖似的。碰着了这种外缘,无怒亦无哀,惟有一种情意的紧张,使我们从颓弛中体会出挣扎来。这味道倒许很真切的,只恐怕不易为倦鸦似的人们所喜。

曾游过秦淮河的到底乖些。佩弦告船家:"我们多给你酒钱,把船摇开,别让他们来啰嗦。"自此以后,桨声复响,还我以平静了,我们俩又渐渐无拘无束舒服起来,不禁又滔滔不断地以哲学的,伦理学的口吻来谈方才的经过。我们自然不敢菲薄人家,无非和自己开开玩笑罢了。第一问,今儿是算怎么一回事?我们齐声说,欲的胎动无可疑的。正如水见波痕轻婉已极,与未波时究不相类。微波和巨浪,以富于常识的眼光看,诚不得谓为无有差别;但差别相即使存在,也离不开数量。微醉的我们,洪醉的他们,深浅虽不同,却同为一醉。接着来了第二问,既自认有欲的微炎,为什么艇子来时又羞涩地躲了呢?在这儿答语方参差着。谁都有一个 Ceneor,这是同的;但不同的是它的脸。佩弦说他的是一种暗昧的道德意味,我说是一种似较深沉的眷爱。从名理的说法,闻歌与买歌不同,卖笑与买笑不同。若无人买,将何以卖?既有所买,自有卖者在。商品化的笑歌当然曾渗过了一重浓烈的悲哀。佩弦或者即是作如是想罢;至于在我呢,世间的道务久成为可笑的浮ильн。它的收疆勒马的威神散作隔世的烟云了。我只背诵 C. M. 君的几句诗给佩弦听,望他曲喻我的心胸。可恨他今天似乎有些发钝,反而追着问我。他问得太殷勤,我话便愈破碎了;因此他的疑问愈汹涌,又因此我索性懒懒地不肯开口了。其实蕴藏着的真是一个大都不值,无非存心让他气闷气闷。我和她不可分,她和她们似亦不可分。因我为她所有,因她是她们之一的缘故,使我当时由不得低徊一下。这一刹那的低徊,佩弦叫它为"道德",我却叫它"成长的爱恨"。

　　前面已是复成桥。青溪之东,暗碧的树梢上面微耀着一桁的清光。我们的船就缚在枯柳椿边待月。其时河心里晃荡着的,河岸头歇泊着的各式灯船,望去,少说点也有十廿来只。惟不觉繁喧,只添我们以幽甜。虽同是灯船,虽同是秦淮,虽同是我们,却是灯影淡了,河水静了,我们倦了,——况且月儿将上了。灯影里的昏黄,和月下灯影里的昏黄原是不相似的,又何况入倦的眼中所见的昏黄呢。灯光所以映她的秾姿,月华所以洗她的秀骨,以蓬腾的心焰跳舞她的盛年,以旸涩的眼波供养她的迟暮。必如此,才会有圆足的醉,圆足的恋,圆足的颓弛,成熟了我们的心田。

　　犹未下弦,一丸鹅蛋似的月被纤柔的云丝们簇拥上了一碧的遥天。冉冉地行来,冷冷地照着秦淮。我们已打桨而徐归了。归途的感念,这一个黄昏里,心和境的交萦互染,其繁密殊超我们的言说。所以主心主物的哲思,依我外行人看,实在把事情说得太嫌简单,太嫌容易,太嫌分明了。实有的只是浑然之感。就论这一次秦淮夜泛罢,来时我觉得要来,却时我觉得该去。分析其间的成因自然亦是可能;不过求得圆满足尽的解析,使我们十分惬意,使片段的因子们合拢来代替刹那间所体验的实有,这个我觉得有点不可能,至少于现在的我们是如此的。凡上边所叙,请读者们只看作我归来后,回忆中所偶然留下的千百分之一二,微薄的残影。若所谓"当时之感",我决不敢望诸君能在此中窥得。即我自己虽正在这儿执笔构思,实在也无从重新体验出那时的情景。说老实话,我所有的只是忆。我告诸君的只是忆中的秦淮夜泛。至于说到那"当时之感",这应当去请教当时的我。而他久飞升了,无所存在。

……

| 桨声灯影里的秦淮河　俞平伯

凉月凉风之下,我们背着秦淮河走去,悄默是当然的事了。如回头,河中的繁灯想定是依然。我们却早已走得远,"灯火未阑人散",佩弦,诸君,我记得这就是在南京四日的酣嬉,将分手时的前夜。

一九二三,八,二二,北京(R)

跋:这篇文字在行箧中休息了半年,迟至此日方和诸君相见,因我本和佩弦君有约,故候他文脱稿,方才付印。两篇中所记事迹,似乎稍有些错综,但既非记事的史乘,想读者们不致介意罢。至于把他文放在前面,而不依作文之先后为序,也是我的意见,因为他文比较的精细切实,应当使它先见见读者诸君。

一九二四,一,一

(选自1924年1月25日《东方杂志》第21卷第2号)

【分析】

俞平伯(1900—1990),原名铭衡,浙江德清人。"五四"时,以写新诗著名;先后参加过"新潮社"、"文学研究会"和"语丝社",写过一些富有"五四"时期狂飙突进气势的议论文,但他主要以雅致委婉略带有涩味的小品散文著称于世,后来成为研究《红楼梦》等古典文学的专家。

1923年仲夏之夜,朱自清和俞平伯曾同泛秦淮,同以《桨声灯影里的秦淮河》为题作文一篇。在中国现代散文史上,两篇文章同被誉为白话美文之佳作。

两篇文章即景生情,各抒胸怀。俞平伯这一篇散文以超然物外的心情写了泛舟秦淮河的乐趣。他听桨声,赏灯影,阐哲理,于悠然遐想之中寄托自己绵邈的情怀。

散文开头说:"我们消受得秦淮河上的灯影,当圆月犹皎的仲夏之夜。"这是交代出游的动因、地点与时间。一开头就织就一种诗意,然而语句倒装,别致而有情趣。

紧接着写灯舫在河中荡漾的情景,对于夕阳西下的"薄媚"的秦淮河有一段勾画,把古典诗词的意境以白话文出之,行文典雅,蕴含着一种淡淡的哀婉情绪。

从"青溪夏夜的韶华已如巨幅的画豁然而抖落"起,文章把秦淮河上欢歌笑语的情景渐次放入。"看,初上的灯儿们一点点掠剪柔腻的波心,梭织地往来,把河水都皱得微明了。"这句仍是诗的意境,而且一个"剪"字,一个"皱"字,见出作者炼字炼意的卓绝功力。往下即景生情,阐发了一番"有无"的哲理。胡适曾说俞平伯不但做诗人,还想"兼做哲学家"(见《胡适文存》二集卷四)。俞平伯此处谈哲理,也是缘情悟理,表明他撇开世情的纷扰和烦恼,得恬然自乐的享受。这是一种达观、洒脱的心怀。他既受佛家思想的影响,但又不全然皈依。再如对歌妓的纠缠,朱自清感到窘迫而游兴为之大减,俞平伯却无怒亦无哀,淡淡地面对其事。将其打发走后,他继续欣赏着"暗碧的树梢上面微耀着一桁的青光",辨析着"灯影里的昏黄和月下灯影里的昏黄"是如何的不同,满足于今晚"圆足的醉,圆足的恋,圆足的颓弛"。

俞平伯就是这样以超然物外的哲人之志泛舟秦淮。他用着典雅的词句描景说理,款款入情地抒写自己的心曲,在情与景的交融中显出自己独特的创作个性。《桨声灯影里的秦淮河》,朱、俞同写,共享盛名,但他们又呈现不同的风格。仔细辨味,认真揣摩,我们很同意李素伯在《小品文研究》里说过的话:

> 我们觉得同是细腻的描写,俞先生的是细腻而委婉,朱先生的是细腻而深秀;同是缠绵的情致,俞先生的是缠绵里满蕴着温煦浓郁的氛围,朱先生的是缠绵里多含有眷念悱恻的气息。如用作者自己的话来仿佛,则俞先生的是"朦胧之中似乎胎孕着一个如花的笑",而朱先生的是"仿佛远处高楼上渺茫的歌声似的"。

包身工

夏 衍

已经是旧历四月中旬,上午四点一刻,晓星才从慢慢地推移着的淡云里消去,蜂房般的格子铺里的人们已经在蠕动了。

身着一身和时尚不相称的拷皮衫裤的男子,像生气似地叫喊。"拆铺啦!起来!""芦柴棒,去烧火!妈的,还躺着,猪猡!"

七尺阔、十二尺深的工房楼下,横七竖八地躺满了十六七个"猪猡"。跟着这种有威势的喊声,充满了汗臭、粪臭和湿气的空气里,他们很快地就像被搅动了的蜂窝一般地骚动起来。打伸欠,叹气,叫喊,找衣服,穿错了别人的鞋子,胡乱地踏在别人身上,在离开别人头部不到一尺的马桶上很响地小便。成人期女性所有的害羞的感觉,在这些被叫做"猪猡"的人们中间似乎已经很钝感了。半裸体的起来开门,拎着裤子争夺马桶,将身体稍稍背转一下就会公然地在男人面前换衣服。

那男人虎虎地向起身得慢一点的女人们身上踢了几脚,回转身来站在不满二尺阔的楼梯上,向楼上的另一群人呼喊。

"揍你的!再不起来?懒虫!等太阳上山吗?"

蓬头,赤脚,一边扣着纽扣,几个睡眼惺忪的"懒虫"从楼上冲下来了,自来水龙头边挤满了人,用手捧些水来浇在脸上;"芦柴棒"着急地要将大锅子里的稀饭烧滚,但是倒冒出来的青烟引起了她一阵猛烈的咳嗽。十五六岁,除了老板之外大概很少有人知道她的姓名,手脚瘦得像芦棒梗一样,于是大家就拿芦柴棒当作了她的名字。

这是杨树浦福临路东洋①纱厂的工房。长方形的,用红砖墙严

---

① 东洋:指日本。

密地封锁着的工房区域,被一条水门汀①的弄堂马路划成狭长的两块。像鸽笼一般的分割得很均匀。每边八排,每排五户,一共是八十户一楼一底的房屋。每间工房的楼上楼下,平均住宿着三十个被老板们所指骂的"懒虫"和"猪猡",所以,除出"带工"老板、老板娘、他们的家族亲戚和那穿拷皮衣服的同一职务的打杂、"请愿警"……之外,这工房区域的墙圈里面还住着二千个左右穿着破烂衣服而专替别人制造衣料的"猪猡"。

但是,她们正式的名称却是"包身工"。她们的身体,已经以一种奇妙的方式,包给了叫做"带工"的老板。每年——特别是水灾旱灾的时候,这些东洋厂里有"脚路"的带工,就亲身或者派人到他们家乡或者灾荒区域,用他们多年熟练了的、可以将一根稻草讲成金条的嘴巴,去游说那些无力"饲养"可又不忍让他们儿女饿死的同乡。

"还用说?住的是洋式的公司房子,吃的是鱼肉荤腥。一个月休息两天,咱们带着到马路上去玩玩。嘿,几十层楼的高房子,两层楼的汽车,各种各样好看好用的外国东西,老乡!人生一世,你也得去见识一下啊!

"做满三年,以后赚的钱就归你啦!块把钱一天的工钱,嘿,别人跟我叩了头也不替她写进去!咱们是同乡,有交情。

"交给我带去,有什么三差两错,我还能回家乡吗?"

这样说着,咬着草根树皮的女孩子可不必说,就是她们的父母也会怨恨自己没有跟去享福的福分了。于是,在预备好了的"包身契"上画上一个十字,包身费一般是大洋二十元,期限三年,三年之内,由带工的供给住食,介绍工作,赚钱归带工者收用,生死疾病,一听天命,先付包洋十元,人银两讫,"恐后无凭,立此包身契据是实"!

福临路工房的二千左右的包身工人,隶属在五十个以上的带工头手下,她们是顺从地替"带工"赚钱的"机器",所以,每个"带工"所

---

① 水门汀:水泥。

带包身工的人数,也就表示了他们的手面①和财产。少一点的三十五十,多一点的带到一百五十个以上。手面宽的"带工",不仅可以放债,买田,起屋,还能兼营茶楼、浴室、理发铺一类的买卖。

东洋厂家将这些红砖墙围着的工房以第月五元的代价租给"带工","带工"就在鸽子笼一般的"洋式"楼房里装进三十几部每月固定车脚的活动机器。这种工房每月普通弄堂房子一般的"前门",它们的前门恰和普通房子的后门一样。每扇门槛上,一律钉着一块三寸长的木牌,上面用东洋笔法的汉字写着"陈忠永田泰州"、"许富达维场"等等带工头的籍贯和名字。门上,大大小小地贴着褪了色的红纸春联,中间,大都是红纸剪的元宝、如意、八卦,或者木版印的"姜太公在此,百元禁忌"的图象。春联的文字,大都是"积德前程远"、"存仁后步宽"之类。这些春联贴在这种地方,好像是在对别人骄傲,又像是在对自己讽刺。

四点半以后,当没有影子和线条的晨光胆怯地显现出来的时候,水门汀路上和弄堂里,已被这些赤脚的乡下姑娘挤满了。凉爽而带有一点湿气的朝风,大约就是这些生活在死水一般的空气里的人们仅有的天惠。她们嘈杂起来,有的在公共自来水水龙头边舀水,有的用断了齿的木梳梳掉执拗地紧粘在他们头发上的棉絮,陆续地、两个一组两个一组地用扁担抬着平满的马桶,吆喝着从人们身边擦过。带工"老板"或者打杂的拿着一叠一叠地"打印子簿子",懒散地站在正门出口——好像火车站轧票处一般的木栅子前面。楼下的那些席子、破被之类收拾掉之后,晚上倒挂在墙壁上的两张板桌放下来了。十几只碗,一把竹筷,胡乱地放在桌上,轮值烧饭的就将一洋铅桶浆糊一般的薄粥放在板桌的中央。她们的定食是两粥一饭,早晚吃粥,中午干饭。中午的干饭和晚上的粥,由老板差人给她们送进工厂里去。粥,它的成分可并不和一般通用的意义一样。里面是较少的籼

---

① 手面:排场的意思。

米、锅焦、碎米,和较多的乡下人用来喂猪的豆腐的渣粕!粥菜,这不是可能的事了。有几个"慈祥"的老板到小菜场去收集一些莴苣菜的叶瓣,用盐卤渍一浸,这就是她们难得的佳肴。

只有两条板凳,——其实,即使有更多的板凳,这屋子里面也没有同时容纳三十人吃粥的地位,她们一窝蜂地抢一般地每人盛了一碗,歪着头用舌头舐着淋漓在碗边外的粥汁,就四散地蹲伏或者站立在路上和门口。添粥的机会,除了特殊的日子,——譬如老板、老板娘的生日,或者发工钱的日子之外,通常是很难有的。轮着擦地板、倒马桶的日子,也有连一碗也轮不到的时候。洋铅桶空了,轮不到盛第一碗的人们还捧着一只空碗,于是老板娘拿起铅桶到锅子里去刮下一些锅巴、残粥,再到自来水龙头边上去冲上一些冷水,用她那双方才在梳头的油手搅拌一下,气烘烘地放在这些廉价的、不需要更多"维持费"的"机器"们的前面。

"死懒!躺着死不起来,活该!"

十一年前内外棉的顾正红事件①,尤其是五年前的"一·二八"②战争之后,东洋厂家对于这种特殊的廉价"机器"的需要突然增加起来。据说,这是一种极合经营原则和经济原理的方法。用廉价而没有"结合力"的"包身工"来代替"外头工人"(普通自由劳动者)的方法。

第一,包身工的身体是属于带工的老板的,所以她们根本就没有"做"或者"不做"的自由。她们每天的工资就是老板的利润,所以即使在生病的时候,老板也会很可靠地替厂家服务,用拳头、棍棒或者冷水来强制她们去做工。就拿上面讲到过的芦柴棒来做个例吧(其实,这样的事倒是每个包身工都会遭遇的机会),有一次在一个很冷

---

① 顾正红事件:1925年5月间,上海的日本内外棉纱厂的资本家镇压工人罢工,枪杀罢工运动的工人领袖、共产党员顾正红,造成"五卅"惨案。

② "一·二八":1932年1月28日夜,日本海军陆战队对上海发动攻击,国民党第十九路军和上海人民一起进行了抗战。

的清晨,芦柴棒害了急性的重伤风而躺在床(其实这是不能叫作床的)上了。她们躺的地方,到了一定的时间是非让出来做吃粥的地方不可,可是在那一天,芦柴棒可真的不能挣扎着起来了,她很见机地将身体慢慢地移到屋子的角上,缩做一团,尽可能的不占屋子的地位。可是,在这种工房里面生病躺着休养的例子,是不能任你开的。很快的一个打杂的走过来了。干这种职务的人,大半是带工头的亲戚,或者是在"地方上"有一点势力的"白相人",所以在这种地方他们差不多有自由生杀的权利。芦柴棒的喉咙早已哑了,用手做着手势,表示身体没力,请求他的怜悯。

"假病!老子给你医!"

一手抓住了头发,狠命地举起往地上一摔,芦柴棒手脚着地,打杂的跟上去就是一脚,踢在她的腿上,照例,第二第三脚是不会少的,可是打杂的很快地就停止了,后来据说,那是因为芦柴棒露骨地突出的腿骨,碰痛了他的脚趾!打杂的恼了,顺手夺过一盆另一个包身工正在揩桌子的冷水,迎头泼在芦柴棒的头上。这是冬天,外面在刮寒风。芦柴棒遭了这意外的一泼,反射地跳起来,于是在门口刷牙的老板娘笑了:

"瞧!还不是假病!好好的会爬起来,一盆冷水就医好了。"

这只是常有的例子的一个。

第二,包身工都是新从乡下出来,而且他们大半都是老板的乡邻,这一点,在"管理"上是极有利的条件。厂家除了在工房周围造一条围墙,门房里置一个请愿警和门外钉一块"工房重地,闲人莫入"的木牌,使这些"乡下小姑娘"和外边的世界隔绝之外,将管理权完全交给了带工的老板。这样,早晨五点钟由打杂的或者老板自己送进工厂,晚上六点钟接领回来,她们就永没有和"外头人"接触的机会。所以,包身工是一种"罐装了的劳动力",可以"安全地"保藏,自由地取用,绝没有因为和空气接触而起变化的危险。

第三,那当然是工价的低廉。包身工由"带工"带进厂里,于是她们的集合名词又变了,在厂方,她们叫做"试验工"或者"养成工"。试验工的期间表示了厂家在试验你有没有工作的能力,养成工的期间那就表示了准备将一个"生手"养成为一个"熟手"。最初的工钱是每天十二小时,大洋一角至一角五分,最初的工作范围是不需要任何技术的扫地、开花衣、扛原棉、松花衣之类,在这种工厂所有者的本国,拆包间、弹花间、钢丝车间的工作,通例是男工做的,可是在上海,他们就不必顾虑到"社会的纠缠"和"官厅的监督",就将这种不是女性所能负担的工作,加到工资不及男工三分之一的包身工身上去了。

五点钟,第一回声很有劲地叫了。红砖罐头的盖子——那扇铁门一推开,就像放鸡鸭一般地无秩序地冲出一大群没锁链的奴隶。

每人手里拿一本打印子的簿子,不很讲话,即使讲话也没有什么生气。一出门,这人的河流就分开了,第一厂的朝东,二三五六厂的朝西。走不到一百步,她们就和另一种河流——同在东洋厂家工作的"外头工人"们汇在一起。但是,住在这地域附近的人,对这河流里面的不同的成分是很容易看得出的。外头人的衣服多少的整洁一点,有人穿着旗袍,黄色或者淡蓝的橡皮鞋子,十七八岁的小姑娘们有时爱擦一点粉,甚至也有人烫过头发。包身工,就没有这种福气了,她们没有例外的穿着短衣,上面是褪色和油脏了的湖绿乃至青莲的短衫,下面是元色或者柳条的裤子。长头发,很多还梳着辫子。破脏的粗布鞋,缠过而未放大的脚,走路也就有点蹒跚的样子。在路上走,这两种人很少有谈话的机会。脏,乡下气,土头土脑,言语不通,这也许都是她们不亲近的原因。过分地看高自己和不必要地看轻别人,这在"外头工人"的心里也是下意识地存在着。她们想:我们比你们多一种自由,多一种权利,——这就是宁愿饿肚子的自由,随时可以调厂和不做的权利。

红砖头的怪物已经张着嘴巴在等待着它的滋养物了。印度门警把守着铁门,在门房间交出准许她们贡献劳动力的凭证,包身工只交一本打印子的簿子,外头工人在这簿子之外还有一张粘着照片的入厂凭证。这凭证已经有十一年的历史了。质正红事件之后，内外棉班（罢工）了，可是其他的东洋厂还有一部分在工作，于是，在沪西的丰田厂，有许多内外棉的工人冒混进去，做了一次里应外合的英勇的工作。从这时候起，由丰田厂的提议，工厂入厂之的就需要这种有照片的凭证了。这种制度，是东洋厂所特有的，中国厂当前没有，英国厂，譬如怡和，工人进厂的时候还可以随便地带个把亲戚或者自己的儿女去学习（当然不给工资），怡和厂里随处可以看见七八岁甚至五六岁的童工，这当然是不取工钱的"赠品"。

织成衣服的一缕缕的纱，编成袜子的一根根的线，穿在身上都是光滑舒适而愉快的。可是，在从原棉制成这种纱线的过程，就不像穿衣服那样的愉快了。纱厂工人的三大威胁，——就是音响、尘埃和湿气！

到杨树浦去的电车经过齐齐哈尔路的时候，你就可以听到一种"沙沙"的急雨和"隆隆"的雷响混合在一起的声音。一进厂，猛烈的骚音，就会消失——不，麻痹了你的听觉，马达的吼叫、皮带的拍击、锭子的转动、齿轮的轧轹……一切使人难受的声音，好像被压缩了的空气一般地紧装在这红砖墙的厂房里面，分辨不出这是什么声音，也决没有使你听觉有分别这些音响的余裕。纺纱间里的"落纱"（专管落纱的熟练工）和"荡管"（巡回管理的上级女工，日本人叫做"见回"），命令工人的时候，不用言语，不用手势，而用经常衔在嘴里的口哨，因为只有口哨的锐厉的高音才能突破这种紧张了的空气。

尘埃，那种使人难受的程度，更在意料之外了。精纺粗纺间的空间，肉眼可以看出飞扬着无数的"棉絮"扫地的女工经常在将扫帚的一端按在地上像揩地板一样地推着，一个人在一条"弄堂"（两部纺机的中间）中间反复地走着，细雪一般的棉絮依旧可以看出积在地上。弹花间、拆包间和钢丝间更可不必讲了。拆包间的工作，是将打包捆的原棉拆开，用手扯松，拣去里面的夹杂成分；这种工作，现在的东洋厂差不多已经完全派给包身工去做了，因为她们"听话"，肯做别的工人不愿意做的工作。

在那种车间里面，不论你穿什么衣服，一刻儿就会变成灰白。爱作弄人的小恶魔一般的在空中飞舞着的花絮，"无孔不入"地向着她们的五官钻进，头发、鼻孔、睫毛和每一个毛孔，都是这些纱花寄托的场所。要知道这些花絮粘在身上的感觉，那你可以假想一下——正像当你工作到出汗的时候，有人在你面前拆散和翻松一个木棉絮的枕芯，而使这枕芯的灰絮遍粘在你的身上！纱厂女工没有一个有健康的颜色，做十二小时的工，据调查每人要吸入0.15克的花絮！

湿气的压迫，也是纱厂工人——尤其是织布间工人最大的威胁。她们每天过着黄莓，每天接触着一种饱和着水蒸气的热气。按照棉纱的特性，张力和湿度是成正比例的。说的平直一点，棉纱在潮湿状态比较不容易扯断，所以车间里必需有喷雾器的装置。在织布间，每部织机的头上就有一个不断地放射蒸气的喷口，伸手不见五指。身上有一点被蚊虱咬开或者机器碰上而破皮的时候，很快就会引起溃烂。盛夏一百十五六度的高温下面工作的情景，那就决不是"外面人"所能想象的了。

这大概是自然现象吧，一种生物在这三种威胁下面工作，加速度地容易疲劳，尤其是在做夜班的时候，打瞌睡是不会有的，因为野兽一般的铁的暴君监视着你，只要断了线不接，锭壳轧坏，皮辊摆错方向，乃至车板上有什么堆积，就会有遭"拿莫温"（工头）和"小荡管"毒骂和殴打的危险。这几年来，一般的讲，殴打的事实已经渐渐的少了，可是这种"幸福"只局限在"外头工人"的身上。拿莫温和小荡管打人，很容易引起同车间工人的反对，即使当场不发作，散工之后往往会有"喊朋友""品牌"和"打相打"的危险，但是，包身工是没有"朋友"和帮手的。什么人都可以欺侮，什么人都看不起她们，她们是最下层的"起码人"，她们是拿莫温和荡管们发脾气和使威风的对象。在纱厂，做了"烂汚生活"的罚规，大约是殴打、罚工钱和"停生意"三种，那么，从包身工所有者——带工老板的立场来看，后面的两种当然是很不利了。罚工钱就是减少他们的利润,停生意不仅不能赚钱,还要贴她二粥一饭,于是带工头不加思索地欢喜他们采用殴打这一种办法了。每逢端节重阳年头年尾,带工头总要给拿莫温们送礼,那时候他们总得卑屈地说:

"总得请你帮忙,照应照应。咱们的小姑娘有什么事情尽管打!打死不干事,只是不要罚工钱,停生意!"

打死不干事,在这种情形之下,包身工当然是"人人得而欺之"了。有一次,一个叫做小福子的包身工整好了的烂纱没有装起,就遭了拿莫温的殴打,恰恰运气坏,一个"东洋婆"走过来了,拿莫温为要在东洋家面前显示他的威风,和对"东洋婆"表示他管督的严厉,打得比平常格外着力。东洋婆望了一会,也许是她不喜欢这种不"文明"的殴打,也许是她要介绍一种更合理的惩戒方法,走近身来,揪住小福子的耳朵,将她扯到太平龙头前面,叫她向着墙壁立着,拿莫温跟着过来,很懂得东洋婆的意思似地拿起一个丢在地上的皮带盘心子,不怀好意地叫她顶在头上,东洋婆会心地笑了:

"迭个(这个)小姑娘坏得很,懒惰!"

拿莫温学着同样生硬的调子说:

"皮带盘心子顶在头上,就不会打瞌睡!"

这种"文明的惩罚",有时候会叫你继续到两小时以上。两小时不做工作,赶不出一天该做的"生活",那么工资减少而招致带工老板的殴打,也就是分内的事了。殴打之外,还有饿饭、吊起、关黑房间等等方法。

实际上,拿莫温对待外头工人也并不怎样客气,因为除出打骂之外还有更巧妙的方法,譬如派给你难做的"生活",或者调你去做不愿意的工作,所以外头有些工人就被迫用送节礼的办法来巴结拿莫温,希望保障自己安全。拿出血汗换的钱来孝敬工头,在她们当然是一种难堪的负担,但是在包身工,那种连这种送礼的权利也没有的!外头工人在抱怨这种额外的负担,而包身工却羡慕这种可以自主的拿出钱来贿赂工头的权利!

在一种特殊的优惠的保护之下,吸收着廉价劳动力的滋养,在中国的东洋厂飞跃地膨大了。单就这福临路的东洋厂讲,光绪二十八年三井系的资本收买大纯纱厂而创立第一厂的时候,锭子还不到两万,可是三十年之后,他们已经有了六个纱厂,五个织布厂,二十五万个锭子,三千张布机,八千工人和一千二百万元的资本。美国的一位作家哲人爱玛生的朋友,达维特·索洛曾在一本书上说过,美国铁路每一根枕木下面,都横卧着一个爱尔兰工人的尸首,那么,我也这样联想,在东洋厂的每一个锭子上面,都附托着一个中国奴隶的冤魂!

"一·二八"战争之后,他们的政策又改变了,这特征就是劳动强化。统计的数字表示着这四年来锭子和布机数的增加,和工人人数的减少。可是在这渐减的工人里面,包身工的成分却在激剧地增加。举一个例,杨树浦某厂的条子车间,三十二个女工里面就有二十四个包身工,全般的比例,大致相仿。即使用最少的约数百分之五十计算,全上海三十家东洋厂的四万八千工人里面,替厂家和带工头二重服务的包身工总在二万四千人以上!

科学管理和改良机器,粗纱间过去每人管一部车的,现在改管一"弄堂"了;细纱间从前每人管三十木管的(每木管八各锭子),现在改管一百木管了;布机间从前每人管五部布机,现在改管二十乃至三十部了。表面上看,好像论货计工,产量增多就表示了工资的增大,但是事实并不简单。工钱的单价,几年来差不多减了一倍。譬如做粗纱,以前每"亨司"(八百四十码)单价八分,现在已经不到四分了,所以每人管一部车子,工作十二小时,从前做八"亨司"可以得到六角四分,现在管两部车做十六部"亨司"工钱还不过四角八分左右。在包身工,工钱的多少,和她"本身"无涉,那么当然这剥削就上在带工头的账上了。

两粥一饭,十二小时工作,劳动强化,工房和老板家庭的义务劳动,猪猡一般的生活,泥土一般的作践——血肉造成的"机器",终究和钢铁造成的机器不一样的,包身契上写明的三年期间,能够做满的大概不到三分之二。工作,工作,衰弱到不能走路还是工作,手脚像芦柴棒一般的瘦,身体像弓一般的弯,面色像死人一般的惨!咳着,喘着,淌着冷汗,还是被压迫着在做工。比如讲芦柴棒吧,她的身体实在瘦的太可怕了,放工的时候,厂门口的"抄身婆"(查抄女工身体的女人)也不愿意用手去接触她的身体。

"让她扎一两根油绳吧!骷髅一样,摸着她的骨头会做怕梦!"

但是带工老板是不怕做怕梦的!有人觉得太难看了,对她的老板说:

"譬如做好事吧,放了她!"

"放她!行!还我二十块钱,两年间的伙食、房钱。"他随便地说,回转头来瞪了她一眼。

"不还钱,可别做梦!宁愿赔棺材,要她做到死!"

芦柴棒现在的工钱是每天三角八分,拿去年的工钱三角二分做平均,做了两年,带工老板在她身上实际已经收入二百三十块钱了!

还有一个,什么名字记不起了,她熬不住这种生活,用了许多工夫,在上午的十五分钟休息的时间里,偷偷地托一个在补习学校念书的外头工人写了一封给她父母的家信,邮票,大概是那同情她的女工捐助的了。一个月,没有回信,她在焦灼,她在希望,也许她的父亲会到上海来接她回去,可是,回信是捏在老板手里了。散工回来的时候,老板和两个打杂的站在门口。满脸横肉的老板赶上一步,一把扭住她的头发,踢,打,掷,和爆发一般的听不清的轰骂!

"死婊子!你倒有本事,打断我的家乡路!"

"死猪,一天三餐将你喂昏了!"

"揍死你,给大家做个样子!"

"谁给你写的信?讲,讲!"

鲜血和惨叫使整个工房的人都怔住了,大家在发抖,这好像真是一个榜样。打倦了之后,再在老板娘的亭子楼里吊一晚。这一晚,整屋子除了快要断气的呻吟一般的呼喊之外,绝没有别的声息,屏着气,睁着眼,千百个奴隶在黑夜中叹息她们的命运。

人类的身体构造,有时候觉得确实有一点奇怪。长得结实肥胖的往往会像折断一枝麻梗一般的很快地死去,而像芦柴棒一般的却偏能一天天地磨难下去。每一分钟都有死的可能,可是她还有韧性地在那儿支撑。两粥一饭、十二小时骚音、尘埃和湿气中的工作,默默地,可是规同地反复着,直到被榨完了残留在她皮骨里的最后的一滴血汗为止。

看看这种饲养小姑娘谋利的制度,我不禁想起孩子时候看到过的船户养墨鸭捕鱼的事了。和乌鸦很相像的那种怪样子的墨鸭,整排地停在舷上,它们的脚是用绳子吊住了的,下水捕鱼,起水的时候船户就在它的颈子上轻轻地一挤。吐了再捕,捕了再吐,墨鸭整天地捕鱼,卖鱼得钱的却是养墨鸭的船户。但是,从我们孩子的眼里看来,船户对墨鸭并没有怎样虐待,因为船户总还得养活他们,喂饱他们,而现在,将这种关系移转到人和人的中间,便连这一点施与的温情也已经不存在了!

在这千万被饲养者中间,没有光,没有热,没有希望……没有法律,没有人道。这儿有的是二十世纪的烂熟了的技术、机械、制度和对这种制度忠实服务的十五六世纪封建制度下的奴隶!

黑夜,静寂得,死一般的黑夜表面上,这儿似乎还没有自觉,还没有团结,还没有反抗,——她们住在一个伟大的锻冶场里面,闪烁的火花常常在她们身边擦过,可是,黎明的到来,还是没法抗拒的;索洛警告美国人当心枕木下的尸骸,我也想警告这些殖民主义者当心呻吟着的那些锭子上的冤魂。

一九三六年,四,上海

(选自《夏衍选集》,人民文学出版社1980年版)

【分析】

夏衍(1900—1995),浙江杭州人。原名沈乃熙,字端先。小学毕业,后曾在染坊当过学徒,1914 年由县保送入浙江省甲种工业学校。五四运动后,参加了浙江第一个马克思主义刊物《浙江新潮》以及《双十》的编辑工作。中学毕业后,公费到日本留学。在日就参加了日本工人运动和左翼文艺运动。1929 年秋,在上海组织艺术剧社,并组织和加入左翼作家联盟。中华人民共和国成立前,一直在领导进步的戏剧电影工作。抗日战争期间,他还主编过《救亡日报》,后又在重庆主编《新华日报》副刊。中华人民共和国成立后,负责上海文化工作,历任中国文联副主席、文化部副部长等职。

20 世纪 30 年代,由于阶级斗争和社会生活的急剧变化,左翼文艺运动中兴起一种新的文学样式,即报告文学。这种文体,内容是纪实的,形式是文学的。它是艺术描写与科学叙述的结合,能及时迅速地反映现实斗争,最容易启发和激励广大群众奋起战斗。

1936 年夏衍写的《包身工》,是当时最有影响的一篇报告文学,直到今天,也还是一篇非常珍贵的历史文献。

> 夏衍谈到《包身工》时说:"这是一篇报告文学,不是一篇小说,所以我写的时候,力求真实,一点也没有虚构和夸张。她们的劳动强度,她们的劳动和生活条件,当时的工资制度,我尽可能作了实事求是的调查,因此在今天的工人同志们看来似乎是不能相信的一切,在当时却是铁一般的事实。"(《从"包身工"引起的回忆》,载 1959 年 4 月 3 日《人民日报》)

20 世纪 30 年代,国民党反动派加紧反共反人民,白色恐怖笼罩全国;而帝国主义又像虎狼一样步步侵入中国,经过"九一八"事变和"一·二八"淞沪战争之后,日本帝国主义的侵略愈加疯狂,中国广大劳动人民陷入水深火热之中。毛泽东同志指出:

帝国主义到处致力于保持资本主义前期的一切剥削形式（特别是在乡村），并使之永久化，而这些形式则是它的反动的同盟者生存的基础。

又说：

由于帝国主义和封建主义的双重压迫，特别是由于日本帝国主义的大举进攻，中国的广大人民，尤其是农民，日益贫困化以至大批地破产，他们过着饥寒交迫和毫无政治权利的生活。中国人民的贫困和不自由的程度，是世界少见的。（《中国革命和中国共产党》）

置身于那个时代的夏衍，对祖国、对民族、对阶级弟兄和姐妹们遭受到的压迫和蹂躏，产生了抑制不住的愤怒，他说：

在二十世纪帝国主义经营的工厂里，还公然保存着奴隶制度，我感到愤怒，我觉得非把这个人间地狱揭发出来不可。

经过作家思想感情的孕育和实际调查，报告文学《包身工》就产生了。

作品淋漓尽致地描写了上海杨树浦福临路"用红砖墙严密地封锁着的"东洋纱厂区域内的"二千个左右衣服破烂而专替别人制造纱布的'猪猡'"——"包身工"的非人生活。这些"包身工"，原来都生长在农村里，她们的父母因为贫穷和饥饿，不得已将她们的身体"以一种奇妙的方式"包给了叫作"带工"的老板。从此，她们就永远失去了人身自由而堕入到"没有光，没有热，没有温情，没有希望……没有人道"的人间地狱里。作者还通过一个外号叫"芦柴棒"的工人的悲惨遭遇,集中暴露了帝国主义资本家及其奴才们残害工人的令人发指的罪行。"芦柴棒"这样的女工,自从被老板用"多年熟练了的,可以将一根稻草讲成金条的嘴巴"骗进工厂后,常年劳累,不得温饱,挨打被骂,生了病躲在角落里,还被拉出来拳打脚踢,在寒冬被一盆冷水迎头泼下,受尽迫害。

谁看到这种场面能不痛心疾首,能不血脉偾张!

作者还在这里提供了数字的对比:

> 芦柴棒现在的工钱是每天三角八分,拿去年的工钱三角二分做平均,做了两年,带工老板在她身上实际已经收入二百三十块钱了!
>
> ……
>
> 在一种特殊的优惠的保护之下,吸收着廉价劳动力的滋养,在中国的东洋厂飞跃地膨大了。单就这福临路的东洋厂子讲,光绪二十八年三井系的资本收买大纯纱厂而创立第一厂的时候,锭子还不到两万,可是三十年之后,他们已经有了六个纱厂,五个织布厂,二十五万个锭子,三千张布机,八千个工人和一千二百万元的资本。

经过这样的描写、叙述,作者饱含沉痛和愤怒,写下这样的结论:

> 美国的一位作家哲人爱玛生的朋友,达维特·索洛曾在一本书上说过,美国铁路每一根枕木下面,都横卧着一个爱尔兰工人的尸首,那么,我也这样联想,在东洋厂的每一个锭子上面,都附托着一个中国奴隶的冤魂!

《包身工》虽然没有正面写到反抗日本帝国主义的斗争场面,但作者最后义正词严地指出:

索洛警告美国人当心枕木下的尸骸,我也想警告这些殖民主义者当心呻吟着的那些锭子上的冤魂。

　　并且满怀希望和信心地预告,"黎明的到来,还是终于无法可以抗拒的"。

　　《包身工》是对剥削者、压迫者的血的控诉书,也能唤起读者对帝国主义和国民党反动派的刻骨仇恨,鼓舞人民为民族的自由解放而战斗。

　　这篇报告文学作品在表现方式和艺术形式等方面,也有许多可资学习的地方。作者爱憎分明,有鲜明的立场和深湛的艺术技巧,因而能在人物众多、事件纷繁的材料中,理出一条贯穿全文的线索,通过艺术的概括和典型化的处理,把它压缩在一万字的篇幅里,使作品深刻地反映了现实,使其思想性和艺术性有机结合。特别是它充分发挥了报告文学的艺术特色:艺术形象和科学分析相结合。文章有实况调查,有统计数字,并将这种政论式的报告和艺术形象的描绘结合在一起,既有艺术感染力,又有逻辑说服力。文章对包身工的非人生活的描写,使读者如同身临其境,感到愤恨,充满同情,同时认识到一定要冲破这黑暗牢笼。

　　《包身工》在今天依然有它的教育意义。正如作者在《从"包身工"引起的回忆》一文中说的:

　　　　人吃人的社会,已经一去不复返了。可是我们要记住:要赶走帝国主义,推翻这个人吃人的社会制度,我们的先人曾付出无数的生命、血汗和眼泪。幸福,不是无代价可以得来的。为了今天的幸福,为了更幸福的将来,爱党、爱社会主义,为社会主义、共产主义的光辉未来而贡献出自己的力量,应该是我们青年一代的责任。

菱 荡

废 名

陶家村在菱荡圩的坝上,离城不过半里,下坝过桥,走一个沙洲,到城西门。

一条线排着,十来重瓦屋,泥墙,石灰画得砖块分明,太阳底下更有一种光泽,表示陶家村总是兴旺的。屋后竹林,绿叶堆成了台阶的样子,倾斜至河岸,河水沿竹子打一个弯,潺潺流过。这里离城才是真近,中间就只有河,城墙的一段正对了竹子临水而立。竹林里一条小路,城上也窥得见,不当心河边忽然站了一个人——陶家村人出来挑水。落山的太阳射不过陶家村的时候(这时游城的很多),少不了有人攀了城垛子探首望水,但结果城上人望城下人,仿佛不会说水清竹叶绿,——城下人亦望城上。

陶家村过桥的地方有一座石塔,名叫洗手塔。人说,当初是没有桥的,往来要"摆渡"。摆渡者,是指以大乌竹做成的筏载行人过河。一位姓张的老汉,专在这里摆渡过日,头发白得像银丝。一天,何仙姑下凡来,度老汉升天,老汉道:"我不去。城里人如何下乡?乡下人如何进城?"但老汉这天晚上死了。清早起来,河有桥,桥头有塔。何仙姑一夜修了桥。修了桥洗一洗手,成洗手塔。这个故事,陶家村的陈聋子独不相信,他说:"张老头子摆渡,不是要渡钱吗?"摆渡依然要人家给他钱,同聋子"打长工"是一样,所以决不能升天。

塔不高,一棵大枫树高高的在塔之上,远路行人总要歇住乘一乘凉。坐在树下,菱荡圩一眼看得见,——看见的也仅仅只有菱荡圩的天地了,坝外一重山,两重山,虽知道隔得不近,但树林在山腰。菱荡圩算不得大圩,花篮的形状,花篮里却没有装一朵花,从底绿起,——若是荞麦或油菜花开的时候,那又尽是花了。稻田自然一望而知,另外树林子堆的许多球,那怕城里人时常跑到菱荡圩来玩,也不能一一说出,那是村,那是园,或者水塘四围栽了树。坝上的树叫菱荡圩的天比地更来得小,除了陶家村以及陶家村对面的一个小庙,走路是在树林里走了一圈。有时听得斧头斫树响,一直听到不再响了还是一无所见。那个小庙,从这边望去,露出一幅白墙,虽是深藏也逃不了是一个小庙。到了晚半天,这一块儿首先没有太阳,树色格外深。有人想,这庙大概是村庙,因为那么小,实在同它背后山腰里的水竹寺差不多大小,不过水竹寺的林子是远山上的竹林罢了。城里人有终其身没有向陶家村人问过这庙者,终其身也没有再见过这么白的墙。

陶家村门口的田十年九不收谷的,本来也就不打算种谷,太低,四季有水,收谷是意外的丰年。(按,陶家村的丰年是岁旱。)水草连着菖蒲,菖蒲长到坝脚,树荫遮得这一片草叫人无风自凉。陶家村的牛在这坝脚下放,城里的驴子也在这坝脚下放。人又喜欢伸开他的手脚躺在这里闭眼向天。环着这水田的一条沙路环过菱荡。

菱荡圩是以这个菱荡得名。

菱荡属陶家村,周围常青树的矮林,密得很。走在坝上,望见白水的一角。荡岸,绿草散着野花,成一个圈圈。两个通口,一个连菜园。陈聋子种的几畦园也在这里。

菱荡的深,陶家村的二老爹知道,二老爹是七十八岁的老人,说,道光十九年,剩了他们的菱荡没有成干土,但也快要见底了。网起来的大小鱼真不少,鲤鱼大的有二十斤。这回陶家村可热闹,六城的人来看,洗手塔上是人,荡当中人挤人,树都挤得稀疏了。

菱叶差池了水面,约半荡,余则是白水。太阳当顶时,林茂无鸟声,过路人不见水的过去。如果是熟客,绕到进口的地方进去玩,一眼要上下闪,天与水。停了脚,水里唧唧响,——水仿佛是这一个一个的声音填的!偏头,或者看见一人钓鱼,钓鱼的只看他的一根线。一声不响的你又走出来了。好比是进城去,到了街上你还是菱荡的过客。

这样的人,总觉得有一个东西是深的,碧蓝的,绿的,又是那么圆。

城里人并不以为菱荡是陶家村的,是陈聋子的。大家都熟识这个聋子,喜欢他,打趣他,尤其是那般洗衣的女人,——洗衣的多半住在西城根,河水渴了到菱荡来洗。菱荡的深,这才被她们搅动了。太阳落山以及天刚刚破晓的时候,坝上也听得见她们喉咙叫,甚至,衣篮太重了坐在坝脚下草地上"打一栈"的也与正在捶捣杵的相呼应。野花做了她们的蒲团,原来青青的草她们踏成了路。

陈聋子,平常略去了陈字,只称聋子。他在陶家村打了十几年长工,轻易不见他说话,别人说话他偏肯听,大家都嫉妒他似的这样叫他。但这或者不始于陶家村,他到陶家村来似乎就没有带来别的名字了。二老爹的园是他种,园里出的菜也要他挑上街去卖。二老爹相信他一人,回来一文一文的钱向二老爹手上数。洗衣女人问他讨萝卜吃——好比他正在萝卜田里,他也连忙拔起一个大的,连叶子给她。不过问萝卜他就答应一个萝卜,再说他的萝卜不好,他无话回,笑是笑的。菱荡圩的萝卜吃在口里实在甜。

菱荡满菱角的时候,菱荡里不时有一个小划子(这划子一个人背得起),坐划子菱叶上打回旋的常是陈聋子。聋子到那里去了,二老爹也不知道。二老爹或者在坝脚下看他的牛吃草,没有留心他的聋子进菱荡。聋子挑了菱角回家——聋子是在菱荡摘菱角!

聋子总是这样的去摘菱角,恰如菱荡在菱荡圩不现其水。

有一回聋子送一篮菱角到石家井去,——石家井是城里有名的巷子,石姓所居,两边院墙夹成一条深巷,石铺的道,小孩子走这里过,故意踏得响,逗回声。聋子走到石家大门,站住了,抬了头望院子里的石榴,仿佛这样望得出人来。两匹狗朝外一奔,跳到他的肩膀上叫。一匹是黑的,一匹白的,聋子分不开眼睛,尽站在一块石上转,两手紧握篮子,一直到狗叫出了石家的小姑娘,替他喝住狗。石家姑娘见了一篮红菱角,笑道:"是我家买的吗?"聋子被狗呆住了的模样,一言没有发,但他对了小姑娘牙齿都笑出来了。小姑娘引他进门,一会儿又送他出门。他连走路也不响。

以后逢着二老爹的孙女儿吵嘴,聋子就咕噜一句:

"你看街上的小姑娘是多么好!"

他的话总是这样的说。

一日,太阳已下西山,青天罩着菱荡圩照样的绿,不同的颜色,坝上庙的白墙,坝下聋子人一个,他刚刚从家里上园来,挑了水桶,挟了锄头。他要挑水浇一浇园里的青椒。他一听——菱荡洗衣的有好几个。风吹得很凉快。水桶歇下畦径,荷锄沿畦走,眼睛看一个一个的茄子。青椒已经有了红的,不到跟前看不见。

走回了原处,扁担横在水桶上,他坐在扁担上,拿出烟杆来吃,他的全副家伙都在腰边。聋子这个脾气厉害,倘是别个,二老爹一天少不了啰唆几遍,但是他的聋子(圩里下湾的王四牛却这样说:一年四吊毛钱,不吃烟做什么?何况聋子挑了水,卖菜卖菱角!)。

打火石打得火喷,——这一点是陈聋子替菱荡圩添的。

吃烟的聋子是一个驼背。

衔了烟偏了头,听——

是张大嫂,张大嫂讲了一句好笑的话。聋子也笑。

烟杆系上腰。扁担挑上肩。

"今天真热!"张大嫂的破喉咙。

"来了人看怎么办?"

"把人热死了怎么办?"

两边的树还遮了挑水桶的,水桶的一只已经进了菱荡。

"嗳呀——"

"哈哈哈,张大嫂好大奶!"

这个绰号鲇鱼,是王大妈的第三的女儿,刚刚洗完衣同张大嫂两人坐在岸上。张大嫂解开了她的汗湿的裌子兜风。

"我道是谁——聋子。"

聋子眼睛望了水，笑着自语——

"聋子！"

一九二七年十月

（选自《桃园》，开明书店1928年版）

【分析】

冯文炳(1901—1967)，湖北黄梅人，笔名废名。1922年考入北京大学预科，两年后转入英国文学系。1922年开始在胡适主编的《努力周报》上发表作品，1924年成为"语丝社"的成员。大学毕业后留校任教，直到1937年。抗日战争时，返回家乡从事中小学教育工作；抗日战争胜利后，返回北京大学任副教授、教授。1953年调东北人民大学任教授，兼中文系主任。他的作品深受周作人"极慕平淡自然的景地"的影响，著有《竹林的故事》、《桃园》、《枣》、《桥》、《莫须有先生传》等。

沈从文说，继承"五四"传统来从事写作，"成就特别好，尤以记言记行，用俭朴文字，如白描法绘画人生，一点一角的人生，笔下明丽而不纤细，温暖而不粗俗，风格独具，应推废名。……周作人称废名作品有田园风，得自然真趣。文情相生，略近于所谓'道'。不粘不滞，不凝于物，不为自己所表现'事'或表现工具'字'所拘束限制，谓为新的散文的一种新格式"。

《菱荡》一文，也有人认为应归于小说，但正如唐弢主编的《中国现代文学史》中说的："虽为小说，实近散文。"

这篇《菱荡》由陶家村的翠竹、绿水写到聋子采菱、挑水，荡边妇女洗衣嬉戏，宛然是一部田园牧歌，一幅澄澈柔和的山水人物画。

作者先勾勒了宁静和谐的农村环境。"一条线排着，十来重瓦屋，泥墙，石灰画得砖块分明，太阳底下更有一种光泽，表示陶家村总是兴旺的。屋后竹林，绿叶堆成了台阶的样子，倾斜至河岸，河水沿竹子打一个湾，潺潺流过"，这是写"水清竹叶绿"。"城上人望城下人""城下人亦望城上",虽然与市区靠得近,但陶家村保持了古朴纯洁的乡野风光。

这里充满了诗意美。文章叙写陶家村的树多、林密,说行人"走路是在树林里走了一圈。有时听得斧头斫树响,一直听到不再响了还是一无所见",正是王维诗里"空山不见人,但闻人语响"的意境。

这里也充满了人情美。陈聋子摘菱、卖菱,随着狗叫声,"石家姑娘见了一篮红菱角,笑道:'是我家买的吗?'聋子被狗呆住了的模样,一言没有发,但他对了小姑娘牙齿都笑出来了。小姑娘引他进门,一会儿又送他出门。他连走路也不响"。

废名行文运笔简练至极。他说自己写《菱荡》"真有唐人绝句的特点"。绝句二十个字或二十八个字,成功一首诗;这里寥寥几笔,也成功了一篇富有诗意美和人情美的散文。

行文和情节的诗式跳跃,也是废名写作的一大特点。所谓跳跃,就是句义之间出现空白。试读读这一段景物描写:

菱叶差池了水面,约半荡,余则是白水。太阳当顶时,林茂无鸟声,过路人不见水的过去。如果是熟客,绕到进口的地方进去玩,一眼要上下闪,天与水。停了脚,水里唧唧响,——水仿佛是这一个一个的声音填的!偏头,或者看见一人钓鱼,钓鱼的只看他的一根线。一声不响的你又走出来了。好比是进城去,到了街上你还是菱荡的过客。

这样的人,总觉得有一个东西是深的,碧蓝的,绿的,又是那么圆。

这里既写看到的,也写听到的,但是不让你一览无余。这段文字,使人感到每句话就像布在溪面上的一个个跳石,每个跳石之间没有搭起木板连接。

再看作者的人情描写。试读最后一段,从"打火石打得火喷——这一点是陈聋子替菱荡圩添的"到"聋子眼睛望了水,笑着自语——'聋子'",这里写了农村女子无羁的欢跃,又写聋子性的萌动与自觉,用意识流写人物的心理活动,留下了多少空白!

废名的散文于朴素无华中散发着飞扬的文采,于冲淡平静中包孕着醇厚的情致,难怪刘西渭在《咀华集》谈到他时说:

> 在现存的中国文艺作家中,没有一位更像废名先生引我好奇,更深刻地把引我来观察他的转变的。有的是比他通俗的,伟大的,生动的,新颖而且时髦的,然而很少一位像他更是他自己的。

"他自己的",这就是作家的艺术个性。

鸭窠围的夜

沈从文

天快黄昏时落了一阵雪子,不久就停了。天气真冷,在寒气中一切皆仿佛结了冰,便是空气,也像快要冻结的样子。我包定的那一只小船,在天空大把撒着雪子时已泊了岸。从桃源县沿河而上这已是第五个夜晚。看情形晚上还会有风有雪,故船泊到岸边时便从各处挑选好地方。沿岸除了某一处有片沙嘴宜于泊船以外,其余地方皆黛色如屋的大石头。石头既然那么大,船又那么小,我们皆希望寻觅得到一个能作小船风雪屏障,同时要上岸又还方便的处所。但可以泊船的地方早已被当地渔船占去了。小船上的水手,把船上下各处撑去,钢钻头敲打着沿岸大石头,发出好听的声音,结果这只小船,还是不能不同许多大小船只一样,在正当泊船处插了篙子,把当作锚头用的石碇抛到沙上去,尽那行将来到的风雪,摊派到这只船上。

这地方是个长潭的转折处,两岸皆高大壁立的山,山头上长着小小竹子,长年翠色逼人。这时节两山只剩余一抹深黑,赖天空微明为画出一个轮廓。但在黄昏里看来如一种奇迹的,却是两岸高处去水已三十丈上下的吊脚楼。这些房子莫不俨然悬挂在半空中,借着黄昏的余光,还可以把这些希奇的楼房形体,看得出个大略。这些房子同沿河一切房子有共通相似处,便是从结构上说来,处处显出对于木材的浪费。房屋既在半山上,不用那么多木料,便不能成为房子吗?半山上也用吊脚楼形式,这形式是必需的吗?然而这条河水的大宗出口是木料。木材比石块还不值价。因此,即或是河水永远长不到处,吊脚楼房子依然存在,似乎也不应当有何惹眼惊奇了。但沿河因为有了这些楼房,长年与流水斗争的水手,寄身船中枯闷成疾的旅行者,以及其他过路人,却有了落脚处了。这些人的疲劳与寂寞是从这些房子中可以一律解除的。地方既好看，也好玩。

　　河面大小船只泊定后，莫不点了小小的油灯，拉了篷。各个船上皆在后舱烧了火，用铁鼎罐煮饭。饭焖熟后，又换锅子熬油，哗的把菜蔬倒进热锅里去。一切齐全了，各人蹲在舱板上三碗五碗把腹中填满后，天已夜了。水手们怕冷怕动的，收拾碗盏后，就莫不在舱板上摊开了被盖，把身体钻进那个预先卷成一筒又冷又湿的硬棉被里去休息。至于那些想喝一杯的，发了烟瘾得靠靠灯，船上烟灰又翻尽了的，或一无所为，只是不甘寂寞，好事好玩想到岸上去烤烤火谈谈天的，则莫不提了桅灯，或燃一段废缆子，摇着晃着从船头跳上了岸，从一堆石头间的小路径，爬到半山上吊脚楼房子那边去，找寻自己的熟人，找寻自己的熟地。陌生人自然也有来到这条河中来到这种吊脚楼房子里的时节，但一到地，在火旁小板凳上一坐，便是陌生人，即刻也就可以称为熟人了。

　　这河边两岸除了停泊有上下行的大小船只三十左右以外，还有无数在日前趁融雪涨水放下形体大小不一的木筏。较小的上面供给人住宿过夜的棚子也不见，一到了码头，便各自上岸找住处去了。大一些的木筏呢，则有房屋，有船只，有小小菜园与养猪养鸡栏，有女眷，有孩子。

　　黑夜占领了全个河面时，还可以看到木筏上的火光，吊脚楼窗口的灯光，以及上岸下船在河岸大石间飘忽动人的火炬红光。这时节岸上船上皆有人说话，吊脚楼上且有妇人在黯淡灯光下唱小曲的声音，每次唱完一支小曲时，就有人笑嚷。什么人家吊脚楼下有匹小羊叫，固执而且柔和的声音，使人听来觉得忧郁。我心中想着："这一定是从别一处牵来的，另外一个地方，那小畜生的母亲，一定也那么固执的鸣着罢。"算算日子，再过十一天便过年了。"小畜生明不明白只能在这个世界上活过十天八天？"明白也罢，不明白也罢，这小畜生是为了过年而赶来应在这个地方死去的。此后固执而又柔和的声音，将在我耳边永远不会消失。我觉得忧郁起来了。我仿佛触着了这世界上一点东西,看明白了这世界上一点东西,心里软和得很。

但我不能这样子打发这个长夜,我把我的想象,追随了一个唱曲时清中夹沙的妇女声音到她的身边去了。于是仿佛看到了一个床铺,下面是草荐,上面摊了一床用旧帆布或别的旧货做成脏而又硬的棉被,搁在被盖上面的是一个木托盘,盘中有一把小茶壶,一个小烟匣,一块石头,一盏灯。盘边躺着一个人。唱曲子的妇人,或是袖了手捏着自己的膀子站在吃烟的面前,或是靠在男子对面床头,为客人烧烟。房子分两进,前面临街,地是土地,后面临河,便是所谓吊脚楼了。这些人房子窗口既一面临河,可以凭了窗口呼喊河下船中人,当船上人过了瘾,胡闹已够,下船时,或尚有些事情嘱托,或有其他原因,一个晃着火炬停顿在大石间,一个便凭立在窗口,"大老你记着,船下行时又来。""好,我来的,我记着的。""你见了顺顺就说:会呢,完了,孩子大牛呢,脚膝骨好了,细粉捎三斤,冰糖捎三斤。""记得到,记得到,大娘你放心,我见了就说:会呢,完了。大牛呢,好了。细粉来三斤,冰糖来三斤。""杨氏,杨氏,一共四吊七,莫错账!""是的,放心呵,你说四吊七就四吊七,年三十夜莫会要你多的!你自己记着就是了!"这样那样的说着,我一一皆可听到,且一面还可以听着在黑暗中某一处咩咩的羊鸣。我明白这些回船的人是上岸吃过"荤烟"了的。

我还估计得出,这些人不吃"荤烟",上岸时只去烤烤火的,到了那些屋子里时,便多数只在临街那一面铺子里。这时节天气太冷,大门必已上好了,屋里一隅或点了小小油灯,屋中土地上必就地掘了浅凹,烧了些树根柴块。火光煜煜,且时时刻刻爆炸着一种难于形容的声音。火旁矮板凳上坐有船上人,木筏上人,有对河住家的熟人。且有虽为天所厌弃还不自弃的老妇人,闭着眼睛蜷成一团蹲在火边,悄悄的从大袖筒里取出一片薯干,一枚红枣,塞到嘴里去咀嚼。有穿着肮脏身体瘦弱的孩子,手擦着眼睛傍着火旁的母亲打盹。屋主人有退伍的老军人,有翻船背运的老水手,有单身寡妇。借着火光灯光,可以看得出这屋中的大略情形,三堵木板壁上,一面必有个供养祖宗的神龛,神龛下空处或另一面,必贴了一些大小不一的红白名片。这些名片倘若有那些好事者加以注意,用小油灯照着,去仔细检查,便可以发现许多动人的名衔,军队上的连附,上士,一等兵,商号中的管事,当地的团总,保正,催租吏,以及照例姓滕的船主,洪江的木簰商人,与其他人物,无所不有。这是近十年来经过此地若干人中一小部分的题名录。这些人各用一种不同的生活,来到这个地方,且同样的来到这些屋子里,坐在火边或靠近床上,逗留过若干时间。这些人离开了此地以后,在另一个世界里还是继续活下去,但除了同自己的生活圈子中人发生关系以外,与一同在这个世界上其他的人,却仿佛便毫无关系可言了。他们如今也许死掉了:水淹死的,枪打死的,被外妻用砒霜谋杀的,然而这些名片却依然将好好的保留下去。也许有些人已成了富人名人,成了当地的小军阀,这些名片却仍然写着催租人,上士等等的衔头。……除了这些名片,那屋子里是不是还有比它更引人注意的东西呢? 锯子,小捞兜,香烟大画片,装干栗子的口袋……

提起这些问题时使人心中很激动。我到船头上去眺望了一阵。河面静静的,木筏上火光小了,船上的灯光已很少了,远近一切只能借着水面微光看出个大略情形。另外一处的吊脚楼上,又有了妇人唱小曲的声音,灯光摇摇不定,且有猜拳声音。我估计那些灯光同声音所在处,不是木筏上的簰头在取乐,就是水手们小商人在喝酒。妇人手指上说不定还戴了水手从常德府特别捎来的镀金戒指,一面唱曲一面把那只手理着鬓角,多动人的一幅画图!我认识他们的哀乐,这一切我也有份。看他们在那里把每个日子打发下去,也是眼泪,也是笑,离我虽那么远,同时又与我那么相近。这正是同读一篇描写西伯利亚方面的农人生活动人作品一样,使人掩卷引起无言的哀戚。我如今只用想象去领味这些人生活的表面姿态,却用过去一分经验,接触着了这种人的灵魂。

羊还固执的鸣着。远处不知什么地方有锣鼓声音,那是禳土酬神巫师的锣鼓。声音所在处必有火燎与九品蜡照耀争辉,眩目火光下有头包红布的老巫独立作旋门舞,门上架上有黄钱,平地有装满了谷米的平斗。有新宰的猪羊伏在木架上,头上插着小小纸旗。有行将为巫师用口把头咬下的活生公鸡,缚了双脚与翼翅,在土坛边无可奈何的躺卧。主人锅灶边则热了猪血稀粥,灶中火光熊熊。

邻近一只大船上,水手们已静静的睡下了,只剩余一个人吸着烟,且时时刻刻把烟管敲着船舷。也像听着吊脚楼的声音,为那点声音所激动,忽然按捺自己不住了,只听到他轻轻的骂着野话,擦了支自来火,点上一段废缆,跳上岸往吊脚楼那里去了。他在岸上大石间走动时,火光便从船篷空处漏进我的船中。也是同样的情形罢,在一只装载棉军服向上行驶的船上,泊到同样的岸边,躺在成束成捆的军服上面,夜既太长,水手们爱玩牌的皆蹲坐在舱板上小油灯光下玩天九,睡既不成,便胡乱穿了两套棉军服,空手上岸,借着石块间还未融尽残雪返照的微光,一直向高岸上有灯光处走去。到了街上,除了看到从人家门罅里露出的灯光成一条长线横卧着,此外一无所有。在计算中以为应可见到的小摊上成堆的花生,用哈德门长烟盒装着干瘪瘪的小橘子,切成小方块的片糖,以及在灯光下看守摊子把眉毛扯得极细的妇人(这些妇人无事可作时还会在灯光下做点针线的),如今什么也没有。既不敢冒昧闯进一个人家里面去,便只好又回转河边船上了。但上山时向灯光凝聚处走去,方向不会错误。下河时可弄糟了。糊糊涂涂在大石小石间走了许久,且大声喊着才走近自己所坐的一只船。上船时,两脚全是泥,刚攀上船舷还不及脱鞋落舱,就有人在棉被中大喊:"伙计哥子们,脱鞋呀!"把鞋脱了还不即睡,便镶到水手身旁去看牌,一直看到半夜,——十五年前自己的事,在这样地方温习起来,使人对于命运感到惊异。我懂得那个忽然独自跑上岸去的人,为什么上去的理由!

等了一会,邻船上那人还不回到他自己的船上来,我明白他所得的比我多了一些。我想听听他回来时,是不是也像别的船上人,有一个妇人在吊脚楼窗口喊叫他。许多人皆陆续回到船上了,这人却没有下船。我记起"柏子"。但是,同样是水上人,一个那么快乐的赶到岸上去,一个却是那么寂寞的跟着别人后面走上岸去,到了那些地方,情形不会同柏子一样,也是很显然的事了。

为了我想听听那个人上船时那点推篷声音,我打算着,在一切声音皆已安静时,我仍然不能睡觉。我等待那点声音,大约到午夜十二点,水面上却起了另外一种声音。仿佛鼓声,也仿佛汽油船马达转动声,声音慢慢的近了,可是慢慢的又远了。这是一个有魔力的歌唱,单纯到不可比方,也便是那种固执的单调,以及单调的延长,使一个身临其境的人,想用一组文字去捕捉那点声音,以及在那长潭深夜一个人为那声音所迷惑时节的心情,实为一种徒劳无功的努力。那点声音使我不得不再从那个业已用被单塞好各处的舱门,到船头去搜索那个声音。河面一片红光,古怪声音也就从红光一面掠水而来。日里隐藏在大岩下的一些小渔船,原来在半夜前早已静悄悄的下了拦江网。到了半夜,把一个从船头伸出水面的铁篮,盛上燃着熊熊烈火的油柴,一面敲着船舷各处走去。身在水中见了火光而来与受了柝声惊走四窜的鱼类,便在这种情形中触了网。

一切光,一切声音,到这时节已为黑夜所抚慰而安静了,只有水面上那一份红火与那一派声音,那种声音与光明,正为着水中的鱼与水面的渔人生存的搏战,已在这河面上存在了若干年,且将在继此而来的每个夜晚依然继续存在。我弄明白了,回到舱中以后,依然听着那个单调的声音。我所看到的仿佛是一种原始人与自然战争的情景。那声音,那火光,皆近于原始人类的武器!

不知在什么时候开始落了很大的雪,听船上人嘟哝着,我心想,第二天我一定可以看到邻船上那个人上船时节,在岸边雪地上留下的那一行足迹。那寂寞的足迹,事实上我却不曾见到,因为第二天到我醒来时,小船已离开那个泊船处很远了。

(选自《湘行散记》,商务印书馆 1936 年 3 月版)

【分析】

　　沈从文(1902—1988)，湖南凤凰人(今属湘西苗族自治州)。小学毕业后曾参军，在川、湘、鄂、黔四省流徙。1921年到北平，作为文学青年学习写作。他是多产作家，写过相当多的有乡土特色的小说。此后在《晨报副刊》、《现代评论》等报刊上发表作品。在他的作品中，最引人注目的，是对湘西地区人情风俗的精致描绘。他的散文和他的小说一样，也着重写湘西的山光水色和人事哀乐，正如他自己说的：

　　　　我的作品稍稍异于同时代作家处，在一开始写作时，取材的侧重在写我的家乡，我生于斯长于斯的一条延长千里水路的沅水流域。对沅水和它的五个支流、十多个县分的城镇及几百大小水码头给我留下人事哀乐、景物印象，想试试作综合处理，看是不是能产生点散文诗的效果。(《沈从文散文选·题记》)

　　《鸭窠围的夜》最能显示沈从文散文的特色。作者是写坐船见闻，并不单纯去描绘自然景物，而着力于写出人们的生活，特别是船工们一天劳累之后的夜生活。

　　《鸭窠围的夜》先是对黄昏时吊脚楼的描叙，交代得那么清新与鲜明，写出了不同于别处的地方特色。再接着叙述船只泊定后船工辛苦劳累后排遣寂寞的方式。黑夜里木筏上的火光，吊脚楼窗口的灯光，以及上岸下船在河岸大石间飘忽动人的火炬红光，作者对这几点光色的捕捉，把特定的夜色写得动人而充满诗意。而吊脚楼妇人唱小曲声，人们的笑嚷声，间以固执而柔和的小羊叫声，又唤起苍凉忧郁的情绪，使鸭窠围之夜又涂上了淡淡的哀愁。

　　以下几段，着重写船工们各种休息玩乐的情景：有到吊脚楼找临时宿处的，有在岸上房子里烤火的。神龛下的名片是南来北往的客人留下的唯一痕迹。

这些人各用一种不同的生活,来到这个地方,且同样的来到这些屋子里,坐在火边或靠近床上,逗留过若干时间。这些人离开了此地以后,在另一个世界里还是继续活下去,但除了同自己的生活圈子中人发生关系以外,与一同在这个世界上其他的人,却仿佛便毫无关系可言了。他们如今也许死掉了:水淹死的,枪打死的,被外妻用砒霜谋杀的,然而这些名片却依然将好好地保留下去。

作者说"提起这些问题时使人心中很激动",证明作者尽管是以朴质、平实的笔触对船工的生活作近乎白描的描叙,但也从那"常与变"中看到了人世沧桑和哀乐相寻,深入到了现实生活深处。

一段旅行的短暂勾留,一夜的嬉乐与喧闹,作者用他那如诗如画的描写去追求人性的美,怀着对劳苦人民的关注,抱着悲天悯人的同情,再加之他观察的细致、描写的缜密,对于声、光、色、相的涂抹,使我们对于沈从文的独特风格和艺术特色有了较深的了解。

听潮的故事

鲁　彦

　　一年夏天,趁着刚离开厌烦的军队的职务,我和妻坐着海轮,到了一个有名的岛上。

　　这里是佛国,全岛周围三十里中,除了七八家店铺以外,全是寺院。为了要完全隔绝红尘的凡缘,几千个出了俗的和尚绝对地拒绝了出家的尼姑在这里修道,连开店铺的人也被禁止了带女眷在这里居住。荤菜是不准上岸的,开店的人也受这拘束。

　　只有香客是例外,可以带着女眷,办了荤菜上这佛国。岛上没有旅店。每一个寺院都特设了许多房子给香客住宿,而且准许男女香客同住在一间房子里。厨房虽然是单煮素菜的,但香客可以自备一只锅子,在那里烧肉吃。这样的香客多半是去观光游览的,不是真正烧香念佛的香客。

　　我们就属于这一类。

　　这时佛国的香会正在最热闹的时期里,四方善男信女都跨山过海集中在这里。寺院里一天到晚做着佛事,满岛上来去进香领牒的男女恰似热锅上的蚂蚁,把清净的佛国变成了热闹的都市。

　　我们游览完了寺刹和名胜,觉得海的神秘和伟大不是在短促的时间里领略得尽,便决计在这岛上多住一些时候,待香客们散尽再离开。几天后,我们选了一个幽静的寺院,搬了过去。

　　它就在海边,有三间住客的房子,一个凉台还突出在海上。当时这三间房子里正住着香客,当家的答应过几天后待他们走了就给我们一间房子,我们便暂在靠海湾的一间楼房住下了。

　　楼房的地位已经相当的好,从狭小的窗洞里可以望见落日和海湾尽头的一角。每次潮来的时候,听见海水冲击岩石的声音,看见空

| 听潮的故事　鲁　彦

中细雨似的,朝霞似的,暮烟似的飞沫的升落。有时它带着腥气,带着咸味,一直冲进了我们的小窗,粘着在我们的身上,润湿着房中的一切。

像是因为寺院的地点偏僻了一点的缘故,到这里来的香客比较的少了许多,佛事也只三五天一次,住宿在寺院里的香客只有十几个人。这冷静正合我们的意,而我们的来到,却仿佛因为减少了寺院里的一分冷静,受了当家的欢迎。待遇显得很周到:早上晚上和下午三时,都有一些不同的点心端了出来,饭菜特别鲜美,进出的时候,大小和尚全对我们打招呼,有时当家的还特地跑了来闲谈。

这一切都使我们高兴,她简直起了在那里住上几个月的念头了。

"要是搬到了突出在海上的房子里,海就完全属于我们的了!"她渴望地说。

过了几天,那边走了一部分香客,空了一间房子出来,我们果然搬过去了。

这里是新式的平屋,但因为突出在海上,它像是楼房。房间宽而且深,中间一个厅。住在厅的那边的房里的是一对年青的夫妻,才从上海的一个学校里毕业出来,目的想在这里一面游玩,一面读书,度过暑假。

"现在这海——这海完全是我们的了!"当天晚上,我们靠着凉台的栏杆,赏玩海景的时候,妻又高兴地叫着说。

大海上一片静寂。在我们的脚下,波浪轻轻地吻着岩石,睡眠了似的。在平静的深暗的海面,月光辟了一条狭而且长的明亮的路,闪闪地颤动着,银鳞一般。远处灯塔上的红光镶在黑暗的空间,像是一个宝玉。它和那海面银光在我们面前揭开了海的神秘——那不是狂暴的不测的可怕的神秘,那是幽静的和平的愉悦的神秘。我们的脚下仿佛轻松起来,平静地,宽怀地,带着欣幸与希望,走上了那银尖的道路,朝着宝玉般的红光走了去。

"岂止成佛呵!"妻低声的说着,偏过脸来偎着我的脸。她心中的喜悦正和我的一样。

海在我们脚下沉吟着,诗人一般。那声音像是朦胧的月光和玫瑰花间的晨雾那样的温柔,像是情人的互语那样的甜美。低低的,轻轻的,像微风拂过琴弦,像落花飘到水上。

海睡熟了。

大小的岛屿拥抱着,偎依着,也静静地朦胧地入了睡乡。

星星在头上眨着疲倦的眼,也将睡了。

许久许久,我们也像入了睡似的,停止了一切的思念和情绪。

不晓得过了多少时候,远处一个寺院里的钟声突然惊醒了海的沉寂。它现在激起了海水的兴奋,渐渐向我们脚下的岩石推了过来,发出噗噗的声音,仿佛谁在海里吐着气。海面的银光跟着翻动起来,银龙似的。接着我们脚下的岩石里就像铃子,铙钹,钟鼓在响着,愈响愈大了。

没有风。海自己醒了,动着。它转侧着,打着呵欠,伸着腰和脚,抹着眼睛。因为岛屿挡住了它的转动,它在用脚踢着,用手拍着,用牙咬着。它一刻比一刻兴奋,一刻比一刻用力。岩石渐渐起了战栗,发出抵抗的叫声,打碎了海的鳞片。

海受了创伤,愤怒了。

它叫吼着,猛烈地往岸边袭击了过来,冲进了岩石的每一个罅隙里,扰乱着岩石的后方,接着又来了正面的攻击,刺打着岩石的壁垒。

声音越来越大了。战鼓声,金锣声,枪炮声,呐喊声,叫号声,哭泣声,马蹄声,车轮声,飞机的机翼声,出车的汽笛声,都杂在一起,千军万马混战了起来。

银光消失了。海水疯狂般地汹涌着,吞没了远近的岛屿。它从我们的脚下浮了起来,雷似地怒吼着,一阵阵地将满带着血腥的浪花泼溅在我们的身上。

"可怕的海!"妻战栗地叫着说,"这里会塌哩!"

"那里的话!"

"至少这声音是可怕得够了!"

"伟大的声音!海的美就在这里了!"我说。

"你看那红光!"妻指着远处灯塔上的红灯说,"它镶在黑暗的空间,像是血!可怕的血!"

"倘若是血,就愈显得海的伟大哩!"

妻不复做声了,她像感觉到我的话的残忍似的,静默而又恐惧地走进了房里。

现在她开始起了回家的念头了。她不再说那海是我们的的话。每次潮来的时候,她便忧郁地坐在房里,把窗子也关了起来。

"向来是这样的,你看!"潮退的时候,我指着海边对她说。"一来一去,是故事!来的时候凶猛,去的时候多么平静呀!一样的美!"

然而她不承认我的话。她总觉得那是使她恐惧,使她厌憎的。倘使我的感觉和她的一样,她愿意立刻就离开这里。但为了我,她愿意再留半个月。我喜欢海,尤其是潮来的时候。因此即使是和妻一道关在房子里,从闭着的窗户里听着外面模糊的潮音,也觉得很满意。再留半个月,尽够欣幸了。

一天,两天,我珍视的日子,已经过去了四天。我们的寺院里忽然来了两个肥胖的外国人,随带着一个中国茶房,几件行李,那是和尚从轮船码头上接来的。当家的陪他们到我们的屋子里看了一遍,合了他们的意以后,忽然对我们对面住着的年青夫妻提出了迁让的要求。

"一样给你们钱,为什么要我们让给外国人?"他们拒绝了。

随后这要求轮到了我们,也得到了同样的回答。

当家的去后,别的和尚又来了,他们明白的说明了外国人可以多出一点钱的原因,要求我们四个人同住在一间房子里,让一间房子出来给外国人。他们甚至已经把行李搬到我们的厅里来了。

"什么话!"年青的学生发气了。"外国人出多少钱,我们也出多少钱就是!我们都有女眷,怎么可以同住在一间房子里!"

他们受不了这侮辱,开始骂了起来,终于立刻卷起行李,走了。妻也发了气,提议一道走。但我觉得这是常情,劝她忍受一下。

"只有十天了。管他这些!谁晓得什么时候还能再来听这潮音呵!"

妻的气愤虽然给我劝住了,但因她的感觉的灵敏,却愈加不快活起来。她远远的看见了路上的香客,就以为是到这个寺院来住的,怀疑着我们将得到第二次的被驱逐。她觉察出当家的已经几天没有来和我们打招呼,大小和尚看见我们的时候,脸上没有笑容,菜蔬也坏了,甚至生了虫的。

"早些走吧!"妻时常催促我。

"只有八天了。"我说。

"不能留了!"过了一天,妻又催了。

"只有七天了。"

然而妻终于不能忍耐了。这天晚上,当家忽然跑来和我们打招呼,脸上没有一点笑容。

"香期快完了,火轮船不湾这里,菜蔬会成问题哩!⋯⋯"

我们看见他给外国人吃的菜比我们好而且多。他说这话,明明是逐客,甚至是一种恫吓。

"我们就要走了!你不用慌!"

"那里那里!"他狡猾地微笑一下,走了。

"都是你糊涂!潮呀,海呀,听过一次,看过一次,就够了,偏要留着不肯走!明天再不走,还要等到人家把我们的行李摔出去吗?我刚才已经看见他们又接了两个香客来了!"妻喃喃地埋怨着。

"好,好,明天就走吧。"

"明天一上轮船,这些事情就成为故事了。二十四,二十三,二十二,二十一,十八,不是只有十八个钟头了吗?"我笑着说。

然而这时间也确实有点难以度过。第二天早上,正当我们取了钱,预备去付账,声明下午要走的时候,我们的厅堂里忽然又搬进行李来了,正放在我们这一边。那正是昨天才来的香客。

妻气得失了色,说不出话来,只是瞪着眼睛望着我。不用说,当家的立刻又要来到,第一次的故事又要重演一次了。

"给这故事变一个喜剧,让妻消一点气吧!"我这样想着,从箱子里取出了军队里的制服,穿在身上,把那方绫的符号和银质的徽章特别露挂在外面,往厅里走了去。

当家的正从外面走了进来,看见我的奇异的形状,突然怔住了。

他非常惊愕地注视着我,皱一皱眉头,又立刻现出了一个不自然的笑容。

"鲁……"他不晓得应该怎样称呼我了,机械地合了掌,"老爷,你好!"

"有什么事情,当家的?"我也立住了脚,瞪着眼望着他。

"没有什么——特来请个安。唔!这是谁的行李?"他转过头去,问跟在后背的小和尚。

"这就是李先生的。"

"哼!阿弥陀佛!你们这些人真不中用!怎么拿到这里来了!我不是说过,安置在西楼上的吗?"

"师父不是说……"

"阿弥陀佛!快些拿去!快些拿去!——这样不中用!"

"到我房子里坐坐吧,当家的,我正想去找你呢!"

"是是,"他睁着疑惑的眼光注意着我的脸色。"请不要生气,噪闹了你,这完全是他们弄错了。唉!真不中用!请老爷多多原谅,请太太多多原谅!"他又对着站在我后背发笑的妻合着掌说。

"那里,那里!"我微笑地回答着。

我待他跟进了房里,从衣袋里摸出几张钞票,放在他面前说:

"我们今天要走了,当家的,这一点点香钱,请收了吧。"

他惊愕地站着,又机械地合了掌,似乎还怀疑着我发了气。

"原谅,原谅,老爷!我们太怠慢了!天气热得很,还请住过夏再走！钱是决不敢领的！"

为要使他安静，我反复地说明了要走的原因，是军队里的假期已满，而且还有别的重要的公事。钱呢，是给他买香烛的，必须给我们收下。他安了心，恭敬地合着掌走了，不肯拿钱。我叫茶房送去了两次，他又亲自送了回来。最后我自己送了去，说了许多话，他才收下了。他办了一桌酒席，给我们送行，又送了一些佛国的特产和蔬菜。

"这一个玩笑开得太凶了！和尚也可怜哩！"现在妻的气愤不但完全消失，反而觉得不忍了。

"这只是平常的故事，一来一去；完全和潮一样的！"我说，"无忧无憎，才能见到真正的美，所以释迦成了佛呢！"

"无论你怎样玄之又玄，总之这海，这潮，这佛国，使我厌憎！"妻临行前喃喃的不快的说。

她没有注意到当家的站在山门口，还在大声的说着，要我们明年再来。

(选自 1934 年 9 月 1 日《中学生》第 47 号)

【分析】

鲁彦(1901—1944)，浙江镇海人。原名王衡，又名王返我，字忘我。现代作家，翻译家，毕生努力写作，著译多达三十余种。他的散文分别收在《驴子和骡子》、《旅人的心》和《鲁彦散文集》中。鲁彦出生在一个店员家庭，一生清贫，为生活颠沛流离，最后病死在桂林旅次。他 18 岁那年离开家乡到上海当学徒，白天工作，晚上读书学习，听过鲁迅的课，随俄国诗人爱罗先珂学过世界语。他当过师范学校的教师、报刊的编辑，从 1929 年开始从事专业文艺创作。鲁彦竭力主张"文艺为人生""文艺为社会"，力求在作品中真实地反映现实和深刻地揭示人生意义。他的作品多取材于农村，反映农民的悲惨生活。他的散文，笔调直率、细腻，语言质朴，极富抒情味。

《听潮的故事》选自散文集《驴子和骡子》，原载《中学生》杂志，记

听潮的故事　鲁　彦

述了作者和他的爱妻在"佛国"普陀观赏海潮的一段经历。文章首句点明时间是"一年夏天",据鲁彦的夫人覃英回忆,那是1929年暑假,同去普陀避暑的还有楼适夷、任钧等人,随后郁达夫和王映霞也到了那里。那年,鲁彦因公正报道"蔡公时惨案",触怒了国民党政府,遭到迫害。他愤然辞职,离开南京到上海,并偕同在上海艺专学习音乐的妻子覃英到普陀度夏。鲁彦生在海边,长在海边,一生喜欢大海,尤其爱听潮音。他带着妻子在岛上天天听潮,住了一个月。这篇散文如实描写了大海的情态,把海潮写得有声有色,有形有味,但决非自然主义的作品。正如覃英所说:

> 鲁彦是位现实主义作家,他正是带着由于时势变化而产生的不同寻常的心情来到四面环海的普陀山的。作者面对澎湃的海潮,耳为所感,心为所动,海潮与心潮并起,这或许就叫情景交融吧。

可见作者笔下的"海潮"有着深刻的历史背景,在叙写海潮的同时融进了作者的主观感受,表达了一个知识分子追求光明、积极向上的思想。

《听潮的故事》着力描写了作者和妻子到达普陀的"当天晚上"在宿处的露台凭栏观赏海潮起落的全过程,但文章写的是"听"潮而不是"观"潮。题目中这个"听"字,用得既贴切又传神。的确,作者在海岛一个月,听潮多于观潮,所以每当文章写到海潮时,作者就明确指出:"每次潮来的时候,听见海水冲击岩石的声音,看见空中细雨似的,朝霞似的,暮烟似的飞沫的升落。有时它带着腥气,带着咸味,一直冲进了我们的小窗,粘着在我们的身上,润湿着房中的一切。"听到的是来潮的全过程,看见的只是隔着窗棂升起的朝霞似的飞沫罢了。第一天观潮妻子就被吓怕了,以至"每次潮来的时候,她便忧郁地坐在房里,把窗子也关了起来",但是为了丈夫,"她愿意再留半个月"。

丈夫也体贴妻子,就陪着妻子听听潮音。作者坦诚地说:"即使是和妻一道关在房子里,从闭着的窗户里听着外面模糊的潮音,也觉得很满意。再留半个月,尽够欣幸了。"写到达普陀后当晚靠着凉台的栏杆观潮,作者抓住了欣赏海潮的紧要处,浓墨重彩地写了海潮的声音。这篇散文的题目,曾用过"海潮音",也就是因为文章的重点在"听潮"。如果作者没有真切的感受,是抓不住这一特点,写不出潮来的气势的。这也反映了作者对生活、对未来的热烈追求。

文中大量运用了比喻、拟人、排比等多种修辞手法,再现了大海浪潮的情景和风姿,能启发读者进一步展开联想,并给读者留有咀嚼、回味的情趣。

潮涨之前,实是一幅海"睡"图。作者巧妙地运用比喻、拟人等手法,极写大海的"静寂":波浪是"轻轻地吻着岩石,睡眠了似的",海在"沉吟着,诗人一般。那声音像是朦胧的月光和玫瑰花间的晨雾那样的温柔",又"像是情人的互语那样的甜美。低低地,轻轻地,像微风拂过琴弦,像落花飘到水上","海睡熟了"。其他如月光、星星、灯塔的红光、岛屿,作者也都是借助比喻、拟人等修辞手法来描写的。

潮来之初,是一幅海"醒"图。作者还是运用比喻、拟人等修辞手法叙写海潮来临时的情貌。它"发出噗噗的声音,仿佛谁在海里吐着气"。浪潮冲击岩石,发出的声音"像铃子,铙钹,钟鼓在响着,愈响愈大","发出抵抗的叫声"。作者的描写真切、细腻,扣人心弦。

潮涨之时,那是一幅海"怒"图了。那宏伟的气派、磅礴的声势,作者还是用比喻、拟人、排比等修辞手法把它再现在读者的面前。那时的海潮,"叫吼着"猛烈地冲向海岸,音响像"战鼓声,金锣声,枪炮声,呐喊声,叫号声,哭泣声,马蹄声,车轮声,飞机的机翼声,出车的汽笛声,都杂在一起,千军万马混战了起来"。这"雷似地怒吼",吓得妻子战栗起来,"叫着说:'可怕的海!'"把高潮时的海景写得生动而且形象逼真。

作者通过画面迥异的三幅海潮图,把潮来的全貌再现在读者面前,让人读后犹如身临其境,与作者一样"面对澎湃的海潮,耳为所感,心为所动,海潮与心潮并起"。

还应指出,文章在描绘听潮的同时,穿插刻画了寺院"当家"和尚的形象,叙述了当家和尚对"我们"的态度的转变——"欢迎""逐客""惊愕""请安""送行",活脱脱地将一个左右逢源、随机应变、圆滑世故的老和尚的形象呈现在读者面前。

西湖的雪景

——献给许多不能与我共幽赏的朋友

钟敬文

从来谈论西湖之胜景的,大抵注目于春夏两季;而各地游客,也多于此时翩然来临。——秋季游人已渐少,入冬后,则更形疏落了。这当中自然有以致其然的道理。春夏之间,气温和暖,湖上风物,应时佳胜,或"杂花生树,群莺乱飞",或"浴晴鸥鹭争飞,拂袂荷风荐爽",都是要教人眷眷不易忘情的。于此时节,往来湖上,沉醉于柔媚芳馨的情味中,谁说不应该呢?但是春花固可爱,秋月不是也要使人销魂么?四时的烟景不同,而真赏者各能得其佳趣;不过,这未易以论于一般人罢了。高深父先生曾告诉过我们:"若能高朗其怀,旷达其意,超尘脱俗,别具天眼,揽景会心,便得真趣。"我们虽不成材,但对于先贤这种深于体验的话,也忍只当做全无关系的耳边风么?

自宋朝以来,平章①西湖风景的,有所谓"西湖十景,钱塘十景"之说,虽里面也曾列入"断桥残雪","孤山霁雪"两个名目,但实际上,真的会去赏玩这种清寒不很近情的景致的,怕没有多少人吧。《四时幽赏录》的著者,在"冬时幽赏"门中,言及雪景的,几占十分的七八,其名目有"雪霁策蹇寻梅","三茅山顶望江天雪霁","西溪道中玩雪","扫雪烹茶玩画","雪夜煨芋谈禅","山窗听雪敲竹","雪后镇海楼观晚炊"等。其中大半所述景色,读了不禁移人神思,固不徒文字粹美而已呢。但他是一位潇洒出尘的名士,所以能够有此独具心眼的幽赏;我们一方面自然佩服他心情的深湛,另方面却也可以证出能领略此中奥味者之所以稀少的必然了。

---

① 平章:论评。

| 西湖的雪景　钟敬文

　　西湖的雪景,我共玩了两次。第一次是在此间初下雪的第三天。我于午前十句①钟时才出去。一个人从校门乘黄包车到湖滨,下车,徒步走出钱塘门,经白堤,旋转入孤山路,沿孤山西行,到西泠桥,折由大道回来。此次雪本不大,加以出去时间太迟,山野上盖着的,大都已消去,所以没有什么动人之处。现在我要细述的,是第二次的重游呢。

　　那天是一月念四日。因为在床上感到意外冰冷之故,清晨初醒来时,我便预知昨宵是下了雪。果然,当我打开房门一看时,对面房屋的瓦上全变成白色了,天井中一株木樨花的枝叶上,也黏缀着一小堆一小堆的白粉。详细的看去,觉得比日前两三回所下的都来得大些,因为以前的,虽然也铺盖了屋顶,但有些瓦沟上却仍然是黑色,这天却一色地白着,绝少铺不匀的地方了。并且都厚厚的,约莫有一两寸高的程度。日前的雪,虽然铺满了屋顶,但于木樨花树,却好像全无关系似的,此回它可不免受影响了,这也是雪落得比较大些的明证。

　　老李照例是起得很迟的,有时我上了两课下来,才看见他在房里穿衣服,预备上办公厅去。这天,我起来跑到他的房里,把他叫醒之后,他犹带着几分睡意的问我道:"老钟,今天外面有没有下雪?"我回答他说:"不但有呢,并且颇大。"他起初怀疑着,直待我把窗内的白布幔拉开,让他望见了屋顶才肯相信。"老钟,我们今天到灵隐去耍子吧?"他很高兴的说。我"哼"的应了一声,便回到自己的房里来了。

　　我们在校门上车时,大约已九句钟左右了。时小雨霏霏,冷风拂人如泼水。从车帘两旁缺处望出去,路旁高起之地,和所有一切高低不平的屋顶,都撒着白面粉似的,又如铺陈着新打好的棉被一般。街上的已大半变成雪泥,车子在上面碾过,不绝的发出唧唧的声音,与车轮转动时磨擦着中间横木的音响相杂。

　　我们到了湖滨,便换登汽车。往时这条路线的搭客是颇热闹的,

———————
①　十句:即十点。

现在却很零落了。同车的不到十个人,为遨游而来的客人还怕没有一半。当车驶过白堤时,我们向车外眺望内外湖风景,但见一片迷濛的水气弥漫着,对面的山峰,只有一个几乎辨不清楚的薄影。葛岭、宝石山这边,因为距离比较密迩的缘故,山上的积雪和树木,大略可以看得出来;但地位较高的保俶塔,便陷于朦胧中了。到西泠桥前近时,再回望湖中,见湖心亭四围枯秃的树干,好似怯寒般的在那里呆立着,我不禁联想起《陶庵梦忆》①中一段情词俱幽绝的文字来:

　　　　崇祯五年十二月,余住西湖。大雪三日,湖中人鸟声俱绝,是日更定矣,余拏一小舟,拥毳衣炉火,独往湖心亭看雪。雾淞沆砀,天与山与水上下一白。湖上影子,惟长堤一痕,湖心亭一点,与余舟一芥,舟中人两三粒而已。到亭上,有两人铺毡对坐,一童子烧酒,炉正沸,见余大喜,曰:"湖中焉得更有此人!"拉余同饮,余强饮三大白而别。问其姓氏,是金陵人,客此。及下船,舟子喃喃曰:"莫说相公痴,更有痴似相公者!"

　　　　　　　　　　　　　　　　　　　　(《湖心亭看雪》)

　　不知这时的湖心亭上,尚有此种痴人否?心里不觉漠然了一会。车过西泠桥以后,车暂驶行于两边山岭林木连接着的野道中。所有的山上,都堆积着很厚的雪块,虽然不能如瓦屋上那样铺填得均匀普遍,那一片片清白的光彩,却尽够使我感到宇宙的清寒、壮旷与纯洁!常绿树的枝叶后所堆着的雪,和枯树上的,很有差别。前者因为有叶子衬托着之故,雪上特别堆积得大块点,远远望去,如开满了白的山茶花,或吾乡的水锦花。后者,则只有一小小块的雪片能够在上面黏着不堕落下去,与刚著花的梅李树绝地相似。实在,我初头几乎把那些近在路旁的几株错认了。野上半黄或全赤了的枯草,多压在两三

---

① 《陶庵梦忆》:明张岱所著的小品散文集,内中不少文章是写西湖的。

寸厚的雪褥下面；有些枝条软弱的树，也被压抑得欹欹倒倒的。路上行人很稀少。道旁野人的屋里，时见有衣饰破旧而笨重的老人童子，在围着火炉取暖。看了那种古朴清贫的情况，仿佛令我忘怀了我们所处时代的纷扰、繁遽了。

到了灵隐山门，我们便下车了。一走进去，空气怪清冷的，不但没有游客，往时那些卖念珠、古钱、天竺筷子的小贩子也不见了。石道上铺积着颇深的雪泥。飞来峰疏疏落落的着了许多雪块，清泠亭及其它建筑物的顶面，一例的密盖着纯白色的毡毯。一个拍照的，当我们刚进门时，便紧紧的跟在后面，因为老李的高兴，我们便在清泠亭旁照了两个影。

好奇心打动着我，使我感觉到眼前所看到的不满足，而更向处境较幽深的韬光庵去。我幽悄地尽移着步向前走，老李也不声张的跟着我。从灵隐寺到韬光庵的这条山径，实际上虽不见怎样的长，但颇深曲而饶于风致。这里的雪，要比城中和湖上各处都大些，在径上的雪块，大约有半尺来厚，两旁树上的积雪，也比来路上所见的浓重。曾来游玩过的人，该不会忘记的吧，这条路上两旁是怎样的繁植着高高的绿竹。这时，竹枝和竹叶上，大都着满了雪，向下低低地垂着。《四时幽赏录》"山窗听雪敲竹"条云："飞雪有声，惟在竹间最雅。山窗寒夜，时听雪洒竹林，淅沥萧萧，连翻瑟瑟，声韵悠然，逸我清听。忽尔回风交急，折竹一声，使我寒毡增冷。"这种风味，可惜我没有福分消受呢。

在冬天，本来是游客冷落的时候，何况这样雨雪清冷的日子呢？所以当我们跑到庵里时，别的游人一个都没有，——这在我们上山时看山径上的足迹便可以晓得的——而僧人的眼色里，并且也有一种觉得怪异的表示。我们一直跑上最后的观海亭。那里石阶上下都厚厚地堆满了水沫似的雪，亭前的树上，雪着得很重，在雪的下层并结了冰块。旁边有几株山茶花，正在艳开着粉红色的花朵。那花朵有些堕下来的，半掩在雪花里，红白相映，色彩灿然，使我们感到华而不俗,清而不寒;因而联忆起那"天寒翠袖薄,日暮倚修竹"的美人儿呢。

登上这亭,在平日是可以近瞰西湖,远望浙江,甚而至于缥缈的沧海的,可是此刻却不能了。离庵不远的山岭,僧房,竹树,尚勉强可见,稍外则封锁在茫漠的烟雾里了。

空斋蹋壁卧,忽梦溪山好。朝骑秃尾驴,来寻雪中道。石壁引孤松,长空没飞鸟。不见远山横,寒烟起林杪。

(《雪中登黄山》)

我倚着亭柱,默默地在咀嚼着渔洋①这首五言诗的清妙;尤其是结尾两句,更道破了雪景的三昧,但说不定许多没有经验的人,要妄笑它是无味的诗句呢。文艺的真赏鉴,本来是件不容易的事,这又何必咄咄见怪? 自己解说了一番,心里也就释然了。

本来拟在僧房里吃素面的,不知为什么,竟跑到山门前的酒楼喝酒了。老李不能多喝,我一个人也就无多兴致干杯了。在那里,我把在山径上带下来的一团冷雪,放进在酒杯里混着喝。堂倌看了说:"这是顶上的冰淇淋呢。"

半因为等不到汽车,半因为想多玩一点雪景,我们决意步行到岳坟才叫划子去游湖。一路上,虽然走的是来时汽车经过的故道,但在徒步观赏中,不免觉得更有情味了。我们的革履,踏着一两寸厚的雪泥前进,频频地发出一种清脆的声音。有时路旁树枝上的雪块,忽然丢了下来,着在我们的外套上,正前人所谓"玉堕冰柯,沾衣生湿"的情景。我迟回着我的步履,旷展着我的视域,油然有一脉浓重而灵秘的诗情,浮上我的心头来,使我幽然意远,漠然神凝。郑綮答人家自己的诗思,在灞桥雪中,驴背上,真是怪懂得趣儿的说法呢!

当我们在岳王庙前登舟时,雪又纷纷的下起来了。湖里除了我

---

① 渔洋:清诗人王士禛别号渔洋山人。

们的一只小划子以外，再看不到别的舟楫。平湖漠漠，一切都沉默无哗。舟穿过西泠桥，缓泛里西湖中，孤山和对面诸山及上下的楼亭房屋，都白了头，在风雪中兀立着。山径上，望不见一个人影；湖面连水鸟都没有踪迹，只有乱飘的雪花堕下时，微起些涟漪而已。柳宗元诗云："千山飞鸟绝，万径人踪灭。孤舟蓑笠翁，独钓寒江雪。"我想这时如果有一个渔翁在垂钓，它很可以借来说明眼前的景物呢。

舟将驶近断桥的时候，雪花飞飘得更其凌乱，我们向北一面的外套，差不多大半白而且湿了。风也似乎吹得格外紧劲些，我的脸不能向它吹来的方面望去。因为革履渗进了雪水的缘故，双足尤冰冻得难忍。这时，从来不多开过口的舟子，忽然问我们道："你们觉得此处比较寒冷么？"我们问他什么缘故，据说是宝石山一带的雪山风吹过来的原因。我于是默默的兴想到智识的范围和它的获得等重大的问题上去了。

我们到湖滨登岸时，已是下午三句余钟了。公园中各处都堆满了雪，有些已变成泥泞。除了极少数在待生意的舟子和别的苦力之外，平日朝夕在此间舒舒地来往着的少男少女，老爷太太，此时大都密藏在"销金帐中，低斟浅酌，饮羊羔美酒"——最少也靠在腾着血焰的火炉旁，陪伴家人或挚友，无忧虑地在大谈其闲天。——以享乐着他们幸福的时光，再不愿来风狂雪乱的水涯，消受贫穷人所应受的寒冷了！

这次的薄游，虽然也给了我些牢骚和别的苦味，但我要用良心做担保的说，它所给予我的心灵深处的欢悦，是无穷地深远的！可惜我的诗笔是钝秃了，否则，我将如何超越了一切古诗人的狂热地歌咏着它呢！

好吧，容我在这儿诚心沥情地说一声，谢谢雪的西湖，谢谢西湖的雪！

一八年一月末日写成

（选自《中国新文学大系·散文二集》，

上海良友图书印刷公司1936年版）

【分析】

　　钟敬文(1903—2002),广东海丰人,笔名静文、静君、金粟等。1922年从陆安师范毕业后,到岭南大学半工半读,后任中山大学助教、预科讲师,并参加该校民俗学会,编辑《民间文艺》、《民俗周刊》及民俗丛书。20世纪20年代中期开始创作。1935年赴日本,在早稻田大学文科研究院学习。1936年回国,从事教育与研究工作。抗日战争期间,辗转各地任教。1949年5月到北平,后任北京师范大学中文系教授。钟敬文的散文集有《荔枝小品》、《西湖漫拾》、《湖上散记》等,还有一本《柳花集》,是20世纪20年代末印行的,大体上是些文艺评论一类的随笔,当作散文来读也无不可。

　　钟敬文在写作《西湖漫拾》以后说:"我自己三数年来写的一些文字,也正如我所癖好的一样,在情思和风格上,大抵多是比较冲淡静默的。"

　　钟敬文的散文大抵都呈现出这种冲淡静默、平远清隽的风格。在《西湖的雪景》中,他把西湖之美与雪景之美融合在一起抒写,并且做到议、叙、写一体交融,给人一种冷然、超然、旷然的意趣。

　　动笔写游赏西湖雪景之前,作者先说了一番冬游西湖的妙趣。他用拗一笔的写法,先说从来谈论西湖之胜景,多注目于春夏二季。但四时烟景不同,重在领略其真趣,并引用别人的话说,"若能高朗其怀,旷达其意……揽景会心,便得真趣"。这话实际上奠定了此文的基调。

　　文中写了两次落雪,写前一次小雪是为写后一次雪做铺垫,因为第二次雪大才触动了游兴。初进西湖,作者就首先描摹随视角之远近而看到的不同景色,写西湖的雪,又写雪中的西湖,用"一片片清白的光彩",概括地写出全景,接着又细致加以描叙:

　　　　常绿树的枝叶后所堆着的雪,和枯树上的,很有差别。前者因为有叶子衬托着之故,雪片特别堆积得大块点,远远望去,如开满了白的山茶花,或吾乡的水锦花。后者,则只有一小小块的雪片能够在上面黏着不堕落下去,与刚著花的梅李树绝地相似。

这些描写非常精到,非身临其境、仔细观察是无法写出的。接着,作者分别写了韬光庵探幽、岳王庙前登舟两处游历的情景。前者主要写雪里山茶花艳开,后者主要写雪中泛舟。其中穿插着写在山寺前酒楼喝酒化雪水入杯而饮,步行至岳坟途中领略"玉堕冰柯,沾衣生湿"的趣味。这几乎都是写一己游赏的情怀,传达出的是平远幽静的隽味。最后在欢愉中夹一点愤激,多少是针对贫富阶级对立的现实而发出的感慨,使文章摇曳着时代的喟叹,也就不完全是"幽情孤赏"的抒情写景文字了。

钟敬文自认散文写作受周作人的影响,而郁达夫说他的散文可继"冰心的后武"。两者的影响有迹可循,像这篇中的广采博拾旧文与旧诗词,平添知识的雅趣;时时透露出追求真趣深味的情致,又有蕴藉的风格。好的作家、作品总要吸取前人的精华和今人的智慧,熔于一炉而自铸美词的。但假若硬是模仿别人,没有独创性,那就会如古人说的:"纵逼似某家,亦食某家残羹耳,于我何有哉!"(石涛语)

钟敬文在散文艺术上自有他的特色,他承袭周作人平淡的表现方法,却比周作人更多情韵;他赞成冰心的率直的表现生活,却比较注重阐发哲理。后来,他很快地意识到,

> 我们的时代,是觉醒与争斗的时代,以艺术为一己的哀乐得失作吹号,而酣醉满足于这吹号中,良心实不能教我这愚笨的人安然。(《湖上散记·后记》)

正是有这样清醒的认识,钟敬文的散文路子后来就越走越宽广了。

记梁任公先生的一次演讲

梁实秋

梁任公①先生晚年不谈政治,专心学术。大约在民国十年左右,清华学校请他作第一次的演讲,题目是《中国韵文里表现的情感》。我很幸运的有机会听到这一篇动人的演讲。那时候的青年学子,对梁任公先生怀着无限的景仰,倒不是因为他是戊戌政变的主角,也不是因为他是云南起义的策划者,实在是因为他的学术文章对于青年确有启迪领导的作用。过去也有不少显宦,以及叱咤风云的人物,莅校讲话。但是他们没有能留下深刻的印象。

任公先生的这一篇讲演稿,后来收在《饮冰室合集》里。他的讲演是预先写好的,整整齐齐的写在宽大的宣纸制的稿纸上面,他的书法很是秀丽,用浓墨写在宣纸上,十分美观。但是读他这篇文章和听他这篇讲演,那趣味相差很多,犹之乎读剧本与看戏之迥乎不同。

我记得清清楚楚,在一个风和日丽的下午,高等科楼上大教堂里坐满了听众,随后走进了一位短小精悍秃头顶宽下巴的人物,穿着肥大的长袍,步履稳健,风神潇洒,左右顾盼,光芒四射,这就是梁任公先生。

他走上讲台,打开他的讲稿,眼光向下面一扫,然后是他的极简短的开场白,一共只有两句,头一句是:"启超没有什么学问——,"眼睛向上一翻,轻轻点一下头:"可是也有一点喽!"这样谦逊同时又这样自负的话是很难得听到的。他的广东官话是很够标准的,距离国语甚远,但是他的声音沉着而有力,有时又是宏亮而激亢,所以我们还是能听懂他的每一字,我们甚至想如果他说标准国语其效果可能

---

① 梁任公:梁启超(1873—1929),号任公,广东新会人,近代维新派领袖、学者,著有《饮冰室合集》。

反要差一些。

我记得他开头讲一首古诗《箜篌引》：

> 公无渡河。
> 公竟渡河！
> 渡河而死，
> 其奈公何！

这四句十六字，经他一朗诵，再经他一解释，活画出一出悲剧，其中有起承转合，有情节，有背景，有人物，有情感。我在听先生这篇讲演后约二十余年，偶然获得机缘在茅津渡候船渡河。但见黄沙弥漫，黄流滚滚，景象苍茫，不禁哀从衷来，顿时忆起先生讲的这首古诗。

先生博闻强记，在笔写的讲稿之外，随时引证许多作品，大部分他都能背诵得出。有时候，他背诵到酣畅处，忽然记不起下文，他便用手指敲打他的秃头，敲几下之后，记忆力便又畅通，成本大套的背诵下去了。他敲头的时候，我们屏息以待，他记起来的时候，我们也跟着他欢喜。

先生的讲演，到紧张处，便成为表演。他真是手之舞足之蹈之，有时掩面，有时顿足，有时狂笑，有时太息。听他讲到他最喜爱的《桃花扇》，讲到"高皇帝，在九天，不管……"那一段，他悲从衷来，竟痛哭流涕而不能自已。他掏出手巾拭泪，听讲的人不知有几多也泪下沾巾了！又听他讲杜氏讲到"剑外忽传收蓟北初闻涕泪满衣裳……"，先生又真是于涕泗交流之中张口大笑了。

这一篇讲演分三次讲完，每次讲过，先生大汗淋漓，状极愉快。听过这讲演的人，除了当时所受的感动之外，不少人从此对于中国文学发生了强烈的爱好。先生尝自谓"笔锋常带情感"，其实先生在言谈讲演之中所带的情感不知要更强烈多少倍！

有学问，有文采，有热心肠的学者，求之当世能有几人？于是我想起了从前的一段经历,笔而记之。

(选自《梁实秋散文选集》,百花文艺出版社 1988 年版)

【分析】

梁实秋(1903—1987),北京人。1923 年清华学校毕业后赴美,先后就读于科罗拉多大学、哈佛大学研究所、哥伦比亚大学,研习英语和英美文学。1926 年回国后,曾在各大学任教。著有《雅舍小品》、《雅舍杂文》、《雅舍谈吃》等十余种,并译完《莎士比亚全集》,编写了三十多种英文词典和教科书。

梁实秋以散文饮誉文坛。1940 年他以"子佳"为笔名在《星期评论》陆续发表《雅舍小品》,后来编为一集,风行不衰,居然发行了五十余版,并被译成英文本。此后陆续出版了《雅舍小品》的"续集"、"三集"、"四集"和"合集",奠定了他在中国现代散文史上独特的地位。著名美学家朱光潜在致梁实秋的一封信中认为,"大作《雅舍小品》对于文学的贡献在翻译莎士比亚工作之上"。

梁实秋的散文清明雅洁,最崇尚"简单"二字。他在《文学讲话》中谈及散文时说:

> 文章要深、要远、要高,就是不要长。描写要深刻,意思要远大,格调要高雅,就是篇幅不一定要长。

又说:

> 致力于字句的推敲,也不过是要把自己的意念确切的表示出来罢了。(《论散文》)

梁实秋的散文还追求文调美。他曾说:

> 文调的美纯粹是作者性格的流露,所以有一种不可形容的妙处:或是奔涛澎湃,能令人惊心动魄;或是委婉流利,有飘逸之致;或是简练雅洁,如斩钉截铁……总之,散文的妙处真可说是气象万千,变化无穷。

这可能是从作家的风格与个性看文调。具体地说,文调更多体现于声韵音节上。用他自己的话来说,就是,

> 仄声字容易表示悲苦的情绪,响亮的声音容易显出欢乐的神情,长的句子表示温和弛缓,短的句子代表强烈急迫的态度。(《论散文》)

结合上述两个特点,我们来看这篇《记梁任公先生的一次演讲》。

梁任公就是大名鼎鼎的戊戌变法的中坚人物梁启超。对于这样一位历史上的风云人物,写来真不知需要几千、几万字。但作者第一段的第一句话就很切题地说:"梁任公先生晚年不谈政治,专心学术。"一句话就简括了梁任公先生的后半生事业。第二句就直奔所写中心:"清华学校请他作第一次的演讲,题目是《中国韵文里表现的情感》。"再接下去寥寥几句,包孕无穷意思:提及梁任公先生过去轰轰烈烈的政治业绩,但意不在此,主要还是肯定"他的学术文章对于青年确有启迪领导的作用"。

第二自然段是对梁任公先生这篇讲演稿的补充说明,跟上段结尾呼应,还是在一路铺垫说明这篇讲演之不同寻常。

梁启超这篇讲演,既是生动的带有感情的讲稿,又是一篇辉煌的卓尔不群的学术论文,是近代以来中国文学研究的一篇重要文章。梁实秋适逢其会,他听到了这次演讲,但演讲内容毕竟是学术性的,写散文当然不能枯燥地记叙内容,重复说理。作者高明之处,全从自己的视角来描摹这次梁任公演讲的神态、动作、声调、感情。他写的

是梁任公一次演讲的实景,他把人物写活了。他写了梁演讲的激越声情,有全景镜头,有特写镜头,"有情节,有背景,有人物,有情感",讲演者与讲演的内容合二而一了,真不知作者是写梁任公还是写梁任公的演讲;但也可以说作者是写梁任公本人,也是在写梁任公的演讲……

作者不能重复演讲的内容但又必须要写到演讲的内容,便截取了梁任公先生讲"公无渡河"的古诗,讲《桃花扇》,讲杜甫的诗,除了使读者感到精彩动人之外,也能悟到文章熔裁得法、组织经营之妙。

最后一段只有两句话。这两句话只能用之于评论梁任公,也只能用之于这篇文章的结尾。没有多余的一个字,也不能更动一个字。

以此一篇,可窥见梁实秋散文的艺术全貌。我们很同意陈漱渝在《〈雅舍小品〉现象——我观梁实秋的散文》一文中精当的评说:

> 他在篇幅上力求浓缩,删芟枝蔓;在语言上,摭词摘藻,期于至当。由于梁实秋深谙"割爱"的艺术原则,所以他的散文清楚而有姿态,简单而有力量,美在简洁,美在适当。

海上的日出

巴 金

在船上为了看日出,我常常早起,那时天还没有大亮。周围是很静寂的,只有机房的声音。

天空变成了浅蓝色,很浅很浅的,转眼间天边现了一道红霞,慢慢儿扩大了它的范围,加大了它的光亮。我知道太阳要从天际升起来了,便不转睛地望着那里。

果然过了一会儿,在那个地方出现了太阳的一小半,红是红得很,却没有光亮。这个太阳像负着什么重担似地慢慢儿一步一步地努力向上面走来,到了最后,终于冲破了云霞,完全跳出了海面,那颜色真红得爱人。一刹那间,这深红的东西,忽然生了夺目的光亮,射得人眼睛发痛,同时附近的云也着了光彩。

有时太阳走入云里,而它的光线仍从云里透射下来,直射到水面上。这时候人要分辨出何处是水,何处是天,倒也不容易,因为只能够看见光亮的一片。

有时天边有黑云而且云片很厚,太阳出来时,人就不能够看见。然而太阳在黑云里放射出光芒,透过黑云的重围,替黑云镶了一道光亮的金边。到后来才慢慢儿透出重围,而出现于天空,甚至把黑云也变成了紫色或红色。这时候光亮的不仅是太阳、云和海水,连我自己也成了光亮的了。

这不是很伟大的奇观么?

(选自《海行杂记》,开明书店 1935 年版)

【分析】

巴金(1904—2005),四川成都人。原名李尧棠,字芾甘。他出身于官僚地主家庭,五四运动后逐步形成了民主主义思想。1920年考入成都外语专门学校,1923年他和三哥冲破封建家庭的樊笼,到上海、南京求学。1927年旅居巴黎,开始了他的第一部长篇小说《灭亡》的写作,"巴金"就是发表这部小说时用的笔名。他的创作最有成就和影响的是"激流三部曲",尤以《家》为杰出。他一生中从事多方面的文化活动。1962年人民文学出版社出版的14卷《巴金文集》,展现了他对中国现代文学的卓越贡献。他的作品文笔流畅,感情丰富,最受青年读者喜爱。

《海上的日出》是巴金1927年1月在赴法国的船上写的。

差不多半个世纪以来,老作家巴金从没有停止过自己的写作。他写的小说、散文是数量较多、成绩较大的。他的文章语言流畅,风格清朗,如行云流水,"常行于所当行,常止于不可不止"。《海上的日出》是巴金写得最短的一篇散文,我们意在通过这篇短文窥见作者的风格,同时领悟文章要写得纯熟,必须重视写作的基本训练这个道理。

《海上的日出》是作者年轻时的即兴之作,但从中也可以看出作者观察、描写的能力。他写海上日出,先写日出之前的景象。天空先是浅蓝,继而出现红霞。接着写到日出,这里写了太阳的形状,太阳的动态,太阳的色彩,太阳的光亮,而且有层次、有变幻。之后又写云中的太阳,阳光照着的云,水面上的景象。最后景物与人融为一体:"这时候光亮的不仅是太阳、云和海水,连我自己也成了光亮的了。""这不是很伟大的奇观么?"海上日出的壮丽景象,"伟大的奇观",巴金仅仅用了四百多字就将其呈现在我们眼前。

这篇短文,只能算是作者的素描或速写。为了练习观察,练习表现,作家们是经常进行这种练笔活动的。即以日出为例,古今中外作家都做过描写。明代徐霞客在《游雁荡山日记》中这样写日出:

> 四望白云迷漫一色,平铺峰下,诸峰朵朵,仅露一顶,日光映之,如冰壶瑶界,不辨海陆,然海中玉环一抹,若可俯而拾也。

他写周围环境来衬托日出。清代桐城派著名作家姚鼐在《登泰山记》里写"日观亭观日出"更是脍炙人口的文字:

> ……坐日观亭待日出。大风扬积雪击面。亭东至足下皆云漫。稍见云中白若樗蒲数十立者,山也。极天云一线异色,须臾成五彩,日上,正赤如丹,下有红光动摇承之。或曰,此东海也。回视日观以西诸峰,或得日,或否,绛皓驳色,而皆若偻。

这和巴金的一样,既写日出的层次,又写色彩的变幻。
再看德国作家海涅在《哈尔茨山游记》中记叙从布罗肯高峰看日出的情景:

> 我们一言不语地观看,那绯红的小球在天边升起,一片冬意朦胧的光照扩展开了,群山像是浮在一片白浪的海中,只有山尖分明突出,使人以为是站在一座小山丘上。在洪水泛滥的平原中间,只是这里或那里露出来一块块干的土壤。

善于观察大自然风貌的屠格涅夫,他写俄罗斯原野上的日出又是一番景象:

> ……朝阳初升时,并未卷起一天火云,它的四周是一片浅玫瑰色的晨曦。太阳,并不厉害,不像在令人窒息的干旱的日子里那么炽热,也不是在暴风雨之前的那种暗紫色,却带着一种明亮而柔和的光芒,从一片狭长的云层后面隐隐地浮起来,露了露

面,然后就又躲进它周围淡淡的紫雾里去了。在舒展着云层的最高处的西边闪烁得有如一条条发亮的小蛇;亮得像擦得耀眼的银器。可是,瞧!那跳跃的光柱又向前移动了,带着一种肃穆的欢悦,向上飞似的拥出了一轮朝日。……

不同的作家对日出这一自然现象有不同的描写,但观察得都十分认真仔细,表现在文字上都一样的精彩生动。初学写作,就要经常练习观察,练习素描、速写。"素描""速写",这些词是从绘画上借用来的,区别是一个用线条,一个用文字。提到绘画,又想起画蛋的故事。欧洲文艺复兴时的著名画家达·芬奇,小时候学画就是从画鸡蛋、画苹果开始的。他的老师告诉他:

> 别以为画蛋很简单,很容易,要是这样想就错了,在一千只蛋当中从来没有两只形状是完全相同的。即使同是一只蛋,只要变换一个角度看它,形状便立即不同了。例如把头抬高一点,或者把眼睛看低一点,这个蛋的椭圆形轮廓也大有差异。所以,如果要在画纸上准确地把它表现出来,非要下一番苦功不可。多画蛋,那就是训练眼睛去观察形象,训练手随心所欲地表现事物,等到手眼一致,那么对任何形象都能应付自如了。这个基础工作必须首先做好。

这个功夫同样适用于写作。某些有经验的作家谈到他们锻炼文笔的情况时说:

> 我们每天都得写些东西,这样笔才不至于荒疏。每天一定要写两小时,没有材料写的时候,就写读书笔记,写书信,甚至描写窗外风景,这些东西不一定拿去发表。经常这么动笔,真正写作起来才可以挥洒自如。

海上的日出　巴　金

　　这方面也有不少例子。俄国作家托尔斯泰为使自己的笔能够准确细致地描写复杂事物,表达曲折丰富的思想感情,经常进行各种句式的造句练习;我国抗日战争时期著名的进步新闻工作者邹韬奋先生,是当时公认的文章能手,他在从事新闻工作二十几年中,除了工作时间为他自己创办的几种刊物勤奋写稿外,还为自己规定每天利用业余时间写满四张稿纸的练笔活动,一直坚持不辍,直至逝世。

　　"业精于勤荒于嬉",勤奋写作几乎支配了许多老作家的一生,巴金也是这样的。这篇《海上的日出》启示我们要勤奋地练笔。

废 园 外

巴 金

晚饭后出去散步,走着走着又到了这里来了。

从墙的缺口望见园内的景物,还是一大片欣欣向荣的绿叶。在一个角落里,一簇深红色的花盛开,旁边是一座毁了的楼房的空架子。屋瓦全震落了,但是楼前一排绿栏杆还摇摇晃晃的悬在架子上。

我看看花,花开得正好,大的花瓣,长的绿叶。这些花原先一定是种在窗前的。我想,一个星期前,有人从精致的屋子里推开小窗眺望园景,赞美的眼光便会落在这一簇花上。也许还有人整天倚窗望着园中的花树,把年轻人的渴望从眼里倾注在红花绿叶上面。

但是现在窗没有了,楼房快要倾塌了。只有园子里还盖满绿色。花还在盛开。倘使花能够讲话,它们会告诉我,它们所看见的窗内的面颜,年轻的,中年的。是的,年轻的面颜,可是,如今永远消失了。因为花要告诉我的不止这个,它们一定要说出八月十四日的惨剧。精致的楼房就是在那天毁了的。不到一刻钟的功夫,一座花园便成了废墟了。

我望着园子,绿色使我的眼睛舒畅,废墟么?不,园子已经从敌人的炸弹下复活了。在那些带着旺盛生命的绿叶红花上,我见不出一点被人践踏的痕迹。但是耳边忽然响起一个女人的声音:"陈家三小姐,刚才挖出来。"我回头看,没有人,这句话还是前几天,就是在惨剧发生后的第二天听到的。

那天中午我也走过这个园子,不过不是在这里,是在另一面,就是在楼房的后边。在那个中了弹的防空洞旁边,在地上或者在土坡上,我记不起了,躺着三具尸首,是用草席盖着的。中间一张草席下面露出一只瘦小的腿,腿上全是泥土,随便一看,谁也不会想到这是人腿。人们还在那里挖掘。远远地在一个新堆成的土坡上,也是从炸塌了的围墙缺口看进去,七八个人带着悲戚的面容,对着那具尸体发愣。这些人一定是和死者相识的罢。那个中年妇人指着露腿的死尸说:"陈家三小姐,刚才挖出来。"以后从另一个人的口里我知道了这个防空洞的悲惨故事。

一只带泥的腿,一个少女的生命。我不认识这位小姐,我甚至没有见过她的面颜。但是望着一园花树,想到关闭在这个园子里的寂寞的青春,我觉得心里被什么东西摇着似地痛起来。连这个安静的地方,连这个渺小的生命,也不为那些太阳旗的空中武士所宽容。两三颗炸弹带走了年轻人的渴望。炸弹毁坏了一切,甚至这个寂寞的生存中的微弱的希望。这样地逃出囚笼,这个少女是永远见不到园外的广大世界了。

花随着风摇头,好像在叹息。它们看不见那个熟习的窗前的面庞,一定感到寂寞而悲戚罢。

但是一座楼隔在它们和防空洞的中间,使它们看不见一个少女被窒息的惨剧,使它们看不见带泥的腿。这我却是看见了的。关于这我将怎样向人们诉说呢?

夜色降下来,园子渐渐地隐没在黑暗里。我的眼前只有一片黑暗。但是花摇头的姿态还是看得见的。周围没有别的人,寂寞的感觉突然侵袭到我的身上来,为什么这样静?为什么不出现一个人来听我愤慨地讲述那个少女的故事?难道我是在梦里?

脸颊上一点冷,一滴湿。我仰头看,落雨了。这不是梦。我不能长久立在大雨中。我应该回家了。那是刚刚被震坏的家,屋里到处都漏雨。

一九四一年八月十六日在昆明
(选自《巴金文集》第十卷,人民文学出版社
1961年版)

【分析】

《废园外》是对日本侵略者残暴行径的强烈控诉,但作者对于大轰炸没有直写,而是从侧面加以交代。全篇文眼是写废园中的花。绿叶,红花,眼前呈现出旺盛的生机。然而就在不久前发生了惨剧:由于敌人的轰炸,园废人亡。

巴金写散文,善于用流水行云的笔触,在不经意处抒发感情,这样更见得真挚、隽永。你看这篇散文也是这样:开头先写晚饭后散步,走到了出事地点。而从墙的缺口,望见的是绿叶红花,旁边衬以坍塌的楼房。这就从整体画面上给人们留下一个特异的、鲜明的印象。

作者重点写花,但写花还是为写园中居住的主人。作者推想:

> 一个星期前,有人从精致的屋子里推开小窗眺望园景,赞美的眼光便会落在这一簇花上。也许还有人整天倚窗望着园中的花树,把年轻人的渴望从眼里倾注在红花绿叶上面。

园子里住的是寂寞的少女,她被日军的轰炸夺去生命,"花随着风摇头,好像在叹息。它们看不见那个熟习的窗前的面庞,一定感到寂寞而悲戚罢。"以我观物,物皆着我之色彩,这种"移情"的表现方法,很能感人。这境界和古诗词"泪眼问花花不语"是相同的。

最后作者在雨中返回家中,这也是一个刚刚被轰炸震坏的家。

整篇散文就是这样,在平实的叙述中蕴含着作者的深情,唯其哀而不伤,更能动人心魄,增加了我们对侵略者的愤恨。

感情的真挚、灼热、细腻,文笔的朴实、平易、流畅,两者的融和,形成了巴金散文的艺术个性。《废园外》的发表,更标志着他的艺术风格的成熟。

田 保 霖

——靖边县新城区五乡民办合作社主任

丁 玲

黄昏的时候,把两手抱在胸前,显出一副迷惑的笑容,田保霖送走了区长之后,便在窑前的空地上踱了起来,他把头高高的抬起来望着远处,却看不见那抹在天际的红霞;他也曾注视过窑里,连他婆姨在同他讲些什么他也没有听见,他心里充满了一个新奇的感觉,只在盘算一个问题;

"怎搞的?一千多张票……咱是不能干的人嘛,咱又不是他们自己人;没有个钱,也没有个势,顶个毬事,要咱干啥呢?……"

他被选为县参议员了,这完全是他意外的事。

他是一个爱盘算的人,但也容易下决心,这被选为参议员的事,本没有什么困难一类的问题,也不需要下什么决心,像他曾有过的遭遇那样,不过他却被一种奇怪所纠缠,简直解不开这个道理。

当许多年前他全家经年流浪在碾盘渠、下王渠、沙口一带,他自己常常替人安庄稼,好不容易混,后来为着糊口,到教堂里去工作,学会念经,小心谨慎,慢慢熬到做了一个小掌柜,替教堂管了上王渠一村四十四家人,总算他为人公正,农民并不反对他,倒对他很好。后来神父换了,他成天挨骂受气,他受不了,只好走了。他走到保安,走到宁夏,走到洛川,流浪着,贩着羊,贩着猪,贩着盐和粮食。他赚了一点钱,吃了一些,再还一点账,生活还是没法搞好,还欠着账,但他有了经验,他成为一个有点名气的买卖人了。本来就打算这样搞下去,可是石老姚、杨候小来了,抢了东西,吃了胖猪;接着是黄马队;接着是来打土匪的二岔抢头的张团长。百姓被抢的一无所有,人都逃到沙漠中藏了起来,张家畔热闹的街市,变得寂无人烟。田保霖也逃到了外县。然而,这时却"红"了。三十军军长阎洪彦到了靖边,接着又来了二十七军贺晋年,靖边县翻了个身,穷人都分了土地。但田保霖却仍留在城川。有人告诉他,说他是买卖人,他的二叔父是豪绅,带过民团,最好不回去。于是田保霖不得不好好盘算了:"共产党打的是富有,是贪官,咱末,做点小本买卖,咱无土无地,欠粮欠账,一条穷人嘛。咱当过掌柜,可是没做过坏事,人都说咱好,咱还怕他个啥?杀头,杀了咱有啥用呢?人都说三十军好么,那么咱就回去,不怕他。"于是他回去了。抱着一个不出头不管事的态度,悄悄的回到草山梁(现改名长渠沟),一大片荒地,没有人住。他有了地,也不必交租子。他欠的账也跟着旧政权吹了。他没有负担和剥削,经过几年的经营,他有了六七十垧地,有了牛、马、羊,开了个大油房,日子过得很好。心里想:"共产党还不错,可是,咱就过咱的日子吧,少管闲事。"

不过做了参议员就得同他们搞在一起,这起人究竟是那一号子人呢?

结果他决定了:"就到县上开会去,还有高吉祥、冯吉山末,他们在旧社会比咱还有地位,怕个啥,就去。"

田保霖虽然这么想了,但他仍没有懂得为什么会有一千多人投他的票?他是一个买卖人,曾受过教堂的宣传,虽说回到了长渠沟,在革命的政权下,生活一天天变好,却不接近这号子人,也不理解他们,但他的一举一动,这号子人都是清清楚楚的。从长渠沟一带的老百姓口中都曾说过他的好话,说他是一个平和而诚实的人,是一个正派人。在头年(一九四一年)缺粮的时候,政府发起调剂运动,他自动借出了一石多,而且每天到各乡去借,维持了许多贫苦农民的生活,他对于公益的事热心奔走,人民对他有好感,他是被他不了解的这号子人所了解的,因此他被选为县的参议员。

"这是一个新问题,好是好,怕不能成……"当惠中权同志提出靖边要发展农业,首先要兴修水利的时候,田保霖同别人一样有着上面的想法。靖边土质太薄,不适耕种,要修水地和水漫地,实在是困难的太,要筑壕、坝,要修"退水",工程都是很大的,而且在这些地方常有宽到几百亩的沙滩,而且谁去修呢？这里是缺乏劳动力的地区；唉,问题可多着呢,再譬如地是地主的,却要农民去修,修好了地又该是谁家的呢？但这些问题都有了适当的解决。又讨论了剥小麻子皮,割秋草的事,好像不重大,算起来利可大的太呢。又计划了栽树的事,都是好事嘛。从前田保霖解不开参议会是个啥名堂,老百姓都说是做官,现在才明白,白天黑夜尽谈的怎个为老百姓想办法啦。田保霖从这次才算开了眼界,渐渐他明白了他们,他们活着不为别的,就只盘算如何把老百姓的生活搞好。

因为他又被选为常驻议员,经常来县上开会,他看见杨家畔的石坝修起来了,胡家湾的也修起来了。修水利的农民一天一天的加多,外县外乡的人都到这里来,杨家畔就打了二十多个窑等他们来住。他们在有沙滩的地方修了水道,利用水力。慢慢地也是不觉地便把那怕人的沙堆冲平,同时农民可以得到十分之八的土地,地主也高兴这种坐享其成的分配法。

"唉,这伙人能成,一个劲儿直干么!"

他和参议会的议长,也就是县委书记惠中权同志做了朋友。

"你是顶能干的,为大伙儿做点事吧。咱们把靖边搞得美美儿的。"惠中权只要有机会便劝说他。

"咱是没有占上文化的人,会办个啥,这话怕不顶真吧?"开始他还这末想,但慢慢地他觉得这是实话,他们要做的事太多,简直忙不过来,人心同一起,黄土变成金。他的心活动了,有时甚至觉得很惭愧,觉得自己没意思,人应该像他们一样活着,做公益事情。

"唉,咱能干啥呢？咱是买卖人,别的事解不开么。"这样的话他也同惠中权谈了。

现在惠中权又劝他办合作社了。

"你要能办好一个合作社,你对靖边就有一个大功劳,你看咱们新城区老百姓要个啥都得到蒋管区的宁条梁去,到宁条梁去人也好,牲口也好，都还要上什么修城税，物价又贵，又误工，而且咱们要买别人东西，别人就抬高物价，你看春上一匹布才卖八百元，秋后就卖八千元，而咱们的麻子从二千四也不过涨到八千元，至于盐就等于不涨价。你要是在你五乡能办好一个合作社，那咱靖边的合作社事业，咱们的经济就有办法，你回去鼓吹，咱们尽力帮助你，这个你能成的。"

田保霖便又盘算了，人多不怯力气重，只要政府里能帮咱，咱就好好的干出一番事业吧，也不枉在世一场。"对，能行。"他答应了。

于是他踏上了新的道路，为建设新民主主义的新靖边而工作了。他是有意识的要和惠中权一道，和共产党一道，热心为人民服务，这是去年二月间的事。

田保霖回到了乡上，十余天他收到了七十四万四百元的股金，有二百四十一户都把公盐代金入了股。老百姓四处传说："田保霖在做好事了，公盐事小，误工可大，现在他替咱们包运，赶快把钱交给他吧，又省事，又赚钱，明年还可不管呢！"大家知道他有能耐，于是赶牲口来入股的也有，拿麻子粮食来入股的也有，人工也打成了份子，他们去办货，合作社就成立起来，大家选他做了主任。

六月的时候，他们赶着八个牲口出发了，他们走了盐池又走延安，一个牲口驮着一千一百三十一元的盐，到了延安，这盐便值二万块钱，除出了运费，他替咱们合作社赚了一万余元。而它们回来的时候，背上又驮了布匹，又要赚一万多。于是它们得不到休歇，把春毛驮上米脂，又把铁锅驮回来，它们总是驮着人们需要的东西，而替合作社赚钱，半年的时间他们赚了九十六万九千多元。

现在呢，田保霖的运输队发展到七十四个牲口了，没有一个坏牲口，他用的是有经验的干部，运输队长石有光是好的长脚户，他懂得喂养牲口，他参加合作社是份子制，所以他更积极负责。

也有些运输队赔过钱，为什么田保霖会赚钱的呢，因为他不特制度好，管理好，自带草料，不特会根据群众需要来调剂货物运销，而他最主要的是懂得放青囤盐，上槽卖盐。

接着,油房也办起来了。宁条梁的人都说:"田保霖是个什么人,为什么不准麻子出口,现在要去采买也不成。老百姓的麻子都卖给合作社了。他妈的,非揍他不可。"但他们是威吓不了的,老百姓愿意把麻子卖给合作社,合作社出的价钱公道,将来要买油也方便。田保霖的油房一共榨了一百六十四榨,出油一万五千七百四十四斤,赚了二百三十二万七千一百六十元。这个生意使靖边的人都兴奋起来了,今年靖边县政府扩大种麻三万垧,能打一万八千石麻子,九千石油,而宁条梁是不产麻子的。

田保霖替人民办了事,一下便吃开了,他又被选为模范工作者,他出席劳动英雄大会,政府里送了他的匾,老百姓也慰劳他,在会上大家都询问他为什么一下便集了那么多股金,他谦虚地笑着说:"一切替老百姓想,只要于他有益,他就拥护,离了他们是办不了事的。"他有了新的经验,人人都说他能行,能办大事。

这个会也讨论到许多生产问题,大家都说靖边县吃亏的是布匹,田保霖一盘算,每人每年至低要穿三丈三,全区一万零九十五个人就须三万三千三百一十三丈五尺,合市价二百六十元一尺计算,共需八千六百六十一万五千一百元,这样大的数目,如何能行呢?可是在乡上开展妇纺实在不容易,就需要有一个会纺的妇女去教,而且这些妇女就很怕羞,要叫她去学,她们一定会当着奇闻扭转头去笑。不过天下无难事,只怕有心人,田保霖下决心要开展这个工作,他一回去,便做了二百四十一架纺车,分配到全区。他找到了一个难民邹老太婆,她会纺线,田保霖便替她把家安置好,首先请到自己家里来教纺线,年轻的婆姨们都笑了,原来这并不难,几天后,大家都学会了。他便又把她请到另一家去教,邹老太婆骑着一个牲口,带着一架纺车在五乡走了这家又那家。邹老太婆得了奖励。纺花的工资很大,纺一斤交半斤,于是妇女们便争着来请邹老太婆,大家说:"描云绣花不算能,纺线织布不受穷。"要是听到谁家的又会了,心里就焦急:"唉,邹老太婆还不来咱们村子,看别人都穿上自己的布了。"这样,在三个月中教会了三十五个。田保霖又要这三十五个再教人。关于邹老太婆，去年就上了报，也成了有名气的人。

田保霖听到张清益在关中办义仓，他是边区特等劳动英雄。田保霖说："咱靖边跌年成更多，年年防荒旱，这是一件大好事，咱合作社也办了吧。"于是他纠合众人开了一百一十五亩荒，又租了一百八十五亩，一共有三百亩，每亩收二斗，便可收六十石，而这个义仓还可推广，还可发展，要是每乡都有一个那就不怕天灾了。

因为他曾经向神父磕了八年头，仍然得不到一口饱饭，革命的政权才救了他，所以他格外讨厌他庄子上的关巫神，一看见是上坛、下地狱、退煞谢神就恨："这二流子又在骗人的钱。"他想出了一个治巫神的办法，他找了一个医生来，开一个药铺，四处替人灌羊治病，三个月中治了三百个人，灌羊三千，有病的人都找到合作社来，关巫神说："田保霖本领大，神神也不敢来了。"

五乡的合作社一出了名，新城区的合作社便有了师傅，田保霖的合作社又成了总社，他们常来打听行情，学习方法，也开油房，邹老太婆也到了六乡，还要到三乡去，他们也跟着栽树，也跟着赚钱。田保霖合作社在九个月之中，老百姓分到百分之九十的红利，他们笑着把红利又入了股，天天念着田主任的名字。

现在田保霖到延安来了，参加边区合作社主任联席会议。他带着极高的热情，他要见刘建章，他听到过延安南区合作社的各种方法；他要向刘主任学习，学习到能把合作社办成老百姓的亲人一样，人人相信它，依靠它，他也要把他的经验告诉别人，为大家研究。

这个会议马上要开幕了，它一定会把田保霖提高一步，他的眼界也就更要宽广，他一定会更坚定，更耐烦，做更多的事而为人民所拥护。

田保霖是一个爱名誉的人，但他牢牢记得惠中权同志的话："要好名声只有一条路，替老百姓办好事。"

（原载 1944 年 6 月 30 日《解放日报》，选自《陕北风光》，新华书店 1948 年版）

【分析】

丁玲(1904—1986),原名蒋伟,字冰之,又名丁冰之,湖南临澧人。1924年在上海大学读书,1927年开始小说创作。处女作《梦珂》(1927年)在《小说月报》发表,引起了文艺界的关注。继而《莎菲女士的日记》(1928年)又以大胆的描写和细腻的心理刻画,引起文坛震惊和注目,奠定了她在现代文学史上的地位。1931年参加"左联",曾主编《北斗》杂志。在延安时,曾主编《解放日报》副刊。中华人民共和国成立后,曾任《人民文学》主编、《文艺报》主编,并主持中央文学讲习所的工作。她在1948年写的长篇小说《太阳照在桑干河上》曾获得斯大林文学奖。

《田保霖》这篇叙事散文,主要是写延安"三三制"和大生产运动中的模范工作者田保霖。

这篇作品既保持了丁玲写作细腻酣畅的艺术风格,又加上了体验新的世界、新的人物的质朴感情,宣传了边区的风貌。

文章一开始就直写主人公,开阔的山地和人物升华了的思想境界融为一体。着墨不多,而内蕴深邃。

接着主要写田保霖的事迹。作者巧妙地运用了倒叙、直叙、补叙、插叙等手法,使人物形象渐次鲜明,到最后,一个受党培养和人民关注的、一贯努力为人民办好事的、普通而又不凡的人物,就矗立在我们面前了。

这篇文章最大的特点是质朴。田保霖一开始觉悟并不高,只是农村的小能人,但他比较平和、诚实,乐于助人。他虽然不了解共产党和人民政府,甚至选上参议员后,他还有不少疑惑,但当他知道"他是被他不了解的这号子人所了解的",他就高兴地出来为人民办事了。他对于开参议会也有了新认识,老百姓都说是做官,而他参加会议后,认识到"他们活着不为别的,就只盘算如何把老百姓的生活搞好"。这个认识提高的过程,是平平常常的,唯其平平常常,才符合常情,才真实可信。丁玲本身是一个知识分子,过去主要也写知识分子,现在转而写普通的人民代表,从行文的语言到人物的思想感情完全换了个样,这不能不说是她到了延安,投身工农群众后的巨大转变。为此,毛泽东同志特地请她吃饭,赞扬她为工农兵而写作。

　　作者主要笔墨是放在写田保霖身上的,但也写了参议会的议长和县委书记惠中权。田保霖通过个人努力,显示了一定的办事能力时,是惠中权引导他把才能贡献给人民,后来也是惠中权劝田保霖发挥特长,在边区发展合作社事业。田保霖踏上了新的道路,他这时"有意识的要和惠中权一道,和共产党一道,热心为人民服务"。文章写党的领导作用,同样用了真实、质朴的叙述手法。返璞归真,反而能提高文章的可信力和感染力。

　　作者的笔触是细致的,它是建立在观察与调查之上的。所谓观察就不是表面的了解,而是用身心体验,于平凡中发现非凡,于个别中看出全体。而且要深入调查,勤于记录,然后再经过改造制作,精选材料,形诸文字。丁玲这篇散文,写人与叙事结合,有许多精确的数字与人物的例证,虚处生实,实中见虚,真是恰到好处。文章最后用这样一段话结束:"田保霖是一个爱名誉的人,但他牢牢记得惠中权同志的话:'要好名声只有一条路,替老百姓办好事。'"寥寥几个字,简洁质朴又富有哲理。

忆 平 乐

冯 至

六年前,十一月下半月里的一个早晨,我们在桂林上了一只漓江上的民船。那时正是长沙大火①后,各地方的难民潮涌一般地到了桂林。抗战以来,如果说南京失守是第一个挫折,那么武汉撤退显然是第二个挫折了,大家不知道此后的局势将要怎样发展,但对于将来都具有信心。人们好像很年青,报纸上虽然没有多少好消息,同时几乎天天要跑警报,可是面貌上没有一些疲倦。并且人人都以好奇的眼光观看这很有特性的城市。他们不但没有抱怨,反倒常常怀着感谢的心情说:"若不是抗战,怎么会看到这里的山水。"

在桂林住了半个多月,全国各地的一举一动都会在这里发生感应,但是一上了漓江的船,就迥然不同了,初冬的天空和初冬的江水是一样澄清,传不来一点外边的消息。我立在船头,当桂林的那些山峰渐渐在我面前消逝时,我心里想:十月的下旬在赣江上,十一月的下旬在漓江上,一东一西,中间隔着四四方方的湖南那么一大省,但是民船,两个地方却没有一点不同,同样的船篷,同样的船身,同样的船夫撑船的姿式。从空间我又想到时间:在战前,在百年前,甚至在千年前,漓江上的航行也必定没有多少变化。山是那样奇兀,水是这样清澈,江底的石块无论大小都历历可数。此外就是寂静,寂静凝结在前后左右,好像千军万马也不能把这寂静冲破。

俗话说,桂林山水甲天下,至于山水的奇丽还要算漓江。船过了大墟,这条江水便永久被四面的山包围起来了。船在水中央,仿佛永久在一座带形的湖里。船慢慢地走着,船上的人没有事做,只有望着

---

① 1938年冬,日本侵略者占领武汉,进入湖南北部。国民党政府惊慌失措,以焦土抗战为名,下令火烧长沙,全城房屋大部被焚毁,居民被烧死两万余人。

四围的山峰。经过长久的时间,山峰好像都看熟了,忽然转了一个大弯子,面前的山峰紧接着也改变了形象,原来船已经走出这"带形的湖"又走入一座新的"带形的湖"里。山的转变无穷,水也始终没有被前面的山遏住。这样两天,过了阳朔一直到了平乐。

在平乐,我们找到一辆汽车要经过柳州、南宁到龙州去。望南越走越热,临行的前一天,妻的身上穿着棉衣,她说想做一件夹衣预备在热的地方穿,但恐怕来不及了,因为汽车在第二天清早就要开行。我说,我们不妨到裁缝铺里试一试。我们于是在临江的一条街上买了一件衣料,随后拿着这件衣料问了几家裁缝铺,都异口同音地说来不及了。最后到了一家,仍然是说来不及了,但口气不是那样坚决,不可能中好像含有一些可能的意味。我们也就利用这一点可能的意味向那裁缝恳求:

"如果你在今晚十二点以前把这件衣服缝好,我们愿意出加倍的工资。"

"加倍的工资,我不要;只怕时间来不及了。若是来得及,一件夹袍是一件夹袍,工资无须增加。"

"我们也是不得已,因为明天清早就要到柳州去。"

我们继续恳求,最后那裁缝被我们说动了,他说:"放在这里吧,我替你们赶做——"

我们把旅馆的地址留给他,继续到街上料理其他的琐事。晚饭后,一切都已收拾停当,我们决定早一点睡,至于那件夹衣,第二天清早去取,想不会有什么耽搁。想不到睡得正熟的时候,忽然有茶房敲门,说楼下有人来找。我睡眼朦胧地走到楼下,白天的那个裁缝正捧着一件叠得好好的夹衣在旅馆的柜台旁立着。他说,这件夹衣做好了,在十二点以前。

我当时很感动,我对于我的早睡觉得十分惭愧。我接过来那件夹衣,它在我的手里好像比它本来的分量沉重得多。我拿出一张一元的纸币交给那个裁缝,他找回我两角钱,说一声"一件夹袍八角钱",回头就走了。我走上楼,把夹袍放在箱子里,又躺在床上,听着楼下的钟正打十二点。

六年了,在这六年内听说广西省也有许多变化,过去的事在脑里一天比一天模糊。入秋以来,敌人侵入广西,不但桂林、柳州那样的大地名天天在报纸上出现,就是平乐也曾经一再地在报纸上读到。当我读到"平乐"二字时,不知怎么漓江边岸的风光以及平乐的那晚的经验都引起我乡愁一般的思念。如今平乐已经沦陷,漓江一带的山水想必还是和六年前没有两样,可是那个裁缝,我不知道他会流亡到什么地方,我怀念他,像是怀念一个旧日的友人。——朋友们常常因为对于自己的民族期望过殷,转爱为憎,而怨恨这个民族太没有出息。但我每逢听到一个地方沦陷了,而那地方又曾经和我发生过一些关系,我便对那里的山水人物感到痛切的爱恋。

并且,在这六年内世界在变,社会在变,许多人变得不成人形,但我深信有许多事物并没有变:农夫依旧春耕秋收,没有一个农夫把粮食种得不成粮食;手工艺者依旧做出人间的用具,没有一个木匠把桌子做得不成桌子,没有一个裁缝把衣服缝得不成衣服:他们都和山水树木一样,永久不失去自己的生的形式。真正变得不成人形的却是那些衣冠人士①:有些教育家把学校办得不成学校,有些政客把政治弄得不成政治,有些军官把军队弄得不成军队。

现在敌人正在广西到处猖獗,谣言在后方都市的衣冠社会里正病菌似地传布着,我坐在屋里,只苦苦地思念着漓江上的寂静和平乐的那个认真而守时刻的裁缝:前者使人深思,后者使人警省。

一九四三年,写于昆明

(选自《山水》,文化生活出版社 1947 年版)

---

① 古代士以上戴冠,衣冠连称,引申指世族、士绅等有身份、有地位的人。

【分析】

冯至(1905—1993)，河北涿县人，原名冯承植。1923年和林如稷、陈翔鹤、陈炜谟等在上海创办浅草社，出版《浅草季刊》。1925年在北京和原浅草社部分同人成立沉钟社，出版《沉钟周刊》等。还编辑出版过七本《沉钟文艺丛书》。沉钟社在"五四"时期产生过影响，被鲁迅誉为"确是中国的最坚韧、最诚实，挣扎得最久的团体"，而冯至也被鲁迅称为"中国最为杰出的抒情诗人"。

冯至在1935年前主要从事诗歌创作，1939年后写过不少散文。如果说，冯至的早期诗歌以感情缠绵、委婉动人为特色，那么他的散文却以平易朴实、简洁洗练见长。

《忆平乐》这篇散文写了三个方面内容。第一部分写漓江两岸的风光和人民平和的情绪。先是写抗战以来人民离乱的苦况，继写上漓江船后迥然不同的安定。作者转而着意描写漓江寂静而美丽的风光，是赞美祖国的山河，也反衬侵略者的可憎和妥协者的可鄙。第二部分写到了平乐，望南越走越热，妻穿着棉衣，急想找裁缝缝制夹衣。一个裁缝不仅答应当天赶制出来不耽误第二天的行程，而且在夜间十二点以前缝好送来。第三部分作者抒发感慨，平凡人物的恪守信用引发作者对那里山水人物的深切的爱恋，最后对后方都市的衣冠社会进行嘲讽，冷峻深刻，表现了作者鲜明而强烈的爱憎感情。

在大时代大动乱中的平凡经历与感受，却酿成了一篇自然而精致的散文，冯至的《忆平乐》对于我们把握散文的特性与学写散文都很有启示。

文学是表现人生和传达思想感情的。通常来说，小说、诗歌、戏剧，无论是在结构上，或是在格律、剪裁、对话等安排处理上，都要求很严格。至于小品散文，却可以随便自由些，看起来只是不经意地抒写着一己所经验的、感受的一切，所表现的多是零星杂碎的片断人生。在这里，读者虽不能愉快地领略到像在小说中所表现的一切可歌可泣、可爱可悯的有系统的人生的断面，却能出其不意地看见在人生里随处都散布着的每颗沙砾的闪光,使你惊叹,使你欣喜,视为不易掘得的宝藏。(参阅李素伯《小品文研究》的论述)我们看到冯至的《忆平乐》就是这样,他只是就裁缝师傅恪守信用这一件事,看出普通劳动者闪光的品格,拿他来与所谓的衣冠社会作对比,特别是这一段:

> 并且,在这六年内世界在变,社会在变,许多人变得不成人形,但我深信有许多事物并没有变:农夫依旧春耕秋收,没有一个农夫把粮食种得不成粮食;手工艺者依旧做出人间的用具,没有一个木匠把桌子做得不成桌子,没有一个裁缝把衣服缝得不成衣服:他们都和山水树木一样,永久不失去自己的生的形式。真正变得不成人形的却是那些衣冠人士:有些教育家把学校办得不成学校,有些政客把政治弄得不成政治,有些军官把军队弄得不成军队。
>
> 现在敌人正在广西到处猖獗,谣言在后方都市的衣冠社会里正病菌似地传布着,我坐在屋里,只苦苦地思念着漓江上的寂静和平乐的那个认真而守时刻的裁缝:前者使人深思,后者使人警省。

这是从真实生活中自然生发出的感情和哲理,像这样的散文不仅有美学价值,更有思想教益。

救　火　夫

梁遇春

　　三年前一个夏天的晚上,我正坐在院子里乘凉,忽然听到接连不断的警钟声音,跟着响三下警炮,我们都知道城里什么地方的屋子又着火了。我的父亲跑到街上去打听,我也奔出去瞧热闹。远远来了一阵嘈杂的呼喊,不久就有四五个赤膊工人个个手里提一只灯笼,拼命喊道,"救,""救,"……从我们面前飞也似的过去,后面有六七个工人拖一辆很大的铁水龙同样快地跑着,当然也是赤膊的。他们只在腰间系一条短裤,此外棕黑色的皮肤下面处处有蓝色的浮筋跳动着,他们小腿的肉的颤动和灯笼里闪烁欲灭的烛光有一种极相协的和谐,他们的足掌打起无数的尘土,可是他们越跑越带劲,好像他们每回举步时,从脚下的"地"都得到一些新力量。水龙隆隆的声音杂着他们尽情的呐喊,他们在满面汗珠之下现出同情和快乐的脸色。那一架庞大的铁水龙我从前在救火会曾经看见过,总以为最少也要十七八个人用两根杠子才抬得走,万想不到六七个人居然能够牵着它飞奔。他们只顾到口里喊"救",那么不在乎地拖着这笨重的家伙望前直奔,他们的脚步和水龙的轮子那么一致飞动,真好像铁面无情的水龙也被他们的狂热所传染,自己用力跟着跑了。一霎眼他们都过去了,一会儿只剩些隐约的喊声。我的心却充满了惊异,愁闷的心境顿然化为晴朗,真可说拨云雾而见天日了。那时的情景就不灭地印在我的心中。

　　从那时起,我这三年来老抱一种自己知道绝不会实现的宏愿,我想当一个救火夫。他们真是世上最快乐的人们,当他们心中只惦着赶快去救人这个念头,其他万虑皆空,一面善用他们活泼泼的躯干,跑过十里长街,像救自己的妻子一样去救素来不识面的人们,他们的

救火夫　梁遇春

生命是多么有目的，多么矫健生姿。我相信生命是一块顽铁，除非在同情的熔炉里烧得通红的，用人间世的灾难做锤子来使他迸出火花来，他总是那么冷冰冰，死沉沉地。怅惘地徘徊于人生路上的我们天天都是在极剧烈的麻木里过去——一种甚至于不能得自己同情的苦痛。可是我们的迟疑不前成了天性，几乎将我们活动的能力一笔勾销，我们的理智把我们弄成残废的人们了。不敢上人生的舞场和同伴们狂欢地跳舞，却躲在帘子后面呜咽，这正是我们这般弱者的态度。在席卷一切的大火中奔走，在快陷下的屋梁上攀缘，不顾死生，争为先登的救火夫们安得不打动我们的心弦。他们具有坚定不拔的目的，他们一心一意想营救难中的人们，凡是难中人们的命运他们都视如自己地亲切地感到，他们尝到无数人心中的哀乐，那般人们的生命同他们的生命息息相关，他们忘记了自己，将一切火热里的人们都算做他们自己，凡是带有人的脸孔全可以算做他们自己，这样子他们生活的内容丰富到极点，又非常澄净清明，他们才是真真活着的人们。

他们无条件地同一切人们联合起来，为着人类，向残酷的自然反抗。这虽然是个个人应当做的事，并没有什么了不得，然而一看到普通人们那样子任自然力蹂躏同类，甚至于认贼作父，利用自然力来残杀人类，我们就不能不觉得那是一种义举了。他们以微小之躯，为着爱的力量的缘故，胆敢和自然中最可畏的东西肉搏，站在最前面的战线，这时候我们看见宇宙里最悲壮雄伟的戏剧在我们面前开演了：人和自然的斗争，也就是希腊史诗所歌咏的人神之争（因为在希腊神话里，神都是自然的化身）。我每次走过上海静安寺路救火会门口，看见门上刻有 We Fight Fire① 三字，我总觉得凛然起敬。我爱狂风暴浪中把着舵神色不变的舟子，我对于始终住在霍乱流行极盛的城里，履行他的职务的约翰·勃朗医生（Dr. John Brown）怀一种虔敬的心

---

① We Fight Fire：意为我们救火。

情(虽然他那和蔼可亲的散文使我觉得他是个脾气最好的人),然而专以杀微弱的人类为务的英雄却勾不起我丝毫的欣羡,有时简直还有些鄙视。发现细菌的巴斯德(Pasteur),发明矿中安全灯的某一位科学家(他的名字我不幸忘记了),以及许多为人类服务的人们,像林肯,威尔逊之流,他们现在天天受我们的讴歌,实际上他们和救火夫具有同样的精神,也可说救火夫和他们是同样地伟大,最少在动机方面是一样的,然而我却很少听到人们赞美救火夫。可见救火夫并不是一眼瞧着受难的人类,一眼顾到自己身前身后的那般伟人,所以他们虽然没有人们献上甜蜜蜜的媚辞,却很泰然地干他们冒火打救的伟业,这也正是他们的胜过大人物们的地方。

有一位愤世的朋友每次听到我赞美救火夫时,总是怒气汹汹的说道,这个胡涂的世界早就该烧个干干净净,山穷水尽,现在偶然天公做美,放下一些火来,再用些风来助火势,想在这片龌龊的地上锄出一小块洁白的土来。偏有那不知趣的,好事的救火夫焦头烂额地来浇下冷水,这真未免于太杀风景了,而且人们的悲哀已经是达到饱和度了,烧了屋子和救了屋子对于人们实在并没有多大关系,这是指那般有知觉的人而说。至于那般天赋与铜心铁肝,毫不知苦痛是何滋味的人们,他们既然麻木了,多烧几间房子又何妨呢!总之,天下本无事,庸人自扰之,足下的歌功颂德更是庸人之扰所干的事情了。这真是"人生一世浪自苦,盛衰桃杏开落间"。我这位朋友是最富于同情心的人,但是顶喜欢说冷酷的话,这里面恐怕要用些心理分析的功夫罢!然而,不管我们对于个个的人有多少的厌恶,人类全体合起来总是我们爱恋的对象。这是当代一位没有忘却现实的哲学家 George Santayana① 讲的话。这话是极有道理的,人们受了遗传和环境的影响,染上了许多坏习气,所以个个人都具些讨厌的性质,但是当我们抽象地想到人类的,我们忘记了各人特有的弱点,只注目在人

---

① George Santayana:乔治·桑塔亚那(1863—1952),美国哲学家、诗人、小说家。

救　火　夫　梁遇春

们可以为美善的地方,想用最完美的法子使人性向着健全壮丽的方面发展,于是彩虹般的好梦现在当前,我们怎能不爱人类哩!英国19世纪末叶诗人Frederich Locekr Lampson① 在他的自传(My Confidences)说道:"一个思想灵活的人最善于发现他身边的人们的潜伏的良好气质,他是更容易感到满足的,想象力不发达的人们是最快就觉得旁人可厌的,的确是最喜欢埋怨他们朋友的知识上同别方面的短处。"(不知道我那位嫉俗的朋友听了这段话作何感想,但是我绝不是因为他发现了我那一方面的短处,特地引这一段来酬他的好意。恐怕他误会了更加愤世,所以郑重地声明一下。)总之,当救火夫在烟雾里冲锋同突围的时候,他们只晓得天下有应当受他们的援救的人类,绝没有想到着火的屋里住有个杀千刀、杀万刀的该死狗才。天下最大的快乐无过于无顾忌地尽量使用己身隐藏的力量,这个意思亚里士多德在二千年前已经娓娓长谈过了。救火夫一时激于舍身救人的意气,举重若轻地拖着水龙疾驰,履险若夷地攀登危楼,他们忘记了困难和危险,因此危险和困难就失丢了它们一大半的力量,也不能同他们捣乱了。他们慈爱的精神同活泼的肉体真得到尽量的发展,他们奔走于惨淡的大街时,他们脚下踏的是天堂的乐土,难怪他们能够越跑越有力,能够使旁观的我得到一副清心剂。就说他们所救的人们是不值得救的,他们这派的气概总是可敬佩的。天下有无数女人捧着极纯净的爱情,送给极卑鄙的男子,可是那雪白的热情不会沾了尘污,永远是我们所欣羡不置的。

救火夫不单是从他们这神圣的工作得到无限的快乐,他们从同拖水龙,同提灯笼的伴侣又获到强度的喜悦。他们那时把肯牺牲自己,去营救别人的人们都认为比兄弟还要亲密的同志。不管村俏老少,无论贤愚智不肖,凡是努力于扑灭烈火的人们,他们都看做生平的知己,因为是他们最得意事的伙计们。他们有时在火场上初次相

---

① Frederich Locekr Lampson:英国19世纪末叶诗人兰普逊(1821—1895),著有《伦敦抒情诗》。

见,就可以相视而笑,莫逆于心,"乐莫乐兮新相知",他们的生活是多有趣呀!个个人雪亮的心儿在这一场野火里互相认识,这是多么值得干的事情。怯懦无能的我在高楼上玩物丧志地读着无谓的书的时候,偶然听到警钟,望见远处一片漫天的火光,我是多么神往于随着火舌狂跳的壮士,回看自己枯瘦的影子,我是多么心痛,痛惜我虚度了青春同壮年。

但是若使我们睁开眼睛,举目四望,我们将看到世界上——最少中国里面——无处无时不是有火灾,我们在街上碰到的人十分之九是住在着火的屋子的人们。被军队拉去运东西的夫役,在工厂里从清早劳动到晚上的童工,许多失业者,为要按下饥肠,就拿刀子去抢劫,最后在天桥上一命呜呼的匪犯,或者所谓无笔可投而从戎,在寒风里抖战着,自己不知道什么时候会变做旷野里的尸首的兵士,此外踯躅街头,忍受人们的侮辱,拿着洁净的肉体去换钱的可尊敬的女性:娼妓,码头上背上负了几百斤的东西(那里面都是他们的同胞的日用必需奢侈品),咬定牙根,迈步向前的脚夫,机器间里,被煤气熏得吐不出气,天天显明地看自己向死的路上走去,但是为着担心失业的苦痛,又不敢改业,宁可被这一架机器磨折死的工人,瘦骨不盈一把,拖着身体强壮,不高兴走路的大人的十三四岁车夫,报上天天记载的那类"两个铜片,牺牲了一条生命",这类闲人认为好玩事情的凄惨背境,黄浦滩头,从容就义的无数为生计所迫而自杀的人们的绝命书……总之,他们都是无时无刻不在烈火里活着,对于他们地球真是一个大炮烙柱子,他们个个都正晕倒在烟雾中,等着火舌来把他们烧成焦骨。可是我们却见死不救,还望青天歌咏我们从来没有见过的夜莺。若使我的朋友的房子着火了,我们一定去帮忙,做个当然的救火夫,现在全地面到处都是熊熊的火焰,我们都觉闲暇得打出数不尽的呵欠来,可见天下人都是明可察秋毫,而不能见泰山,否则世界也不至于糟糕得如是之甚了。

我们都是上帝所派定的救火夫,因为凡是生到人世来都具有救

救　火　夫　梁遇春

人的责任，我们现在时时刻刻听着不断的警钟，有时还看见人们呐喊着望前奔，然而我们有的正忙于挣钱积钱，想做面团团，心硬硬，人蠢蠢的富家翁，有的正阴谋权位，有的正搂着女人欢娱，有的正缘着河岸，自鸣清高地在那儿伤春悲秋，都是失职的救火夫。有些神经灵敏的人听到警钟，也都还觉得难过，可是又顾惜着自己的皮肤，只好拿些棉花塞在耳里，闭起门来，过象牙塔里的生活。若使我们城里的救火夫这样懒惰，拿公事来做儿戏，那么我们会多么愤激地辱骂他们，可是我们这个大规模的失职却几乎变成当然的事情了，天下事总是如是莫测其高深的，宇宙总是这么颠倒地安排着，难怪有人喊起"打倒这胡涂世界"的口号。

有些人的确是去救火了，但是他们只抬一架小水龙，站在远处，射出微弱的水线。他们总算是到场，也可以欺人自欺地说已尽职了，但是若使天下的救火夫都这么文绉绉地，无精打采地做他们的工作，那么恐怕世界的火灾永不会扑灭，一代一代的人们永远是湮没在这火坑里，人类始终没有抬头的日子了。真真的救火夫应当冲到火焰里，爬上壁立的绳梯，打破窗户进去，差不多是拿自己的命来换别人的生命，一面踏着危梁，牵着屋角，勇敢地拆散将着火的屋子，甚至就是自己被压死也是无妨。要这样子才能济事。救火的场中并不是卖弄斯文的地点，在那里所宝贵的是胆量和筋肉，微温的同情是用不着的，好意的了解是不感谢的，果然真是热肠的男儿，那么就来拖着水龙，望火旺处冲进去罢。个个救火夫都该抱个我不先入地狱，谁入地狱的精神，相信有一人不得救，我即不能升天的道理，那么深夜里，狂风怒号，火光照人须眉的时候，正是他们献身的时节。袖手拿出隔江观火的态度是最卑污不过的弱者。

有人说，人生乐事正多，野外有恬静清幽，含有无限奥妙的自然，值得我们欣赏，城市里有千奇百怪，趣味无穷的世态，可以供我们玩味，我们在世之日无多，匆匆地就结束了，何不把这些须绝难再得的时光用来享乐自己呢？他们以为我们该做个世态的旁观者，冷笑地在旁看人生这套杂剧不断地排演着,在一旁喝些汽水,抽着纸烟闲谈。不错,世界是个大舞台,人生也的确是一出很妙的杂剧,但是不幸得很,我们不能离开这世界,我们是始终滞在舞台上面的,这出剧的观众是上帝,是神们,或者魔鬼们,绝不是我们自己。站在戏台上不扮个脚色,老是这般痴痴地望着,也未免难为情吧!并且我们的一举一动总不能脱离人生,我们虽然自命为旁观者,我们还是时时刻刻都在这里面打滚,人世间的喜怒哀乐还是跟我们寸步不离,那么故意装做超然的旁观态度,真是个十足的虚伪者。天下最显明地自表是个旁观者,同最讨厌的人无过于做《旁观报》的 Addison① 了,但是我想当他同极可敬爱的 Steele② 吵架的时候,他恐怕也免不了脱下观客的面孔,扮个愚蠢的人生里一个愚蠢的满腔愤恨的脚色了。我们除开死之外,永远没有法子能离开人生,站在一旁,又何苦弄出这一大串自欺欺人的话呢!并且有许多最俗不过的人们,为着要避免世上种种有损于己的责任,为着要更专心地追求一己的名利,就拿出世态旁观者这副招牌,挡住了一切于己无益的义务,暗地里干他们自己的事情,这种人是卑鄙得不配污我的笔墨,用不着谈的。现在全世界处处都有火灾,整座舞台都着火了,我们还有闲情去与自然同化,讥讽人生吗?救火夫听到警钟不去拖水龙,却坐在家里钓鱼,跟老婆话家常,这种人恐怕是绝顶聪明的人罢?然而这正是前面所说的及时行乐的人们。当我们提着灯笼,奔过大路的时候,路旁的美丽姑娘同临风招展的花草是无心观看的,虽然她们本身是极值得赞美的。至于只知道哼着颠三倒四的文句,歌颂那大家都无缘识面的夜莺的中国新文人,我除开希望北平的刮风把他们吹到月球上面去以外,没有第二个意思。

当我们住的屋子烧着的时候,常有穷人们来趁火打劫,这样幸灾乐祸的办法真是可恨极了。然而我们一想许多人天天在火坑里过

---

① Addison:艾迪生(1672—1719),英国诗人、散文家。
② Steele:斯梯尔(1672—1720),英国散文家、剧作家。

活,他们不能得到他们应得的报酬,我们坐着说风凉话的先生们却拿着他们所应得的东西来过舒服的生活;他们饿死了,那全因为我们可以多吃一次燕窝,使我们肚子胀得难受,可以多喝一杯白兰地,使我们的头更痛得厉害,于斯而已矣。所以睁大眼睛看起来,我们天天都是靠着趁火打劫过活,这真是大盗不动干戈。我们趁火打劫来的东西有时偶然被人们趁火打劫去,我们就不胜其愤慨,说要按法严办,这的确太缺乏诙谐的风趣了。应当做救火夫的我们偏要干趁火打劫的勾当,人性已朽烂到这样地步,我想彗星和地球接吻的时候真该到了。

(选自 1930 年 8 月 16 日《现代文学》第 1 卷第 2 期)

【分析】

梁遇春(1906—1932),别名有秋心、驭聪、蔼一等,福建福州人。1924 年进北京大学英文系学习。1928 年秋毕业后留系任助教,后到上海暨南大学任教。1930 年返回北京大学,在图书馆工作。1932 年因染急性猩红热,猝然病逝。他在大学读书期间就开始翻译西方文学作品,并写散文,译著达二三十种之多。译作以《小品文选》《英国诗歌选》影响较大,成为当时中学生喜好的读物。他的散文则从 1926 年开始陆续发表在《语丝》、《奔流》、《骆驼草》、《现代文学》及《新月》等刊物上,后来结为《春醪集》(1930 年)和《泪与笑》(1934 年)两部散文集。

梁遇春曾在《小品文选·序》里写道:

　　大概说起来,小品文是用轻松的文笔,随随便便地来谈人生,因为好像只是茶余酒后,炉旁床侧的随便谈话,并没有俨然地排出冠冕堂皇的神气,所以这些谈话絮语很能够分明地将作者的性格烘托出来,小品文的妙处也全在于我们能够从一个具有美妙的性格的作者眼睛里去看一看人生。

他的散文正呈现这样的风格：坚持自己的思考，用自己的眼睛去观察、认识、分析、理解人生，快谈、纵谈、放谈人生。

这篇《救火夫》是激昂的生活颂歌。作者怀着虔诚的心情，展开丰富的联想，把救火夫的精神、自我的反省、旁观者的态度、高蹈者的讨论，联系哲人见解、现实环境、人性美丑，层层分析，做了一番鞭辟入里、汪洋恣肆的放谈。

梁遇春写散文时年纪还轻，身处黑暗现实而又不甘消沉。他深恐销蚀人生的热情，而坠入"像苏东坡所说的'存亡惯见浑无泪'那样的冷淡"，所以，他心中的救火夫抢险的情景，愈来愈鲜明地显现出来。他按捺不住沸腾的激情，写下了这篇动人的文章——《救火夫》。

首先，文章描写了救火夫英勇抢险的动作，作者"心却充满了惊异，愁闷的心境顿然化为晴朗，真可说拨云雾而见天日了。那时的情景就不灭地印在我的心中"。他赞美救火夫"在席卷一切的大火中奔走，在快陷下的屋梁上攀缘，不顾死生，争为先登的救火夫们安得不打动我们的心弦"，"他们才是真真活着的人们"。在反复对比中，他痛责自己的懦怯与苟安，说：

> 怯懦无能的我在高楼上玩物丧志地读着无谓的书的时候，偶然听到警钟，望见远处一片漫天的火光，我是多么神往于随着火舌狂跳的壮士，回看自己枯瘦的影子，我是多么心痛，痛惜我虚度了青春同壮年。

事实上作者并不全然是旁观者，他用这心灵滴血的声音反省自己，坦率，真诚。

作者不满自己，更不满他所生活的那个世界。他认为：放大了看，到处都有火灾，他历数着我国"十分之九"的人民所蒙受的各种苦难，而把包括自己在内的"十分之一"，喻为"上帝所派定的救火夫"。他指出："然而我们有的正忙于挣钱积钱，想做面团团，心硬硬，人蠢蠢的富家翁,有的正阴谋权位,有的正搂着女人欢娱,有的正缘着河岸,自鸣清高地在那儿伤春悲秋,都是失职的救火夫。"作者这里虽把同情放在穷苦人民这一边,而把憎恨投向那些为富不仁者,但作者当时并未具备阶级观点,他只能引述西方哲学家所说的智慧的然而又未必正确的话:"不管我们对于个个的人有多少的厌恶,人类全体合起来总是我们爱恋的对象。"于是转而继续赞颂救火夫,赞颂这种心系大众、勇而忘我的精神。他甚至认为他们比什么伟人都伟大,于是写下了这意味深长的话:"可见救火夫并不是一眼瞧着受难的人类,一眼顾到自己身前身后的那般伟人,所以他们虽然没有人们献上甜蜜蜜的媚辞,却很泰然地干他们冒火打救的伟业,这也正是他们的胜过大人物的地方。"

作者特别抨击了那些对于人民疾苦无动于衷的世态旁观者,先是斥责旁观者的不当,继而揭示了旁观者的用心。作者严正地责问:

> 为着要避免世上种种有损于己的责任,为着要更专心地去追求一己的名利,就拿出世态旁观者这副招牌,挡住了一切于己无益的义务,暗地里干他们自己的事情,这种人是卑鄙得不配污我的笔墨,用不着谈的。现在全世界处处都有火灾,整座舞台都着火了,我们还有闲情去与自然同化,讥讽人生吗?

他对于"隔江观火"的"最卑污不过的弱者","故意装做超然"的"十足的虚伪者",以及更甚的"靠着趁火打劫过活"的"不动干戈"的"大盗",表示了极度的憎恶。文末愤怒地诅咒:"我想彗星和地球接吻的时候真该到了。"

《救火夫》是梁遇春写严肃的主题而最有倾向性的一篇散文。这篇文章同样体现了他"快谈、纵谈、放谈"的特色。他的散文像是和朋友促膝谈心,把自己对问题的认识,对人生的观察、体验和思索,无保留地倾吐出来,而且总是伴之以丰富多彩的知识、情趣和哲理,这一方面固得力于来自外国散文的曲尽细致的绵密分析方法,更重要的一方面是他有勤于思考、擅长联想的能力。

梁遇春的散文有一种思辨的、睿智的美。

马

吴伯箫

"马是天池之龙种。"那自是一种灵物。

也许是缘分,从孩提时候我就喜欢了马。三四岁,话怕才咿呀会说,亦复刚刚记事,朦胧想着,仿佛家门前,老槐树荫下,站满了大圈人,说不定是送四姑走呢。老长工张五,从东院牵出马来,鞍鞯都已齐备,右手是长鞭,先就笑着嚷:跟姑姑去吧?说着一手揽上了鞍去,我就高兴着忸怩学唱:骑白马,吭铃吭铃到娘家……大家都笑了。准是父亲,我是喜欢父亲而却怕父亲的,说:下来罢!小小的就这样皮。一团高兴全飞了。下不及,躲在了祖母跟前。

人,说着就会慢慢儿大的。坡里移来的小桃树,在菜园里都长满了一握。姐姐出阁了呢。那远远的山庄里,土财主。每次搬回来住娘家,母亲和我们弟弟,总是于夕阳的辉照中,在庄头眺望的。远远听见了銮铃声响,隔着疏疏的杨柳,隐约望见了在马上招手的客人,母亲总禁不住先喜欢得落泪。我们也快活得像几只鸟,叫着跑着迎上去。问着好,从伙计的手中接过马辔来,姐姐总说:"又长高了。"车门口,也是彼此问着好;客人尽管是一边笑着,偷回首却是满手帕的泪。

家乡的日子是有趣的。大年初三四,人正闲,衣裳正新,春联的颜色与小孩的兴致正浓。村里有马的人家,都相将牵出了马来,雪掩春田,正好驰骋竞赛呢。总也有三五匹罢,骑师是各自当家的。我们的,例由比我大不了几岁的叔父负责;叔父骑腻了,就是我的事。观众不少啊:合村的祖伯叔,兄弟行辈,年老的太太,较小的邻舍侄妹,一凑就是近百的数目。崭新的年衣,咳笑的乱语,是同了那头上亮着的一碧晴空比着光彩的。骑马的人自然更是鼓舞有加喽,一鞭扬起,真像霹雳弦惊,飕飕的那耳边风丝,恰应着一个满心的矜持与欢快。

驰骋往返,非到了马放大汗不歇。毕剥的鞭炮声中,马打着响鼻,像是凯旋,人散了。那是一幅春郊试马图。

这样直到上元①,总是有马骑的。亲戚家人来人往,驴骡而外,代步的就是马。那些日子,家里最热闹,年轻人也正蓬勃有生气。姑表堆里,不是常常少不了戏谑么?春酒筵后,不下象棋的,就出门溜几趟马。

孟春雨霁,滑沓的道上,骑了马看卷去的凉云,麦苗承着残滴,草木吐着新翠,那一脉清鲜的泥土气息,直会沁人心脾。残虹拂马鞍,景致也是宜人的。

端阳,正是初夏,天气多少热了起来。穿了单衣,戴着箬笠,骑马去看戚友,在途中,偶尔河边停步,攀着柳条,乘乘凉,顺便也数数清流的游鱼,听三两渔父,应着活浪活浪的水声,哼着小调儿,这境界一品尚书是不换的。不然,远道归来,恰当日衔半山,残照红于榴花,驱马过三家村边,酒旗飘处,斜睨着"闻香下马"那么几个斗方大字,你不馋得口流涎么?才怪!鞭子垂在身边,摇摆着,狗咬也不怕。"小妞!吃饭啦,还不给我回家!"你瞧,已是吃大家饭的黄昏时分了呢。把缰绳一提,我也赶我的路。到家掌灯了,最喜那满天星斗。

真是家乡的日子是有趣的。

当学生了。去家五里遥的城里。七天一回家,每次总要过过马瘾的。东岭,西洼,河埃,丛林,踪迹殆遍殆遍。不是午饭都忘了吃么?直到父亲呵叱了,才想起肚子饿来。反正父亲也是喜欢骑马的,呵叱那只是一种担心。啊,生着气的那慈爱喜悦的心啊!

祖父也爱马,除了像《三国志》那样几部老书。春天是好骑了马到十里外的龙潭看梨花的。秋来也喜去看矿山的枫叶。马夫,别人争也无益,我是抓定了的官差。本来么,祖孙两人,缓辔蹒跚于羊肠小道,或浴着朝暾,或披着晚霞,闲谈着,也同乡里交换问寒问暖的亲

---

① 上元:节日名。旧以阴历正月十五日为上元节。

热的说话;右边一只鸟飞了,左边一只公鸡喔喔在叫,在纯朴自然的田野中,我们是陶醉着的。Old man is the twice of child①,我们也志同道合。

最记得一个冬天,满坡白雪,没有风,老人家忽而要骑马出去了,他就穿了一袭皮袍,暖暖的,系一条深紫的腰带。同银白的胡须对比的也戴了一顶绛紫色的风帽,宽大几乎当得斗篷。马是棕色的那一匹罢,跟班仍旧是我。出发了呢?那情景永远忘不了。虽没去做韵事,寻梅花,当我们到岭巅头,系马长松,去俯瞰村舍里的缕缕炊烟,领略那直到天边的皓洁与荒旷的时候,却是一个奇迹。

说呢,孩子时候的梦比就风雨里的花朵,是一招就落的。转眼,没想竟是大人了。家乡既变得那样苍老,人事又总坎坷纷乱,闲暇少,时地复多乖离,跃马长堤的事就稀疏寥落了。可是我还是喜欢马呢:不管它是银鬃,不管它是赤兔,也不管它是泥肥骏瘦,蹄轻鬣长,我都喜欢。我喜欢刘玄德跃马过檀溪的故事,我也喜欢"泥马渡康王"的传说,即使荒诞不经吧,却都是那样神秘超逸,令人深深向往。

徐庶走马荐诸葛,在这句话里,我看见了大野中那位热肠的而又洒脱风雅的名士。骑马倚长桥,满楼红袖招,你看那于绿草垂杨临风伫立的金陵少年,丰采又够多么英俊翩翩呢。固然敝车羸马,颠顿于古道西风中,也会带给人一种寂寞怅惘之感的,但是,这种寂寞怅惘,不是也正可于或种情景下令人留恋的么?——前路茫茫,往哪里去?当你徘徊踟蹰时就姑且信托一匹龙钟的老马,跟了它一东二冬的走罢,听说它是认识路的。譬如那回忆中幸福的路。

你不信么?"非敢后也,马不进也。"那个落落大方说着这样话的家伙,要在跟前的话,我不去给他执鞭坠镫才怪哪。还有那冯异将军的马,看着别人擎擎着一点点劳碌就都去腆颜献功,而自己的主人却踢开了丰功伟烈,兀自巍然堂堂的站在了大树根下,仿佛只是吹吹风

---

① 英语,直译为"老人就是孩子的第二次",意思是说,年老的人有时就像小孩子。

的那种神情的时候,不该照准了那群不要脸的东西去乱踢一阵,而也跑到旁边去骄傲的跳跃长啸么?那应当是很痛快的事。

十万火急的羽文,古时候有驿马飞递;探马报道,寥寥四个字里,活活绘出了一片马蹄声中那营帐里的忙乱与紧急,百万军中,出生入死,不也是凭了征马战马才能斩将搴旗的么?飞将在时,阴山以里就没有胡儿了。

落日照大旗,马鸣风萧萧。

哙,怎么这样壮呢!胆小的人不要哆嗦啊,你看,那风驰电掣的闪了过去又风驰电掣的闪了过来的,就是马。那就是我所喜欢的马。——弟弟来信说:"家里才买了一匹年轻的马,挺快的。……"真是,说句儿女情长的话,我有点儿想家。

一九三四年三月,青岛

(选自《羽书》,文化生活出版社1941年版)

【分析】

吴伯箫(1906—1982),山东省莱芜人。原名熙成,字伯箫,笔名山屋、天荪。现代著名散文家和教育家。在延安时,曾任边区政府教育厅中等教育科科长。中华人民共和国成立后,在一些高等学校主持过领导工作。1954年到人民教育出版社任副社长兼副总编辑,1978年调任中国社会科学院文学研究所副所长。他从1925年开始写作,以写散文为主,汇集成集的有《羽书》、《烟尘集》、《出发集》、《北极星》等。吴伯箫通晓英语,从英译本翻译过德国著名诗人海涅的长诗《波罗的海》。

《马》写于1934年,是吴伯箫早期的散文作品。全文紧扣一个"马"字,以作者年龄的渐增和一年四季的更迭为线索,回忆了往日爱马骑马的一些趣事,并且借咏马以抒情,淋漓酣畅地表达了作者的情致。

文章从"我"在孩提时就喜欢马写起,写三四岁就被"揽上了鞍去",骑在马上还"忸忸学唱",天真烂漫。作者写出阁的姐姐打马回娘家的情景,写得情意缠绵,真切感人,是马带来了久别的姐姐,是马带来了相聚的欢乐。接着,插入一大段以季节更迭为序的描写,以"家乡的日子是有趣的"作起句,用"真是家乡的日子是有趣的"作结句,前后呼应,层次结构显得十分清楚。在这一段里,写了"大年初三四"在村郊赛马的盛况,写了"上元"前经常有出门遛马的机会,写了"孟春雨霁"策马春游的见闻,写了"初夏"时节骑马看亲友的种种乐趣,写得生气勃勃,充满诗情画意。"当学生了",离家去城里读书,骑马的机会少了,但是星期天回家总要骑马,而且总是乐而忘返,总遭"父亲呵叱",把骑马的"瘾"生动地刻画出来了。其实,"我"家祖孙三代人都爱马。父亲爱马的具体情况没多写,只用"反正父亲也是喜欢骑马的"一句带过,着重写了祖父爱马。祖父喜欢骑马,孙子争当马夫、跟班,祖孙结伴而行,春天去看梨花,秋天去看枫叶,缓辔慢行,其乐陶陶。冬天,大雪之后,游兴仍浓,骑到岭巅头,系马长松,尽情观赏雪景,别有一番情趣。

随着时日的消逝,"没想竟是大人了",而且"人事又总坎坷纷乱","时地复多乖离",虽然爱马如同昔日,但是已由对往日跃马驰骋的回忆,转向咏物抒情。作者引述历史上、传说中的与马有关的种种人和事,通过简要的评价,抒发了自己的情怀。作者赞赏"落日照大旗,马鸣风萧萧"的悲壮情景,喜欢"那风驰电掣的闪了过去又风驰电掣的闪了过来"的骏马。这既表达了作者积极向上的思想感情,又给读者以启迪。

这篇散文,情思缠绵而又激情充沛,构思曲折却又表述清晰,不管是状物写景、写人叙事,还是抒情言志,都极有真趣。

吴伯箫临逝之前,他总结自己写作散文的经验,说他的文章是无花果。这虽然是谦逊之言,却也说到了他写作风格的根本,花固然给人以绚烂的色彩,但果实也正对人更有价值。纵观吴伯箫的作品,也不是不讲究文采,而是从"绚烂归于平淡",达到了散文创作的更高境界。

山 之 子

李广田

住在"中天门"的"泰山旅馆"里,我们每天得有方便,在"快活三里"目送来往的香客。

自"岱宗坊"至"中天门",恰好是登绝顶的山路之一半,"斗母宫"以下尚近于平坦,久于登山的人说那一段就是平川大道。自"斗母宫"以上至"中天门",则步步向上,逐渐陡险,尤其是"峰回路转"以上,初次登山的人就以为已经陡险到无以复加了。尤其妙处,则在于"南天门"和"绝顶"均为"中天门"的山头所遮蔽,在"中天门"下边的人往往误认"中天门"为"南天门",于是心里想道这可好了,已经登峰造极了,及至费了很大的力气攀到"中天门"时,猛然抬头,才知道从此上去却仍有一半更陡险的盘路待登,登山人不能不仰面兴叹了。然而紧接着就是"快活三里",于是登山人就说这是神的意思,不能不坐下来休息,且向神明致最诚的敬意。

由"中天门"北折而下行,曰"倒三盘",以下就是二三里的平路。那条山路不但很平,而且完全不见什么石块在脚下坷坷绊绊,使上山人有难言的轻快之感。且随处是小桥流水,破屋丛花,鸡鸣犬吠,人语相闻。山家妇女多做着针织在松柏树下打坐,孩子们常赤着结实的身子在草丛里睡眠,这哪里是登山呢,简直是回到自己的村落中了。虽然这里也有几家卖酒食的,然而那只是做另一些有钱人的买卖,至于乡下香客,他们的办法却更饶有佳趣。他们三个一帮,五个一团,他们用一只大柳条篮子携着他们的盛宴:有白酒,有茶叶,有煎饼,有咸菜,有已经劈得很细的干木柴,一把红铜的烧心壶,而"快活三里"又为他们备一个"快活泉"。这泉子就在"快活三里"的中间,在几树松柏荫下,由一处石崖下流出,注入一个小小的石潭,水极清冽,

| 山 之 子　李广田

味亦颇甘,周有磐石,恰好作了他们的几筵。黎明出发,到此正是早饭时辰,于是他们就在这儿用过早饭,休息掉一身辛苦,收拾柳筐,呼喝着重望"南天门"攀登而上了。我们则乐得看这些乡下人朴实的面孔,听他们以土音说乡下事情,讲山中故事,更羡慕从他们柳篮内送出来的好酒香。自然,我们还得看山,看山岭把我们绕了一周,好像把我们放在盆底,而头上又有青翠的天空作盖。看东面山崖上的流泉,听活活泉声,看北面绝顶上的人影,又有白云从山后飞过,叫我们疑心山雨欲来。更看西面的一道深谷,看银雾从谷中升起,又把诸山缠绕。我们是为看山而来的,我们看山然而我们却忘记了是在看山。

等到下午两三点钟左右,是香客们下山的时候了。他们已把他们的心事告诉给神明,他们已把一年来的罪过在神前取得了宽恕,于是他们像修完了一桩胜业,他们的脸上带着微笑,他们的心里更非常轻松。而他们的身上也是轻松的,柳篮里空了,酒瓶里也空了,他们把应用的东西都打发在山顶上,把余下的煎饼屑,和临出发时带在身上的小洋针、棉花线、小铜元和青色的制钱①,也都施舍给了残废的讨乞人。他们从山上带下平安与快乐在他们心里,他们又带来许多好看的百合花在空着的篮里,在头巾里,在用山草结成的包裹里。我们不明白这些百合花是从哪里得来的,而且那末多,叫我们觉得非常稀奇。

我们前后在这里住过十余日,一共接纳了两个小朋友,一名刘兴,一名高立山。我几时遇到高立山总是同他开一次玩笑:"高立山,你本来就姓高,你立在山上就更高了。"这样喊着,我们大家一齐笑。

忽然听到两声尖锐的招呼,闻声不见人,使我觉得更好玩。原来那呼声是来自雾中,不过十分钟就看见我那两个小朋友从雾中走来了:刘兴和高立山。高立山这名字使我喜欢。我爱设想,远游人孑然一身,笔立泰山绝顶被天风吹着,图画好看,而画中人却另有一番怆

---

① 制钱:明清两代按定制由官炉造铸的铜钱,中间有方形孔,可以用绳子穿起来。

恨。刘兴那孩子使我想起我的弟弟,不但像貌相似,精神也相似,是一个朴实敦厚的孩子。我不见我的弟弟已经很久了。我简直想抱吻面前的刘兴,然而那孩子看见我总是有些畏缩,使我无可如何。

"呀!独个儿在这里不害怕吗?"

我正想同他们打招呼,他们已同声这样喊了。

我很懂得他们这点惊讶。他们总以为我是城市人,而且来自远方,不懂得山里的事情,在这样大雾天里孑然独立,他们就替我担心了。说是担心倒也很亲切,而其中却也有些玩弄我的意味吧,这个就更使我觉得好玩。我在他们面前时常显得很傻,老是问东问西,我向他们打听山花的名字,向他们访问四叶参或何首乌是什么样子,生在什么地方,问石头,问泉水,问风候云雨,问故事传说。他们都能给我一些有趣的回答。于是他们非常骄傲,他们又笑话我少见多怪。

"害怕?有什么可怕呢?"我接着问。

"怕山鬼,怕毒蛇。——怕雾染了你的眼睛,怕雾湿了你的头发。"

他们都哈哈大笑了。笑一阵,又告诉我山鬼和毒蛇的事情。他们说山上深草中藏伏毒蛇,此山毒蛇也并不怎么长大,颜色也并不怎么凶恶,只仿佛是石头颜色,然而它们却极其可怕,因为它们最喜欢追逐行人,而它们又爬得非常迅速,简直如同在草上飞驰,人可以听到沙沙的声音。有人不幸被毒蛇缠住,它至死也不会放松,除非你立刻用镰刀把它割裂,而为毒蛇所啮破的伤痕是永难痊好的,那伤痕将继续糜烂,以至把人烂死为止。这类事情时常为割草人或牧羊人所遭遇。

"毒蛇既到处皆是,为什么我还不曾见过?"

"你不曾见过,不错,你当然不会见到,因为山里的毒蛇白天是不出来的,你早晨起来不看见草叶上的白沫吗?"说这话的是刘兴。

这件证明颇使我信服,因为我曾见过绿草上许多白沫,我还以为那是牛羊反刍所流的口涎呢。而且尤以一种叶似竹叶的小草上最常

山之子 李广田

见到白沫,我又曾经误认那就是薇一类植物,于是很自然地想起饿死首阳山的两个古人。

高立山却以为刘兴的说明尚不足奇,他更以惊讶的声色告诉道:"晴天白日固然不出来,像这样大雾天却很容易碰见毒蛇。"

刘兴又仿佛害怕的样子加说道:"不光毒蛇呀,就连山鬼也常常在大雾天出现呢。"

他们说山鬼的样子总看不清,大概就像团团的一个人影儿。山鬼的居处是巉岩之下的深洞里。那些地方当然很少有人敢去,尤其当夜晚或者雾天。原来山鬼也同毒蛇一样,有时候误认大雾为黑夜。打柴的,采药的,有时碰见山鬼,十个有八个就不能逃生,因为山鬼也像水鬼一样,喜欢换替死鬼,遇见生人便推下巉岩或拉入石窟。他们又说常听见山鬼的哭声和呼号声,那声音就好像雾里刮大风。

"你不信吗?"高立山很严肃地想说服我,"我告诉你,哑巴的爹爹和哥哥都是碰到了山鬼,摔死在后山的山涧里。"

他们的声音变得很低,脸色也有些沉郁,他们又向远方的浓雾中送一个眼色,仿佛那看不见的地方就有山鬼。

这话颇引起我的好奇,我向他们打听那个哑子是什么人物。他们说那哑巴就住在上边"升仙坊"一旁的小庙里,他遇见任何人总爱比手画脚地说他的哑巴话。于是我急忙说道:"我知道,我知道,我见过他,我见过他。"这回忆使我喜悦,也使我怅惘。一日清晨,我们欲攀登山之绝顶,爬到"升仙坊"时正看到许多人停下来休息,而那也正是应当休息的地方,因为从此以上,便是最难走的"紧十八盘"了。我们坐下来以后,才知道那些登山人并非只为了休息,同时他们是正在听一个哑子讲话。一个高大结实的汉子,山之子,正站在"升仙坊"前面峭壁的顶上,以洪朗的声音,以只有他自己能了解的语言,说着一个别人所不能懂的故事,虽然他用了种种动作来作为说明,然而却依然没有人能够懂他。我当然也不懂他,然而我却懂得了另一个故事:泰山的精灵在宣说泰山的伟大,正如石头不能说话,我们却自以为懂得石头的灵心。只要一想起"升仙坊"那个地方,便是一幅绝好的图画了:向上去是"南天门","南天门"之上自然是青天一碧,两旁壁立千仞,松柏森森,中间夹一线登天的玉梯,再向下看呢,"浮云连海岱,平野入青徐"①,俯视一气,天下就在眼底了,而我们的山之子就笔立在这儿,今天我才知道他是永远住在这里了。我急忙止住两个孩子:"你且慢讲,你且慢讲,我告诉你,我告诉你。"但是我将告诉他们什么呢?我将说那个哑巴在山上说一大篇话却没有人懂他,他好不寂寞呀,他站在峭岩上好不壮观啊,风之晨,雨之夕,"升仙坊"的小庙将是怎样的飘摇呢?至若星月在天,举手可摘,谷风不动,露凝天阶,山之子该有怎样的一山沉默呀!然而我却不能不怀一个闷葫芦,到底那哑巴是说了些什么呢?"高立山,告诉我,他到底是说了些什么呢?"我不能不这样问了。

"说些什么,反正是那一套啦,说他爸爸是因为到山涧采山花摔死的,他的哥哥也一样地摔死在山涧里了。"高立山翻着白眼说。

"就是啦,他们就是被山鬼讨了替代啊,为了采山花。"刘兴又提醒我。

山花?什么山花?两个孩子告诉我:百合花。

两个小孩子就继续告诉我哑巴的故事。泰山后面有一个古涸涧,两面是峭壁,中间是深谷,而在那峭壁上就生满了百合花。自然,那个地方是很少有人攀登的,然而那些自生的红百合实在好看。百合花生得那么繁盛,花开得那么鲜艳,那就是一个百合涧。哑巴的爸爸是一个顶结实勇敢的山汉,他最先发现这个百合涧,他攀到百合涧来采取百合,卖给从乡下来的香客。这是一件非常艰险的工作,攀着乱石,拉着荆棘,悬在陡崖上掘一株百合必须费很大工夫,因此一株百合也卖得一个好价钱。这事情渐渐成为风尚,凡进香人都乐意带百合花下山,于是哑巴的哥哥也随着爸爸作这件事业。然而父子两

---

① "浮云连海岱,平野入青徐":这是杜甫《登兖州城楼》诗中的句子。这里用来形容从泰山往下看,更有气势。

| 山 之 子 李广田

个都遭了同样的命运：爸爸四十岁时在一个浓雾天里坠入百合涧，作哥哥的到三十岁上又为一阵山风吹下了悬崖。从此这采百合的事业更不敢为别人所尝试，然而我们的山之子，这个哑巴，却已到了可以承继父业的成年，两条人命取得一种特权，如今又轮到了哑巴来占领这百合涧。他也是勇敢而大胆，他也不曾忘记爸爸和哥哥的殉难，然而就正为了爸爸和哥哥的命运，他不得不拾起这以生命为孤注的生涯。他住在"升仙坊"的小庙里，趁香客最多时他去采取百合，他用这方法来奉养他的老母和他的寡嫂。

我很感激两个小孩子告诉我这些故事。刘兴那孩子说完后还显得有些忧郁，那种木讷的样子就更像我的弟弟。雾渐渐收起，却又吹来了山风，我们都觉得有些冷意，我说了"再见"向他们告辞。

天气渐渐冷起来了。山下人还可以穿单衣，住在山上就非有棉衣不行了。又加上多雨多雾，使精神上感到极不舒服。因为我们不曾携带御寒的衣服，就连"快活三里"也不常去了。选一个比较晴朗的日子，我们决定下山。早晨起来就打好了行李，早饭之后就来了轿子。两个抬轿子的并非别人，乃是刘兴的爸爸和高立山的爸爸，这使我们觉得格外放心。跟在轿子后面的是刘兴和高立山，他们是特来给我们送行的。此刻的我简直是在惜别了，我不愿离开这个地方，我不愿离开两个小朋友，尤其是刘兴——我的弟弟。他们的沉默我很懂得，他们也知道，此刻一别就很难有机会相遇了。而且，真巧，为什么一切事情安排得这样巧呢，我们的行李已经搬到轿子上了，我们就要走了，忽然两个孩子招呼着："哑巴，哑巴，哑巴来了！"

不错，正是那个哑巴，我们在"升仙坊"见过他。他已经穿上了小棉袄，他手上携一个大柳筐。我特为看看他的筐里是什么东西，很简单：一把挖土的大铲子，一把刀，一把大剪子。我们都沉默着，哑巴却同别人打开了招呼。两个孩子哑哑地学他说话，旅馆中人大声问他是否下山，他不但哑，而且也聋，同他说话就非大声不行。于是他也就大声哑哑地回答着，并指点着，指点着山下，指点着他的棉袄，又指点着他的筐子,又指点着"南天门"。我们明白他昨天曾下山去,今天早晨刚上来,我同昭都想从这个人身上有所发现,但也不知道要发现些什么。在一阵喧嚷声中,我们的轿子已经抬起来了。两个小朋友送了我们颇长的一段路,等听不见他俩的话声时,我还同他们招手,摇帽子,而我的耳朵里却还仿佛听见那个哑巴的咿咿呀呀。

一九三六年十一月十八日,济南

(选自《李广田散文选》,云南人民出版社1980年版)

【分析】

李广田(1906—1968),号洗岑,曾用笔名黎地、曦晨等。山东邹平人。第一次国内革命战争时期在山东第一师范读书。1930年前后在北京大学读书,开始发表诗歌和散文,并办过同人刊物《牧野》。1935年北京大学外语系毕业后回济南教中学。1936年商务印书馆出版了他与卞之琳、何其芳的诗歌合集《汉园集》,一时有"汉园三诗人"之称。1941年到昆明西南联大教书,与闻一多、朱自清来往密切。抗日战争胜利后,到天津南开大学任教,因参加进步活动遭通缉,旋去清华大学任教。中华人民共和国成立后先后任清华大学中文系主任和云南大学校长等职。

李广田除写过一些文艺随笔、文学论文和一部长篇小说《引力》外,主要从事散文创作,先后结集的有《画廊集》、《银狐集》、《灌木集》、《金坛子》等。

李广田的散文散发着泥土和山野的气息,但在朴实中见腴厚,平淡中见情思。他在人生道路上掇拾到了许多智慧。

这篇散文的题目是《山之子》。山的儿子,一个穷困的山民,是一个哑巴,却象征了泰山伟大雄浑的精神。

文章以描写人物为中心,但开篇并没有马上写人,而是写泰山的雄伟壮丽和游人登临之盛。他先从游山的心理写起。从"斗母宫"以上至"中天门"步步向上,逐渐陡险,而"南天门"和"绝顶"又为"中天

| 山 之 子 李广田

门"的山头所遮蔽,因此登山的人自以为大功告成,殊不知峰回路转,更险更陡的路还在上头哩!这曲折的笔致,一方面使行文起伏;一方面也点画了泰山磅礴奇险的气势,写出山的个性与风貌,写出山的精神。

接着,作者笔锋一转,由奇险趋向平远疏淡,写"小桥流水,破屋丛花,鸡鸣犬吠,人语相闻";再写做着针织在松柏树下打坐的山家妇女,光着结实身子在草丛里睡觉的山家孩子;还有"三个一帮,五个一团"的进山参神的乡下香客,以及他们享受着自备白酒、茶叶、煎饼、咸菜和山间泉水的富有野趣的生活。山势峥嵘转向小桥流水,增加了生活的情趣,文势的跌宕也适应了读者审美的心理。更重要的,这些描写是为"山之子"出场作铺垫。这一节末尾引出两个孩子,他们是为作者游山做向导的,实际上是为引导读者认识山之子牵线搭桥。铺垫不露痕迹,见出作者为文的巧思和功力。

随后写"山之子"是全篇重点。"忽然听到两声尖锐的招呼,闻声不见人,使我觉得更好玩。原来那呼声是来自雾中,不过十分钟就看见我那两个小朋友从雾中走来了",起笔突兀,境界神奇,写出了"山之子"的活动环境,紧紧抓住了读者的注意力。往下两个孩子讲了毒蛇啮人、山鬼索命的故事,更渲染了幽深神秘的气氛。在这样的气氛里,孩子们讲述了哑巴——"山之子"一家的命运:为了在峭壁上采摘百合花,

> 爸爸四十岁时在一个浓雾天里坠入百合涧,作哥哥的到三十岁上又为一阵山风吹下了悬崖。从此这采百合的事业更不敢为别人所尝试,然而我们的山之子,这个哑巴,却已到了可以承继父业的成年,两条人命取得一种特权,如今又轮到了哑巴来占领这百合涧。

这山上的营生竟是如此的危险!哑巴一家的命运是劳动人民的

艰辛命运的缩影,但也反映了他们不屈不挠的英雄气概。这种气概和伟大磅礴的泰山精神融为一体,我们面前这山,就不单单是徒具自然风貌的山了,它是中华民族精神的象征。

泰山沉默不语,哑巴不会说话,而作者以他那惊人绝妙之笔偏写哑巴开口说话:

> 一个高大结实的汉子,山之子,正站在"升仙坊"前面峭壁的顶上,以洪朗的声音,以只有他自己能了解的语言,说着一个别人所不能懂的故事,虽然他用了种种动作来作为说明,然而却依然没有人能够懂他。我当然也不懂他,然而我却懂得了另一个故事:泰山的精灵在宣说泰山的伟大,正如石头不能说话,我们却自以为懂得石头的灵心。

这就是全文的题旨,也是一篇的警策之处。李广田初期很喜欢英国散文家玛尔廷的一本散文集《道旁的智慧》。玛尔廷说,这些智慧是普通人的语言,是我们向生活的真理睁开了眼睛所获得的,是真实的声音。正是作为农民之子的李广田走到泰山上拾到了智慧,警策的语句爆发出火花,使人心灵受到闪击。但这些警句又十分朴素自然,从生活中来的,人们容易理解,同时又意味隽永,有发人深省的力量。

文章的尾声写下山。作者很好地完成了文章的布局:先写登"中天门",次写上"南天门",最后写下山。但作者并没有松弛自己的笔墨,他写告别两个小朋友,写下山路上"我的耳朵里却仿佛听见那个哑巴的咿咿呀呀",余音不绝,似乎泰山的精灵还在宣说泰山的伟大呢!

自此,我们知道李广田"道旁的智慧"是什么了:那就是不屈不挠的战斗精神,艰难地前进,执着地生活下去!

夏虫之什

缪崇群

楔子①

在这个火药弥天的伟大时代里,偶检破箧,忽然得到这篇旧作,稿纸已经黯黄,没头没尾,不知从何说起,也不知到何处为止,摩挲良久,颇有啼笑皆非之感。记得往年为宇宙之大和苍蝇之微的问题,曾经很热闹地讨论过一阵,不过早已事过境迁,现在提起来未免"夏虫语冰",有点不识时务了。好在当今正是炎炎的夏日,对于俯拾即是的各种各样的虫子,爬的飞的叫的,都是夏之"时者",就乐得在夏言夏,应应景物。即或有人说近乎赶集的味道,那好,也还是在起呀。只是,童子雕虫篆刻,壮夫所不为罢了。

添上这么一个楔子,以下照抄。恐怕说不清道不明,就在每节后边添个名儿。庶免有人牵强附会当作谜猜,或怪作者影射是非云尔。

一

在小学和中学时代读过的博物科——后来改作自然和生物科了,我所得到的关于这方面的知识似乎太少了。也许因为人大起来了,对于这些知识反倒忘记,这里能写得出的一些虫子,好像还是在以前课本上所看到的一些图画,不然就是亲自和他们有过交涉的。

最不能磨灭的印象是我在小学修身或国文课里所读过的一篇文章。大意说,有一个孩子,居然在大庭广众之前,他辩证了人的存在

---

① 楔子:戏曲、小说的引子,一般放在篇首,用以点明、补充正文。

是吃万物,还是蚊子的存在为着吃人的这个惊人的问题。从幼小的时候到成年,到今日,我不大看得起人果真是万物的灵的道理,和我从来也并不敢小视蚊虫的观念,大约都受了它的影响。

偶翻线装书,才知道我少小时候所读的那一课,是出于列子的《说符篇》。为着我谈虫有护符起见,就附带把它抄出:

> 齐田氏祖于庭,食客千人,坐中有献鱼雁者,田氏视之,乃叹曰:"天之于民,厚矣!殖五谷,生鱼鸟,以为之用。"
>
> 众客和之如响。鲍氏之子年十二,预于次,进曰:"不如君言。天地万物,与我并生,类也。类无贵贱,徒以小大智力而相制,迭相食;非相为而生之。人取可食者而食之,岂天本为人生之?且蚊蚋嘬肤,虎狼食肉,非天本为蚊蚋生人,虎狼生肉者哉!"

二

红头大眼,披着金光闪灿的斗篷,里面衬一件苍点或浓绿的贴身袄,装束得颇有些类似武侠好汉,但是细细看他的模样,却多少带着些乡婆村姑气。

也算是一种证实的集团的动物了,除了我们不能理解的他们的呼声和高调之外,每个举止风度,都不失之为一个仪表堂堂的人物。

趋炎走势,视膻臭若家常便饭的本领,我们人类在他们之前将有愧色。向着光明的地方百折不回,硬碰头颅而无任何顾虑的这种精神,我们固然不及;至如一唱百和,飘然而来,飘然而去的态度,我们也将瞠乎其后的。

兢兢业业地,我从来不曾看见他们阖过一次眼,无时无刻不在摩拳擦掌地想励精图治的样子,偶尔虽以两臂绕颈,作出闲散的姿式,但谁可以否认那不是埋头苦干,挖空心机的意思。

遗憾的只是谁都对于他们的出身和居留地表示反感,甚至于轻蔑,谩骂,使他们永远诅咒着他们再也诅咒不尽的先天的缺陷。湮没了自身的一切,熙熙攘攘的度了一个短促的时季,死了,虽然也和人们一样的葬身于粪土之中。

人类的父母是父母,子弟是子弟,父母的父母是祖先——而他们的祖先是蛆虫,他们的后人也是蛆虫,这显然不同的原因,大约就是人类会穿衣吃饭,肚子饱了,又有遮拦,他们始终是虫,所以不管他们的祖先和后人也都是蛆了。

出身的问题,竟这样决定了每个生物的运命,我不禁惕然!

但无论如何,他总算是一员红人,炎炎时代中的一位时者,留芳乎哉!遗臭乎哉!(蝇)

三

想着他,便憧憬起一切热带的景物来。

深林大沼中度着寓公的生活,叫他是土香土色的草莽英雄也未为不可。在行一点的人们,却都说他属于一种冷血的动物。

花色斑斓的服装,配着修长苗条的身躯,真是像一个秀色可餐的女人,但偏偏有人说女人倒是像他。

这世界上多的是这样反本为末,反末为本的事,我不大算得清楚了。

且看他盘着像一条绳索,行走起来仿佛在空间描画着秀丽的峰峦,碰他高兴,就把你缠得不可开交,你精疲力竭了,他才开始胜利地昂起了头。莎乐美捧着血淋淋的人头笑了,他伸出了舌尖,火焰一般的舌尖,那热烈的吻,够你消受的!

据说他的瞳孔得天独厚,他看见什么东西都是比他渺小,所以他不怕一切的向前扑去,毫不示弱。也许正是因为人的心眼太窄小了,明明是挂在墙上的一张弓,映到杯里的影子也当作了他的化身,害得一场大病。有些人见了他,甚至于急忙把自己的屁眼也堵紧,以为无孔不入的他,会钻了进去丧了性命——其实是同归于尽——像这种过度的神经过敏症,过度的恐怖病,不是说明了人们是真的渺小吗?

幸亏他还没有生着脚,固然给画家描绘起来省了一笔事,可是一些意想不到的灵通,也就叫他无法实现了。

计谋家毕竟令人佩服,说打一打草也是对于他的一种策略。渺小的人们,应该有所憬悟了罢?

虽然,象征着中国历代帝王的那种动物,龙,也不过比他多生了几根胡须,多长了几条腿和爪子罢了。(蛇)

四

不与光明争一日的短长,永远是黑夜里的游客。在月光下的池畔,也常常瞥见他的踪影,真好像一条美丽的白鱼。细鳞被微风吹翻了,散在水上,荡漾着,闪动着。从不曾看见鬼火是一种什么东西的我,就臆测着他带着那个小小灯笼是以幽灵为膏烛的。

静静地凝视着他,他把星星招引来了,他也会牵人到黑暗角落里去。自己仿佛眩迷了,灵魂如同披了一件轻细的纱衣,恍惚地溶在黑暗里,又恍惚地在空中飘舞了一阵,等回复了意识之后,第一就想把自己找回来,再则就要把他捉住。

在孩提的时候,便受了大人的告诫,"飞进鼻孔里会送命"。直到如今仍旧切记不忘。我以为这种教训正是"寓禁于征"的反面的作用。

和"头悬梁,锥刺股"相媲美的苦读生的故事,使这个小虫的令名,也还传留在所谓书香人家的子弟耳里。

不过,如今想来,苦读虽好,企图这一点点光亮,从这个小虫子身上打算进到富贵功名的路途,却也未免抹煞风景了。我希望还是把欣喜着这个小虫子没有绝种——会飞的,会流的星子,夏夜里常常无言地为我画下灵感的符号;漂着我的心绪,现着,却不能再度寻觅的我所向往的那些路迹。

虽没有刺目的光明,可是他已经完成了使黑暗也成为裂隙的使命了。(萤)

五

"百足之虫,死而不僵。"多半是说着他了。

首尾断置,不僵,又该怎样?这个问题我是颇有提出来讨论一下的兴致的。就算他有一百只足,或是一百对足罢,走起来也并不见得比那一条腿都没有的更快些。我想,这不僵的道理,是"并不在乎"吗?那么腿多的到底是生路也多之谓欤;或者,是在观感上叫人知道他死了还有那么多摆设吗?

有着五毒①之一头衔的他,其名恐怕不因足而显罢?

亏得鸡有一张嘴,便成了他的力敌,管他腿多腿少,死而不僵,或是僵而不死;管他头衔如何,有毒无毒,吃下去也并没有翘了辫子。所以我们倒不必斤斤斥责说"肉食者鄙"的话了。(蜈蚣)

六

今天开始听见他的声音,像一个阔别的友人,从远远的地方归来,虽还没有和他把晤,知道他已经立在我的门外了。也使我微微地感伤着:春天,挽留不住的春天,等到明年再会吧。

谁都厌烦他把长的日子拖着来了,他又把天气鼓噪得这么闷热。

---

① 五毒:旧时一般称蝎、蛇、蜈蚣、壁虎、蟾蜍为"五毒"。

但谁曾注意过一个幼蛹,伏在地下,藏在树洞里……经过了几年,甚至于一二十年长久的蛰居的时日,才蜕生出来看见天地呢?一个小小的虫豸,他们也不能不忍负着这么沉重的一个运命的重担!

运命也并不一定是一出需要登场的戏剧哩。

鱼为了一点点饵食上了钩子,岸上的人笑了。孩子们只要拿一根长长的竿子,顶端涂些胶水,仰着头,循着声音,便将他们粘住了。他们并不贪求饵食,连孩子们都知道很难养活他们,因为他们不能受着缚束与囚笼里的日子,他们所需要的惟有空气与露水与自由。

人们常常说"自鸣"就近于得意,是一件招祸的事,但又把不平则鸣当作一种必然的道理。我看这个世界上顶好的还是作个哑巴,才合乎中庸之道吧?

话说回来,他之鸣,并非"得已",螳螂搏着他,也并未作声,焉知道黄雀又跟在他后面呢?这种甲被乙吃掉,甲乙又都被丙吃掉的真实场面,可惜我还没有身临其境,不过想了想虫子也并不比人们更倒霉些罢了。

有时,听见一声长长的嘶音,掠空而过,仰头望见一只鸟飞了过去,嘴里就衔着了一个他。这哀惨的声音,唤起了我的深痛的感觉。夏天并不因此而止,那些幼蛹,会从许多地方生长起来,接踵地攀到树梢,继续地叫着,告诉我们:夏天是一个应当流汗的季候。

我很想把他叫作一个歌者,他的歌,是唱给我们流汗的劳动者的。(蝉)

七

桃色的传说,附在一个没有鳞甲的,很像小鳄鱼似的爬虫的身上,居然迄今不替,真是一件令人不可思议的事了!

守宫——我看过许多书籍,都没有找到一个真实可以显示他的妙用的证据。

所谓宫,在那里面原是住着皇帝,皇后,和妃子等等的一类神圣不可侵犯的人物——男的女的主子们,守卫他们的自然是一些忠勇的所谓禁军们,然而把这样重要的使命赋予一个小虫子的身上,大约不是另有其他的原故,就是另有其他的解释了。

凭他飞檐走壁的本领,看守宫殿,或者也能够胜任愉快。记得小时候我们常常捉弄他,把他的尾巴打断了,只要有一小截,还能在地上里里外外地转接成几个圈子,那种活动的小玩艺儿,煞是好看的,至于他还有什么妙用,在当时是一点也不能领悟出来。

所谓贞操的价值,现在是远不及那些男用女用的"维他赐保命"贵重,他只好爬在墙壁上称雄而已。

关于那桃色的传说,我想女人们也不会喜欢听的,就此打住。（壁虎）

八

胖胖的房东太太,带着一脸天生的滑稽相,对我说了半天,比了半天,边说边笑着,询问我那是一种什么东西。我不大领会她的全部的意思,因为那时我对于非本国语的程度还不够,可是我感到侮辱了,侮辱使我机智——

"那个东西么？东京虫哩。"我简单地回答出她比了半天,说了半天的那个东西。

她莫奈何地唏唏唏……笑了,她明明知道我知道,而我故意地却给了她一个新的名字,我偏不能因为一个小小的虫名,也便使我们的国体沾了污点。

这还是十多年以前的一件事。

后来,每当我发现了这个非血不饱的小虫时,我总会给他任何的一种极刑,普通是捏死,踩死,或是烧死。有时想尽了方法给他凌迟处死。最后我看见他流了血,在一滴血色中,我感到报复后的喜悦与畅快!

像这样侵略不厌,吃人不够的小敌人,我敢断定他们的发祥地绝不是属于我们的国土之上的。

某国人有句谚语,"'东京虫'比丘八爷还厉害!"这么一说,就可想他们国度里的所谓"皇军"真面目之一斑了。把这个其恶无比的吃血的小虫子和军人相提并论起来,武士道……一类的大名词,也就毋庸代为宣扬了。我誉之为"东京虫"者,谁曰不宜?

听说这个小虫,在一夜之间,可以四世或五世同堂,繁殖的能力,着实惊人了。

可怜的这个小虫子发祥地的国度里的臣民呀!(臭虫)

九

北方人家的房屋,里面多半用纸裱糊一道。在夜晚,有时听见顶棚或墙壁上司拉司拉的声响,立刻将灯一照,便可以看见身体像一只小草鞋的虫子,翘卷着一个多节的尾巴,不慌不忙地来了。尾巴的顶端有个钩子,形象一个较大的逗号","。那就是他底自卫的武器,也是因为有了这么一个含毒的螯子,所以他的名望才扬大了起来。

人说他的腹部有黑色的点子,位置各不相同,八点的像张"人"牌,十一点的像张"虎头"……一个一个把他们集了起来,不难凑成一副骨牌——我不相信这种事,如同我不相信赌博可以赢钱一样。(倘如平时有人拿这副牌练习,那么他的赌技恐怕就不可思议了。)

有人说把他投在醋里,隔一刻儿便能化归乌有。我试验了一次,并无其事。想必有人把醋的作用夸得太过火了。或许意在叫吃醋的人须加小心,免得不知不觉中把毒物吃了下去。

还有人说,烧死他一个,不久会有千千万万个,大大小小的倾巢而出。这倒是多少有点使人警惧了。所以我也没敢轻于尝试一回,果真前个试验是灵效,我预备一大缸醋,出来一个化他一个,岂非成了一个除毒的圣手了么？

什么时候回到我那个北方的家里，在夏夜，摇着葵扇，呷一两口灌在小壶里的冰镇酸梅汤，听听棚壁上偶尔响起了司拉司拉的声音……也是一件颇使我心旷神怡的事哩。

大大方方地翘着他的尾巴沿壁而来，毫不躲闪，不是比那些武装走私的，作幕后之宾的，以及那些"洋行门面"里面却暗设着销魂馆，福寿院的，穿了西装，留着仁丹胡子，腰间却藏着红丸，吗啡，海洛英的绅士们，更光明磊落些么？

"无毒不丈夫"的丈夫，也应该把他们分出等级才对！（蝎）

十

闹嚷嚷的成为一个市集，直等天色全黑了，他们才肯回到各自的处所去。

议会吗？联欢吗？我想不出他们究竟有什么目的和企图。

蜘蛛，像一个穿黑色衣服的法西斯信徒，在一边觊觎着，仿佛伺隙而进。我的奋斗的警句，隐约地压倒了他们那一大群——

"多数人永不能代替一个'人'，多数时常是愚蠢而又懦弱的政策的辩护人。"

像希特勒那样的"成功"，还不是多半由他们给造就的吗？不看这位巨头，迄今还是一个独身者，甚至于连女色也不接近，保持着他这个"处男"的身份。

感谢世界上还有一种寒热症，轮到谁头上，谁得打摆子，那也许就是他说胡话，发抖的时候了吧。我得燃起一根线香来，我想睡一夜好觉了。（蚊）

（选自《夏虫集》，文化生活出版社
1940年版）

【分析】

缪崇群(1907—1945),江苏六合人。笔名终一。从小生长在北平,1923年从北平转入天津南开中学上高中,1925年东渡日本就读于应庆大学文学系。1928年回国后,便勤奋写作,在南京参加中国文艺社,编辑《文艺月刊》。抗日战争时期,流亡于湖北、广西、云南和贵州等地,以教书为生,一度当过《宇宙风》编辑。1945年1月15日因肺病逝世于重庆北碚。著有《晞露集》、《寄健康人》、《归客与鸟》、《废墟集》、《夏虫集》、《石屏随笔》、《眷眷草》、《碑下随笔》等。此外,还译有《日本小品文选》。

缪崇群的散文朴实、精细,不少篇什小巧玲珑,优美隽永,不乏精警的思想和闪光的语言,启益读者,发人深思。有人曾推崇他的散文"在'五四'后新文学界的散文园地里","占有某一方面的高峰"。(侍桁:《〈晞露新收〉·编者序》)

这篇总题为《夏虫之什》的散文,咏写了夏天常出没的九种虫子。这种写法,古代散文里也有,如柳宗元的《黔之驴》、《永某氏之鼠》等。

首先,作者精细地描画了这些虫子的特征和个性,如苍蝇:

> 兢兢业业地,我从来不曾看见他们阖过一次眼,无时无刻不在摩拳擦掌地想励精图治的样子,偶尔虽以两臂绕颈,作出闲散的姿式,但谁可以否认那不是埋头苦干,挖空心机的意思。

这种拟人化的幽默手法,真把苍蝇某一特征写活了。文章最后说苍蝇"总算是一员红人,炎炎时代中的一位时者,留芳乎哉!遗臭乎哉",引发读者思考。

其次,即使写小虫,作者也以诗一样的情愫去状物体性,发掘其独立的审美价值。如写萤,开头一句赞语:"不与光明争一日的短长,永远是黑夜里的游客。"是诗,也是富有哲理的警句。接下来两段描写萤火闪烁在夜色中飞舞的景象,空灵美妙,诗一样的境地唤起我们童年夏夜纳凉的回忆。作者特别对世俗所传的囊萤映雪之类的故事加以贬斥,认为"企图这一点点光亮,从这个小虫子身上打算进到富贵功名的路途,却也未免抹煞风景了"。最后赞美萤说:"虽没有刺目的光明,可是他已经完成了使黑暗也成为裂隙的使命了。"这篇散文句句写萤,但又以诗样的文字出之,追求一种意象的美。

再者,作者还继承了我国古代诗文中咏物言志的传统,把倾向渗进文字中。虽然散文写作重暗示含蓄,但深藏着的作者的感情,我们还是能在字里行间感觉得到。以"臭虫"一篇为例,作者写他还击侮辱,将臭虫命名为"东京虫"。并且写他对这种虫的态度:

> 后来,每当我发现了这个非血不饱的小虫时,我总会给他任何的一种极刑,普通是捏死,踩死,或者烧死。有时想尽了方法给他凌迟处死。最后我看见他流了血,在一滴血色中,我感到报复后的喜悦与畅快!

这里不难看出,作者通过处死臭虫(东京虫)表达了他对"食血以肥"的侵略者的仇恨与愤怒。以下几段,进一步论证这种臭虫的发源地是侵略者的国度。阅读这篇散文,明眼人都知道作者在这里主要是宣泄一种感情:对侵略者的愤恨的感情。

总之,《夏虫之什》这篇散文,名曰写昆虫的生活习性,实则巧妙地运用幽默风趣的语言,阐发出深刻的人生哲理。

泰山风光(节选)

吴组缃

下午两点钟,我的老朋友来找我。在这个四四方方的寂寞古城中,这是我唯一的一位老朋友。我说:

"多天没见了啊,近来怎么样?"

"我告诉你,我沾了那几位教官先生的光,搬到泰山住下了。你到这里这些天,还不曾陪你好好逛过泰山,今天特意约你去玩玩。——这几天山上真热闹。"

"是不是还是上次说的那个庙?你们叫勤务兵去和道士说,道士不是不大欢迎吗?"

"不欢迎自然要叫他欢迎!教官先生里面一位足智多谋的,想了个主意。第二天,我们亲自去找那道士,说:'当家的,咱们营房里的屋子已经不够住了,打算开一连弟兄到你们庙里来。你的房子是空的,你不给住,难道叫我们去占人家民房吗?——我们现在来看看,看的合了意就把咱们的屋子让他们,咱们搬到这里来。弄得咱们不高兴,咱们就不搬了,让他们搬吧,横竖一样的。'那道士还算是个知趣的人,给这么一说,立时竭诚欢迎起来,'那,教官们愿意来住,俺们接都接不到。'……哈哈哈,欺善怕硬,就是这个世界么!"

"那房子还好?"

"房子好,空气好。样样好。比起城里这些破笼子,简直是瑶台玉阙①了——你去看看就知道。"

多天没出门,一到街上,情景有点两样,窄狭的石板街路上来来往往挤满了一种乡下人。他们的样子打扮都大同小异:干枯的瘦黑的脸,敝旧的深色的棉衣。有仅仅只穿一件黑色棉袍的,有在棉袍上

---

① 瑶台玉阙:指传说中的神仙住地,此处形容居住条件好。

泰山风光 吴组缃

面再套一件庞大的黑布棉马褂的。有戴毡帽的,有戴瓜帽的。帽上,衣折上,都堆着一层灰黄色的尘土。有些没戴帽,裸着一头缟色头发(间或还有拖着辫子的);有些老年的,焦黑的口唇盖着一丛蓬松黄胡子。胡子上,头发辫子上,要是仔细看,也是沾着一层灰土。有的挂着龙头木拐,手里拿着一些粗劣的玩具之类,有的肩上背一只小小的褡裢,里面装着干粮,铜钞;有的拦腰系一根带子,背后歪插一根旱烟袋。他们的眼眶深陷,放着钝滞呆板的黯光。脸是板着的,严肃而又驯善。在街上挨挨挤挤的走着,每一个步子都跨得郑重而且认真,他们也不笑,也不说话,除非在货摊上买东西论价的时候。

这是一条城中唯一的大街,排着一些门面低矮狭浅的古老店铺。店铺大都是京广洋货铺,书籍纸张铺,图章铺,杂货铺。他们不大进这些铺子买东西,所注意的只是货摊子。这种货摊子都摆在店铺的门口。有的是店老板特意为他们设来应市的,有的是别的小本货贩摆设的。货摊种类不同,要都以小孩玩具为主。铜质的小锣小铛;洋铁的花瓶烛台;泥制的哈叭狗,不倒翁,屁股上能吹出声音来的小雀子;柳条编的元宝小篮;木头大刀,木头小鼓,木头拐杖,木头碗盏,——都用红绿颜料涂得很花骚。除了这一类丑陋粗劣的土货而外,那些京广洋货铺门前的摊子上却摆着另外一种玩具:小汽船,小飞机,皮球,洋娃娃,七星摇铃,翻杠子的小东洋佬……一些又精巧又古怪的橡皮或赛璐璐的玩意儿。对于这类东西,他们很少过问,顶多也不过站着看一回。——这时候那贩子连忙把发条开足,那小小东洋佬就卖命地"格搭!格搭!"翻起杠子来。看的人松开板着的丑脸,笑得那种傻样子。于是同伴里面你望望我,我望望你,牵一牵衣裳角,走了过去。

这条古旧的大街,平常给我的印象就是个灰黑色。现在堆上这些灰黑色的人——灰黑色的皮肉,灰黑色的衣着,灰黑色的神情。——使我忽然觉得连空气阳光都变成灰黑色的了。

转了几个拐,出了大街,来到岱庙跟前。岱庙是靠着城墙再套一道小城墙,所谓"大圈圈套一个小圈圈",宛如北京的紫禁城。外墙上平列着三道大门,三道甬路直通到里面。大门口,甬道旁,满都是上面说过的那种货摊,货摊中间的窄路上满都挨挤着上面说过的那种灰黑的人。

岱庙里面一片锣声,鼓声,喧嚷声,灰土飞舞。

空场上东一堆西一堆,有耍把戏的,有卖西洋景的,有唱"托傀儡"的,有说书的,有搬弄刀枪卖跌打损伤狗皮膏药的。……围成这些圈子的,也大般就是那些灰黑色的乡下人。

我和朋友随便挤进了一个人圈子。圈子中间一个四十来岁的汉子,戴一副古式墨晶眼镜,握着一把黑油纸折扇,敲着手心,正在那里说得唾沫乱飞。这人身前没案桌,上面没布篷,不像说书的。围着的听众,都一个个挺着脖子,聚精会神。有的独自点着头,有的愣着两只钝滞的眼睛,无不深深受着感动,五体投地的悦服。我仔细倾听,那人一口济南腔,说得斯斯文文:

"……诸位伯叔兄弟,照小弟这话看来,可见天是没错的,神明是有眼的。所以天网恢恢,疏而不漏,古今中外,贫富贵贱,都逃不出这个理数。可是世上人能把这道理记在心里的,却是很少。弄到现在,这里土匪,那里兵戈,哄吓诈骗,奸淫掳掠,卖朋友,欺官府,打娘骂老子……诸位伯叔兄弟,你做了这些恶孽,别人没法奈何你,你说天可管得了你?神明可放了你?……要不然水旱兵劫,小灾大难,都是哪里来的?……所以有一分善行,有一分善报,有一寸善心,有一寸善果,就譬如今天,小弟代表敝社同人在这里和诸位宣说这番道理,这么大的太阳,这么大的尘土,俺说得唇焦口干,腰痛背胀,不想诸位一个大子。——等一回,这地下的书还要奉送,不取分文。——俺不是个疯子吗?俺不是个傻子吗?……请诸位想想看。……"

我挤进一步,颠起脚跟,顺着他手指的地方看去,这才看见那地上四个小石头平平正正压着一张长条白布,上写道:"山东济南崇善社宣讲团。"旁批黑字:一边是"大难将临",一边是"善者得福",字旁密密圈着红圈。脚下又有一块布巾,上面堆着两叠黄面线装小书。书名《万善同归》。

"这是怎么一个玩意儿?平常倒没见过似的",挤了出来,我问我的朋友道。

"什么玩意儿?"朋友很熟悉地答道:"很简单的一个玩意儿,一些已经'得了福'的富绅阔佬,阔佬的太太姨太太,诸如此类,看见世界不成个世界了,看见人们饥寒交迫,都要沦为土匪盗贼了,所以慈心大发,一片古道热肠的弄起这么个鸟社花钱雇了些人到处宣善,免得老百姓不安分,自造罪孽。现在这里是泰山娘娘的香火盛期,鲁西鲁东,甚至河北河南等外省各地农民都来朝山敬香,这么好的机会怎么可以放过?"

朋友说着话,把我带进一座芦席棚里,棚子的四壁,上上下下密密丛丛挂着大红大绿的画子。画子都是手绘的。麒麟送子,八仙,关二爷看《春秋》,富贵有鱼,招财进宝之类,另外还有歪脸歪嘴的胖娃娃,驼背扭腰的四季美人。那些人物无不奇形怪状,带着浓重的设色,给人一种浑身觉得痛楚的强烈刺激。

棚子里面川流不息走动着人,比那里的人还多。这时我们旁边一个衔着旱烟袋的老头子同两个年青的黑汉子正在那里瞪着眼珠满壁鉴赏,神气又是严重又是慌乱,弄了半天,决不定那一张好。最后一个年青的牵一牵另一个青年的衣角,指了壁上四张美人画子叫他看。那美人手里都抱着或牵着一个小孩子,大红腮巴,大红眼皮,大红口唇,绿衣,红裙,裙下两只小得不像话的红绣鞋。看了一回,这个年青的在那个年青的耳根下嘟哝一下,那个年青的就去告诉那老头子,大约是说哥哥想买这四张画。老头子走过来仔细端详一回,摇着头,在四张里面指定了一张,问伙计什么价钱。

"要买就四张一起买。"

"只买这一张呢?"

"一张不卖的。"

那老头子嘟哝起来,埋怨他的儿子:"一张不就够了?要四张做什么?这又不是吃的!……"嘟哝着,就走过去指了他自己原先看好的一张。那是一张"富贵有余":几个奇形怪状的胖孩子合瓣了一条大鲤鱼。伙计取下这张来索价一吊五(五十文为一吊),老头子把舌头一伸,一面数着那上面胖孩子的数目,数了两次,一共五个半留着"一片瓦"的歪脑袋(身体四肢都画得乱七八糟,除了数脑袋,就没法点得出数目来的),老头子说:

"大前年俺买了一张七个的只有七个大子。红的比你这个还多些。"说着话就要走。

"老乡,"伙计说,"货色也有好丑,你只管脑袋数目就对了?——回来,回来,你瞧着给,没有什么意思。"

"五个大子儿。行吗?"

"你再看看,你看我这上面的小孩子多——多——这鲤鱼!——咳,你瞧,——啊?……"

啰唆了半天,好容易十个大子成就了这笔交易。

出岱庙,走进北门。原来北门内外一段街道就是这些香客们的大本营。那些低暗的卖香烟卖花生的小铺子,如今都打出黄纸黑字的招牌:"××香客老店"。店门口,店堂里,进进出出,坐的站的全是这些黑衣黑肉的不大说话的乡下人。天主堂,圣公会,都趁机会在这一带大活动,雇了些人满街散发《马可全书》、《天国福音》之类的书,也有坐在店堂里和香客们讲道的。

一时也无心细看,和朋友从岱宗坊走上盘道。早前听说,这条盘道上的人家都以在香期中乞钱为职业,自七八十岁的老人以至三四岁的小孩都做这项营生。每人每期所入最好的可多至六七十元以至百余元。很多人家就以此起家,买地筑屋,变做小康。男人则大半不做事,终天悠悠忽忽,过无忧无虑的现成日子。据说这是乾隆爷封了的。现在我眼前的情形却大谬不然,我只看见很少的几个残废的乞丐——有瞎眼的,有没脚的——坐在路旁,磕头叫嚷,为状甚苦,看看他们身前的乞盘里,只有一些"煎饼"的碎片和"麻丝结"之类,虽也有铜钞铜钱,但如月夜的星斗,点得出的几颗。那些乞丐一边偷空拿"麻丝结"在膝上搓着细索(为自己扎鞋底之用,或卖给人家),一边胡乱把"煎饼"抓了塞在嘴里,咀嚼着。每有人过,就磕头叫嚷起来。往往叫了半天,无人理会。有一种带有小孩的,自己没讨得着,就叫小孩跟了人家走。这种小孩都不过四五岁,连走路都走不稳,却因要追赶行人,不得不舍尽气力,倒倒歪歪地快跑,一面喘气跑着,一面"舍一个钱吧,舍一个钱吧!"地嘀哝着,一面还要作揖,打恭,到了相当的时候,又还要赶拦上去,跪下,磕一个响头。这种烦重工作的结果,十回有九回是苦窘着小脸空手而回。因为等他磕过头爬起来时,那行人已经早在远远的前头,再也追赶不上了。

这样的一种不景气的情形,说是能有那么多的收入,说是可以依此为业,变成小康人家,想起来未免离奇不经。我把这话问我的朋友,朋友道:

"那一点不假。这是真正的乞丐,那说的都是'丐官';我叫他们'丐官',等一回你就明白的。今天晚上你好歹别回去了,半夜咱们起来,看香客上山,那时候你会看见许多有趣的把戏。"

朋友这样说着,其时正有一个清秀的青年人在我们前面慢慢走着。朋友指着这人低声说:

"你看看这人像个干什么的?"

我一边注意这人,一边赶了几步,走到他前头。这人大约二十四五岁。西洋头,苍白清秀的脸,穿一件时髦的青灰色新棉袍,黑丝绒鞋子,一只又白又瘦的手上夹着一支香烟,口唇里悠闲地吹着哨子,看样子竟像本地一位少爷公子或小板之类。

这时已经过了玉皇阁,盘道两旁开始有了人家。石头垒起的墙(本地建筑,多以石垒墙,俗谚:"泰安有三宝,石头垒墙墙不倒……"),茅草屋顶——也有盖瓦的——虽然朴素,但看去很是整齐。家家门框上都贴了新的春联,红红绿绿好不热闹!那苍白清癯的青年汉子就走到一个高门阶的门前，推开两扇新油漆的黑大门，走了进去。

朋友道："这才是你刚才说的乾隆皇帝封了的丐家。你看看吧，像不像乞丐？不像吧？可是他们的祖宗以至他们自己，除了乞钱而外什么事也没干过。他们就一直安逸舒适地寄生在那些傻瓜身上的。"

左边连着一排屋子都是店铺的派头，敞着三间门面，里边满墙满壁都挂着些大大小小的元宝纸锭，不用说，也是备办了卖给那些敬香的傻瓜的。其中一家店堂里坐着两个妇人，一个年老的，团面白肉，满身福相；一个年轻的抱着一个小孩，穿着都很不错。门口一个十七八岁的姑娘，不但白皮细肉，体面干净，而且旗袍皮底鞋，简直是本地十分摩登的了。这姑娘站在那里，和一个男子说笑。男子三十多岁，躺在一把帆布椅上，两腿高高地架着大腿，手里拿着一本"一折书"本的《施公案》在看。朋友告诉我，刚才那个苍白清瘦的青年就是这人家的。这是店铺，那是住宅。"说了你不相信！"朋友说，这人家有一顷多地，简直是家富户，说是小康之家，还小看了他们！

这一路之上，都有男女香客下来。女的都穿着大袖大摆的衣裳，红绿棉纱带扎着裤筒，头上挺着一撅"平三髻"，下面一双零仃的小脚，用后跟点着地，一步一个踉跄，看样子已经疲乏得不能支持。男的就是在城里看见的那种灰黑色的人，一手拿着龙头木拐，一手挽着衣裳，也已经走得倒倒歪歪，看去两腿似乎有千钧的分量了。

除了男女香客而外，还有三三两两倦游归去的游客。游客和香客是迥乎不同的。这从外表上第一眼就可以分辨得出来。香客都黑皮粗衣，神情严肃得带有苦痛成分，无论从那一点看显然都是乡下农人；游客则不然，洋鬼子，穿西服的摩登男女，穿绸着缎的白胖绅士，都坐着山轿，气派自然不同；就是那种步行的，也都是小市民或学生之流，一路上谈笑风生，纵然疲倦，但神情是愉快的。这分别，那些乞丐就十分清楚，他们犹如辨认两种不同类的动物一般。对于那种黑

衣黑肉的乡下人,他们喊道:

"朝山进香的老爷太太呀,给我一个钱吧。各人修好各人的呀。……"

对于那些华洋绅商学各界的,则喊道:

"游山逛景的老爷太太呀,给我一个钱吧,可怜可怜我吧!……"

这个认识给我极大的兴趣。我心里想,原来上泰山的人有两种:一种目的是朝山进香,一种是游山逛景。朝山进香的都是农民,游山逛景的则属华洋绅商学各界。我把这话告诉我的朋友,问他这是不是一个定则?

"原则上确是如此。但得有个注解:比如前数天×××和他二夫人来逛山,就在我住的庙里拜了菩萨,进了香。巨绅富商也间有来烧香的,但不只烧香,也带有逛山的目的。他们烧香,无非是'以资表率'的意思。像×××,我知道得最清楚,从前是个思想很新的人物,菩萨不但不信,而且曾经打毁过的。——目的纯粹,专为朝山进香而来的确乎只有农民。"

这样的随口乱谈着,不一会就到了朋友住的庙里。

这庙在盘道之侧,规模很大,是顺着盘道上山的第一处大庙。正殿之前有大厅,大厅之前有戏台。左右两边则有敞大雅洁的院落和屋子。朋友住的是右边高阶台上去的院子。这院子高爽整洁,的确不坏,阶台之下一株夭矫婆娑的大古柏,据说是真正汉柏。院中有石桌,四边围以石凳,高大的柏树两株,梧桐、黄杨各一,正房四间,侧屋三间。朋友和他的几位教官朋友就分住了这个院子。房中窗明几净,家具应有尽有,都是借的庙里的。

那几位教官先生都是见过面的,彼此都如多年老朋友一般,一点不拘束。勤务兵泡了新鲜"大方"①,拿了白金龙②出来,大家就围着石桌坐下,喝茶抽烟,乱七八糟地谈起来。

---

① "大方":茶叶的一种。
② 白金龙:当时香烟的一种牌子。

教官之中一位胖子,绰号哈代,一位瘦子,绰号劳瑞。① 瘦劳瑞语重心长的说道:

"他们这些庄稼汉呀,太可怜。饭吃不饱,不要紧;衣裳穿不暖,不要紧,菩萨是一定要信的。可了不得! 瞧他们这些疯狂劲儿! 唉,我见了,我心里就难过! 这都是国家的主人呵,国家主人胡涂昏聩得这样子! 开通民智,开通民智,一句话,还是要开通民智!"

"开通民智! 叫谁去开通民智?"胖哈代嘻笑着反对道,"人家唯恐他们一朝不信崇菩萨呢! 你没听说过吗? 宗教是补助法律所不及的。所谓社会秩序,就要这么着才维持得住呀。假如一天他们真的不信菩萨了,他们耐烦辛辛苦苦的替你种田种地? 到那时候,比方说吧,你能舒舒服服的住在这样好的地方过神仙日子?⋯⋯"

瘦劳瑞一口茶没喝完,就生气似的抢白道:

"我舒舒服服的过神仙日子? 老兄,你呢? 你呢? 你自己呢?"

⋯⋯

这一个佯真扮假的说,那一个就装模作样的反驳,好像串演相声的一般。我静静的听着,一面把眼睛眺望前面。这院落,前面说过,是在几重高阶台的上面,正殿屋脊,都低低俯伏在阶台之下。屋脊上,展开的是半个泰安城,闾阎扑地,万家在望。东南西三面都是一望无涯的漠漠平畴,东一堆西一块的缀着些七零八落的村庄。这时夕阳映照,淡青的原野抹上一层浅黄,各处村落缭绕着淡淡的炊烟。对面徂徕山泛了淡蓝颜色,弄得变成瑞士风景照片的派头。汶河弯弯曲曲,从那一头绕过山后,又从这一头钻了出来。再远处,是漠漠平原,更远处,还是漠漠平原。渐渐入了缥缈虚无之间,似乎仍是平原。忽然前面几块晶莹夺目的橙黄色东西,山也似的矗立着,旁边衬护着几抹紫红颜色,分外鲜艳美丽。定睛细看,才知道那是云霞,已经不复是地面的东西了。

---

① 哈代、劳瑞:美国有名的胖瘦影星。

"你们这地方真不坏，"我打断他们的话说，"杜甫的《望岳》诗，'岱宗夫如何，齐鲁青未了'，不想这样壮阔的境界，如今却就在你们几席之上。真是几生修来的清福！"

我这样酸溜溜的说着，站起来点上一支烟。劳瑞先生拉我走下台阶，要陪我到庙里各处看看走走。

一出那个耳门，看见两个人捉迷藏似的隔着一道门在探头探脑，探着了，互相扭了起来，嘻嘻哈哈，滚做一团。两个人都是三四十岁的家伙。一个头上梳着小髻，穿一件齐膝头的长领棉袄，一个秃头，却是俗家打扮。他们在地上扭做一起，这一个探手到那一个腰里去掏，那一个怕膈吱，笑得软瘫了，一件东西便被抢了去。原来他们是为一包"金砖牌"的烟卷，起了争执。这么一把年纪的家伙，闹得如此天真有趣，真修炼到家，超凡入仙了！

"你不还了我，我放你！"梳小髻的一个嚷道。

"还你！还你一个蛋！"秃子吓吓地笑着说，"今天早上你偷我的香钱，你当我不知道！"

"狗操的！你的香钱？"嚷着就追了过去，追出了大门。

劳瑞先生告诉我，他们当家的上济南开会去了，所以他们就胡闹。这庙里大小道士以及打杂帮工的一共不下十余人。庙产很不小，香钱是不在乎的，当家的都不要，由着他们分赃，拿去吃烟喝酒，"跳墙头"。他们自己也有章程：每天的香钱，上午归谁收，下午又归谁收，外面还有痘疹眼光娘娘，那儿的香钱又归一个人收，香客丢钱时偶尔有丢到地上的，就是小徒弟的外快。如此划分，各不侵犯，比关卡税局还要划分得清楚。——这庙香火不盛，几个香钱只可作他们烟酒之资。上面红门宫、斗母宫的香火可了不得，一季下来，连小和尚小尼姑都弄个几十块。所以他们那边分赃的法子也格外严密认真些。

走过正殿，从左边一道门穿过去，那里一个大院子，五间敞大的正屋，派头不小，像是官厅之类。东西两面各有下房三间。下面院子拐角上，安置着一座大磨。其时正有一头骡子，眼睛上罩了块麻布，背着磨架在那里团团转。管磨的是个三十多岁的矮子，皮肉焦黑，阔嘴塌鼻梁，丑得要不得。他把桶里水浸的棒子小米之类一瓢瓢舀了，添入磨里；一面忙着又把磨出来的浆糊似的东西刮入一只钵里。骡子在他后面追，他就套着骡子的脚步走。添好一瓢，刮好一次，瞅个空跳出骡子走的那个圆圈，舀了一瓢棒子小米，重新再跳进去，继续跟着骡子打转转。这样工作着，人是和骡子一样，不看别处，不作声，只沉着丑脸子，打转转。

磨子那儿一道破门，通另一个荒院。那里面一个大猪圈，一群鸡。门阶上坐着一个老头子，身边靠着一根龙头木拐，一只小褡裢，黑衣黑肉，却是个香客。他在咬着手里一块煎饼，挺着两只昏花老眼看骡子打转转。咀嚼着，不作声。

我和劳瑞先生看了好一回。他告诉我，这磨出来的东西就是做煎饼的。这浆糊似的东西磨好了，拿一只鏊子摆在地上，下面烧起火，把浆糊一瓢瓢舀到鏊子上，就结成薄块，一瓢糊，一张饼。在山东西部这一带，普通农家都以这种煎饼为正餐，据说比窝窝头好吃，而且非常便于携带，保存。农人早上起来下地，带几张煎饼在身，整天可以不用回家，工人上工，也带这种煎饼；寒苦人家子弟上学，也带这煎饼；做买卖的，小贩子，赶牲口的，出门行远路，一去十天半个月，也是带了煎饼去，歇店时候不用花伙食钱。

"你会摊煎饼吗？"劳瑞先生问那个丑长工说。

"会。"

"摊煎饼可不容易。火头不到，结不起来；旺了，就要烧焦。是不是？"

"……"那板着的丑脸子笑一笑，随即板还原，回复一副苦相。

"你在这里帮了几年工了？"

"两年。"

"喂猪，喂鸡，摊煎饼，还做些什么事？下地不下地？"

"下地。"

"地阴子里那些盆花是不是你经管?"

点点头。

"打扫呢?"

点点头。

"出毛坑呢? 烧茶烧水呢? 料理牲口自然也是的喽?"

点点头。

"可了不得,——当家的给你多大工钱?"

"十八块。"伸一只手比着说。

"一个月?"

"一年。一年。十二个月。"伸一只手比着说。

"十八块钱一年?"劳瑞先生像个呆子似的惊叫起来,"他妈的!你瞧。"

那一个不做声,依旧跟着骡子跑圈川。

"你家里还有些什么人?——那是你谁?"劳瑞先生指着那香客老头子说。

"是俺爹。"

"来进香?……就顺便进来看看你?……"

"……"

劳瑞先生傻里八气的,把这些话问个没了时。直问到勤务兵来找我们吃晚饭才罢休。

吃过晚饭,又围着石凳喝茶抽烟,胡扯了几个钟头才睡觉。朦胧之间,朋友把我叫醒,我摸出表看看,不到十二点。隔墙盘道上隐约有人声,又听见一个二个的鞭爆响,远处有狗子叫,七零八落的。朋友说:"香客快上来了! 咱们出去看去。"

哈代先生被我们吵醒,也起了身,要和我们一起去凑热闹。三个人同出来,庙门已经大开。白天摆在正殿旁边的一个灵官菩萨,此时连同龛子搬了出来,安放在摆在门口路当中的一张方桌上。桌上一盏豆油风灯,一只破磬,中间设有茶叶果子之类供品。那灵官圆睁眼睛,张嘴露舌,红胡子直拖到胸口,手拿一根钢鞭,端的威武。一个道士衣冠端正,眼目惺忪的坐在一条板凳上,不住打呵欠。

"香客快上来了吗?"

"就来了!就来了!"

据说,这道士是当家的胞弟。这庙里香火不旺,惟独这座临时摆设出来的灵官菩萨跟前,因为当着要路,却是个极肥的肥缺。这肥缺别的道士沾不上,当家的放了他的令弟来承乏。每月收入,大有可观。我看这道士,温文尔雅,果然很有身份的样子,不像白天抢烟卷的那两个家伙的下流相。

在这里站了一回,阒无人声。哈代先生不耐烦,提议往下走,去迎头拦看香客上山。往下走了一段。路旁所谓丐官家,都已开了门,点着灯火,妇人都已出了马,各占据一个要隘,带着孩子,拿着乞盘,火把,一切标准妥帖。所谓要隘,都是他们临时安排的:有的用一条或两条板凳,横着拦住路口,仅仅留下一人过身的空当,乞盘就放在这空当处;有的则是用石头垒成一段或两段障碍物,横拦去路,自己盘坐着,当着那空口。这些妇人,有年青的,有年老的,都化了装:穿着破衣服,不是白天看见的那种整洁样子了。但是也有化装得很马虎的,往往破衣服下面露出的是粉红色新洋袜,新鞋子,鲜明洁净的印花布裤子。

还有一些男子,在路旁摆七个大石头,每一个石头上摆一盏豆油风灯,意思想是替香客照路,但也摆着乞盘;一路上有小庙,像南边乡间的土地庙,里面却是灵官菩萨。也点了灯,有人守着。

在这些人里面,白天看见的那些残废乞丐,却一个也找不着了。

我们慢慢的走下来,那些妇人看见都忸怩着藏起脸来,有的竟连忙躲避到黑暗处。哈代先生有意找她们谈话,无人肯理睬。直走到一棵大树下面,那儿一个老婆婆,当着路口坐着,旁边还睡了一个小孩。哈代先生说:

"老太太,你辛苦呵!"

"不辛苦,哈哈哈!"那老婆婆不好意思的笑起来,"先生,你别见笑,我们这里就是这规矩。"

看见这老婆婆是个开通的,我们站住了。老婆婆客气之至,拖了一条凳子请我们坐下。那睡在地上的孩子也醒了,从被窝里探出头来,皱着眼皮张看。

"这是你孙子吗?好福气呵。"

"是俺小孙子,哈哈哈。"一边押一押那孩子的被头,笑着说,"冷不冷?你好好睡罢,哈哈哈。"

"一夜讨得多少钱?"

"哈哈哈,没多少意思呵。不过五吊六吊的,好的时候也上过十吊。没多少意思呵,哈哈哈。"

"几位令郎,你老人家?"

"三个,三个。"

"好福气呵!……家里有地吗?"

"几亩地。哈哈哈,几亩不好的地。横竖够吃的。哈哈哈。"

这时四野里一片昏黑,只有这条盘道上亮着些红的火光,东摇西晃,此暗彼明。一回儿工夫,西边一团漆黑里忽然钻出几点火,那火点子越来越多,像是从一片树林里绕出来的,渐渐成了一条长串。接着狗子叫了,远处涌起一片妇人叫嚷声。老婆婆也忙了起来,把身边一把高粱秆点上火,瞪着眼等着。从被里小孩子钻出半段身肢,——却是个赤膊。

"奶奶,来了吧?……"

"不忙,不忙。小心招了凉。"老婆婆慌忙把他重新塞进被窝。

静寂的空气顿时热闹了起来。

那串火光越晃越近,妇人的叫嚷声低下一批,又涌起一批。等到前面近处也尖溜溜响起一片声的叫嚷,那串火光里已经隐隐约约的显出一些人影和零乱的脚步了。

老婆婆咳了几声,扫清一下喉咙,不好意思的望一望我们,伸长着脖子向前张看着。直到那一长串人影响着一个一个的铜子落入乞盘里,通过了前面一道道嚷声鼎沸的关隘,到了近处约摸一二丈的地方,她才用一种出乎我们意外的最敏捷的手法抱起了她那个赤身露体的孙儿,放到自己怀里,用衣裳掩盖着,同时放开洪亮的声音,唱了起来:

"烧的是平安香呵,舍下一个如意钱。看你五谷装满仓呵,添子又添孙。……舍下一个钱呵,各人修好各人的呵,舍的快发的快,舍得多发的多呵。老奶奶看在眼里的呵!……"

当她这样唱着的时候,那个行列已经到了跟前。她的孙儿自动的从她怀里钻出来,跪到地上,双手拱在胸口,一上一下的动着,牙齿发颤,清涕直流。

那批香客正就白天所见的一样,有老有少,龙头木拐,小搭裢,手里各秉一枝香,低着头,神气严肃得带着苦痛成分,一步挨一步的从障碍物中间留好的缺口处走过去。每走过三个五个,总有一两个从褡裢里摸出铜子,丢到老婆婆的乞盘里。有时也有摊开手心,或是拍拍褡裢,表示钱已经完了的,那老婆婆就有一种权利伸手去掏查他的褡裢,查看了,实在是没有,才放他过去。如果这样子的香客一连有这么五六七八个,那这个老婆婆就着了慌,一边咒骂似的狠声嚷着:"你是行好的呵!你是行好的呵!"一边就有权利去扭住一个香客的衣裳,不让过去,直到别人代给了钱,才放他走。

这一批香客过完,等这么三五分钟,又上来一批。一回儿,又是一批。老婆婆一回儿把孙儿塞进被窝里,把火把用石头压死;一回儿又把孙儿抱出来,把火把摇亮。间歇地忙着,弄得气喘汗流。一回功夫,看看那乞盘里已经琳琅满目了。

"奶,"那孙儿钻进被窝,探出头来抖颤着说,"今晚上要的钱都是俺的。"

"是哩,是哩。都是你的,都是俺小宝的,哈哈哈哈。"说着,笑望了我们。

"老太太,"哈代先生说,"你这钱该当给你小宝宝,他比你老人家还辛苦。好好给他做几件新衣穿,给他留着娶个漂亮媳妇儿。"

"是哩,是哩!哈哈哈哈。"

这时东南西三面一片昏黑的原野里都不断的有一长串一长串的火光出现。上来的香客二十个一队,三十个一组,过去一批,又来一批,渐渐越来越涌。老婆婆大有应接不暇之势了。

盘路上前前后后摇晃着一片火把,妇人的叫嚷声震彻四野,山鸣谷应。……

我们三个混在一批香客的队里循路回去。这回去,可不像下来时那么容易,每走这么丈把路,就是一个关,一个妇人把守着,叫嚷不已。我不知道有这个情形,出来时竟没带一个铜子,过一道关,就被窘一次,不时有手来掏我腰包,扯我的衣裳,我只好暗暗叫苦。哈代先生却满不在乎,大摇大摆的跟着香客后面走。

忽然一个人扭住了我。按照刚才的经验,只要摆一下身肢就可以脱逃的。这次可不行。我被那人扭出了行列,弄得无可措手。我停睛一看,那人披着一件破衣,白皮细肉,一把粗辫子,不是别人,就是我白天看见的那个体面干净,衣饰摩登的十七八岁的姑娘。在此惶恐狼狈之中,我听得哈代先生呵呵大笑了起来。

"那不是香客呵!那不是香客呵!那是上面庙里的先生呵!"一个男子远远的站在门上嚷着。

我看那男人,也是见过的,正是白天在路上遇见,一块上来的那个苍白清癯的青年小伙子。

说时迟,那时快。那姑娘给提醒了,羞得要不得,使劲把我一推,我就像一只兔子似的窜到黑暗里去了。

脱了险以后,我反对再混在香客队里去,免得受这些无妄之灾。哈代先生一路把我取笑着,一直到了庙里。

庙门口那位守着灵官的二当家的道士,已经不是刚才那种温文

尔雅的样子。他一手握着敲磬的木棰,衣袖捋到臂膊上,敲一回磬,嚷一回,唾沫四溅,脸红耳赤:

"开路第一盘,上山第一关,这是灵官爷爷啦!你们拜灵官爷爷啦!替老奶奶报信的啦!灵官爷爷不报信,老奶奶不知道呵!开路第一盘呵!你们都要拜呵!……"

那些香客踉跄的走过来,都驯顺地跪下,磕头,丢钱。有一些不拜的,拜了没丢铜子的,道士就用条凳拦住他,不许过去,如此这般,——又要嚷,又要敲磬,又要忙着拦阻不丢钱的香客,——工作竟是十分繁重。因此忙得他脸红耳赤,丢了他温文尔雅的身份。可是看看他那扁盘里,已经满满的半扁盘铜子,比起下面那些没有菩萨顽的,到底不同了。

回到朋友房里,已经快三点了。远处近处的叫嚷声,敲磬声,一直闹到天明。

一九三五年八月十日

(原载 1935 年 10 月 1 日《文学》第五卷第四号,有删节)

【分析】

吴组缃(1908—1994),安徽泾县人。在宣城中学读书时,正值五四运动之际,开始接受新文化思想的影响。1929 年入清华大学读书。在大学时开始创作,出版有《西柳集》(1934 年)、《饭余集》(1936 年),其中包括代表作《一千八百担》、《樊家铺》、《天下太平》等。抗日战争期间,在冯玉祥将军处工作,后来又写了长篇小说《山洪》。中华人民共和国成立后任北京大学中文系教授。1954 年,人民文学出版社出版了《吴组缃小说散文集》。

茅盾早就称赞吴组缃"是一位非常忠实的用严肃眼光去看人生的作家",他写的散文,也具有这种特色。

通常写"泰山风光"的这类散文,不是模山范水、流连风景之作,就是思古抚今、发抒感慨的篇什。而吴组缃不是这样的,他的这篇散文独辟蹊径,是一幅社会风俗画,是一篇人间世情书。

散文一开始,就写出泰山庙中道士的油滑处世之道。他们受了教官们不让住就叫兵士搬来住的恐吓,只好改变态度,"竭诚欢迎"教官来住,由此作者才能上山观光。

紧接着写山下街景,作者展开了一幅精细的、生动的社会风俗画。街上店铺、货摊密集,行人拥挤,混杂着三教九流,而那"灰黑色的人——灰黑色的皮肉,灰黑色的衣着,灰黑色的神情——使我忽然觉得连空气阳光都变成灰黑色的了",又是整个旧中国的缩影。

下面作者详尽曲折地写出了泰山山上的种种怪现象——道士和尚的敛钱手段,祖传乞丐的生财之道,以及朝山敬香的信徒的种种言行等。这里有鸟瞰图,如泰山市集的繁杂店铺与庙内的拥挤人群;有精细的素描,如"崇善社宣讲团";有幽默的场面,如老头子数脑袋买年画;有专门的特写,如守住乞盘的老奶奶与孙子;有风趣的误解,如男女青年的扭拉"香客",真是穷形尽相,入木三分。作者虽是用冷静的诙谐的笔墨作客观的叙写,而其中蕴藏的深刻的讽刺与冷峻的批判,是深得《儒林外史》描写的神韵的。

古往今来,写泰山的游记甚多,如果再写自然景色,容易流于一般;即使你在这方面用了力气,也是太单纯,缺少更坚实、更朴素、更有力量、更形象化的东西。而吴组缃却别开生面地去描写世态人情、社会百相,读来新鲜,含意深刻。

从观察风景的视角转变为观察人生的视角,吴组缃这篇散文有些近乎后来的速写与报告文学,但笔力老到,描写细致,穿插得当,功夫非浅。在认真与扎实这两点上,这篇散文在现代散文史上是罕见的。"大象搏狮用全力,搏兔也用全力",散文写作的形式虽然灵活多样,散文写作的功夫却要千锤百炼,这就是我们读吴组缃《泰山风光》所得的启示。

鹰 之 歌

丽 尼

黄昏是美丽的。我忆念着那南方的黄昏。

晚霞如同一片赤红的落叶坠到铺着黄尘的地上,斜阳之下的山冈变成了暗紫,好像是云海之中的礁石。

南方是遥远的;南方的黄昏是美丽的。

有一轮红日沐浴着在大海之彼岸;有欢笑着的海水送着夕归的渔船。

南方,遥远而美丽的!

南方是有着榕树的地方,榕树永远是垂着长须,如同一个老人安静地站立,在夕暮之中作着冗长的低语,而将千百年的过去都埋在幻想里了。

晚天是赤红的。公园如同一个废墟。鹰在赤红的天空之中盘旋,作出短促而悠远的歌唱,嚛唳地,清脆地。

鹰是我所爱的。它有着两个强健的翅膀。

鹰的歌声是嚛唳而清脆的,如同一个巨人底口在远天吹出了口哨。而当这口哨一响着的时候,我就忘却我底忧愁而感觉兴奋了。

我有过一个忧愁的故事。每一个年青的人都会有一个忧愁的故事。

南方是有着太阳和热和火焰的地方。而且,那时,我比现在年青。

那些年头!啊,那是热情的年头!我们之中,像我们这样大的年纪的人,在那样的年代,谁不曾有过热情的如同火焰一般的生活?谁不曾愿意把生命当作一把柴薪,来加强这正在燃烧的火焰?有一团火焰给人们点燃了,那么美丽地发着光辉,吸引着我们,使我们抛弃了一切其他的希望与幻想,而专一地投身到这火焰中来。

然而,希望,它有时比火星还容易熄灭。对于一个年青人,只须一个刹那,一整个世界就会从光明变成了黑暗。

我们曾经说过:"在火焰之中锻炼着自己",我们曾经感觉过一切旧的渣滓都会被铲除,而由废墟之中会生长出新的生命,而且相信这一切都是不久就会成就的。

然而,当火焰苦闷地窒息于潮湿的柴草,只有浓烟可以见到的时候,一刹那间,一整个世界就变成黑暗了。

我坐在已经成了废墟的公园看着赤红的晚霞,听着嘹唳而清脆的鹰歌,然而我却如同一个没有路走的孩子,凄然地流下眼泪来了。

"一整个世界变成了黑暗,新的希望是一个艰难的生产。"

鹰在天空之中飞翔着了,伸展着两个翅膀,倾侧着,回旋着,作出了短促而悠远的歌声,如同一个信号。我凝望着鹰,想从它底歌声里听出一个珍贵的消息。

"你凝望着鹰么?"她问。

"是的,我望着鹰。"我回答。

她是我底同伴,是我三年来的一个伴侣。

"鹰真好,"她沉思地说了,"你可爱鹰?"

"我爱鹰的。"

"鹰是可爱的。鹰有两个强健的翅膀,会飞,飞得高,飞得远,能在黎明里飞,也能在黑夜里飞。你知道鹰是怎样在黑夜里飞的么?是像这样飞的,你瞧。"说着,她展开了两只修长的手臂,旋舞一般地飞着了,是飞得那么天真,飞得那么热情,使她底脸面也现出了夕阳一般的霞彩。

我欢乐底笑了,而感觉了兴奋。

然而,有一次夜晚,这年青的鹰飞了出去,就没有再看见她飞了回来。一个月以后,在一个黎明,我在那已经成了废墟的公园之中发现了她底被六个枪弹贯穿了的身体,如同一只被猎人从赤红的天空击落了下来的鹰雏,披散了毛发在那里躺着了。那正是她为我展开了手臂而热情地飞过的一块地方。

我忘却了忧愁,而变得在黑暗里感觉奋兴了。

南方是遥远的,但我忆念着那南方的黄昏。

南方是有着鹰歌唱的地方,那嘹唳而清脆的歌声是会使我忘却忧愁而感觉奋兴的。

一九三四年十二月

(原载1935年3月16日《文学季刊》第二卷第一期)

【分析】

丽尼(1909—1968),原名郭安仁,湖北孝感人。中华人民共和国成立前,在福建泉州黎明高中、武汉美专等校教书。曾参加左翼作家联盟,从事进步文化活动。翻译过俄国屠格涅夫的《贵族之家》、《前夜》,契诃夫的剧本等文学名著。中华人民共和国成立后,主要从事翻译出版工作和教育工作,曾任中南人民文学出版社总编辑,后在广州大学任教。

丽尼共写过三本散文集:《黄昏之献》(1932年)、《鹰之歌》(1934年)、《白夜》(1936年),均收入巴金主编的《文学丛刊》。他的这些散文,陈荒煤在《一个企望黎明的心》中说:

> 如果说,安仁前期的散文是给我们展示了一些似乎朦胧的阴暗的水墨画,固然也偶尔点缀过一点春天的鲜艳的色彩,反而感觉到旧世界的阴影的更加令人压抑;那么,他后期的散文却是一些浓郁的油画,固然也还有阴影重叠,但从那些受难者善良的心灵里,看到人间的希望。

这大致勾勒了丽尼散文创作发展的轨迹。

《鹰之歌》的写作与作者在南国教书时的一段感情有关。他那时很年轻,有位少女爱着他,可少女的父母替她挑选了一位有钱的绅士,强迫她出嫁。在结婚的前夕,少女冒着大雨去找她爱的人,希望跟他逃走,逃到天涯海角。他怕她跟着他受苦,同时也没有勇气这样做,竟婉辞了她。不久少女在寂寞中死去。散文中这只鹰正寄托了作者对少女的思念。

这是一篇散文诗。

文章开头反复诉说南方的美丽的黄昏。而天边唱着嘹亮的歌和有着两个强健翅膀的鹰,使作者忘却忧愁而兴奋,但热情如火的内心被窒息。

一对爱人谈到了鹰,特别是那位少女展开修长的手臂,旋舞一般地飞,飞得那么天真、飞得那么热情,不由"我"不跟着受到感染,而觉着兴奋。

但鹰的中弹死亡和一段恋情的结束,这样的结局不正是作者和那少女的悲哀吗?

虽在黑暗中,作者仍然感觉到兴奋。这是因为鹰的飞和少女的飞,毕竟象征着生命中的美好。

"南方是有着鹰歌唱的地方,那嘹唳而清脆的歌声是会使我忘却忧愁而感觉奋兴的。"作者在这篇散文中反复吟唱着这一句,正说明他从那一段有意义的难忘的生活中汲取到永不消沉的力量。

好的散文不仅文字美丽,构成清逸隽美的意境,而且思想深邃,把你升华到人生的一个更高的境界。

囚 绿 记

陆 蠡

这是去年夏间的事情。

我住在北平的一家公寓里。我占据着高广不过一丈的小房间，砖铺的潮湿的地面，纸糊的墙壁和天花板，两扇木格子嵌玻璃的窗，窗上有很灵巧的纸卷帘，这在南方是少见的。

窗是朝东的。北方的夏季天亮得快，早晨五点钟左右太阳便照进我的小屋，把可畏的光线射个满室，直到十一点半才退出，令人感到炎热。这公寓里还有几间空房子，我原有选择的自由的，但我终于选定了这朝东房间，我怀着喜悦而满足的心情占有它，那是有一个小小理由。

这房间靠南的墙壁上，有一个小圆窗，直径一尺左右。窗是圆的，却嵌着一块六角形的玻璃，并且左下角是打碎了，留下一个大孔隙，手可以随意伸进伸出。圆窗外面长着常春藤。当太阳照过它繁密的枝叶，透到我房里来的时候，便有一片绿影。我便是欢喜这片绿影才选定这房间的，当公寓里的伙计替我提了随身小提箱，领我到这房间来的时候，我瞥见这绿影，感觉到一种喜悦，便毫不犹疑地决定下来，这样了截爽直使公寓里伙计都惊奇了。

绿色是多宝贵的啊！它是生命，它是希望，它是慰安，它是快乐。我怀念着绿色把我的心等焦了。我欢喜看水白，我欢喜看草绿。我疲累于灰暗的都市的天空，和黄漠的平原，我怀念着绿色，如同涸辙的鱼盼等着雨水！我急不暇择的心情即使一枝之绿也视同至宝。当我在这小房中安顿下来，我移徙小台子到圆窗下，让我面朝墙壁和小窗。门虽是常开着，可没人来打扰我，因为在这古城中我是孤独而陌生。但我并不感到孤独。我忘记了困倦的旅程和已往的许多不快的记忆。我望着这小圆洞,绿叶和我对语。我了解自然无声的语言,正如它了解我的语言一样。

我快活地坐在我的窗前。度过了一个月,两个月,我留恋于这片绿色。我开始了解渡越沙漠者望见绿洲的欢喜,我开始了解航海的冒险家望见海面飘来花草的茎叶的欢喜。人是在自然中生长的,绿是自然的颜色。

我天天望着窗口常春藤的生长。看它怎样伸开柔软的卷须,攀住一根缘引它的绳索,或一茎枯枝;看它怎样舒开折叠着的嫩叶,渐渐变青,渐渐变老,我细细观赏它纤细的脉络,嫩芽,我以揠苗助长的心情,巴不得它长得快,长得茂绿。下雨的时候,我爱它淅沥的声音,婆娑的摆舞。

忽然有一种自私的念头触动了我。我从破碎的窗口伸出手去,把两枝浆液丰富的柔条牵进我的屋子里来,教它伸长到我的书案上,让绿色和我更接近,更亲密。我拿绿色来装饰我这简陋的房间,装饰我过于抑郁的心情。我要借绿色来比喻葱茏的爱和幸福,我要借绿色来比喻猗郁的年华。我囚住这绿色如同幽囚一只小鸟,要它为我作无声的歌唱。

绿的枝条悬垂在我的案前了,它依旧伸长,依旧攀缘,依旧舒放,并且比在外边长得更快。我好像发现了一种"生的欢喜",超过了任何种的喜悦。从前我有个时候,住在乡间的一所草屋里,地面是新铺的泥土,未除净的草根在我的床下茁出嫩绿的芽苗,蕈菌在地角上生长,我不忍加以剪除。后来一个友人一边说一边笑,替我拔去这些野草,我心里还引为可惜,倒怪他多事似的。

可是每在早晨,我起来观看这被幽囚的"绿友"时,它的尖端总朝着窗外的方向。甚至于一枚细叶,一茎卷须,都朝原来的方向。植物是多固执啊!它不了解我对它的爱抚,我对它的善意。我为了这永远向着阳光生长的植物不快,因为它损害了我的自尊心。可是我囚系住它,仍旧让柔弱的枝叶垂在我的案前。

它渐渐失去了青苍的颜色,变成柔绿,变成嫩黄,枝条变成细瘦,变成娇弱,好像病了的孩子。我渐渐不能原谅我自己的过失,把天空底下的植物移锁到暗黑的室内;我渐渐为这病损的枝叶可怜,虽则我恼怒它的固执,无亲热,我仍旧不放走它。魔念在我心中生长了。

我原是打算七月尾就回南去的。我计算着我的归期,计算这"绿囚"出牢的日子。在我离开的时候,便是它恢复自由的时候。

卢沟桥事件发生了。担心我的朋友电催我赶速南归。我不得不变更我的计划,在七月中旬,不能再留连于烽烟四逼中的旧都,火车已经断了数天,我每日须得留心开车的消息。终于在一天早晨候到了。临行时我珍重地开释了这永不屈服于黑暗的囚人。我把瘦黄的枝叶放在原来的位置上,向它致诚意的祝福,愿它繁茂苍绿。

离开北平一年了。我怀念着我的圆窗和绿友。有一天,得重和它们见面的时候,会和我面生么?

(选自《囚绿记》,文化生活出版社1940年版)

【分析】

陆蠡(1908—1942),浙江天台人。原名圣泉,幼时在家读私塾,后到外埠读中学。1933年至1934年在福建泉州一所中学教书,同时开始散文创作。抗日战争前一年到上海文化生活出版社担任编辑,业余继续从事散文写作和外国文学的翻译。上海沦陷后,他坚守在"孤岛"的文化岗位上,不幸于1942年4月被日伪宪兵队逮捕,不久即遭秘密杀害。他共出版了三本散文集:《海星》(1936年)、《竹刀》(1938年)、《囚绿记》(1940年)。

陆蠡早期的散文,多在娓娓的叙谈中描绘出人世中的不合理事物和存在于穷乡僻壤中的种种灰色景象,文字微带忧郁与激愤,作者说自己"遗下一丝感喟,那不过是凡人之情而已"(《竹刀·序》)。唯其是凡人之情,方能朴实、真挚、蕴藉有力,文字格外凝重不浮。

这篇《囚绿记》是写在"异族的侵凌,祖国蒙受极大的耻辱"(《池影》)的时候。作者当时留居在已成"孤岛"的上海,文章字里行间充满着"寂寞"和"激怒"的感情,寄托着对去夏住在北平的怀念。

在北平的住房是狭小的,然而作者怀着喜悦而满足的心情占有它。他渴望阳光,更醉心于绿色。太阳照着常春藤繁密的枝叶,把一片绿影投进窗前,于是作者欢呼了:"绿色是多宝贵的啊!它是生命,它是希望,它是慰安,它是快乐。"对于这一片绿,作者抒发了多么大的喜悦,又有着多么丰富的遐想啊!

作者为了"让绿色和我更接近,更亲密",便把常春藤的柔条牵进屋里。作者用诗一样美丽的文字写下自己的愿望:

> 我要借绿色来比喻葱茏的爱和幸福,我要借绿色来比喻猗郁的年华。我囚住这绿色如同幽囚一只小鸟,要它为我作无声的歌唱。

但是物性难移,绿藤的柔条囚在屋里,而尖端总朝向窗外的阳光,虽经"我"的扭曲,而"绿"却渐渐离开了,变得嫩黄、细瘦、娇弱。后来卢沟桥事变爆发,"我"提前南下,"珍重地开释了这永不屈服于黑暗的囚人","向它致诚意的祝福,愿它繁茂苍绿"。

文章的主题是鲜明的,他指出"生的欢喜"如何需要自由和阳光。这篇文章写于日本侵略者肆虐的"孤岛"上,其言外之意不说自明了。

《囚绿记》写出对生活的热爱和对戕害青春的憎恶。作者曾经怀着负疚的心情,自责所写的散文"未能予苦难的大众以鼓励和慰藉",期望"世界上应有更高贵的东西",而《囚绿记》的写作正标志着作者努力进行新的追求,可惜敌人夺去了他的年轻的生命,使他不能实现自己的愿望。

《囚绿记》写得诗意盎然、跌宕起伏,从"文心"可以见出作者的人格。我们很同意李健吾1947年3月5日写的《陆蠡的散文》一文中最后的一段话:

什么是散文的结构？有时候我想，节奏两个字可以代替。节奏又从什么地方来？我想大概是从生命里来的罢。生命真纯，节奏美好。陆蠡的成就得力于他的璞石一般的心灵。

桐 庐 行

柯 灵

我生长在水乡,水使我感到亲切,如果我的性格里有明快的成分,那是水给我的,那澄明透澈的水,浅绿的水。

我渡过很多次钱塘江,却只是往来两岸之间,没有机会沿江看看。富春江早就给我许多幻想了,直到最近,才算了了这个无关紧要的心愿。

对于这样的旅行,最理想的应当坐木船,浮家泛宅,不计时日,迎晓风,送夕阳,看明月,一路从从容容地走去,觉得什么地方好,就在那里停泊,等兴尽了再走。自然,在这样动乱的时代,这只是一种遐想而已。这次到富春江,从杭州出发,行程只有一天,早去晚回,雇的是一艘小火轮。抗战期间,从杭州到所谓"自由"区的屯溪,这是一条必经之路,舟楫往来,很热闹过一时;现在"曲终人不见,江上数峰青",才还了它原来的清静。在目前这样"圣明"的"盛世",专程游览而去的,大概这还算是第一次。

论风景,富春江最好的地方在桐庐到严州之间,出名的七里泷和严子陵钓台都在那一段;可是我们到了桐庐就折回了,没有再上去。原因有两种,时间限制是一种,主要的是因为那边不太平,据说有强盗,一种无以为生、铤而走险的"大国民"。安全第一,不去为上。自然这未免扫兴:好比拜访神交已久的朋友,到了门口没法进去,到底缘悭一面。妙的是桐庐这扇大门着实有点气派,虽然望门投止,也可以约略想象那"侯门似海"的光景。

从钱塘富春溯江而上,经富阳到桐庐,整整走了九小时,约莫有近二百里的水程。清早启碇,沐着袭人的凉意,上面是层云飘忽的高空,下面是一江粼粼的清流,天连水,水连天,交接处迎面挡着一道屏风似的山影。——这的确是屏,不像山,动人的是那色彩,浓蓝夹翠绿,深深浅浅,像用极细极细的工笔在淡青绢本上点出来的。这一路上去,目不暇接的是远远近近的山,明明暗暗的树,潮平岸阔,风正帆轻,偶或在无穷的原野中出现临河的小村小镇,听听遥岸的人声,也自有一种亲切和喜悦。

过了富阳,因为连日阴雨,山上的积水顺流而下,满江是赭色的急湍。船行本是逆流,这一来走得更慢。时间太久了,不断的"疲劳欣赏"渐渐使人感到单调。直到壁立的桐君山在船头出现,这才士气大振,似乎发现了新大陆。

拿经历来印证想象,过去这大半天所见的光景,跟我虚构的画面至少有点不符。我想象中的富春江没有这么开阔,夹岸对峙着悬崖削壁,翠嶂青峰,另是一番深峻的气象。看到桐君山,我这才像是看到了梦中的旧相识。它巍然矗立,那么陡峭,那么庄严,似乎颇藐视我这个昂首惊喜的游人。山上没有什么嶙峋的怪石,却是杂树葱茏,有一株不知名的花树,众醉独醒,开得正在当令。绿云掩映之间,山巅掣出几间缥缈的屋子,有人正在窗前探首,向江心俯瞰。

船转过山脚,天目溪从斜刺里迎面而来,富春江是一片绀赭,而它却是溶溶的碧流,两种截然不同的颜色,在这里分成两半,形成稀有的奇景。

桐君山并不高,却以地位和形势取胜,兼有山和水的好处。背后是深谷,是绵延的山脉;前面极目无垠,原野如绣,而两面临水,脚底下就是那滔滔汩汩的大江;隔岸相望,两江交叉处是桐庐的市廛一撮,另一面又是隔岸的青山。山顶的庙宇已经破残不堪,从那漏空的断壁,洞穿的飞檐,朱痕犹在的雕栏画栋之间,到处嵌进了山,望得见水。庙后的一株石榴,寂寞中兀自开得绚烂,那耀眼的艳红真当得起"如火如荼"的形容,似乎也只有这样的地方才配有它。站在山顶,居高临下,看看那幽深雄奇的气势,我想起历史,想起战争,想起我们的河山如此之美,而祖国偏又如此多难。在这次抗日战争中,桐庐曾经几度沦陷,缅想敌人立马山头,面对如此山川,而它的主人却是一个坚忍的、不可征服的民族,我不知激动他的是一种怎样的情感。

渡水过桐庐,从江边拾级而上,我们在街上闲闲地蹓跶了一回,这是个江城,同时是个山城,所以高高地矗立在水上。像喜欢杭州的龙井一样,我喜欢这个小城。好在小,比较整洁,有温暖亲切的感觉,令人向往丰乐和平、日长如年的岁月,不像有些小村小城,一接触到就使人想起灾难、贫穷、老死,想起我们民族的困厄。桐庐街道虽小,却并无窄逼之感,道旁疏疏地种着街树,这似乎是别的小城市中所不经见的。市街相当繁荣,有些房子正在建造。劫灰犹在,春意乍生,可以看出这个小城是相当富庶的。

临江有一家旅馆,两面临水。一位朋友曾经在那里投宿,据说入夜倚窗,看山间明月,江上渔灯,有不可描摹的情趣。可惜我们没有这个幸运。

数年来梦想的富春江,总算看过了。虽然连七里泷和钓台的面也没有见,可是到底逛了桐庐。这就够了!单为爬一次桐君山,也算得此行不虚!人们艳说上游如何如何的山回水曲,引人入胜;如何如何的柳暗花明,奇峰突起,看了桐庐,我们的想象有了驰骋的依据,从这里也可以得其一二,愿将此留供低徊,作他日直溯上游时的印证吧。

六月十二日

(选自《遥夜集》,作家出版社 1956 年版)

【分析】

柯灵(1909—2000),浙江绍兴人,原名高季林。自学成才。最初在家乡任教,1937 年冬到上海,从事报刊编辑工作,并参加话剧、电影方面的活动。先后编辑过《文化街》、《世纪风》、《文汇报·文艺副刊》、《浅草》、《大美报·文艺副刊》、《万象》、《周报》等。中华人民共和国成立后,曾任《文汇报》副社长兼总编辑、上海电影艺术研究所所长,著有散文集《望春草》、《遥夜集》,电影剧本《武则天》、《乱世风光》、《不夜城》、《春满人间》等。

《桐庐行》从"水"落笔,从钱塘江说到富春江,一路逶迤写来,有时有序地写到桐庐之行。此文的特点是行文从容,款款谈开,轻轻收拢。文章开头说:"我生长在水乡,水使我感到亲切,如果我的性格里有明快的成分,那是水给我的,那澄明透澈的水,浅绿的水。"再接着说:"对于这样的旅行,最理想的应当坐木船,浮家泛宅,不计时日,迎晓风,送夕阳,看明月,一路从从容容地走去,觉得什么地方好,就在那里停泊,等兴尽了再走。"前引使用倒装句,语法欧化,但自然而不见生硬;后引一句有文言词意,富有韵味而又明白晓畅,是散文语言最好的活用。

这篇散文写在特定的历史时期,字里行间充满了爱国的情愫。文章重点是写桐庐,写到桐君山时,加笔细描,用"站在山顶,居高临下,看看那幽深雄奇的气势,我想起历史,想起战争,想起我们的河山如此之美,而祖国偏又如此多难",这一段展开议论,缅想抗日战争时期桐庐曾几度沦陷、敌人立马山头的往事,进而抒发了"主人却是一个坚忍的,不可征服的民族"的感慨,使景物的描写升华到"慷慨悲歌"的高远境界。

整篇文章有记叙,有描绘,有议论;有切近的描写,如关于"水"的文字;有久远的遐想,如对山回水曲上游的向往。行文真是做到了舒密有致,摇曳生情。再从头到尾试读一过吧,那语言的流畅精美、韵致风情,会让你体会到现代美文的美之所在。

回忆鲁迅先生

萧 红

鲁迅先生的笑声是明朗的,是从心里的欢喜。若有人说了什么可笑的话,鲁迅先生笑得连烟卷都拿不住了,常常是笑得咳嗽起来。

鲁迅先生走路很轻捷,尤其使人记得清楚的,是他刚抓起帽子来往头上一扣,同时左腿就伸出去了,仿佛不顾一切的走去。

鲁迅先生不大注意人的衣裳,他说:"谁穿什么衣裳我看不见的……"

鲁迅先生生病,刚好了一点,窗子开着,他坐在躺椅上,抽着烟,那天我穿着新奇的火红的上衣,很宽的袖子。

鲁迅先生说:"这天气闷热起来,这就是梅雨天。"他把他装在象牙烟嘴上的香烟,又用手装得紧一点,往下又说了别的。

许先生忙着家务跑来跑去,也没有对我的衣裳加以鉴赏。

于是我说:"周先生,我的衣裳漂亮不漂亮?"

鲁迅先生从上往下看了一眼:"不大漂亮。"

过了一会又加着说:"你的裙子配的颜色不对,并不是红上衣不好看,各种颜色都是好看的,红上衣要配红裙子,不然就是黑裙子,咖啡色的就不行了,这两种颜色放在一起很混浊……你没看到外国人在街上走的吗?绝没有下边穿一件绿裙子,上边穿一件紫上衣,也没有穿一件红裙子而后穿一件白上衣的……"

鲁迅先生就在躺椅上看着我:"你这裙子是咖啡色的,还带格子,颜色混浊得很,所以把红衣裳也弄得不漂亮了。"

"……人瘦不要穿黑衣裳,人胖不要穿白衣裳;脚长的女人一定要穿黑鞋子,脚短就一定要穿白鞋子;方格子的衣裳胖人不能穿,但比横格子的还好;横格子的,胖人穿上,就把胖子更往两边裂着,更横宽了,胖子要穿竖条子的,竖的把人显得长,横的把人显得宽……"

那天鲁迅先生很有兴致,把我一双短统靴子也略略批评一下,说我的短靴是军人穿的,因为靴子的前后都有一条线织的拉手,这拉手据鲁迅先生说是放在裤子下边的……

我说:"周先生,为什么那靴子我穿了多久了而不告诉我,怎么现在才想起来呢?现在我不是不穿了吗?我穿的这不是另外的鞋吗?"

"你不穿我才说的,你穿的时候,一说你该不穿了。"

那天下午要赴一个筵会去,我要许先生给我找一点布条或绸条束一束头发。许先生拿了来米色的绿色的还有桃红色的。经我和许先生共同选定的是米色的。为着取笑,把那桃红色的,许先生举起来放在我的头发上,并且许先生很开心的说着:

"好看吧!多漂亮!"

我也非常得意,很规矩又顽皮的在等着鲁迅先生往这边看我们。

鲁迅先生这一看,他是严肃的,他的眼皮往下一放向我们这边看着:

"不要那样装她……"

许先生有点窘了。

我也安静下来。

鲁迅先生在北平教书时,从不发脾气,但常常好用这种眼光看人,许先生常跟我讲,她在女师大读书时,周先生在课堂上,一生气就用眼睛往下一掠,看着她们,这种眼光鲁迅先生在记范爱农先生的文字里曾自己述说过,而谁曾接触过这种眼光的人就会感到一个时代的全智者的催逼。

我开始问:"周先生怎么也晓得女人穿衣裳的这些事情呢?"

"看过书的,关于美学的。"

"什么时候看的……"

"大概是在日本读书的时候……"

"买的书吗?"

"不一定是买的,也许是从什么地方抓到就看的……"

"看了有趣味吗?"

"随便看看……"

"周先生看这书做什么?"

"……"没有回答。好像很难以答。

许先生在旁说:"周先生什么书都看的。"

在鲁迅先生家里做客人,刚开始是从法租界来到虹口,搭电车也要差不多一个钟头的工夫,所以那时候来的次数比较少,还记得有一次谈到半夜了,一过十二点电车就没有的,但那天不知讲了些什么,讲到一个段落就看看旁边小长桌上的圆钟,十一点半了,十一点四十五分了,电车没有了。

"反正已十二点,电车已没有,那么再坐一会。"许先生如此劝着。

鲁迅先生好像听了所讲的什么引起了幻想,安顿的举着象牙烟嘴在沉思着。

一点钟以后,送我(还有别的朋友)出来的是许先生,外边下着蒙蒙的小雨,弄堂里灯光全然灭掉了,鲁迅先生嘱许先生一定让坐小汽车回去,并且一定嘱咐许先生付钱。

以后也住到北四川路来,就每夜饭后必到大陆新村来了,刮风的天,下雨的天,几乎没有间断的时候。

鲁迅先生很喜欢北方饭。还喜欢吃油炸的东西,喜欢吃硬的东西,就是后来生病的时候,也不大吃牛奶。鸡汤端到旁边用调羹舀了一二下就算了事。

有一天约好我去包饺子吃,那还是住在法租界,所以带了外国酸菜和用绞肉机绞成的牛肉。就和许先生站在客厅后边的方桌边包起,海婴公子围着闹得起劲,一会把按成圆饼的面拿去了,他说做了一只船来，送在我们的眼前，我们不看它，转身他又做了一只小鸡，许先生和我都不去看它，对他竭力避免加以赞美，若一赞美起来，怕他更做得起劲。

客厅后没到黄昏就先黑了，背上感到些微的寒凉，知道衣裳不够了，但为着忙，没有加衣裳去。等把饺子包完了看看那数目并不多，这才知道许先生我们谈话谈得太多，误了工作。许先生怎样离开家的，怎样到天津读书的，在女师大读书时怎样做了家庭教师，她去考家庭教师的那一段描写，非常有趣，只取一名，可是考了好几十名，她之能够当选算是难的了。指望对于学费有一点补足，冬天来了，北平又冷，那家离学校又远，每月除了车子钱之外若伤风感冒还得自己拿出买阿司匹林的钱来，每月薪金十元要从西城跑到东城……

饺子煮好，一上楼梯，就听到楼上明朗的鲁迅先生的笑声冲下楼梯来，原来有几个朋友在楼上也正谈得热闹。那一天吃得是很好的。

以后我们又做过韭菜合子，又做过合叶饼，我一提议鲁迅先生必然赞成，而我做得又不好，可是鲁迅先生还是在饭桌上举着筷子问许先生："我再吃几个吗？"

因为鲁迅先生的胃不大好，每饭后必吃"脾自美"胃药丸一二粒。

有一天下午鲁迅先生正在校对着瞿秋白的《海上述林》，我一走进卧室去，从那圆转椅上鲁迅先生转过来了，向着我，还微微站起了一点。

"好久不见，好久不见。"一边说着一边向我点头。

刚刚我不是来过了吗？怎么会好久不见？就是上午我来的那次周先生忘记了，可是我也每天来呀……怎么都忘记了吗？

周先生转身坐在躺椅上才自己笑起来，他是在开着玩笑。

梅雨季，很少有晴天，一天的上午刚一放晴，我高兴极了，就到鲁迅先生家去了，跑得上楼还喘着，鲁迅先生说："来啦！"我说："来啦！"

我喘着连茶也喝不下。

鲁迅先生就问我：

"有什么事吗？"

我说："天晴啦，太阳出来啦。"

许先生和鲁迅先生都笑着，一种对于冲破忧郁心境的展然的会心的笑。

海婴一看到我非拉我到院子里和他一道玩不可，拉我的头发或拉我的衣裳。

为什么他不拉别人呢？据周先生说："他看你梳着辫子，和他差不多，别人在他眼里都是大人，就看你小。"

许先生问着海婴："你为什么喜欢她呢？不喜欢别人？"

"她有小辫子。"说着就来拉我的头发。

鲁迅先生家里生客人很少，几乎没有，尤其是住在他家里的人更没有。一个礼拜六的晚上，在二楼上鲁迅先生的卧室里摆好了晚饭，围着桌子坐满了人。每逢礼拜六晚上都是这样的，周建人先生带着全家来拜访的。在桌子边坐着一个很瘦的很高的穿着中国小背心的人，鲁迅先生介绍说："这是一位同乡，是商人。"

初看似乎对的，穿着中国裤子，头发剃得很短。当吃饭时，他还让别人酒，也给我倒一盅，态度很活泼，不大像个商人；等吃完了饭，又谈到《伪自由书》及《二心集》。这个商人，开明得很，在中国不常见。没有见过的，就总不大放心。

下一次是在楼下客厅后的方桌上吃晚饭，那天很晴，一阵阵的刮着热风，虽然黄昏了，客厅后还不昏黑。鲁迅先生是新剪的头发，还能记得桌上有一碗黄花鱼，大概是顺着鲁迅先生的口味，是用油煎的。鲁迅先生前面摆着一碗酒，酒碗是扁扁的，好像用做吃饭的饭碗。那位商人先生也能喝酒，酒瓶手就站在他的旁边。他说蒙古人什么样，苗人什么样，从西藏经过时，那西藏女人见了男人追她，她就如何如何。

这商人可真怪,怎么专门走地方,而不做买卖?并且鲁迅先生的书他也全读过,一开口这个,一开口那个。并且海婴叫他×先生,我一听那×字就明白他是谁了。×先生常常回来得很迟,从鲁迅先生家里出来,在弄堂里遇到了几次。

有一天晚上×先生从三楼下来,手里提着小箱子,身上穿着长袍子,站在鲁迅先生的面前,他说他要搬了。他告了辞,许先生送他下楼去了。这时候周先生在地板上绕了两个圈子,问我说:

"你看他到底是商人吗?"

"是的。"我说。

鲁迅先生很有意思的在地板上走几步,而后向我说:"他是贩卖私货的商人,是贩卖精神上的……"

×先生走过二万五千里回来的。

青年人写信,写得太草率,鲁迅先生是深恶痛绝之的。

"字不一定要写得好,但必须得使人一看了就认识,青年人现在都太忙了……他自己赶快胡乱写完了事,别人看了三遍五遍看不明白,这费了多少工夫,他不管。反正这费的工夫不是他的。这存心是不太好的。"

但他还是展读着每封由不同角落里投来的青年的信,眼睛不济时,便戴起眼镜来看,常常看到夜里很深的时光。

鲁迅先生坐在××电影院楼上的第一排,那片名忘记了,新闻片是苏联纪念五一节的红场。

"这个我怕看不到的……你们将来可以看得到。"鲁迅先生向我们周围的人说。

珂勒惠支的画,鲁迅先生最佩服,同时也很佩服她的做人。珂勒惠支受希特勒的压迫,不准她做教授,不准她画画,鲁迅先生常讲到她。

史沫特莱,鲁迅先生也讲到,她是美国女子,帮助印度独立运动,现在又在援助中国。

鲁迅先生介绍给人去看的电影:《夏伯阳》,《复仇艳遇》……其余的如《人猿泰山》……或者非洲的怪兽这一类的影片,也常介绍给人的。鲁迅先生说:"电影没有什么好看的,看看鸟兽之类倒可以增加些对于动物的知识。"

鲁迅先生不游公园,住在上海十年,兆丰公园没有进过,虹口公园这么近也没有进过。春天一到了,我常告诉周先生,我说公园里的土松软了,公园里的风多么柔和,周先生答应选个晴好的天气,选个礼拜日,海婴休假日,好一道去,坐一乘小汽车一直开到兆丰公园,也算是短途旅行,但这只是想着而未有做到,并且把公园给下了定义,鲁迅先生说:"公园的样子我知道的……一进门分做两条路,一条通左边,一条通右边,沿着路种着点柳树什么树的,树下摆着几张长椅子,再远一点有个水池子。"

我是去过兆丰公园,也去过虹口公园或是法国公园的,仿佛这个定义适用在任何国度的公园设计者。

鲁迅先生不戴手套,不围围巾,冬天穿着黑石蓝的棉布袍子,头上戴着灰色毡帽,脚穿黑帆布胶皮底鞋。

胶皮底鞋夏天特别热,冬天又凉又湿,鲁迅先生的身体不算好,大家都提议把这鞋子换掉。鲁迅先生不肯,他说胶皮底鞋子走路方便。

"周先生一天走多少路呢?也不就一转弯到××书店走一趟吗?"

鲁迅先生笑而不答。

"周先生不是很好伤风吗?不围巾子,风一吹不就伤风了吗?"

鲁迅先生这些个都不习惯,他说:

"从小就没戴过手套围巾,戴不惯。"

鲁迅先生一推开门从家里出来时,两只手露在外边,很宽的袖口冲着风就向前走,腋下挟着个黑绸子印花的包袱,里边包着书或者是信,到老靶子路书店去了。

那包袱每天出去必带出去,回来必带回来,出去时带着回给青年们的信,回来又从书店带来新的信和青年请鲁迅先生看的稿子。

鲁迅先生抱着印花包袱从外边回来,还提着一把伞,一进门客厅里早坐着客人,把伞挂在衣架上就陪客人谈起话来。谈了很久了,伞上的水滴顺着伞杆在地板上已经聚了一堆水。

鲁迅先生上楼去拿香烟,抱着印花包袱,而那把伞也没有忘记,顺手也带到楼上去。

鲁迅先生的记忆力非常之强,他的东西从不随便散置在任何地方。

鲁迅先生很喜欢北方口味。许先生想请一个北方厨子,鲁迅先生以为开销太大,请不得的,男佣人,至少要十五元钱的工钱。

所以买米买炭都是许先生下手,我问许先生为什么用两个女佣人都是年老的,都是六七十岁?许先生说她们做惯了,海婴的保姆,海婴几个月时就在这里。

正说着那矮胖胖的保姆走下楼梯来了,和我们打了个迎面。

"先生,没吃茶吗?"她赶快拿了杯子去倒茶,那刚刚下楼时气喘的声音还在喉管里咕噜咕噜的,她确是年老了。

来了客人,许先生没有不下厨房的,菜食很丰富,鱼,肉……都是用大碗装着,起码四五碗,多则七八碗。可是平常就只三碗菜:一碗素炒豌豆苗,一碗笋炒咸菜,再一碗黄花鱼。

这菜简单到极点。

鲁迅先生的原稿,在拉都路一家炸油条的那里用着包油条,我得到了一张,是译《死魂灵》的原稿①,写信告诉了鲁迅先生,鲁迅先生不以为希奇。许先生倒很生气。

鲁迅先生出书的校样,都用来揩桌,或做什么的。请客人在家里吃饭,吃到半道,鲁迅先生回身去拿来校样给大家分着,客人接到手里一看,这怎么可以?鲁迅先生说:

"擦一擦,拿着鸡吃,手是腻的。"

到洗澡间去,那边也摆着校样纸。

许先生从早晨忙到晚上,在楼下陪客人,一边还手里打着毛线。不然就是一边谈着话一边站起来用手摘掉花盆里花上已干枯了的叶子。许先生每送一个客人,都要送到楼下的门口,替客人把门开开,客人走出去而后轻轻的关了门再上楼来。

来了客人还要到街上去买鱼或鸡,买回来还要到厨房里去工作。

鲁迅先生临时要寄一封信,就得许先生换起皮鞋子来到邮局或者大陆新村旁边的信筒那里去。落着雨的天,许先生就打起伞来。

许先生是忙的,许先生的笑是愉快的,但是头发有一些是白了的。

夜里去看电影,施高塔路的汽车房只有一辆车,鲁迅先生一定不坐,一定让我们坐,许先生,周建人夫人……海婴,周建人先生的三位女公子。我们上车了。

鲁迅先生和周建人先生,还有别的一二位朋友在后边。

看完了电影出来,又只叫到一部汽车,鲁迅先生又一定不肯坐,让周建人先生的全家坐着先走了。

鲁迅先生旁边走着海婴,过了苏州河的大桥去等电车去了。等了二三十分钟电车还没有来,鲁迅先生依着沿苏州河的铁栏杆坐在

---

① 应为鲁迅翻译《表》的原稿,参阅许广平著《关于鲁迅的生活》。

桥边的石围上了,并且拿出香烟来,装上烟嘴,悠然的吸着烟。

海婴不安的来回的乱跑,鲁迅先生还招呼他和自己并排的坐下。

鲁迅先生坐在那儿和一个乡下的安静老人一样。

鲁迅先生吃的是清茶,其余不吃别的饮料。咖啡、可可、牛奶、汽水之类,家里都不预备。

鲁迅先生陪客人到夜深,必同客人一道吃些点心。那饼干就是从铺子里买来的,装在饼干盒子里,到夜深许先生拿着碟子取出来,摆在鲁迅先生的书桌上,吃完了,许先生打开立柜再取一碟,还有向日葵子差不多每来客人必不可少。鲁迅先生一边抽着烟,一边剥着瓜子吃,吃完了一碟鲁迅先生必请许先生再拿一碟来。

鲁迅先生备有两种纸烟,一种价钱贵的,一种便宜的,便宜的是绿听子的,我不认识那是什么牌子,只记得烟头上带着黄纸的嘴,每五十枝的价钱大概是四角到五角,是鲁迅先生自己平日用的。另一种是白听子的,是前门烟,用来招待客人的,白烟听放在鲁迅先生书桌的抽屉里。来客人鲁迅先生下楼,把它带到楼下去,客人走了,又带回楼上来照样放在抽屉里。而绿听子的永远放在书桌上,是鲁迅先生随时吸着的。

鲁迅先生的休息,不听留声机,不出去散步,也不倒在床上睡觉,鲁迅先生自己说:

"坐在椅子上翻一翻书就是休息了。"

鲁迅先生从下午两三点钟起就陪客人,陪到五点钟,陪到六点钟,客人若在家吃饭,吃过饭又必要在一起喝茶,或者刚刚喝完茶走了,或者还没走就又来了客人,于是又陪下去,陪到八点钟,十点钟,常常陪到十二点钟。从下午两三点钟起,陪到夜里十二点,这么长的时间,鲁迅先生都是坐在藤躺椅上,不断的吸着烟。

客人一走,已经是下半夜了,本来已经是睡觉的时候了,可是鲁迅先生正要开始工作。在工作之前,他稍微阖一阖眼睛,燃起一支烟来,躺在床边上,这一支烟还没有吸完,许先生差不多就在床里边睡着了。(许先生为什么睡得这样快?因为第二天早晨六七点钟就要起来管理家务。)海婴这时也在三楼和保姆一道睡着了。

全楼都寂静下去,窗外也是一点声音没有了,鲁迅先生站起来,坐到书桌边,在那绿色的台灯下开始写文章了。

许先生说鸡鸣的时候,鲁迅先生还是坐着,街上的汽车嘟嘟的叫起来了,鲁迅先生还是坐着。

有时许先生醒了,看着玻璃窗白萨萨的了,灯光也不显得怎样亮了,鲁迅先生的背影不像夜里那样黑大。

鲁迅先生的背影是灰黑色的,仍旧坐在那里。

人家都起来了,鲁迅先生才睡下。

海婴从三楼下来了,背着书包,保姆送他到学校去,经过鲁迅先生的门前,保姆总是吩咐他说:

"轻一点走,轻一点走。"

鲁迅先生刚一睡下,太阳就高起来了。太阳照着隔院子的人家,明亮亮的;照着鲁迅先生花园的夹竹桃,明亮亮的。

鲁迅先生的书桌整整齐齐的,写好的文章压在书下边,毛笔在烧瓷的小龟背上站着。

一双拖鞋停在床下,鲁迅先生在枕头上边睡着了。

鲁迅先生喜欢吃一点酒,但是不多吃,吃半小碗或一碗。鲁迅先生吃的是中国酒,多半是花雕。

老靶子路有一家小吃茶店,只有门面一间,在门面里边设座,座少,安静,光线不充足,有些冷落。鲁迅先生常到这吃茶店来,有约会多半是在这里边。老板是犹太也许是白俄,胖胖的,中国话大概他听不懂。

鲁迅先生这一位老人,穿着布袍子,有时到这里来,泡一壶红茶,和青年人坐在一道谈了一两个钟头。

有一天鲁迅先生的背后那茶座里边坐着一位摩登女子,身穿紫裙子黄衣裳,头戴花帽子……那女子临走时,鲁迅先生一看她,就用眼瞪着她,很生气的看了她半天。而后说:

"是做什么的呢?"

鲁迅先生对于穿着紫裙子黄衣裳,戴花帽子的人就是这样看法的。

鬼到底是有的是没有的?传说上有人见过,还跟鬼说过话,还有人被鬼在后边追赶过,吊死鬼一见了人就贴在墙上。但没有一个人捉住一个鬼给大家看看。

鲁迅先生讲了他看见过鬼的故事给大家听:

"是在绍兴……"鲁迅先生说,"三十年前……"

那时鲁迅先生从日本读书回来,在一个师范学堂里也不知是什么学堂里教书,晚上没有事时,鲁迅先生总是到朋友家去谈天。这朋友住得离学堂几里路,几里路不算远,但必得经过一片坟地。谈天有的时候就谈得晚了,十一二点钟才回学堂的事也常有。有一天鲁迅先生就回去得很晚,天空有很大的月亮。

鲁迅先生向着归路走得很起劲时,往远处一看,远远有一个白影。

鲁迅先生不相信鬼的,在日本留学时是学的医,常常把死人抬来解剖的,鲁迅先生解剖过二十几个,不但不怕鬼,对死人也不怕,所以对于坟地也就根本不怕。仍旧是向前走的。

走了不几步,那远处的白影没有了,再看突然又有了。并且时小时大,时高时低,正和鬼一样。鬼不就是变幻无常吗?

鲁迅先生有点踌躇了,到底向前走呢?还是回过头来走?本来回学堂不止这一条路,这不过是最近的一条就是了。

鲁迅先生仍是向前走,到底要看一看鬼是什么样,虽然那时候也怕了。

鲁迅先生那时从日本回来不久,所以还穿着硬底皮鞋,鲁迅先生决心要给那鬼一个致命的打击,等走到那白影的旁边时,那白影缩小了,蹲下了,一声不响的靠住了一个坟堆。

鲁迅先生就用了他的硬皮鞋踢出去。

那白影噢的一声叫出来,随着就站起来,鲁迅先生定眼看去,他却是个人。

鲁迅先生说在他踢的时候,他是很害怕的,好像若一下不把那东西踢死,自己反而会遭殃的,所以用了全力踢出去。

原来是个盗墓子的人在坟场上半夜作着工作。

鲁迅先生说到这里就笑了起来。

"鬼也是怕踢的,踢他一脚就立刻变成人了。"

我想,倘若是鬼常常让鲁迅先生踢踢倒是好的,因为给了他一个作人的机会。

从福建菜馆叫的菜,有一碗鱼做的丸子。

海婴一吃就说不新鲜,许先生不信,别的人也都不信。因为那丸子有的新鲜,有的不新鲜,别人吃到嘴里的恰好都是没有改味的。

许先生又给海婴一个,海婴一吃,又是不好的,他又嚷嚷着。别人都不注意,鲁迅先生把海婴碟里的拿来尝尝,果然是不新鲜的。鲁迅先生说:

"他说不新鲜,一定也有他的道理,不加以查看就抹杀是不对的。"

以后我想起这件事来,私下和许先生谈过,许先生说:"周先生的做人,真是我们学不了的。那怕一点点小事。"

鲁迅先生包一个纸包也要包得整整齐齐,常常把要寄出的书,鲁迅先生从许先生手里拿过来自己包,许先生本来包得多么好,而鲁迅先生还要亲自动手。

鲁迅先生把书包好了,用细绳捆上,那包方方正正的,连一个角也不准歪一点或扁一点,而后拿着剪刀,把捆书的那绳头都剪得整整齐齐。

就是包这书的纸都不是新的,都是从街上买东西回来留下来的。许先生上街回来把买来的东西一打开随手就把包东西的牛皮纸折起来,随手把小细绳卷了一个卷,若小细绳上有一个疙瘩,也要随手把它解开的。准备着随时用随时方便。

鲁迅先生住的是大陆新村九号。

一进弄堂口,满地铺着大方块的水门汀,院子里不怎样嘈杂,从这院子出入的有时候是外国人,也能够看到外国小孩在院子里零星的玩着。

鲁迅先生隔壁挂着一块大的牌子,上面写着一个"茶"字。

在一九三五年十月一日。

鲁迅先生的客厅摆着长桌,长桌是黑色的,油漆不十分新鲜,但也并不破旧,桌上没有铺什么桌布,只在长桌的当心摆着一个绿豆青色的花瓶,花瓶里长着几株大叶子的万年青,围着长桌有七八张木椅子。尤其是在夜里,全弄堂一点什么声音也听不到。

那夜,就和鲁迅先生和许先生一道坐在长桌旁边喝茶的。当夜谈了许多关于伪满洲国的事情,从饭后谈起,一直谈到九点钟十点钟而后到十一点,时时想退出来,让鲁迅先生好早点休息,因为我看出来鲁迅先生身体不大好,又加上听许先生说过,鲁迅先生伤风了一个多月,刚好了的。

但是鲁迅先生并没有疲倦的样子。虽然客厅里也摆着一张可以卧倒的藤椅,我们劝他几次想让他坐在藤椅上休息一下,但是他没有去,仍旧坐在椅子上。并且还上楼一次,去加穿了一件皮袍子。

那夜鲁迅先生到底讲了些什么,现在记不起来了。也许想起来的不是那夜讲的而是以后讲的也说不定。过了十一点,天就落雨了,雨点淅沥淅沥的打在玻璃窗上,窗子没有窗帘,所以偶一回头,就看到玻璃窗上有小水流往下流。夜已深了,并且落了雨,心里十分着急,几次站起来想要走,但是鲁迅先生和许先生一再说坐一下:"十二点钟以前终归有车子可搭的。"所以一直坐到将近十二点,才穿起雨衣来,打开客厅外面的响着的铁门,鲁迅先生非要送到铁门外不可。我想为什么他一定要送呢?对于这样年轻的客人,这样的送是应该的么?雨不会打湿了头发,受了寒伤风不又要继续下去么?站在铁门外边,鲁迅先生说,并且指着隔壁那家写着"茶"字的大牌子:"下次来记住这个'茶',就是这个'茶'的隔壁",而且伸出手去,几乎是触到了钉在铁门旁边的那个九号的"九"字,"下次来记住茶的旁边九号"。

于是脚踏着方块的水门汀,走出弄堂来,回过身去往院子里边看了一看,鲁迅先生那一排房子统统是黑洞洞的,若不是告诉得那样清楚,下次来恐怕要记不住的。

鲁迅先生的卧室,一张铁架大床,床顶上遮着许先生亲手做的白布刺花的围子,顺着床的一边折着两床被子,都是很厚的,是花洋布的被面。挨着门口的床头的方面站着抽屉柜。一进门的左手摆着八仙桌,桌子的两旁藤椅各一,立柜站在和方桌一排的墙角,立柜本是挂衣裳的,衣裳却很少,都让糖盒子,饼干筒子,瓜子罐给塞满了。有一次××老板的太太来拿版权的图章花,鲁迅先生就从立柜下边大抽屉里取出的。沿着墙角望窗子那边走,有一张装饰台,台子上有一个方形的满浮着绿草的玻璃养鱼池,里边游着的不是金鱼而是灰色的扁肚子的小鱼,除了鱼池之外另有一只圆的表,其余那上边满装着书。铁架床靠窗子的那头的书柜里书柜外都是书。最后是鲁迅先生的写字台，那上边也都是书。

鲁迅先生家里，从楼上到楼下，没有一个沙发，鲁迅先生工作时坐的椅子是硬的，休息时的藤椅是硬的，到楼下陪客人时坐的椅子又是硬的。

鲁迅先生的写字台面向着窗子，上海弄堂房子的窗子差不多满一面墙那么大，鲁迅先生把它关起来，因为鲁迅先生工作起来有一个习惯，怕吹风，他说，风一吹，纸就动，时时防备着纸跑，文章就写不好。所以屋子热得和蒸笼似的，请鲁迅先生到楼下去，他又不肯，鲁迅先生的习惯是不换地方。有时太阳照进来，许先生劝他把书桌移开一点都不肯。只有满身流汗。

鲁迅先生的写字桌，铺了一张蓝格子的油漆布，四角都用图钉按着。桌子上有小砚台一方，墨一块，毛笔站在笔架上，笔架是烧瓷的，在我看来不很细致，是一个龟，龟背上带着好几个洞，笔就插在那洞里。鲁迅先生多半是用毛笔的，钢笔也不是没有，是放在抽屉里。桌上有一个方大的白瓷的烟灰盒，还有一个茶杯，杯子上戴着盖。

鲁迅先生的习惯与别人不同，写文章用的材料和来信都压在桌子上，把桌子都压得满满的，几乎只有写字的地方可以伸开手，其余桌子的一半被书或纸张占有着。

左手边的桌角上有一个带绿灯罩的台灯，那灯泡是横着装的，在上海那是极普通的台灯。

冬天在楼上吃饭，鲁迅先生自己拉着电线把台灯的机关从棚顶的灯头上拔下，而后装上灯泡子，等饭吃过了，许先生再把电线装起来，鲁迅先生的台灯就是这样做成的，拖着一根长的电线在棚顶上。

鲁迅先生的文章，多半是在这台灯下写的。因为鲁迅先生的工作时间，多半是下半夜一两点起，天将明了休息。

卧室就是如此，墙上挂着海婴公子一个月婴孩的油画像。

挨着卧室的后楼里边，完全是书了，不十分整齐，报纸和杂志或洋装的书,都混在这间屋子里,一走进去多少还有些纸张气味。地板被书遮盖得太小了,几乎没有了,大网篮也堆在书中。墙上拉着一条绳子或者是铁丝,就在那上边系了小提盒,铁丝笼之类,风干荸荠就盛在铁丝笼里,扯着的那铁丝几乎被压断了在弯弯着。一推开藏书室的窗子,窗子外边还挂着一筐风干荸荠。

"吃罢,多得很,风干的,格外甜。"许先生说。

楼下厨房传来了煎菜的锅铲的响声,并且两个年老的娘姨慢重重的在讲一些什么。

厨房是家里最热闹的一部分。整个三层楼都是静静的。喊娘姨的声音没有,在楼梯上跑来跑去的声音没有。鲁迅先生家里五六间房子只住着五个人,三位是先生的全家,余下的二位是年老的女佣人。

来了客人都是许先生亲自倒茶,即或是麻烦到娘姨时,也是许先生下楼去吩咐,绝没有站到楼梯口就大声呼唤的时候。所以整个的房子都在静悄悄之中。

只有厨房比较热闹了一点,自来水花花的流着,洋瓷盆在水门汀的水池子上每拖一下磨着擦擦的响,洗米的声音也是擦擦的。鲁迅先生很喜欢吃竹笋的,在菜板上切着笋片笋丝时,刀刃每划下去都是很响的。其实比起别人家的厨房来却冷清极了,所以洗米声和切笋声都分开来听得样样清清晰晰。

客厅的一边摆着并排的两个书架,书架是带玻璃橱的,里面有朵斯托益夫斯基的全集和别的外国作家的全集,大半多是日文译本,地板上没有地毯,但擦得非常干净。

海婴公子的玩具橱也站在客厅里,里边是些毛猴子,橡皮人,火车汽车之类,里边装得满满的,别人是数不清的,只有海婴自己伸手到里边找什么就有什么。过新年时在街上买的兔子灯,纸毛上已经落了灰尘了,仍摆在玩具橱顶上。

客厅只有一个灯头,大概五十烛光。客厅的后门对着上楼的楼梯,前门一打开有一个一方丈大小的花园,花园里没有什么花看,只有一棵很高的七八尺高的小树,大概那树是柳桃,一到了春天,喜欢生长蚜虫,忙得许先生拿着喷蚊虫的机器,一边陪着谈话,一边喷着杀虫药水。沿了墙根,种了一排玉米,许先生说:"这玉米长不大的,这土是没有养料的,海婴一定要种。"

春天,海婴在花园里掘着泥沙,培植着各种玩艺。

三楼则特别静了,向着太阳开着两扇玻璃门,门外有一个水门汀的突出的小廊子,春天很温暖的抚摸着门口长垂着的帘子,有时候帘子被风打得很高,飘扬的饱满得和大鱼泡似的,那时候隔院的绿树照进玻璃门扇里来了。

海婴坐在地板上装着小工程师在修着一座楼房,他那楼房是用椅子横倒了架起来修的,而后遮起一张被单来算做屋瓦,全个房子在他自己拍着手的赞誉声中完成了。

这间屋感到些空旷和寂寞,既不像女工住的屋子,又不像儿童室。海婴的眠床靠着屋子的一边放着那大圆顶帐子且里也不打起来,长拖拖的好像从棚顶一直垂到地板上,那床是非常讲究的属于刻花的木器一类的。许先生讲过,租这房子时,从前一个房客转留下来的。海婴和他的保姆,就睡在五六尺宽的大床上。

冬天烧过的火炉,三月里还冷冰冰的在地板上站着。

海婴不大在三楼上玩的,除了到学校去,就是在院子里踏脚踏车,他非常喜欢跑跳,所以厨房,客厅,二楼,他是无处不跑的。

三楼整天在高处空着,三楼的后楼住着另一个老女工,一天很少上楼来,所以楼梯擦过之后,一天到晚干净得溜明。

一九三六年三月里鲁迅先生病了,靠在二楼的躺椅上,心脏跳动得比平日厉害,脸色略微灰了一点。

许先生正相反的,脸色是红的,眼睛显得大了,讲话的声音是平静的,态度并没有比平日慌张。在楼下,一走进客厅来许先生就告诉说:

"周先生病了,气喘……喘得厉害,在楼上靠在躺椅上。"

鲁迅先生呼喘的声音,不用走到他的旁边,一进了卧室就听得到的。鼻子和胡须在扇着,胸部一起一落。眼睛闭着,差不多永久不离开手的纸烟,也放弃了。藤躺椅后边靠着枕头,鲁迅先生的头有些向后,两只手空闲的垂着。眉头仍和平日一样没有聚皱,脸上是平静的,舒展的,似乎并没有任何痛苦加在身上。

"来了吧?"鲁迅先生睁一睁眼睛,"不小心,着了凉……呼吸困难……到藏书的房子去翻一翻书……那房子因为没有人住,特别凉……回来就……"

许先生看周先生说话吃力,赶快接着说周先生是怎样气喘的。

医生看过了,吃了药,但喘并未停,下午医生又来过,刚刚走。

卧室在黄昏里边一点一点的暗下去,外边起了一点小风,隔院的树被风摇着发响。别人家的窗子有的被风打着发出自动关开的响声,家家的流水道都是哗啦哗啦的响着水声,一定是晚餐之后洗着杯盘的剩水。晚餐后该散步的散步去了,该会朋友的会友去了,弄堂里来去的稀疏不断的走着人,而娘姨们还没有解掉围裙呢,就依着后门彼此搭讪起来。小孩子们三五一伙前门后门的跑着,弄堂外汽车穿来穿去。

鲁迅先生坐在躺椅上,沉静的,不动的阖着眼睛,略微灰了的脸色被炉里的火光染红了一点。纸烟听子蹲在书桌上,盖着盖子,茶杯也蹲在桌子上。

许先生轻轻的在楼梯上走着,许先生一到楼下去,二楼就只剩了鲁迅先生一个人坐在椅子上,呼喘把鲁迅先生的胸部有规律性的抬得高高的。

鲁迅先生必得休息的,须藤老医生是这样说的。可是鲁迅先生从此不但没有休息,并且脑子里所想的更多了,要做的事情都像非立刻就做不可,校《海上述林》的校样,印珂勒惠支的画,翻译《死魂灵》下部;刚好了,这些就都一起开始了,还计算着出二十年集。

鲁迅先生感到自己的身体不好,就更没有时间注意身体,所以要多做,赶快做,当时大家不解其中的意思,都以为鲁迅先生不加以休息不以为然,后来读了鲁迅先生《死》的那篇文章才了然了。

鲁迅先生知道自己的健康不成了,工作的时间没有几年了,死了是不要紧的,只要留给人类更多,鲁迅先生就是这样。

不久书桌上德文字典和日文字典又都摆起来了,果戈里的《死魂灵》,又开始翻译了。

鲁迅先生的身体不大好,容易伤风,伤风之后,照常要陪客人,回信,校稿子。所以伤风之后总要拖下去一个月或半个月的。

瞿秋白的《海上述林》校样,一九三五年冬,一九三六年的春天,鲁迅先生不断的校着,几十万字的校样,要看三遍,而印刷所送校样来总是十页八页的,并不是统统一道的送来,所以鲁迅先生不断的被这校样催索着,鲁迅先生竟说:

"看吧,一边陪着你们谈话,一边看校样的,眼睛可以看,耳朵可以听……"

有时客人来了,一边说着笑话,一边鲁迅先生放下了笔。有的时候也说:"就剩几个字了……请坐一坐……"

一九三五年冬天许先生说:"周先生的身体是不如从前了。"

有一次鲁迅先生到饭馆里去请客,来的时候兴致很好,还记得那次吃了一只烤鸭子,整个的鸭子用大钢叉子叉上来时,大家看着这鸭子烤的又油又亮的,鲁迅先生也笑了。

菜刚上满了,鲁迅先生就到竹躺椅上吸一支烟,并且阖一阖眼睛。一吃完了饭,有的喝多了酒的,大家都乱闹了起来,彼此抢着苹果,彼此讽刺着玩,说着一些刺人可笑的话,而鲁迅先生这时候,坐在躺椅上,阖着眼睛,很庄严的在沉默着,让拿在手上纸烟的烟丝,慢慢的上升着。

别人以为鲁迅先生也是喝多了酒吧!

许先生说,并不的。

"周先生的身体是不如从前了,吃过了饭总要阖一阖眼稍微休息一下,从前一向没有这习惯。"

周先生从椅子上站起来了,大概说他喝多了酒的话让他听到了。

"我不多喝酒的,小的时候,母亲常提到父亲喝了酒,脾气怎样坏,母亲说,长大了不要喝酒,不要像父亲那样子……所以我不多喝的……从来没喝醉过……"

鲁迅先生休息好了,换了一支烟,站起来也去拿苹果吃,可是苹果没有了。鲁迅先生说:"我争不过你们了,苹果让你们抢没了。"

有人抢到手的还在保存着的苹果,奉献出来,鲁迅先生没有吃,只在吸烟。

一九三六年春,鲁迅先生的身体不大好,但没有什么病,吃过了夜饭,坐在躺椅上,总要闭一闭眼睛沉静一会。

许先生对我说,周先生在北平时,有时开着玩笑,手按着桌子一跃就能够跃过去,而近年来没有这么做过,大概没有以前那么灵便了。

这话许先生和我是私下讲的,鲁迅先生没有听见,仍靠在躺椅上沉默着呢。

许先生开了火炉的门,装着煤炭哗哗的响,把鲁迅先生震醒了。一讲起话来鲁迅先生的精神又照常一样。

鲁迅先生睡在二楼的床上已经一个多月了,气喘虽然停止,但每天发热，尤其是下午热度总在三十八度三十九度之间，有时也到三十九度多，那时鲁迅先生的脸色是微红的，目力是疲弱的，不吃东西，不大多睡，没有一些呻吟，似乎全身都没有什么痛楚的地方。躺在床上有的时候张开眼睛看看，有的时候似睡非睡的安静的躺着，茶吃得很少。差不多一刻也不停的纸烟，而今几乎完全放弃了，纸烟听子不放在床边，而仍很远的蹲在书桌上，若想吸一支，是请许先生付给的。

许先生从鲁迅先生病起，更过度的忙了。按着时间给鲁迅先生吃药，按着时间给鲁迅先生试温度表，试过了之后还要把一张医生发给的表格填好，那表格是一张硬纸，上面画了无数根线，许先生就在这张纸上拿着米度尺画着度数，那表画得和尖尖的小山丘似的，又像尖尖的水晶石，高的低的一排连的站着。许先生虽然每天画，但那像是一条接连不断的线，不过从低处到高处，从高处到低处，这高峰越高越不好，也就是鲁迅先生的热度越高了。

来看鲁迅先生的人，多半都不到楼上来了，为的是请鲁迅先生好好的静养，所以把客人这些事也推到许先生身上来了。还有书、报、信，都要许先生看过，必要的就告诉鲁迅先生，不十分必要的，就先把它放在一处放一放，等鲁迅先生好了些再取出来交给他。然而这家庭里边还有许多琐事，比方年老的娘姨病了，要请两天假；海婴的牙齿脱掉一个要到牙医那里去看过，但是带他去的人没有，又得许先生。海婴在幼稚园里读书，又是买铅笔，买皮球，还有临时出些个花头，跑上楼来了，说要吃什么花生糖什么牛奶糖，他上楼来是一边跑着一边喊着，许先生连忙拉住了他，拉他下了楼才跟他讲："爸爸病啦。"而后拿出钱来，嘱咐好了娘姨，只买几块糖而不准让他格外的多买。

收电灯费的来了，在楼下一打门，许先生就得赶快往楼下跑，怕的是再多打几下，就要惊醒了鲁迅先生。

海婴最喜欢听讲故事，这也是无限的麻烦，许先生除了陪海婴讲故事之外，还要在长桌上偷一点工夫来看鲁迅先生为着病耽搁下来的尚未校完的校样。

在这期间,许先生比鲁迅先生更要担当一切了。

鲁迅先生吃饭,是在楼上单开一桌,那仅仅是一个方木盘,许先生每餐亲手端到楼上去,那黑油漆的方木盘中摆着三四样小菜,每样都用小吃碟盛着,那小吃碟直径不过二寸,一碟豌豆苗或菠菜或苋菜,把黄花鱼或者鸡之类也放在小碟里端上楼去,若是鸡,那鸡也是全鸡身上最好的一块地方拣下来的肉,若是鱼,也是鱼身上最好一部分许先生才把它拣下放在小碟里。

许先生用筷子来回的翻着楼下的饭桌上菜碗里的东西,菜拣嫩的,不要茎,只要叶,鱼肉之类,拣烧得软的,没有骨头没有刺的。

心里存着无限的期望,无限的要求,用了比祈祷更虔诚的目光,许先生看着她自己手里选得精精致致的菜盘子,而后脚板触着楼梯上了楼。

希望鲁迅先生多吃一口,多动一动筷,多喝一口鸡汤。鸡汤和牛奶是医生所嘱的,一定要多吃一些的。

把饭送上去,有时许先生陪在旁边,有时走下楼来又做些别的事,半个钟头之后,到楼上去取这盘子。这盘子装得满满的,有时竟照原样一动也没有动又端下来了,这时候许先生的眉头微微的皱了一点。旁边若有什么朋友许先生就说:"周先生的热度高,什么也吃不落,连茶也不愿意吃,人很苦,人很吃力。"

有一天许先生用着波浪式的专门切面包的刀切着一个面包,是在客厅后边方桌上切的,许先生一边切着一边对我说:

"劝周先生多吃些东西,周先生说,人好了再保养,现在勉强吃也是没用的。"

许先生接着似乎问着我:

"这也是对的?"

而后把牛奶面包送上楼去了。一碗烧好的鸡汤,从方盘里许先生把它端出来了,就摆在客厅后的方桌上。许先生上楼去了,那碗热的鸡汤在桌子上自己悠然的冒着热气。

许先生由楼上回来还说呢:

"周先生平常就不喜欢吃汤之类,在病里,更勉强不下了。"

那已经送上去的一碗牛奶又带下来了。

许先生似乎安慰着自己似的:

"周先生人强,欢喜吃硬的,油炸的,就是吃饭也欢喜吃硬饭。……"

许先生楼上楼下的跑,呼吸有些不平静,坐在她旁边,似乎可以听到她心脏的跳动。

鲁迅先生开始独桌吃饭以后,客人多半不上楼来了,经许先生婉言把鲁迅先生健康的经过报告了之后就走了。

鲁迅先生在楼上一天一天的睡下去,睡了许多日子就有些寂寞了,有时大概热度低了点就问许先生:

"有什么人来过吗?"

看鲁迅先生精神好些,就一一的报告过。

有时也问到有什么刊物来吗?

鲁迅先生病了一个多月了。

证明了鲁迅先生是肺病,并且是肋膜炎,须藤老医生每天来了,为鲁迅先生先把肋膜积水用打针的方法抽净,共抽过两三次。

这样的病,为什么鲁迅先生自己一点也不晓得呢?许先生说,周先生有时觉得肋痛了就自己忍着不说,所以连许先生也不知道,鲁迅先生怕别人晓得了又要不放心,又要看医生,医生一定又要说休息。鲁迅先生自己知道做不到的。

福民医院美国医生的检查,说鲁迅先生肺病已经二十年了。这次发了怕是很严重。

医生规定个日子,请鲁迅先生到福民医院去详细检查,要照 X 光的。

| 回忆鲁迅先生　萧　红

但鲁迅先生当时就下楼是下不得的,又过了许多天,鲁迅先生到福民医院去查病去了。照X光后给鲁迅先生照了一个全部的肺部的照片。

这照片取来的那天许先生在楼下给大家看了,右肺的上尖角是黑的,中部也黑了一块,左肺的下半部都不大好,而沿着左肺的边边黑了一大圈。

这之后,鲁迅先生的热度仍高,若再这样热度不退,就很难抵抗了。

那查病的美国医生,只查病,而不给药吃,他相信药是没有用的。

须藤老医生,鲁迅先生早就认识,所以每天来,他给鲁迅先生吃了些退热的药,还吃停止肺部菌活动的药。他说若肺不再坏下去,就停止在这里,热自然就退了,人是不危险的。

在楼下的客厅里许先生哭了。许先生手里拿着一团毛线,那是海婴的毛线衣拆了洗过之后又团起来的。

鲁迅先生在无欲望状态中,什么也不吃,什么也不想,睡觉是似睡非睡的。

天气热起来了,客厅的门窗都打开着,阳光跳跃在门外的花园里。麻雀来了停在夹竹桃上叫了三两声就又飞去,院子里的小孩子们唧唧喳喳的玩耍着,风吹进来好像带着热气,扑到人的身上,天气从刚刚发芽的春天,变为夏天了。

楼上老医生和鲁迅先生谈话的声音隐约可以听到。

楼下又来了客人。来的人总要问:"周先生好一点吗?"

许先生照常说:"还是那样子。"

但今天说了眼泪就又流了满脸。一边拿起杯子来给客人倒茶,一边用左手拿着手帕按着鼻子。

客人问:"周先生又不大好吗?"

许先生说:"没有的,是我心窄。"

过了一会,鲁迅先生要找什么东西,喊许先生上楼去,许先生连忙擦着眼睛,想说她不上楼的,但左右的看了一看,没有人能替代了她,于是带着她那团还没有缠完的毛线球上楼去了。

楼上坐着老医生,还有两位探望鲁迅先生的客人,许先生一看了他们就自己低了头不好意思的笑了,她不敢到鲁迅先生的面前去,背转着身问鲁迅先生要什么呢,而后又是慌忙的把毛线缕挂在手上缠了起来。

一直到送老医生下楼,许先生都是把背向鲁迅先生而站着的。

每次老医生走,许先生都是替老医生提着皮提包送到前门外的。许先生愉快的、沉静的带着笑容打开铁门闩,很恭敬的把皮包交给老医生,眼看着老医生走了才进来关了门。

这老医生出入在鲁迅先生的家里,连老娘姨对他都是尊敬的,医生从楼上下来时,娘姨若在楼梯的半道,赶快下来躲开,站到楼梯的旁边。有一天老娘姨端着一个杯子上楼,楼上医生和许先生一道下来了,那老娘姨躲闪不灵,急得把杯里的茶都颠出来了。等医生走过去,已经走出了前门,老娘姨还在那里呆呆的望着。

"周先生好了点吧?"有一天许先生不在家,我问着老娘姨。她说:"谁晓得,医生天天看过了不声不响的就走了。"

可见老娘姨对医生每天是怀着期望的眼光看着他的。

许先生很镇静,没有紊乱的神色,虽然说那天当着人哭过一次,但该做什么,仍是做什么,毛线该洗的已经洗了,晒的已经晒起,晒干了的随手就把它缠成团子。

"海婴的毛线衣,每年拆一次,洗过之后再重打起,人一年一年的长,衣裳一年穿过,一年就小了。"

在楼下陪着熟的客人,一边谈着,一边开始手里动着竹针。

这种事情许先生是偷空就做的,夏天就开始预备着冬天的,冬天就做夏天的。

许先生自己常常说:"我是无事忙。"

这话很客气,但忙是真的,每一餐饭,都好像没有安静的吃过。海婴一会要这个,要那个;若一有客人,上街临时买菜,下厨房煎炒还不说,就是摆到桌子上来,还要从菜碗里为着客人选好的挟过去。饭后又是吃水果,若吃苹果还要把皮削掉,若吃荸荠看客人削得慢而不好也要削了送给客人吃,那时鲁迅先生还没有生病。

许先生除了打毛线衣之外,还用机器缝衣裳,剪裁了许多件海婴的内衫裤在窗下缝。

因此许先生对自己忽略了,每天上下楼跑着所穿的衣裳都是旧的,次数洗得太多,纽扣都洗脱了,也磨破了,都是几年前的旧衣裳。春天时许先生穿了一件紫红宁绸袍子,那料子是海婴在婴孩时候别人送给海婴做被子的礼物。做被子,许先生说很可惜,就捡起来做一件袍子。正说着,海婴来了,许先生使眼神,且不要提到,若提到海婴又要麻烦起来了,一定要说是他的,他就要要。

许先生冬天穿一双大棉鞋,是她自己做的。一直到二三月早晚冷时还穿着。

有一次我和许先生在小花园里一道拍一张照片,许先生说她的纽扣掉了,还拉着我站在她前边遮着她。

许先生买东西也总是到便宜的店铺去买,再不然,到减价的地方去买。

处处俭省,把俭省下来的钱,都印了书和印了画。

现在许先生在窗下缝着衣裳,机器声格答格答的,震着玻璃门有些颤抖。

窗外的黄昏,窗内许先生低着的头,楼上鲁迅先生的咳嗽声,都搅混在一起了,重续着、埋藏着力量。在痛苦中,在悲哀中,一种对于生的强烈的愿望站得和强烈的火焰那样坚定。

许先生的手指把捉了在缝的那张布片,头有时随着机器的力量低沉了一两下。

许先生的面容是宁静的、庄严的、没有恐惧的,她坦荡的在使用着机器。

海婴在玩着一大堆黄色的小药瓶,用一个纸盒子盛着,端起来楼上楼下的跑。向着阳光照是金色的,平放着是咖啡色的,他招聚了小朋友来,他向他们展览,向他们夸耀,这种玩意只有他有而别人不能有。他说:"这是爸爸打药针的药瓶,你们有吗?"

别人不能有,于是他拍着手骄傲的呼叫起来。

许先生一边招呼着他,不叫他喊,一边下楼来了。

"周先生好了些?"见了许先生大家都是这样问的。

"还是那样子,"许先生说,随手抓起一个海婴的药瓶来。"这不是么,这许多瓶子,每天打一针,药瓶子也积了一大堆。"

许先生一拿起那药瓶,海婴上来就要过去,很宝贵的赶快把那小瓶摆在纸盒里。

在长桌上摆着许先生自己亲手做的蒙着茶壶的棉罩子,从那蓝缎子的花罩子下拿着茶壶倒着茶。

楼上楼下都是静的了,只有海婴快活的和小朋友们的吵嚷躲在太阳里跳荡。

海婴每晚临睡时必向爸爸妈妈说:"明朝会!"

有一天他站在走上三楼去的楼梯口上喊着:

"爸爸,明朝会!"

鲁迅先生那时正病得沉重,喉咙里边似乎有痰,那回答的声音很小,海婴没有听到,于是他又喊:

"爸爸,明朝会!"他等一等,听不到回答的声音,他就大声的连串地喊起来:"爸爸,明朝会,爸爸,明朝会……爸爸,明朝会……"

他的保姆在前边往楼上拖他,说是爸爸睡了,不要喊了。可是他怎么能够听呢,仍旧喊。

这时鲁迅先生说"明朝会",还没有说出来喉咙里边就像有东西在那里堵塞着,声音无论如何放不大。到后来,鲁迅先生挣扎着把头抬起来才很大声的说出:"明朝会,明朝会。"

说完了就咳嗽起来。

许先生被惊动得从楼下跑来了,不住的训斥着海婴。

海婴一边笑着一边上楼去了,嘴里唠叨着:"爸爸是个聋人哪!"

鲁迅先生没有听到海婴的话,还在那里咳嗽着。

鲁迅先生在四月里,曾经好了一点,有一天下楼去赴一个约会,把衣裳穿得整整齐齐,手下挟着黑花包袱,戴起帽子来,出门就走。

许先生在楼下正陪客人,看鲁迅先生下来了,赶快说:"走不得吧,还是坐车子去吧。"

鲁迅先生说:"不要紧,走得动的。"

许先生再加以劝说,又去拿零钱给鲁迅先生带着。

鲁迅先生说不要不要,坚决的就走了。

"鲁迅先生的脾气很刚强。"许先生无可奈何的,只说了这一句。

鲁迅先生晚上回来,热度增高了。

鲁迅先生说:"坐车子实在麻烦,没有几步路,一走就到。还有,好久不出去,愿意走走……动一动就出毛病……还是动不得……"

病压服着鲁迅先生又躺下了。

七月里,鲁迅先生又好些。

药每天吃,记温度的表格照例每天好几次在那里画,老医生还是照常的来,说鲁迅先生就要好起来了,说肺部的菌已停止了一大半,肋膜也好了。

客人来差不多都要到楼上来拜望拜望,鲁迅先生带着久病初愈的心情,又谈起话来,披了一张毛巾子坐在躺椅上,纸烟又拿在手里了,又谈翻译,又谈某刊物。

一个月没有上楼去,忽然上楼还有些心不安,我一进卧室的门,觉得站也没地方站,坐也不知坐在那里。

许先生让我吃茶,我就倚着桌子边站着,好像没有看见那茶杯似的。

鲁迅先生大概看出我的不安来了,便说:"人瘦了,这样瘦是不成的,要多吃点。"

鲁迅先生又在说玩笑话了。

"多吃就胖了,那么周先生为什么不多吃点?"

鲁迅先生听了这话就笑了,笑声是明朗的。

从七月以后鲁迅先生一天天的好起来了,牛奶,鸡汤之类,为了医生所嘱也隔三差五的吃着,人虽是瘦了,但精神是好的。

鲁迅先生说自己体质的本质是好的,若差一点的,就让病打倒了。

这一次鲁迅先生保持了很长的时间,没有下楼更没有到外边去过。

在病中,鲁迅先生不看报,不看书,只是安静的躺着。但有一张小画是鲁迅先生放在床边上不断看着的。

那张画,鲁迅先生未生病时,和许多画一道拿给大家看过的,小得和纸烟包里抽出来的那画片差不多。那上边画着一个穿大长裙子飞散着头发的女人在大风里边跑,在她旁边的地面上还有小小的红玫瑰花的花朵。

记得是一张苏联某画家着色的木刻。

鲁迅先生有很多画,为什么只选了这张放在枕边?

许先生告诉我的,她也不知道鲁迅先生为什么常常看这小画。

有人来问他这样那样的,他说:

"你们自己学着做,若没有我呢!"

这一次鲁迅先生好了。

还有一样不同的,觉得做事要多做……

鲁迅先生以为自己好了,别人也以为鲁迅先生好了。

准备冬天要庆祝鲁迅先生工作三十年。

又过了三个月。

一九三六年十月十七日,鲁迅先生病又发了,又是气喘。

十七日,一夜未眠。

十八日,终日喘着。

十九日的下半夜,人衰弱到极点了。天将发白时,鲁迅先生就像他平日一样,工作完了,他休息了。

一九三九年十月
(生活书店1940年版)

【分析】

萧红(1911—1942),黑龙江呼兰县人,原名张迺莹,曾用笔名悄吟。幼年丧母。1929年在哈尔滨市立第一女中读书。二十岁时,反对父母包办婚姻逃离家庭,开始过流浪生活。1934年10月与萧军一起到上海,不久与鲁迅相识,在鲁迅的帮助下,1935年底,中篇小说《生死场》收入鲁迅编的《奴隶丛书》出版,是文学界最早反映东北人民在日本帝国主义统治下生活和斗争的作品之一,轰动了当时的文坛。她的最有特色的小说《呼兰河传》,是诗体小说的杰作。1942年因患肺病滞留香港,后因误诊开刀不治病逝。

萧红除小说创作外,一生中写了约一百多篇散文,她那两部脍炙人口的散文作品《商市街》和《回忆鲁迅先生》,堪称散文艺术的珍品。

萧红写鲁迅,是怀着很大敬意把鲁迅作为"人"而不是作为"神"来写的。她以鲁迅过去曾称道的她的"女性作者的细致的观察",给我们记录下鲜为人知的"鲁迅先生日常生活的一面"(见《回忆鲁迅先生·后记》),在众多的回忆鲁迅与描写鲁迅的文章中具有独特的光彩。

这篇散文篇幅很长,展现了鲁迅的言行举止、性格爱好、日常起居、交友待人、怜子爱亲等方面,每一个细节都写得真实生动,汇总起来,一个真的、活的、伟大的鲁迅矗立在我们面前,令人永远难忘。

在艺术表现上,这篇散文具有以下特点。

第一,写出具体的形象。抽象地概念地堆砌许多形容词并不能展示人物的精神风貌,弄得不好反而使读者厌倦。要引导读者对所要写的人物有深刻的印象,莫过于用使人易于感知的饱含着生活气息的形象描写,凸现人物的性格特征。萧红写鲁迅先生经常穿着不起眼的鞋,休息时坐的椅子是硬的,吃的香烟是极普通的。作者点出这些之后,又用重笔勾勒具体的情景:

> 全楼都寂静下去,窗外也是一点声音没有了,鲁迅先生站起来,坐到书桌边,在那绿色的台灯下开始写文章了。
>
> 许先生说鸡鸣的时候,鲁迅先生还是坐着,街上的汽车嘟嘟的叫起来了,鲁迅先生还是坐着。
>
> 有时许先生醒了,看着玻璃窗白萨萨的了,灯光也不显得怎样亮了,鲁迅先生的背影不像夜里那样黑大。
>
> 鲁迅先生的背影是灰黑色的,仍旧坐在那里。
>
> 人家都起来了,鲁迅先生才睡下。
>
> ……
>
> 鲁迅先生刚一睡下,太阳就高起来了。太阳照着隔院子的人家,明亮的;照着鲁迅先生花园的夹竹桃,明亮亮的。
>
> 鲁迅先生的书桌整整齐齐的,写好的文章压在书下边,毛笔在烧瓷的小龟背上站着。
>
> 一双拖鞋停在床下,鲁迅先生在枕头上边睡着了。

这里像移动的电影镜头一样,捕捉了一个个形象的画面,随着时间的流动与画面的变换,鲁迅先生勤奋著述的形象深深地印在了读者的脑海里。

　　第二，捕捉生动的细节。在艺术的领域里，捕捉细节是作家艺术敏感的本能，也是再现人物特征很重要的手段。歌德曾说，作家在把握对象那一顷刻中就是在创造出那个对象，因为他从那对象中取得了具有意蕴、显出特征、引人入胜的东西。散文与小说的区别，只在于散文写作比较自由灵活，不讲究集中，但生动的细节描写是二者的共同要求。萧红写鲁迅，有两节就是描写鲁迅所独有的特征的：

　　　　鲁迅先生走路很轻捷，尤其使人记得清楚的，是他刚抓起帽子来往头上一扣，同时左腿就伸出去了，仿佛不顾一切的走去。

　　　　鲁迅先生包一个纸包也要包得整整齐齐，常常把要寄出的书，鲁迅先生从许先生手里拿过来自己包，许先生本来包得多么好，而鲁迅先生还要亲自动手。

　　　　鲁迅先生把书包好了，用细绳捆上，那包方方正正的，连一个角也不准歪一点或扁一点，而后拿着剪刀，把捆书的那绳头都剪得整整齐齐。

　　第三，体验人物的情感。艺术家在观察对象的过程中，由于和对象进行情感交流，所以不但能够发现人物内心丰富的情感，并且被这种感情燃烧，写成的作品也燃烧别人。由于萧红得到鲁迅的关怀与帮助，她回忆鲁迅时，感情非常真挚深切。文中有一处写许广平拿起桃红色的布条放在作者的头发上，她们在笑闹，而鲁迅一看，眼皮往下一放严肃地说："不要那样装她……"文中又写到，为了排遣萧红的郁闷，鲁迅有时同她逗笑。一次在楼上刚刚见过萧红，当萧红从楼下再次上来，鲁迅笑着向着萧红点头说，"好久不见，好久不见"，然后开怀大笑。这种种情景，把鲁迅"严父"和"慈母"的心肠表现得淋漓尽致。正因为萧红把鲁迅隐伏在冷静背后的热烈感情和关心爱护之中的严格要求全面写出,才完整地表现了鲁迅的伟大人格和具有丰富人情味的情感世界。

萧红虽然写了鲁迅日常生活的许多片断,但她认为这样写,"或者帮助我们做成一个人更快一点,因为我们连吃饭走路都得根本学习的。(《致许广平信》)"这就是她这样写的目的,也是这篇散文独具异彩的原因。

独　语

何其芳

设想独步在荒凉的夜街上,一种枯寂的声响固执地追随着你,如昏黄的灯光下的黑色影子,你不知该对它珍爱还是不能忍耐了:那是你脚步的独语。

人在孤寂时常发出奇异的语言,或是动作。动作也是语言的一种。

决绝地离开了绿蒂的维特①,独步在阳光与垂柳的堤岸上,如在梦里。诱惑的彩色又激动了他作画家的欲望,遂决心试卜他自己的命运了。他从衣袋里摸出一把小刀子,从垂柳里掷入河水中。他想:若是能看见它的落下他就将成功一个画家,否则不。那寂寞的一挥手使你感动吗?你了解吗?

我又想起了一个西晋人物,他爱驱车独游,到车辙不通之处就痛哭而返。

绝顶登高,谁不悲慨地一长啸呢?是想以他的声音填满宇宙的寥阔吗?等到追问时怕又只有沉默地低首了。我曾经走进一个古代的建筑物,画檐巨柱都争着向我有所诉说,低小的石栏也发出声息,像一些坚忍的深思的手指在上面呻吟,而我自己倒成了一个化石了。

或是昏黄的灯光下,放在你面前的是一册杰出的书,你将听见里面各个人物的独语。温柔的独语,悲哀的独语,或者狂暴的独语。黑色的门紧闭着:一个永远期待的灵魂死在门内,一个永远找寻的灵魂死在门外。每一个灵魂是一个世界,没有窗户。而可爱的灵魂都是倔强的独语者。

---

① 这实际指歌德,下面的故事是作者从一本歌德的传记里读到的。

我的思想倒不是在荒野上奔驰。有一所落寞的古老的屋子,画壁漫漶,阶石上铺着白藓,像期待着最后的脚步:当我独自时我就神往了。

真有这样一个所在,或者是在梦里吗?或者不过是两章宿昔嗜爱的诗篇的糅合,没有关联的奇异的糅合:幔子半掩,地板已扫,死者的床榻上常春藤影在爬;死者的魂灵回到他熟悉的屋子里,朋友们在聚餐,嬉笑,都说着"明天明天",无人记起"昨天"。

这是颓废吗?我能很美丽地想着"死",反不能美丽地想着"生"吗?

我何以又太息:"去者日以疏,生者日以亲?"是慨叹着我被人忘记了,还是我忘记了人呢?

"这里是你的帽子",或者"这里是你的纱巾,我们出去走走吧",我还能说这些惯口的句子。而我那温和的沉默的朋友,我更记起他:他屋里有一个古怪的抽屉,精致的小信封,装着丁香花,或是不知名的扇形的叶子,像为着分我的寂寞而展示他温柔的记忆。墙上是一张小画片,翻过背面来,写着"月的渔女"。

唉。我尝自忖度:那使人类温暖的,我不是过分缺乏了它就是充溢了它。两者都足以致病的。

印度王子出游,看见生老病死,遂发自渡渡人的宏愿。我也倒想有一树菩提之阴,坐在下面思索一会儿。虽然我要思索的是另外一个题目。

于是,我的目光在窗上徘徊了。天色像一张阴晦的脸压在窗前,发出令人窒息的呼吸。这就是我抑郁的缘故吗?而又,在窗格的左角,我发现一个我的独语的窃听者了。像一个鸣蝉蜕弃的躯壳,向上蹲伏着,噤默地。噤默地,和着它一对长长触须,三对屈曲的瘦腿。我记起了它是我用自己的手描画成的一个昆虫的影子,当它迟徐地爬到我窗纸上,发出孤独的银样的鸣声,在一个过逝的有阳光的秋天里。

一九三四年三月二日

(选自《散文选集》,人民文学出版社1957年版)

【分析】

　　何其芳(1912—1977),现代诗人、文学评论家。四川万县人。20世纪20年代就已在刊物上发表作品,最初是诗歌,接着是散文。1932年考入北京大学哲学系,曾和同学卞之琳、李广田"以诗会友",合出诗集《汉园集》。《画梦录》是他的早期散文集,曾获得1937年《大公报》文艺奖金。1935年大学毕业后,曾先后在天津、山东和四川等地中学教书。1938年9月来到延安,曾任鲁迅艺术学院文学系主任。1944年5月至1947年3月,在重庆工作。中华人民共和国成立后,曾任中国社会科学院文学研究所所长等职,主要从事文艺理论研究工作。著有诗歌、散文和文学评论集多种。

　　这篇《独语》选自何其芳的散文集《画梦录》。作者自我阐释道:

　　　　旧式绘图小说的画梦者,大抵都是这样一套笔墨,头倚在枕头上,从那里引出两根缭绕的线,像轻烟渐渐向上开展成另一幅景色。

　　作者自谦地说他画梦的手法也不外如此。这本散文集,包括其中《独语》一篇都可作为代表。作者在那血与火的20世纪30年代,却沉陷在忧郁和哀怨里,表达自己的寂寞、孤独,对爱情的憧憬和失恋后的悲怆。正如何其芳自己说的:"我的思想空灵得并不归落于实地。"这一切当然决定了这本散文集内容的苍白、狭窄。散文中"我咀嚼小小的悲欢,在蹀躞的夜街或叶落的黄昏时时独语"。这个"我"又与时代契合,因为文中有"我",有散文家独特的气质、经历、思考等作为个别性的因素,又凝聚着时代的带普遍性的、带发展趋向的、有积

极意义的思想和情绪。郁达夫谈到"五四"散文时说得好:

> 作者处处不忘自我,也处处不忘自然与社会,就是最纯粹的谈人的抒情散文里,写到了风花雪月,也总是要点出人与人的关系,人与社会的关系来,以抒怀抱。(《中国新文学大系·散文二集·导言》)

在《画梦录》中,何其芳袒露胸襟,独抒个性,反映了动荡时代的青年知识分子的心理变化历程。在现实面前画梦,自造寂寞而又不甘寂寞,这代表了某一群人的普遍的精神特征。当多数人从这种境地中突破,就有可能坚定地夺取光明。所以,后来作者才说,这本散文集"它和延安的中间有很大的距离,但并不是没有一条相通的道路"(《给艾青先生的一封信》)。

何其芳在《我和散文》里谈到《画梦录》时说:"我的工作是为抒情散文发现一个新的园地。""五四"以来,鲁迅、朱自清、谢冰心、郁达夫等带有开创性的制作的现代散文,在《画梦录》里,确实得到一定程度的发展。当这本散文集获得《大公报》1937年文艺奖金时,由朱自清、叶圣陶等组成的评奖委员会,曾以如下评价肯定了《画梦录》对现代散文发展的贡献:

> 在过去,混杂于幽默小品中间,散文一向给我们的印象多是顺手拾来的即景文章而已。在市场上虽曾走过红运,在文学部门中,却常被人轻视。《画录梦》是一种独立的艺术制作,有它超达深渊的情趣。

收在《画梦录》里的这篇《独语》也能说明这方面的特点。文章开头对于"独语"意境的构造就深微而形象。下面说到少年维特的"寂寞的一挥手",说到阮籍的"痛哭而返",又说到"印度王子出游"。这些人在历史上感受了大悲哀大寂寞,然而他们又经历过太多的人生坎坷,太多的时代动荡。作者就是这样用他的彩笔,精巧、美妙而又深邃地寄托自己的情思,思索着人生的问题。

用文学性的进一步增强使散文更加艺术化,是《独语》的特色,也是何其芳在20世纪30年代对散文艺术的贡献。

这篇《独语》虽说没有分行排列,却显然是何其芳诗歌写作的继续,因为它过于紧凑而缺乏散文中应有的联络,这是一个缺点。

一九三六年春在太原

宋之的

一

春被关在城外了。

只有时候,从野外吹来的风,使你嗅到一点春的气息,很细微,很新鲜,很温暖,并且很有生气。在这种感觉里,你可以想到,河许已解冻了,草已经发芽了,桃花也在吐蕊了吧!

但我却出不了城。

一整天,我所看见的,是灰色的墙,灰色的土,和穿着灰色衣裳在街守望的兵。

我气闷而且窒息。连行动也被强度的限制着了。出城,要通行证;到街上去,要好人证。并且七点钟已经开始戒严了。为了免掉那些灰色同志对你取攻击式,端起枪来,并且对准你的脑袋,我只好一个人关在屋子里。

而我的屋子,又恰巧临着街。一整夜,我全听见扳枪机和喊"口令"的声音,这在深夜里,特别加重了恐怖的氛围。

二

同事间已经有人佩着"好人证"来上课了。

他们,多半用别针把那证别在前胸上,很像一块招牌。因之,休息的时候,大家就开着玩笑:

"禁止招贴!"老吴指着老孙的前胸说。

"零整批发!"老孙回答一句。

"大减价三十天!"

"此处禁止小便!"

大家全哄笑起来。

"好人证"分五类,像花生鸭梨瓜子那样的把人也鉴别了货色。比如我,因为没有铺保,虽说有职业,有乡友保,也只得一个三等货,椭圆形的,勉强允许居留。

至于我的厨子,却是道地的一等货,把正方形的牌子悬在胸前,对我也骄傲起来了。

我和我的厨子,竟差了两等。比起他来,我是次一等又次一等的好人。——我气闷。……

他在厨房里又唱起来了。

"桃花江是美人窝,美人窝里没有我!"

像说话似的,——这一等好人!

我听见他唱这歌,已经不止一次了。但这次,却异样的刺耳。在那声音里,我辨别出一种对我示威的意味。我应该更正他这坏习惯,一定要。

三

"新闻剪集"。

("本报特讯":昨日午后,有一小贩,行经南门大街,形色张皇,经巡行警士检查,于帽沿内得铜元一小枚,察系匪探标记,乃送军法会审处严惩云。)

这几天,检查行人似乎特别严了。那检查方法不免使我们时刻耽着心,帽子里夹着纸,或是口袋里放着一个铜元的,全是匪的标记,这结果,是使人无论什么也要留点神。

太原的事,是素有"不彻底"的称谓的。比如禁烟吧,不准吸鸦片,却准卖药饼。禁与不禁,只在一个名称。鸦片一名之曰药饼,就可以公开发售,被视为良丹妙药了。

但这次的禁书,却似乎是非常彻底的,在公安局公布的禁书目录中,不仅仅是张××章××那些三角形的五等货遭了殃,就连李阿毛博士也凑了数。凡白纸上写黑字的,大概是全有些危险的嫌疑吧!

我的厨子在他那好人证上,又有了新的花样了。
把四方形的好人证镶了边,且蒙了一层绿色玻璃纸悬在胸前,就更显得与众不同。因之,在把饭端给我的时候,就特别在我面前停留了一小会,那意思,我很知道的。

四

"新闻剪集"。

("本报特讯":我军第×××团,约一千五百人,于十九日夜,在灵石山侧驻扎。深夜中突闻集合号声,呜咽响起,军士不察,乃往吹号地点作紧急集合,不意竟被匪军包围,全部缴械。我团长×××,见事不妙,遂自决身死。匪约一二百人,吹我军之集合号,预设狡计。其狡诈恶毒,有如此者。)

我特别怀念着春。倒也想去领通行证了。我需要疏散,整天关在屋子里,望着院内扬着沙尘,所有的思想和情感全麻木了。
今天下课,我便把好人证仔细的别在左衣角上,用上衣的口袋作掩护,朝柳巷出发了,我预备去拍一个二寸照片,缴到区里转公安局去领通行证。

但那结果却不大好。才走到路口,一个灰衣的同志便截住了我,并且端着枪,像就要射击似的。

"站住!"

"怎么?"

"好人证呢?"

我默默的把那椭圆形的牌子从口袋里请出来,他便沉下了脸:"以后不准放在衣袋里!"

染着一种浓烈的受了侮辱的感情,我却默默的走开了。

"天光""科达",所有照相馆的门前,全拖了一长串的人,拥挤着,像等候着买火车票似的,一个挨一个。以致我却不能挤进照相馆的门。

原来这些人也全是领"通行证"的。因为是公费照相,所以就特别拥挤。甚至有的人情愿在门前停留一整天,并且受着照相师叱骂,也很高兴。

但我却被摒弃了。

路口的纸烟店虽然也竖着一块"领通行证登记处"的红纸招牌,像本店代理发行那样的,我却没有去登记。我是——只在街上徘徊。

非常的疲倦,非常非常的疲倦……

五

"新闻剪集"。

("本报特讯":汾阳来客谈,汾阳西郊××村,有娶亲者,当花轿进门时,迎亲亲友,均拥集呼唱,并大放爆竹;恰有一飞往前方之飞机由此经过,居高临下,窥望不真,以为有匪来扰,乃掷炸弹数枚,结果伤亡数十口,状甚凄凉云。)

好几天没开展览会了。

我的厨子突然跑来告诉我，——他知道很多事，很多很多的事。——今天又要杀人了。一共九个，其中四个是女学生。

不一会，他就跑得无影无踪了。那时间，正是下午一点钟，我想他大概是凭了他那一等好人的资格，到街道去探望去了吧！

我奇怪着这风俗，同时想起了旧小说里的一些劫法场的描写。

正是那样的描写，现在又复活在太原市上。

一说杀人，很多老太婆，小孩子，年轻的媳妇，以及有闲的男人，便从早晨起，守在街头了。人很多，有的且特别穿了新衣服，打扮得花团锦簇，像参与盛会那样的，等待着囚车。除了这些特定的守候人以外，囚车后面，随了军号的嘀嗒声，还拥挤着很多人。

英雄们劫夺法场能够改装为变戏法的，卖艺的等等，停留在人丛中，据此看来，倒有些逼真了。

这杀人展览的风气，是颇使人感到一种狰狞的恐怖味道的。

和这"杀人展览"相对照的，还有一种奖励告发的条例，也是很容易激动存心厚道的人的悲忿的。

凡告发者，立赏法币①一百元。一百元且是法币，自可诱导许多人来上钩。但钩来钩去却发现了如下的一则新闻：

（"本报特讯：山大被传学生×××等七人，已于昨日讯明释放。缘山大有校役刘×者，惑于赏洋之厚，遂诬栽该生等有××嫌疑，因以被传，经军法会审处严厉审讯之下，知刘×告发之情形，全属子虚②，该生等已于昨日出狱云。"）

接着这新闻，是在临时公布的死刑十二条之外，又添了一条："告发人倘有诬栽等情事者，立即枪毙。"

但我想这已经迟了。在许多杀人展览会下，就难免没有个把冤

---

① 法币：国民党统治时期发行的纸币。
② 子虚：汉代司马相如作《子虚赋》，假托子虚、乌有先生、亡是公三人相互问答，后世因称假设或不实在的事为"子虚"或"子虚乌有"。

枉的吧！至少,那七个学生的被毒打,是很使我们毛骨悚然了!

但今天,我的厨子却空跑了一趟,那有几个女学生要被杀头等等,原来全是谣言。他仿佛是十分气忿的,又在厨房里自言自语了。

六

"新闻剪集"。

("本报特讯":昨日距城三十里之西山土窑内,发生一大惨剧。缘近日流言所播,草木皆兵,西山居民,恐遭匪扰,均避于一土窑内,该窑年久失修,忽然坍毁,当场压死百姓七人,伤十一人,厥状极惨。)

"流言所播,草木皆兵",这实在是太原市上最真实的写照,报纸上既天天在吹散着触人心魄的新闻,人嘴里又传说着一些奇怪但多半是恐怖的消息。在这样的时候,也难怪正太车站上有人满之患,有钱的人纷纷离省了。

不过倘把这段消息和娶亲被炸那一段对照起来,就难免要使人发生一种猜想。土窑既可避难,想来也就有些坚实,断不会刹那间就突然坍毁,其所以突然坍毁的原因,也说不定又是"窥望不真"之所赐了。

可是城里这几天的恐怖空气,却也真使人嗅到死味了。谣言像火一样的燃烧着,人们全彼此警戒着躲起来了。

昨夜六点钟就戒了严,不仅是路上断绝了行人,并且有大批警车出动,据说是飞机场那儿出了事,有十几个带手枪的探子被擒获了。

这消息使得全城都颤栗着,连太阳似乎也变了颜色了。

幸亏这样,我的厨子算是一天没出门,只寂寞的在厨房里唱他那"美人窝里没有我",不然,他也许又顺脚去到海子边,炫耀他那一等好人证去了。

七

今天到学校里去,才听说那里飞机场被擒获的十几个人,原来却是到陕西去的教育考察团团员,这才大家全放了心。

但我的厨子,却又不知在什么时候出走了。吃早饭,没回来,晚上下了课,还没有回来。

我带着极大的诅咒和憎嫌,下了最后的决心,心里想:"还是让他滚蛋吧,带着他的一等好人证!"

八

非常的意外,意外得使我惊愕了。

那厨子,到今天早晨我才知道,是被抓到公安局去了。并且还——罚了五块钱。

为了说明这事,我特别剪下一段报,贴在下面:

……绥署昨日公布:佩带好人证,一、不准污毁,二、不准罩以任何布面或纸面,三、不得遗失,四、不得私授匪类。倘犯一二两款,处百元以下罚金,犯三四两款,处五百元以上罚金或死刑。……

我的厨子就在这条例下被捉将进去,回来的时候,好人证上已没有玻璃纸,并且背又佝偻起来了。

我是多么的怀念春啊!

……

(选自《中国现代散文·下册》,上海文艺出版社1980年版)

【分析】

宋之的(1914—1956),名汝昭,河北丰润人。出生于贫农家庭,在私塾时就喜欢文学。1932年在北京大学法学院读书。翌年,参加"北平左翼戏剧家联盟",组织"斗争剧社",演出救亡戏剧。1935年去太原"西北剧社"和"西北电影公司"任编剧,1936年5月到上海,写出报告文学《一九三六年春在太原》,经茅盾推荐发表在《中流》创刊号上。1946年进入解放区。1948年参加中国人民解放军。他主要从事戏剧创作,著名的剧作有《雾重庆》、《国家至上》(与老舍合作)、《群猴》等。

《一九三六年春在太原》是一篇被誉为"具有史实和文学的双重魅力"的报告文学。

1936年春,太原,是不平常的时间和不平常的地点。红军于二月发表了《东征宣言》,东渡黄河从陕北进入山西。盘踞在山西的阎锡山大为恐慌,他配合蒋介石的堵截,在山西进行"思想防共",大搞白色恐怖。山西各地,特别是太原,笼罩着一片阴森的气氛。作者此时正在太原,因有此作。正因为它取材自血雨腥风的真实生活,写法上又十分别致,立即产生了很大的影响。

文章开头用"春被关在城外了"这样的警句来渲染太原城内的白色恐怖,接着用桩桩荒诞然而又真实的事件揭露了反动统治者窒息人民的春天的狰狞嘴脸,把他们的罪恶永远钉在历史的耻辱柱上。

报告文学以报道事实为主,但因为用文学手法写,就十分生动别致。本文的艺术技巧表现在以下几个方面:

第一,撷取典型材料,写出了光怪陆离的社会现实。比如,作品中写政府命令太原城里的人须佩戴分为五等的"好人证",而"我"只能佩戴椭圆形的三等"好人证",传达了悲酸、压抑的情绪。第四章还写有的人竟因领通行证可以免费照相,欢欢喜喜地上照相馆。高压政策把人们的尊严都压扁了,第二章写同事之间开玩笑地议论"好人证":"禁止招贴!""零整批发!""大减价三十天!""此处禁止小便!"

于幽默谐谑之中贯注愤恨抑郁之情。再者,大街上处处都有端着枪的兵士,还有整夜的戒严,刺耳的扳枪机和喊"口令"的声音,不时哄传的杀人消息和大街上拥挤着看杀头的男男女女等,这些特征鲜明、内涵丰富的生活片断,把一个特定时代的社会现实投射到读者眼中,既新鲜又强烈,把那种"连太阳似乎也变了颜色"的恐怖气氛表现得淋漓尽致。

第二,用对比的手法,把几组生活片断衔接在一起,产生强烈的感染力与艺术效果。如把城外的春色和城里的灰墙、灰土,灰色的士兵对比,把佩戴一等"好人证"的厨子和他那唱下流小调的愚蠢形象对比,把阎锡山不禁鸦片却禁止书籍的事实对比,这就显示出那个时代的荒诞不经。作者还不止于此,为了加强对比,他让情节不断发展。如厨子开始由于获得一等"好人证"而骄傲自得,甚至趾高气扬,到后来因为他特别爱惜一等"好人证",在上面蒙了一层绿玻璃纸而被抓到公安局,并被罚款五元,从此,他的背"又佝偻起来了"。作者虽然不多发议论,只是冷冷地用事实来进行对比,但这种无言的憎恨力透纸背。

第三,作者引用"新闻剪集",既显示客观真实,又见出作者的倾向。"新闻剪集"共有五则,十分自然地镶嵌于文内,成为全文的有机组成部分。第一则报道一小贩因"帽沿内"有"铜元"而被当作"匪探"逮捕,可见当时反动当局的"防共"已达到了"风声鹤唳,草木皆兵"的程度。第二则报道一千五百"官兵"被一二百"匪军"诱而歼之,则是用的鲁迅所说的推背图的手法,使读者推见革命力量的活跃与威力。第三则报道某村娶亲放爆竹导致飞机轰炸,暴露出反动派的仓皇失措以及草菅人命的罪行。第四则报道有人"惑于赏洋之厚"而进行"诬栽"、"告密"的罪恶活动。第五则报道土窑"忽然坍毁"、死伤百姓十余人的惨剧。这些新闻经过作者选择、评点,就使读者看出统治者的凶残、人民的苦难、红军的战绩。作品以小见大,有层次地反映社会生活的全部。作者在这里把丰富的内容和新颖的形式结合起来,发挥了报告文学的优点。

第四,这篇作品贯注了作者的爱憎感情,特别是对"春"的向往。虽然作者一开始说"春"不在太原城内,但是太原城外和反动派激战的革命军队正是"春"的所在,文章写道:"只有时候,从野外吹来的风,使你嗅到一点春的气息,很细微,很新鲜,很温暖,并且很有生气……河许已解冻了,草已经发芽了,桃花也在吐蕊了吧!"这绝非单纯的风景描写,而是寓意深刻的心态表述。第四章写道:"我特别怀念着春。"这句话暗示的是什么,读者是不难理解的,虽然它不是全文的重点。

总之,宋之的的《一九三六年春在太原》和夏衍的《包身工》是我国现代散文园地上开出的并蒂之花,它们为报告文学思想和艺术水平的提高做出了卓越的贡献。

新版后记

《古代散文选析》和《现代散文选析》编著于20世纪七八十年代。这次出版的是比较完善的定本,并将书名改为《中国古代散文选析》和《中国现代散文选析》。

因为我们是教师,所以对于文学作品的阅读和分析总想与文学研究、文学教育结合,更希望这样的文学教育能够承担培养学生分析文学、欣赏文学和写作的基本任务,并在其中渗透文化教育和人格培养。

以上是编写的初衷。记得我在1978年4月《现代散文选析》初版《后记》中曾写道:"长期以来,各方面强烈要求推荐有益读物,提示阅读和写作方法,引导大家进行语文学习,从而获得思想教益和提高文学鉴赏能力。"这两本书再版多次,受到读者的热烈欢迎,已经印证了《后记》里的话,我们感到很大慰藉。特别是茅盾、冰心两位文学大师为两本书题签,教人感念!

1986年5月20日《安徽书讯》有文评介,文章不长,移录如下:

珠联璧合出新美
——《古代散文选析》、《现代散文选析》简评

肖 涵

散文,是中国文学的正宗。由古到今,可算珠玑满眼,美不胜收。安徽教育出版社出版的《古代散文选析》和《现代散文选析》,撷其精华,为读者提供了管窥全豹的机会。《古代散文选析》比起古代散文选本《古文观止》,优越性有如下几点。一是文

章选得精当,兼顾思想和艺术的统一,而《古文观止》选文却瑕瑜互见,上册诘屈聱牙的文章选得太多,但《古代散文选析》全书只选了五十篇,似乎过严,尚有遗珠之憾。二是《古代散文选析》注、译、析俱全,起了全面辅导读者阅读古文的作用,符合中央号召整理古籍应当做好普及工作的要求。三是着重艺术和写作方面的特点,真正把古人行文用语的巧思与结构经营的苦心,作了探微入幽的剖析。与《古代散文选析》堪称珠联璧合的《现代散文选析》,向我们展示了"五四"以来名家迭起、流派纷呈的白话散文的繁茂局面。此书也有几个特点。第一,它从一个较宽泛的窗口窥视现代散文的品类,既精选了议论性散文如鲁迅杂文,更大量选了叙事抒情性的散文,由于叙事性散文的发展而崛起的报告文学如《包身工》、《一九三六年春在太原》,抒情因素进一步诗化的散文如《秋夜》、《笑》、《春底林野》、《鹰之歌》等都兼容并收。这样,从横向看,各种流派、风格都得以呈现;从纵向看,散文发展历史的脉络也非常清楚了。第二,不因人废文,注意反映现代散文史的真实存在,如周作人,选析者既指出他历史的污点,也给他散文以实事求是的评价。第三,旁征博引,有助于读者开发思路,提高审美水平。第四,适应白话散文流利畅达、细致缜密的特点,分析透彻周至,曲尽其情,如评析鲁迅、冰心、茅盾等人的散文,能做到从表层切入到内里,给读者以具体的启发;评论徐志摩、林语堂、梁实秋的散文能注意辩证的观点,比较公允、持平。

还应提及的是,两书的前言都写得好,高屋建瓴的气势、史论结合的概括方法,见出编著者的学力与修养。

中国散文从古代到现代走过了一条辉煌灿烂的道路,随着现代化的伟大历史时代的到来,散文复兴繁荣有望,希望这两本书能起组织推动作用。祝编著者在散文研究和赏析工作中取得更大成就!

文章虽多溢美之词,但我们确实在编写中花了不少心力。"大象搏狮用全力,搏兔也用全力",在选、传、注、译、析方面,我们增补修订多次,从不敢懈怠疏忽,到20世纪末,才算完成了差强人意的定本。

　　"眼中之人吾老矣"(杜甫诗)。这次二书以新的面貌呈现在读者面前,并作为我们耄耋之年的纪念,是要深深感谢安徽教育出版社的!

编著者
2018年元月